民国女作家
小说典藏文库

MINGUONVZUOJIA
XIAOSHUODIANCANGWENKU

民国女作家小说典藏文库

白马的骑者

雷妍 著

中国文史出版社

目 录

良　田

　　村边一株老柳，不十分高，柔条披散开来却造成一片阴凉，凉森森的，和太阳地里是两个世界。

　　两个农夫握着锄头，枕着突出的树根沉睡着，黄色的大蚂蚁在他们的胸上、手上、脸上爬着，随即又被他们的大手抚弄下去。这正是暑天的午睡时刻。

　　年轻的那个坐起来，歪着头看看锄头的刃，又向远远的山峰望望：那最高的峰顶上已经遮上白云，正是雨来的先兆。他脸上显出意外的喜悦，推醒身旁的老人说："您看，北山戴帽，下雨没有道。要下雨了！"

　　老人略看看远山，平淡地说："人忙，天不忙，你们都说今年旱。你看，怎样？"老人说着坐起来，满是赤紫色皱纹的脸笑了。

　　两人站起来，各自扣着水洗过的蓝布背心纽子扣。峰顶的云加厚了。

　　一群赤身的孩子从村里走出来，他们提着小筐、小铲子，在田边、池边、菜园子边上摘野菜、捉蚱蜢。

　　"也难怪人们着急，米价涨得太猛，没有田地的人家，只好吃野菜。"老人感慨地叹息着，也引起那年轻人的一件心事。

　　"真的，小牛家吃野菜，一家都肿脸，好了没有？"

　　"不知道。"

　　于是两人沉默地向前走着。

　　柳荫下空无人影了。走到分路时，老人站住咳嗽一声说："一会儿准要下雨，你的凉帽呢？下完雨田里没事，你跟东家告假，回家吧！家里有五月节没吃完的青谷米，等你弟弟磨面给你做馍馍

1

吃……家里的黄瓜也该打蔓了。"青年点点头，两人分路走开。

黑云布满了天空，雷声隆隆地响，田间农夫都匆匆归去了。青年也走向他的田主家……

女主人正在院里喂鸡，她穿着白衫子、浅蓝裤子、一双白鞋，轻俏利落。黑压压的头发上戴着银压钻，梳得光光的髻，长而弯的眉下一对灵活的眼睛，左眼下一颗香头大小的痣，嘴角尖尖的，拢住两张红润适度的唇，唇右上方有一颗较小的痣。有这两颗黑痣显得皮肤更白了，可是人家说她的丈夫就是被这两颗痣克死的。她嫁了不到三年丈夫就死了。没有公婆，只有一个小叔在城里照应祖传的一座粮栈，家里只有她的小婶做伴，种了几十亩田地，用了一个长工——就是从田里归来的那个青年。

他把锄挂在檐下的木钩上，往地下吐了一口干苦的唾沫。他渴了，提起水桶和扁担去挑水。女主人说："不用挑了，还有不少，对门王大叔给挑了一担，够用了。你把后院里的干柴蔽起来吧！就要下雨了！"

"好吧！今天我要回家一次！蔽完柴就走行吗，大奶奶？"

"吃完饭再走，我预备了一点菜过阴天，旱了这么些日子，好容易有雨信了，可得吃点好的！你整天辛辛苦苦的，叫人不忍心，别看我平常不说，我什么不明白！"

青年喃喃地说："可是我大伯叫我回去……"

她笑了，把鸡笼关好回过头来说："那你也把他请来吧！"

他无言地把一堆干柴用篓子渐渐地都运到柴棚子里，把棚门关好。雨来了，铜钱大的雨点打在干土地上，又很快地干了。但雨来得急，他只得跑到堂屋里去。大奶奶切菜，二奶奶在烧柴。要说起二奶奶来，眉眼不如大奶奶好看，身材胖胖的，坐在蒲团上烧火，好像一个大肉球，不过还不黑，白胖胖的，不爱笑，也不好说话，整天做活、烧饭、喂猪，还织得一手好"家机布"，大奶奶十分爱这胖小婶。这年轻的长工在两个主妇之间有些不安起来，一则生疏，一则闲得慌，他把泥泞的鞋脱下来放在门后边就呆立着，搓着两个湿湿的大手，不知道做什么好。大奶奶已经觉出他的不安，笑着说："何大哥，你那个没编完的柳条筐在哪儿？"他高兴地从墙上摘下一个没编完的柳条筐蹲在后门里编起来。一声不响，沉毅的脸，下垂的眼帘，背心外裸露的双臂，有力的腿脚，都表现出他是"地之骄子"，没有田地他不能活，田地没有他也不能生产，他只知道工作、本分，除了把田地里的嘉禾收成食粮以外，再也没有别的妄想。他没有父母，没有妻子，但是他也没有忧愁，因为他觉得谁都待他很好，比如他的伯父母待他慈爱，堂兄弟待他友爱，堂姐妹对他体恤……就是女主人林大奶奶也对他很好，不过林二爷——林二奶奶的丈夫却引不起他的好感来。他一想起林二爷来就在心里说："臭美，一拳打他个嘴啃地。"不过马上他又想："理他呢！早晚他得喂狗。活该林家倒霉，连地也不会种，就会摆架子。"他编着筐子，外边雷声响成一片，一阵阵蔬菜香送入何大的鼻管，这些气味足以证明女主人对他的好意，他想："好人有好报。"

饭后雨已见小，何大戴上笠帽，光着脚转身要到后门外去看雨水，林大奶奶说："何大哥，你看这场雨下透了没有？"他看看外面要停未停的雨肯定地说："六成雨，要是接着再下一夜就不大离儿了。"

"可是北山的云一点也没少，也许晚上还有雨。"

"还有雨，河南里那块稻子今年错不了。"

"都是你平日尽心的功劳，好心得好报。要不是遇见好心人，我和二奶奶两个妇道人家可知道什么呢。我们二爷是个买卖人，也不懂田地里的事……"她说着眼睛闪闪的，好像有泪光。何大心里很感动，只是女主人才说完夸赞自己的话，反倒觉得不安了。停了一刻，他低声说："雨晴了，该栽萝卜了，棉花地也该锄了。"

"那么，你再找一两个工夫帮几天吧，一个人做不了。"

"可是工夫一天要好几块钱呢……"

"田里收多了都赚过来了，要是谁都不雇工夫，没田地的人更苦了，今年米这么贵，都挑野菜吃……"

何大听见"吃野菜"心一动，他想起小牛一家子吃野菜中了毒肿起脸来。小牛的姐姐——那个俏妮子的脸肿得像河里的浮尸。他叹了一口气，喃喃地说："栽萝卜可以找女工吧？"林大奶奶连连说："你看着办！"

雨已经晴了，朝阳晒在树上、草上，宿雨闪闪发光，何大领着四个女工在园里工作，三个中年妇人，一个十七八岁的少女。她是小牛的姐姐小凤。她一向在家里操作，兼着照应弟弟，所以小凤身边总离不了小牛——一个黑小孩。今天小凤的脸已经消了肿，美丽的脸形又复原了，只是颜色青青的，显着饥饿的样子。四个女人伏着身子把萝卜秧子整齐地栽在畦里，小牛却在园边用树枝掘甜草根吃。何大一向不好说话，但是今天他胸里好像有许多话要说，只是说不出口，也不知要说的是什么。他把园里新生的野草尽量地拔着，一株粉色的山竹花摇摆在晨风里，他看着小凤的背影又看看小花，摘了花给小牛说："给你姐姐去。"小牛果然跑过去给他姐姐，小凤回过头来笑了，把纤细的花柄衔在口里低下头工作，小牛又光着脚跑到园边上。何大呆呆地拉住一把下垂的柳枝，一阵水点打在他和孩子的头上，他才清醒地放松了柳枝，继续拔草的工作。

　　晚上散工了，五个人到林家去吃饭。小凤对小牛说："好孩子，你回家吧，完了我给你捉几个大蛤蟆烧蛤蟆腿吃。"孩子跳着脚说："不，我跟姐姐去。"小凤急得说："那我跟你一起回家去。"何大把小牛领过去，小声说："小牛，别着急，跟着我。"

　　扫得十分清洁的院子摆好了两张桌子、八个小凳，当何大领着她们进去以后，林大奶奶笑容可掬地过来，道了声辛苦，拉住小牛说："小牛挨着大嫂坐。吃馍馍还是吃煮玉米？"孩子喜出望外地说："吃馍馍。"说着不顾咀嚼匆匆地吃起来了。

　　小凤红着脸说："小牛不听话，叫大嫂操心。"说着又不安地看看大家的脸。

　　其余的宾主已开始吃着让着。二奶奶要大家吃完她再吃，大奶奶拉住她让她坐下了。

　　大奶奶是一个好说笑的人，只因为做了寡妇不好常出去，今天这么多女人来和她同桌，她真是高兴，口若悬河地谈起来。她说："今年青谷米收得好，一点也不苦。大嫂们吃呀！有菜馅儿的，有糖豆的……"

　　小牛抢着说："糖豆的。"

　　小凤急急地阻止他说："别吃了，小心撑死。"

4

林大奶奶说："吃吧！可别吃太饱了。吃完了，每人拿回两个去给家里人尝尝，做得不多，不然多带回一点去。"说得女人们都笑了。

一个灰白头发的妇人说："这馍馍好吃。大奶奶也真疼人，你们没见西头马五家的那份小气哪！那会儿给他家做工总是怕人吃，心劣出那不争气的儿孙。听说马五的儿子把家里整口袋的玉米偷出去给外家老婆……"

另一个妇人咬了一口馍，哇啦哇啦地说："隔壁马七家也是那么怕人吃，要不怎么说是守财奴呢？"

林大奶奶测知她们再往下说就把全村的短处都说出来了，还有一些有关风化的新闻都会从她们口里说出来，当着何大的面多不好意思，何况还有没出阁的小凤呢！所以她笑了笑说："大嫂们明天还在这儿，棉花地垄上也要栽萝卜。小凤，你也来。只管带小牛来，我没孩子，看着他怪可爱的。"

小凤半天没开口了，听了林大奶奶的话，才笑着说："净叫大嫂和二嫂费心。"

二奶奶也搭话说道："别看你二嫂傻，谁好谁坏都知道，你只管来，我就看你顺眼。"

小凤笑着点点头，把一片黄瓜正要送在嘴里嚼，一抬眼见何大正对着自己看，她心跳了，耳根发热，觉得何大的眼里好像有一种"什么"叫自己羞涩，黄瓜送在嘴里忘了嚼。

小牛吃饱了喊着："困了，回家。"

渐渐都吃完了，小凤帮着收拾碗箸。天色已经黑暗，墙脚飞出三五个萤火虫，那三个妇人已经走了。小凤和小牛拉着手也要走，林大奶奶偷偷放在小凤手里一个荷叶包，耳语道："那是早上吃的饼，带回去给小牛吃吧！"小凤不知说什么好，只是看着她。她又大声说："何大哥送送他们姐弟，他们路远！"

何大悄悄地跟着小凤姐弟在苍茫的夜色中走，两颗跳着的心形成一种不可言喻的情形。经过一个池塘，到了小凤的家——柳下的草屋。小凤迟疑了一下，从衣袋里掏出些什么来说："小牛早晨从你们园里摘的山竹花。"说着交给何大些什么，然后拉着小牛跑到家里去了。何大茫然地张开手看到底是什么，哪里是花，却是一个布做的小针插，好像还绣着花，只是看不清楚什么颜色了。何大想："女人用的给我做什么呢？"十分疑惑，但马上又喜欢起来，究竟为什么喜欢，他自己也不知道。总之，何大心里凭空添了一份妄想，和一般青年人一样的妄想，他想除了从土地里收获食粮以外，似乎应当从人群里再找一个伴侣。他这样悠悠忽忽地从小凤家往回走、走、走，忽然听人说："何大哥进来关大门哪！"原来他已经走到东家门前了还在往前走。林大奶奶叫住他，他无言地关好前后的大门，走到后院自己的屋子，听着大奶奶把房门关好，又听见野外青蛙叫，这些事真是从来没有的，他从未失眠过，但是今天无论如何却睡不着。他看见开着的窗外树隙里已经有小星星在闪，邻家的狗不时地吠着，他想起白天的事：他想伯父，想田里的秧苗，想女主人的和善，也想起女主人的美，但一转念，小凤清瘦的脸形又逼近了他的想象，她的眼睛很黑很亮，眉弯弯的，鼻子小小的那么直……啊！还有一张嘴总像要说什么又不肯说出口似的，还有她的身材，那么窈窕……只是脸色青黄得可怜！可惜她不是自己家的人，不然自己可以尽力使她有吃有穿，她不知要变得多么美哪。他又想起有一次伯父说："你已经二十多岁了，也该成家啦，可是谁家的姑娘合适呢……"他想着忘神地说："就是小凤最合适。"说完自己也觉得可笑，身边没有一个人居然说起话来真是见鬼。而且小凤对自己怎样更不得而知，他忽然记起小凤给的针插来。从枕边摸索了半晌拿着那小巧的女红，他心里反倒平安了。

秋天到了，真是丰收的秋天哪，上天是不辜负苦心人的，家家农场上堆积着收割的嘉禾，大道上收割的车辆来往不绝，相逢的农夫们大声说着自己的成绩。何大赶着牛车，载了一车谷穗，车后跟了许多拾谷穗的孩子和妇人，在他们的小篮里有许多拾来的米粮。何大知道这小小的人群里有小凤姐弟。偶尔回头见丰盛的田野广阔无垠，漫长的大道上有疏落落的不整齐的一行列拾谷穗的人。小凤近来脸色好起来，红润起来，这时宇宙间的色彩是金黄和浓绿。有这少女的红润岂不是更加美丽鲜艳了吗？他们似乎熟悉了，而且各

6

有一种特殊的情感在内心里隐隐地生长光大，这也许就是所谓的"爱"。只是他们不知道，不肯用言语表示罢了。

车子走着走着，临近一条宽阔的河流，牛低下头去喝水。何大看了小凤一下，迟疑了片刻说："坐在车上吧！省了过水。"

小凤笑着，先把小牛放在谷穗上，然后自己爬到车上。丰多的谷草和谷穗，那么柔软，那么稳。何大赤着脚走在河水里，拉紧了牛的缰绳，哗啦哗啦地前进，走过河身。小凤说："谢谢。我们下来吧！"

何大仰起脸来看小凤高高地坐在嘉禾堆上，有天际的白云和路边的高树做背景。美而高贵的景象啊，何大的妄想又洪水般地冲向自己沉静的心灵。他说："坐着吧！到村边再下来。"

小凤愉快地叹了一口气说："何……大叔，您在林家几年了？"

何大听了小凤叫他大叔不是很高兴，赶紧说："你不能叫我大叔，你忘了我把你爸爸叫大叔吗？"

"那么，大哥，您在林家几年了？"

"两年多了，可是今年完了秋我想辞。"

"为什么？他们待您不好吗？"

"不。因为我大伯老了，我应当回家种自己的地去。"

"可是你还有兄弟啊，他不会种吗？"

"我爸爸留给我二十亩地，也该我自己经营一下了。大伯说我也应当……成家……立业了。"说着，他用力甩了一下鞭子，牛摇摇头用力地走，两个年轻人都沉默了。

小牛说："姐姐！一群蜻蜓。"

"好，小牛，你愿意坐车吗？你回去告诉妈，就说何大……哥叫咱坐车，怕你累。会说吗？"

"会，何大哥那天还给我两条秋黄瓜哪！"

小凤凝神看着何大一纵身坐在车沿上，前边已经到了村边。对面通城的大道上有一个人骑着一匹小灰驴也向村里走来。何大一眼就看见是林二爷。渐渐走近了，何大只得跳下车来，车一转身站住了。小牛、小凤都下来，笑着走开了，何大目送他们走远了，二爷已经走到眼前。何大拉住牛缰绳说："二爷回来了。"

"嗯，田里的活儿完了没有？"

"还不到一半哪。"林二没说什么，牵着驴走在何大的前边，往自己家走。他穿了一身白市布裤褂，一件蓝市布大褂搭在肩上，驴背上一个两头口袋，印着"三多堂林"四个楷书黑字。可惜三多堂林子嗣不多，林二爷更是一个孩子也没有，真是他的一块心病。他的身材瘦瘦的，皮肤青白，五官都很是样，可惜长在一个男人的脸上不算合适，一派流氓气完全从眼里透出来，不过他自己却竭力做得一本正经。牛车从后门进来，谷穗和谷草都卸在后院农场上，小驴子拴在牲口棚里吃草料。何大知道林二爷回来总要和大奶奶说许多家常，所以他没进屋去，把农场上该堆的堆，该晒的晒，还有许多零碎事，他做了一样再做一样，他不知道累，只知道这些是自己的本分。

晚饭完了，林大奶奶帮助二奶奶收拾碗筷子。林二爷用火柴棍剔着牙说："嫂子，您歇会儿，叫她自己做，净叫他妈的吃了坐着长肉，简直是猪。"

"老二，别那么说话，一天她什么都做，咱家没有她，我一个人可办不了。"

"她不做，赶明儿砍个祖宗板儿把她供起来。一瞧她就一肚子气，早晚把他妈的……"

"老二，你并没喝酒怎么说起醉话来了。她一天老老实实的一点错也没有，你不许欺负人。"林大奶奶不愿显着二奶奶不做活儿，所以她不收拾碗筷反到自己屋里去。

何大本来就不喜欢这位二东家，今天见他这样嚣张更是不平。他呆呆地坐在小凳子上，看林二爷甩着手里一个金面的折扇。天本来不热了，尤其村里的黄昏更用不着扇子，但一般城里人总喜欢拿着一把折扇，啪啪地甩开，又甩闭。忽然他破天荒地对何大一笑，一颗金牙一闪说："大哥，今儿坐咱们车的那个大妞是谁？我怎么一时也想不起来了，怪俊的。"

"西村里林大叔的闺女，还是你们的本家呢。"末一句话特别大声。对了，她是林二的本家，那么是不当对本家妹妹起坏心思的，因为何大总觉得他一肚子"坏水儿"。林二自己倒满不在乎地又问：

8

"说了婆家没有？"

"不知道，也许有婆家了吧？"

"那可惜了。不然给城里富户做二房可就抖起来啦。要在乡里找婆家，还不是给一个穷小子糟蹋了，可惜了的。"

"二爷！人家是好人家的姑娘，你可别说这外路话……"

二爷已经不高兴了，眼睛立起来要破口伤人。林大奶奶一步从屋里出来，拿着一个纸包儿，笑容可掬地说："老二，这胰子可真香，总叫你费心。这一包给二奶奶，你不要拦在里头，我一个人吃胰子也吃不了这么多呀。"

林二爷那一脸怒气已经消了，对嫂子眉开眼笑地说："您要给谁就给谁，只要您高兴，只是她那猪皮不配使那香胰子。"

何大站起来去担水，还听林二爷说他："他妈的饱饭撑的，装什么孙子……"他虽然听见，只得忍了这口气，自己下决心："冬天散伙。"

今夜大门关得特别早，大奶奶也老早地关好了自己的房门。何大在自己的小房外面坐着，想着今天小凤坐车的事，又恨林二说那些下流话，他觉得实在对不起小凤，凭空叫林二胡说一气，自己当时真想给他一个嘴巴。但是自己并不是小凤的弟兄，又不是小凤的任何人，不过总觉得小凤和自己有一种联系。于是他想今冬散了伙，明春种自己的地，然后求大伯托人说小凤做自己的女人，凭着二十亩田地和两个人的勤俭，二人是多么的幸福啊。不过小凤长得太好了，难免有人想娶她，到明年该是多么久的时光啊！她能等吗？还有林二那畜生说"叫穷小子糟蹋了"，自己是不是穷小子？二十亩地固然不少，但是这种年月，种一亩地要花很多钱粮，而且目前自己还在别人家当长工，不是穷小子是什么？真不敢多想了。他觉得眼前是成群的金星星，又觉得耳朵里嗡嗡地直响，响着响着，忽然听见女人哭号的声音，他用力镇静下来，仍听见哭号和咒骂声。是林二和他老婆的声音，是痛楚的呼号和凶狠的咒骂。何大怒冲冲地骂道："畜生！"就想冲到林二的房里去阻止这场纠纷。但一想，现在是夜里，夫妻吵嘴，外人很不便参与。他站住了，听听林大奶奶也没有动静，又听林二开房门的声音，听林二说："跪下，你就跪在这儿，你敢动一下，我把你的脑袋砸碎了。"林二奶奶已经不号了，只有抽泣和甩鼻涕的声音。在秋月的初十左右，月儿已经很亮了，远远地见一个人果然跪下了，脸向着月。一个人叉腰站着，听林二奶奶抽泣着说："你进去吧！晚上凉啦，我……我准跪着就是了……你不信坐在炕上从窗户眼里看着我……"话没说完，一声清脆的掌声打在人的脸上。林二咒骂着："你跟谁学的花言巧语，你在后门外头，我上哪儿找窗户眼儿去？我想你也不敢起来，不配人看着。还有脸说话哪，不嫌现世，占着好人的地方！"

何大看他这么欺凌一个无能的女人真气极了，拿起顶门的木棒子就向林二冲来，但是林大奶奶拿着一盏小煤油灯出来了，她的头发松松的，两条眉皱得紧紧的："你们怎么啦？也不怕对门隔壁笑话。二奶奶起来，有事儿我担。"

林二只要一见他嫂子就无可无不可了。虽然她那么冷静，林二却是一味地奉承："嫂子，您不用管，叫她跪到明天早上去。"

"二奶奶，你起来，打了不罚，罚了不打。她又没犯错，你已经把她打了一顿，还要怎么着？起来，二奶奶！"

"我不敢动，他要打死我哪！"

"你不用听他的，他不敢，他怕打人命官司。起来！"

林二奶奶哆哆嗦嗦地起来，侧着身子走到屋里去。何大扶着那顶门的棒子，一言不发。

林大奶奶说："何大哥，您还不睡吗？累一天也乏啦！我们老二在外边也学出脾气来啦，才到家就这么闹翻了天。他总是多嫌我，我一个寡妇人家可怎么办呢？"说着哭了。

何大只得努力张开口忍着气劝两句："大奶奶，您不用难过，二爷年轻，又是挣钱的掌柜的，让他吧！都进去吧。"

林二手足无措地说："嫂子怪我，怪我吵了您啦，以后我不理他还不行吗？"林大奶奶叹了一口气说："总怪我命不好，妨得你们林家不安，你们再吵一句，我也不劝，一根绳吊死完事，那你也就好了。"

这场乱子总算过去了，但是何大心里又多了一层挂念，那就是他觉得林二对嫂子的神情不正常。何大深知这是林家的事，与自己无干，但是一想到林二就怒气填胸。

奇怪的是，林二在家里住了五六天还不进城，更奇怪的是，林大奶奶脸上的笑容已经没有了，她整天冷冷的，连说话的时候也少了。何大总觉得莫名其妙，不过他想是林二在捣什么鬼哪！

果然，一天何大从田里拉完庄稼，预备打场了，他想跟大奶奶说找两个短工帮忙。才走到大奶奶房门外就听见大奶奶哭着说："把你那些东西拿走，我不喜欢！你可别打错主意，你不怕对不起你哥哥，我可怕给我娘家丢脸哪……"何大心想："真丧气！总遇见这些事。"他只好退到房后樱桃丛里。一会儿见林二垂头丧气地到自己屋里去。紧接着二奶奶就出来到大奶奶房里，何大才出来到大奶奶窗外说："大奶奶，该打场了，也该找两个工夫啦！"停了一会儿，才听她用平常的声音说："你看着办吧……何……大……哥！"这声音是勉强装的，在末三个字里似乎含着无限委屈似的。

何大想安慰她几句，又无从说起，人类至高的同情心就这么抑制着，眼看着一切的不平却不能管；眼看着弱者受欺凌却不能去拯救，这该多么痛苦呀。隐隐还听见她饮泣的声音，那一向善良的女主人受了欺负，何大连一句安慰她的话都不能说，这该是多么背理的事呀。何大决定："冬天散伙，眼不见心不烦。"

到了冬天，何大果然不在林家了，林大奶奶恳切地挽留也不能打消他的决心，因为他的决心已经不是一天了。他说要种自己的地，她又怎能阻止他种自己的地呢？一同合作的伙计就这么分开了，为了一种暗中的恶势力分开了。

有一天，十一月末的天气，天上阴沉沉的，北风呼呼地吹着，何大背着一个条筐在外面拾飘落的干树枝，心里有说不出的愉快。因为冬天田地里没事，自己可以勤俭地多做点事，帮助大伯过一个丰富的新年。明春自己种自己的地，托人订下小凤，不过一年小凤就可以做何家的人了。他想着想着觉得全身温暖，虽然是号着北风的十一月天气，但是何大却感到春天一般的温暖和馨香，所以一会儿他的条筐里已经装满了干树枝子。他把柴用草绳捆好，正要背起来走，面前走来一个妇人，是林二奶奶。迎风走来，她已有些喘了。何大赶紧把筐放下打招呼："二奶奶，这么大风天您出来做什么？大奶奶好？"

"好什么，她夜里老害怕，冬天风紧，狗一吠，她就吓得不能睡。她叫我找你来上我们家去一次，她说有事。"

"那么您先回去，我把柴筐送回家，就到你们家去。"

"按理说，这事不一定要告诉你，可是你在我们家没少出力，你是个老实人，我总想管你的事……"林大奶奶十分憔悴地用力地说着。

何大坐在一个长凳子上说："什么事你说吧，我看着该管才管哪。"

"你还没定亲吧？"林大奶奶突如其来的一问倒叫何大一惊，不知道怎样回答了。林大奶奶接着说："我想做一次媒积积寿，我倒看准一个姑娘很合适，要办就赶快，再等就晚了。就是我们本家的小凤。"

何大自然是喜出望外了。只是转念一想，自己今年并没有多少钱，拿什么买定礼呢？所以迟疑地说："拿什么下定呢？一年的工钱都交给大伯了，大伯说明年给我定亲。"

"明年再定可不准定什么样子的了。我见小凤和你真是很般配的，定礼我替你办。何大哥，你是明白人，我完全是为你和小凤打算，因为……小凤家里过得很不好，她妈要把她雇出去给城里大户人家看孩子去。你想，城里什么人没有啊，订了婚再走多少还有点仗势，有什么事也好管……"

"不叫她去成吗？"

"何大哥怎么说起孩子话来？谁不叫她去？是我？是你？咱们跟她家一点亲戚都没有，平白地不叫人家出门做事像话吗？要不怎么说先定下亲来呢。"

"林大奶奶……您待我太好了，我终究会报答您的……订了婚我就不叫她走。"

"那就看你的本事啦。唉！也得看她妈肯把女儿给你不给呀，你听信儿吧！明天没事就来吧！我下午就亲自去说亲。"

何大觉得林大奶奶的心肠像活佛，而且聪明强干得像个好男子；但她却是个命苦的寡妇，他想着不禁凄然，低了头片刻才说："大奶奶，您多费心了，我先回去啦。您还有什么吩咐我啊？"

"没什么事，只是你早晚见了老二不要对他提我管这事呀。我索性都告诉你吧，城里的事就是他给小凤找的。"林大奶奶往门外探了探头，见二奶奶已经回了她自己的屋子，又接着说："老二不定存的什么心哪，小凤不肯去，她妈还打了她一顿。大哥！我的命太苦了，遇见这么一家子人，我和二奶奶总有一个会死在他手里，到那时候大哥给伸伸冤。"说着落下泪来。

何大从未见大奶奶在人前哭过，而且自己不过是她家一个长工，她能这么看重自己，决心以后要为她出力。他直率地说："躲开他完事。"

"好容易的话！娘家没爹妈，又没个好弟兄，往哪儿躲呀。明媒正娶地改嫁也不是丢人的事，只是天下的好人虽不少，像我这苦命人到什么地方找去？还有我们小婶，我在他家，她还能多活两天，我要走了，你看吧，她就惨了。何大哥，我不能说叫小婶累赘着不走，可是我心里总不愿意那么一个老实人遭劫。"

何大茫然地站起来看着大奶奶，果决勇敢的神气往外走着道："大奶奶，我走了，不管什么事，只要您看着我能管，就给我送个信儿，我是不会退后的。"

何大的婚姻果然由林大奶奶的力量办成了，何家一家人都感激林大奶奶，何大工作得更勤勉了。两家议定了明年完了秋收娶亲。不过何大心里总觉得有些牵挂似的，他很想见见小凤说说话，或嘱咐她一些事情。可是村里的风俗是不容未婚夫妇见面的，即或偶尔见了面，也得各自躲开一言不交，定了亲反倒不方便了，这真是他预先没想到的事。

大约在他们定亲后第三天，何大照例背着筐子到有树木的路边去拾干枝。天气是晴的，也没有风，他才吃完早饭，身上还是暖烘烘的。光秃秃的冬天的田野上是一望无际的褐黄色、深褐色的树木和人家坟茔里常青的松柏，形成一种很调和的色彩。还有远远一座城墙，隐在枯树间。这座城，究竟有多少人呢？有多少财力呢？吸引了不少村里人去。他也曾进过城，赶集，或者卖米，但城里人的内部生活他是不清楚的。林二这该天杀的东西，用什么神通叫小凤

13

也进城了呢？真是给大户人家看孩子吗？那倒不错，得了钱可以解她们母女目前的饥饿，只是未必吧？林二那鬼总不会有什么好心的，也许他把小凤骗去卖给人做小老婆，或者是比小老婆更坏的营生。何大的心里烦躁起来，想马上去找林二问个明白，又想找小凤的母亲阻止小凤走，他的心真是委决不下了。忽然他眼前一亮，小凤提着一个小篮，也来捡干枝。何大不知为什么有这么大的决心，居然毫无顾忌地拉住小凤的手，他觉得自己把握住了真实。小凤也没躲闪，只是脸上红红的像涂了胭脂。他紧握住她冻得冰冷而且有裂纹的手，半晌才吃吃地问：

"你没走？"

"没有，妈给我赶做棉袍哪，也许明儿就走了。"

"你到城里去做什么？不走不行吗？"

"不走妈不愿意，走了倒可以使家里少个人吃饭，也可以挣点钱……林二说是给人家看孩子。"

"这人家姓什么？住在城里什么地方？"

"妈都知道，妈还上他们家去了哪，要不，也不能放我去。你……你不放心问我妈去吧。"

何大把手放松了，倚着树干回过头去望望远处的城，默无一语。小凤只得拾着地下的树枝，可是她心里觉得不痛快，她恨自己家连一亩田地也没有，不能在本乡本土吃饭，还得跑那么远，又不知道会遇见些什么人，眼泪不断地落在冻了的土地上。

何大突然说："我明天送你去，叫他们看见我，省得……省得他们以为你家里没男人，好欺负。"

"不用，我一个人丢人就够了，不能才……下定就叫你跟着丢脸。你不用去，有妈送我哪。他们好，我就做下去，不好就散，我不能叫人欺负。你也不用太操心，我怎么去的，还怎么回来就是了。"

他不知是感激还是伤心，心里涌出各种滋味，眼角鼻管都是酸酸的，不过没落下泪来。他觉得自己的确是个穷小子，不然每月助小凤的家几许日用钱，还用小凤自己出去服侍人吗？他自己惭愧极了，对小凤正眼也不敢看地说："你说得对，我对不起你，等明年春

14

天我自己种了地，无论如何也不叫你们挨饿了。只要我肯勤俭种地，上天是不会亏待我的，园边、地边，只要有土地的地方我都种上东西，长出东西来我挑到城里去卖，把他们城里人的钱拿来用。卖不完的自己吃，吃不了的给穷人……我们只要有地就不用发愁，不怕挨饿了。小凤，你得帮助我！"

他把小凤伏着的身子抱起来，搂住她的腰，往东指着说："你看，从马家坟过去，从北河沿一直到南边那杨柳行都是我的田地，是我父亲临死留给我的。我先叫我大伯种着，等我到娶亲的年头，地就归我自己种了。还有我们家后门外那个池塘和菜园也是我的……将来地亩会多起来的。只要你我勤俭，等地多了，你也可以像别人似的当起东家奶奶来了。"

小凤随着他的指点看着那些阡陌的良田，心里燃起许多幸福的火花，把自己的清苦和不幸完全忘记了，羞涩地把头藏在他宽阔温暖的胸前，火热的脸孔微擦他的衣襟。幸福的、爱的力量从心里贯通到唇上，她偷吻着他的衣襟说："我也不愿意当东家奶奶，我也不怕吃苦，什么我都会做，反正你将来不像别的男人似的给人气受就行。像林二似的那么狼心狗肺地打林二奶奶多可怜哪。"

他这时候快乐极了，他真不知女性有小凤这么多可爱点，他所见的村里许多未婚夫妻都像仇人似的躲着，偶然有那脸皮厚的，说句话就被人笑话死。等结了婚，差不多又都是不配合的婚姻，爹妈强给娶的。不是男的整天装凶神，就是女的撇清不肯和好，没想到小凤对自己这么依恋，这真是天意。多亏林大奶奶，她一定看出我对小凤的心意了吧？她怎么会留心一个长工的心意呢？也许小凤和她说了什么吗？小凤为什么会喜欢自己呢？我得多问问她。于是他把小凤搂紧了，声音低低地说："小凤！你觉得我有什么好处吗？"

小凤笑着推开他，提着篮子跑开了说："来人了。"

何大往四外一看并没有人影，但是小凤已经快跑到村边上了。何大没想到女人不但可爱，而且是不易对付的生物，为什么好好的跑开呢？真是莫名其妙。他又不敢追她，怕她跑得更远了，只得失望地看着她。看她又放慢了脚步，而且她的篮里空空的什么也没有，只得叫住她："喂！你捡的干枝哪？"

她笑着回过头来说："忘了捡啦，怎么办？"

何大把自己的筐提过去，到她跟前，把成大把的干枝放在她的篮里，直把她的篮装得满满的，他才说："你刚才跑什么？一个人影都没有，你怕什么？"

"我怕你！嘻，你看你的眼睛死盯住人，你说话的声音都变了，谁知道你要怎么样呢？"

"你太叫人喜欢了，小凤，早知道你这么好，我早就托人说你了，也许不会有城里这一档子事。"

"你看你，说那不高兴的话做什么，你还以为我是孩子哪？我也十八岁了，什么不知道，你就放心不行吗？你还叫我说什么呢？"

"我不怕别的，就怕你人大眼高瞧不起我了……"

小凤提着篮子转身走开了，痛苦地说："你慢慢看着吧！"说着头也不回地走了。

何大知道自己太直爽了，使她不高兴地走去，又不好再招呼她，眼看着她走得远远的，他的心里热辣辣的，又痛苦又空洞，觉得有生以来今天是最快乐的一天，谁又想到她生着气走开了呢。要想再有这么一个快乐的日子，恐怕要等收完秋娶了她才会如愿呢。唉！小凤，可爱的人！

何大自从辞了林家的长工活儿以后很少到他家去，眼看就要过年了，他怕林大奶奶有什么事叫他办，他就和大伯说了一声向林家走来，却见林二奶奶满身水淋淋地从家里往外匆匆地走，一见何大急忙说："林二把我倒栽在水缸里就出去了，他要拿水淹死我，我使劲挣出来，我叫我爸爸上城里告他去。"

"大奶奶呢？"

"她娘家嫂子养孩子了，她今早回娘家去了。你到她娘家找她一次吧！反正林二有一场官司。"

说着水淋淋地向小路走去。正好何大知道上林大奶奶娘家去的那条路，他就走着去了。

等何大和林大奶奶回到林家的时候，林二还没回来，二奶奶娘家人也没来。林大奶奶看着自己家一个人也没有，房门也没有锁，幸亏没丢什么，只是冷冷清清的好像没人住的空宅似的。她咬住嘴唇，忍着泪坐在炕上发起呆来。何大看看水缸里的水洒了一地，有的已经在地下结冰了，二奶奶真可怜，这么冷的天身上水淋淋的还不冻成冰人吗？剩下缸里的水也不能喝了。他要淘缸，重新挑水，大奶奶突然说："何大哥，不用挑水了，万一动了官司，人家还不上家里来查，留着原样儿吧！该着败家，还喝水哪。"

何大不知怎样好了，站在堂屋缸边上叹息。林大奶奶说："你不用替他们担心。小凤走了以后，我不放心，打发村里开酒铺的到城里打听。小凤真是给人家看孩子，还给我带了一双鞋，给你带了一个棉背心，都是她自己的钱买的材料，自己亲手做的。"说着叫何大进里屋去。大奶奶从红漆板柜里拿出一个报纸包来，放在炕上打开。里面是一件深蓝市布的棉背心，白里子，黑骨头扣子，何大说不出的喜欢，又怕拿回去家里人问起来不好意思，就拿起来到柴棚里去穿在大衣服里面，有说不出的温暖和喜悦，把林家不幸的事忘得无踪影了。回来见大奶奶站在堂屋的水缸边流泪，何大觉得林家人真不幸呢，不过最可怜的是大奶奶，性格好，能干，长得好，一颗善良的心……为什么遇见这些难办的事。自己是个年轻男子，又不好安慰她，只得向她说些不相干的话。但是说什么呢？从何说起呢？每次在她家总有二奶奶在旁边，一切都还自然。今天只有自己和她两个人，真是有许多不便。他想走，可是丢下她在这么一个凄凉的环境里，她怎么忍受得了呢？而且林二也许会趁机回来，他是什么都做得出来的，所以自己反倒不能走。何大的心绪复杂得自己都安宁不下来，又想万一官府人来问起，自己算什么人呢？岂不又多一个头绪？他于是问道："大奶奶，二爷知道我散伙了吗？"

"他不知道，只要村里人不知道他不会知道的。我想村里人还不知道，因为还没人给我荐新长工呢。"

"我大伯是不轻易向外人谈家事的，也许外人不知道，只是二爷为什么不问呢？"

"他吗？他心里整天想些邪事，正事一概不管。"

"那么如果官府遇上我，就说我是长工好了。"

"何大哥，你也像我似的说起孩子话来了，官府的人是那么好请的？别说没出人命，就是出了人命也得停个一天半天的再说。碰巧一点油水也没有的官司，打来打去的，就自消自散了。唉！说什么呢？自古来人情就是那么回子事……哟！你看二奶奶一个人回来了。"

果然二奶奶蹒跚地走回来了，衣服也没换，水已经冻成冰，连头发上都是冰，脸上叫水缸里冰碴扎得许多块青紫，唇冻得青青的，虽然没淹死，但是一身水淋淋的，生生冻成了冰人，也和死了差不多的痛苦。大奶奶又心疼又气地说："你也真要命。大老远回了家，连衣服也不换换又回来了，多冷啊！"

二奶奶到屋里，沙沙地带着一身冰，就给大奶奶跪下哭着说："嫂子救我！"

大奶奶把她拉住，叫何大烧热水给大家喝。何大想着：看来这官府是没人来了，淘缸，挑水吧。林大奶奶拿出一身自己的衣服催她换上，落着泪问："亲家爹知道这事了没有？他怎么也不管？"

"他……也够不上做爹的人。我一进门就先遇见他，我哭着把这些事一说，他大骂丧气，说我活是林家人，死是林家鬼，两口子打架就往娘家跑，也不怕人家笑话。有骨头的丫头就死在他家，爹给你报仇，你给我回去。……大嫂，我还有什么指望？"

"可糊涂死了，等死了不就晚了吗？亲家娘就没出来叫你换换衣服？"

"唉！别说是后妈，就是亲妈也不敢哪。你没见我爹那个凶相哪！像我做了什么丢脸的事似的。要不，我就寻了死吧？"

"也没见你这么糊涂的人，既回了家什么也办不了，还和我商量寻死来啦！该着我操心，你藏在我屋里吧，等老二回来我和他算账！"

何大已经把缸里的水挑满，烧了一锅热水，就回家去了。一路上兀自挂念着林家的事。

第二天一清早就听见有人来叩何家大门。原来是大奶奶打发人找何大来啦，林二奶奶昨天晚上吃官粉死了。林二给她家去报丧，叫人家打得遍体鳞伤，并且现在绑在本村小庙上。同着本村全村人、村长、村副问他"官了"还是"私了"。何大到林家见大奶奶头发蓬松地坐在灵床前哭着，四五个邻妇在旁边解劝。大家见何大进来就齐声说："何大哥来了，叫他辛苦一趟，到庙上看看二爷去吧！"话还没说完，只见一群人拥着一个鼻青脸肿的林二从大门外冲进来。两三个生脸的汉子进门拿起瓷器、家具就摔，然后就往林大奶奶屋里冲去。林大奶奶不知是急是怒，一阵风跳到自己的屋门前拦住他们破口骂起来："你们这一群瞎了眼的强盗，你们走路也不认清门口？你把外间屋的东西都摔光了我不管，那是他们林家的东西，他们自作自受。我的屋里是我娘家陪嫁的，谁敢动一下？你们没有王法吗？欺负到寡妇门上来啦。我们村里的人都听不见吗？我做错什么事了？也没人来帮忙？"说着号哭起来。

村长本来在外院，听见林大奶奶说的话条条是理，而且保护村民是自己的责任，就匆匆过来，后边有村副、何大……还有三五个本家人。林大奶奶哭着进自己的屋子去，村长拉住林大奶奶门口的几个人说："诸位有话好说，他们各人的事各人当。这位是林二孀居的嫂子，诸位不可一律看待。"

其中一个比较年轻的胖小伙子大约是死者的弟弟，愤愤地说："他妈的孀什么居，我姐姐死了，他们林家里自己赔了吧！"

"啪啪"，两巴掌打在小伙子的胖脸上，何大气呼呼地说："我豁出去了，打官司有我一份，今天不打死你，你也不认识我们村里的义气。你姐姐活受气时，你们没有一个人为她出气！现在她死了，你们倒来报仇。你们开心来了，拿着人家清白的女人胡说……"说着何大还往前去要打，一个本村人把他拉住，何大忍不住地说："你们打官司只管写上我，我是何大，在林家当了两年长工。你姐姐生前受林二的收拾我都见真，林大奶奶的苦楚我也见真，何大不能含糊就是了。"

屋里、外面已经挤满许多人了，从人群里挤进一个四十多岁的女人，进门就号啕大哭："我苦命的孩子……"说着就把尸身上的单子揭开，见身上穿着还是家常的布衣服，就哭着闹着不答应。由村长评议的这场事私人了结，给死人来个好丧仪、好装殓。

大家商议条件的时候，院里、屋里嗡嗡地乱得不可开交，幸亏是冬天，不然早就臭不可闻了。村长约下几个本族本村有头有脸的人办事，别的闲人连请带喊地打发出去，把林二也带进堂屋里，他垂着头，像一个临刑的囚犯。他并不是真正的厉害人，只是欺软怕硬罢了。他的岳母大口唾他骂他，大舅子、小舅子要求着苛刻的条件，他一言不发。

林大奶奶一只手在后边背着出来了说："诸位叔叔、大爷、婶子、大妈，我十九岁那年到他们林家，二十一岁守寡到今天，十年了。我们老二还是经我手给他成的亲。我除了没儿没女——那也是林家祖上的阴德差，我有什么不是没有？"

大家干干脆脆地说："没有，百里挑一的规矩人。"

林大奶奶感动地流下泪来说："那么大家帮帮我这苦命人，先了了我们的家务，再办二奶奶的丧事。"

林家一个族里老头十分同情地说："那么你打算怎样，我给你做主。"

"先谢谢你老！我们二奶奶死了，像我们老二这样的，我还能跟他一锅吃饭吗？先把家给我们分了，我过继一个儿子安分过我的关门日子，他再娶媳妇好坏由他去，不和他打这份糊涂官司。老二，你答应也这么办，不答应呢也这么办。要是叔叔、大爷们不肯给我们了结这件事，那么我也活了半辈子啦，死了也不算命短。"说着背后那手拿出一把锋利的剪刀，对着自己的胸口等着大家回话，大颗的泪珠挂在腮上，滚滚地下坠，像象牙上滚着的明珠。一个好心的老太太在她身后一把从她手里把剪子抢过去，大家吓呆了的神情才松缓了。

那老族长说："依你，你说的都是明白话。老二！你怎样？"老二的神志似乎清醒了很多，叹息着说："嫂子！我对不起你，叫你跟着我生气担心……可是嫂子，我也不是没有委屈，就说我和死鬼吧，虽说是爸爸、妈妈活着替我订下的，但是她那份长相、那份蠢，就没人替我想想。唉！好在我城里还有那个米粮店，事完了我也不回来了。把她埋了以后家产剩多少，都是你的。嫂子，人生能活多大岁数呢，只要你愿意，我绝不小气。"林大奶奶已经跑着进屋里去了，大家纷纷商议着析产问题。

林家已经把家产分成两股，林大奶奶过继本族一个小男孩。林二奶奶的丧事办得十分热闹，严冬的荒村里终日经声、佛号地叫嚣着，纸糊的车船、轿马、人物、灯伞从林家门口直摆到小庙台上，全村人如逢大典，整天在外面看热闹、听念经、听喇叭。死人的装殓都是丝绸的，棺材是贵重的木料，林二的家产如果不是林大奶奶哭闹着分出一半去，简直完全用完了。出殡的那天，二奶奶娘家人每人要的全份白市布孝衣，村里帮忙的妇人们又明拿暗偷的，就只孝衣一项用的钱就可观了。林二穿着重孝，拿着灵幡儿，完全是孝子的仪式，这自然是二奶奶娘家人出的报仇手段，但是死者又感到什么呢？假如在她活着的时候救救她，岂不是双方都好？现在人死了，钱财消耗了，结果呢？只是一场空，白白地给外人解解闷、开开心罢了。死人仍是九泉含怨，活人却多结了一份仇恨。

自从林家这件不幸事件过去以后，村中一向平静无事，只是正月初一那天大风雪，小凤家的破茅屋被吹倒了。林大奶奶把小牛母子二人收容到她家来，小凤曾回家一次，可是何大没能见着，她就又回城里去了。他说不出来地惆怅。

新年过去了，眼看春耕的日期又到了。何大替林大奶奶荐了一个新长工，何大就开始耕种自己的田地，何大伯在"开耕"的前一天吃完晚饭，在一盏油灯火上吸着了旱烟，何大妈坐在炕里边，她的女儿——云子在灯下纳鞋底，何大伯对女儿说："你大哥哪？"云子说："和二哥在后院牲口棚里收拾哪。""把他们叫来。"

云子下炕把哥哥们叫来，何二比何大略低些，也是膀大腰圆的好庄稼人，他们坐在何大伯旁边的长凳上。何大妈眨着眼看看女儿，看看儿子，看看侄子，又看看老头子，高兴得一言不发，满足地打起盹来。云子纳鞋底子的声音哧哧地响着，她的影子映在纸窗上。老人用力吸了一口烟，一股子兰花烟的香气缭绕在这静静的小屋里。炕沿上一盆无焰的火，斜插着一把小烙铁。老人说："老大地里的界石都看好了吗？"

"看好了，大伯。"

"明天老二帮着你大哥耕他的地，耕完了就帮他撒种。靠河沿的低地种稻子，去年冬天雪大，今年种稻子准错不了……等你大哥的地忙完了，他再帮你种你的地。哥俩干事商量着来，别生气惹人家笑话。当初我和你叔叔，才差一岁年纪，从来没斗过嘴。现在你叔叔、婶子都没了，只留下你大哥一人，你要错待了他可不行。老大，大伯从你小时候手摸着长了这么大，叫你做几年长工见见人情世故，你的工钱我一个子儿都没用，都留着给你娶媳妇。我老了不想种地，可是我也不能空待着，园子由我种。收了什么卖钱两股分。就是家产也不用再分了。我们哥俩早分配好了，后院的正房三间、厢房两间、猪圈、牲口棚……都是你的。等你娶了亲把文书交给你。前院的房子是你弟弟的。"

何大听着伤起心来，用手抹着眼角的泪说："大伯您不用说了。多跟您在一块儿过几年不行吗？"

"不是那么说，我想今年秋天给你们哥儿两个娶上媳妇，分家另过，年轻争强好胜，两股比赛着，谁也不肯懒惰了。不用几年就可以看出来，勤俭的富足了，懒惰的穷困了。"老人停了一下，把烟袋锅在鞋底上用力地敲着，然后把烟袋放在板柜上，看了打盹的老婆一眼。

"庄稼人最要紧的是勤俭，男的女的是一理，当初你妈是出名的巧妇人，你们原来姐妹四个连你五个孩子，你妈给你们穿得整整齐齐的，后来孩子死得只剩你一个人了，没什么活计还揽外面的活计挣钱贴补着过日子。你大妈针线活儿不行，地里却能做，足赛得过一个男庄稼人。云子的活儿还是你妈教她的。要不然咱们爷儿三个的活计谁给做呢？多亏她起早睡晚地忙。"

云子用唇润了润麻绳说："娶了嫂子们就好了，我可要大大地逍遥一下。"

何二说："你也别想着逍遥，也该叫人抬走了。"

何大说："今天早上我还看见妹夫上地里去。大概也是要耕地了。好小伙子，准不能叫你骂媒人就是了。"

云子笑了唾着嘴里的碎麻说："该娶老婆的人了乐得说别人！"

老太婆打了一个响呼噜自己倒惊醒了，坐直身子看着昏昏的油灯火花，又看了看正在说笑的一家人，打一个哈欠说："还不睡哪？明儿不是早起吗？"

一家人快乐地安歇去了，因为明天要开始他们一年幸福的工

22

作呢。

　　乡间四月初是最美丽的时候，田间的秧苗长得绿油油的，田边的野花开得灿烂，像许多花边镶在绿毯的边缘上。何家弟兄提着小锄往田里去拔草，经过林家的田边，见一个长工低着身子除草，小凤的妈和小牛也在帮工。何二打招呼，何大也跟着打招呼。他很想打听小凤的消息，但是怎么好意思呢？他只说："林大奶奶好？"小凤妈站起来笑着推着小牛说："你往前拔，别拔错了。"又对何家兄弟说："你爸爸、妈妈好？你们哥俩也下地？林大奶奶好着哪！又给小凤做衣服呢。那人可太好心了。过两天小凤该回来啦。她们东家奶奶也上乡里看青来，城里人闷得慌了，拿咱们乡下的青枝绿叶当宝贝。"

　　何大听说小凤过两日回来，心里再也平静不下去。他想她回来一定住在林大奶奶家，见她的机会一定不少，只是像去冬那天捡干枝的聚会恐怕不易有了。天哪！为什么快乐的时光那么难得，得了又那么迅速地消逝了呢？

　　他每天到黄昏，晚饭后就在大门外的菜园边或小树林里溜达，何二知道他的心事，跟他约好了说："大哥你放心遛你的弯儿。每天我管挑水，我管喂牲口，等你见了我那没过门的嫂子安安静静多说会儿话。等多会儿我也遛弯儿等媳妇，你再替我，哈哈！"何大虽然笑着骂："别胡说了，让大伯听见骂你。"但是他真是什么都不顾，失魂落魄地等小凤，任由何二替他。

　　一天太阳已经完全落在西山里，天上的云由浅金变成桃红，照在池里、小溪里，完全是透明的桃红色。嫩绿的蒲草和芦苇柔软地轻轻摇摆在微风里，这正是一切人类最爱的时候，不冷、不热、不忙，也不闲的时候。没有狂风，没有暴雨，没有寒雪，没有凋零，也没有过度的丰满，一切都那么喜滋滋的，那么柔嫩地向生的途径走。何大从园子后边走到一片幽静的小林里，许多丛生的小槐树叶子圆圆地对生着，被晚霞照得红红的，因为原来的绿色太嫩了，经外来的红色一照反倒把绿色掩住，眼光为这红绿交辉的颜色弄昏花了，他无聊地往前走着。

　　"你上哪儿去？"这突然的声音倒使他一惊。原来小凤迎头走来，她把头发梳成两条辫子，瓜子形的脸映着中分的黑发十分可人，肤色也红润白皙了，眉显得特别弯，眼睛的长睫毛闪闪的，似乎向人诉说着什么。何大反不知说什么好了，停了半晌才说："你什么时候来的？"

"今天早晨。"

"听说你的东家奶奶也来了。"

"什么东家奶奶？我不在她家啦。"

"为什么？你妈愿意吗？"

"愿意！你呢？"说着，她闪着眼睛侧着头看他。

"愿意。你舍得离开城里？"

"你别气我行吗？我离开城里都是为了你。"

"怎么？有人……"

"林二那小子不怀好意，他总借机会上那家子找我，我最初还不好意思见他，后来他直给我送东西，那神气也不对劲。他又说，他和林大奶奶分家了，他永远住在城里，又说他老婆死了，想在城里找一个人。后来他托人向东家奶奶去提说我。我就把我的事儿都说给东家奶奶了。可巧东家奶奶的小孩子死了。东家奶奶又叫我做针线，我说不会做针线就辞了。"

何大已经尝试过少女的温馨，听了这些清脆又刚毅的话更觉得小凤可爱，只是不敢再抱她。他怕快乐的时间过得太快，他只是看着小凤笑。但一转念觉得小凤搬到林家住，万一林二回来岂不可怕？他焦急地说："林大奶奶知道吗？"

"知道，我到家都跟她说了。她说不要紧，她有法子抵挡他。林二自从老婆死了办完丧事以后，再也没回来，有人说他怕老婆的魂不饶他。林大奶奶把他该得的房子折合了钱给他拿走了。你总是有点不放心我吧？"

何大被她说着了心病。羞愧的青年男子的情绪有如一头饥饿的牛，他猛烈地低着头抱住了小凤说："你知道秋收完了的事吗？"小凤点点头。他不放松地乱亲着她的脸孔、颈、胸。

暮色渐深，他送小凤走出小树林，听着林大奶奶呼唤小凤。何大站在一棵槐树后面，见林大奶奶一只手领着小牛，一只手领着她的过继儿子——石头，笑嘻嘻地看着低着头从树丛里跑出来的小凤。林大奶奶问："你一个人上树林里做什么去了？"

何大很担心小凤说不出话来，但是，小凤却笑着说："多少日子没回家，哪儿不许我看看！什么一个人两个人的，您就是好说个人儿。"

两个人说笑着走远了。何大从树林里出来，绕着园子边走回来，见何二挑着水往家走。何大过去一句话不说把扁担从他肩上一托就抢着挑走了，把何二吓一跳。一看是他哥哥便追上前去，哈哈大笑着说："小伙子真棒！抢一担水，一点没洒，本事不小。哪儿来这么一股子没用完的劲儿？"何大已经担着水走到院里去。何二只拿着提水绳子追着走进来。关好了后门，一天就这么幸福地过完了。

阴历九月中旬的一天确是良辰吉日，何大门上贴着双喜字，挂着红彩绸。贺喜的客人忽出忽进地张望着。帮忙的人跑着，喊叫着，原来何氏兄弟同日娶亲。倒也经济热闹！许多孩子穿着新衣在秋日的日光下跳跃着，等着花轿。何大的岳家在本村，何二的岳家在五里以外。何大先拜了天地，蒙着红绸子盖头的小凤被人搀到后正房的炕上。何二家的花轿也接着来了，何二的岳家很富足，送亲太太是新人的嫂子，穿的一身麻丝衣服，拿着姿势走路，眼睛看人时总是冷冷地一瞥。天地拜完了，何二的新娘端坐在前正房的炕上，红绸盖头由何二用秤杆挑下去，何二笑着跑出去，外边少年一阵大笑。新娘子长得很好：白白的圆脸，头发不十分黑，眼睛很大，不时地看着站在地下的客人。

客人们今天是破天荒地快乐，匆匆地往两个新房里跑。夜里闹新房用棉花洒上辣椒油从门底下猫洞里点着了火送进去，弄得洞房里的两双新人打喷嚏、流眼泪。何二的新娘一面开窗子一面小声咒骂着。后正房的小凤本来一天水米没有下咽，临上轿见小牛和妈妈那种孤单的样子，又痛苦地哭了一场，下轿又不动地坐福——端坐在炕上，又由许多妇人七手八脚地上头、开脸——用线绞去脸上的汗毛……一天就感到头昏眼花，吃子孙饺子时她已经呕吐了，装完鸳鸯枕已经冷汗遍体了，哪还经得起这么一呛呢。所以她晕了过去。

25

何大急得叫何大妈来，云子把闹洞房的人斥责得走开。前院倍加热闹起来。小凤终于醒过来，何大妈才放心了。嘱咐何大小心照应她。何大妈和云子走开，客人也不敢闹了。不过大家很不满意小凤的娇嫩。何大从厨房灌了一壶开水放上红糖端来给小凤喝，小凤因为自己是新人不好意思躺下，还挣扎着坐在炕沿上，何大端着糖水走向她前面，低身说："好点吗？喝糖水吧。"

"好啦。"小凤又渴、又饿、又晕，见了又甜又热的水就毫不推辞地一口喝下去，喝完了心里略觉镇静一些了。

何大说："你吃饭了没有？"

"上哪儿吃去？人家要笑话的……"

"真没道理，新娘子就不是人？就不许吃饭？"说着从立柜里拿出一个点心盒来。

"你吃吧！这会儿是没人看见的。"小凤见自己丈夫这么体恤自己，心里有说不出的快乐，小声说："你送点给前边那新娘子，她也是一样吃不着东西的。"

何大奉命用纸包了一半转身就走。小凤又嘱咐说："你把新姑爷叫出来，交给他，告诉他就行了。你不要自己进弟弟的新房……"

"知道了。"何大说着走出去。

等何大回来看小凤在地下站着，已经换了一身粉红的小裤褂。真快哪！大红的衣服和粉红的衣服看来大有不同的情调。何大知道小凤身体不舒服，而且天也不早了，催促小凤先睡，她却羞涩地站着不动，何大焦急地说："你要怕我到几时呢？你安心在炕上躺着，我在板柜上睡是一样，你再不睡我就搬到车棚里去睡，怎么样？"

小凤的脸上突地笼罩了一重红霞，眼波流动地看着何大的胸，她从来没敢看过何大的脸，迟疑地说："你不许走，那是不吉利的……"

"那怎么着吉利呢？"

"窗子还没关好哪！"

前边新房还在热闹着，何大"吱"的一声把窗子关好了。

三朝啊，回门哪……一切新人应做的礼俗都做完了，她们两个新娘开始着嫁后的实际生活。究竟小凤容易过些，因为何大和何大伯分家了，何二家的还要服侍公婆，她的心里总感到不平，但是初来乍到的又能怎样呢？只是暗暗对小凤生气。小凤十分爱着这个小婶，她每次回到娘家和她妈妈或林大奶奶谈起话来总说她的小婶多么可爱。同时林大奶奶又尽力把自己对人的那种好的善良的性格灌输给小凤，所以小凤在自己工作完了的时候总要帮助何二家的和云子做事。何二家的在娘家是娇养惯了的，时常住在娘家。何二性格比何大还要随和一些，对于媳妇更是无可无不可的。他每天在田里工作，回来见到妻子的时候少，见她回娘家的时候多，见自己的哥哥和嫂子那种自然恩爱的样子，时常暗自叹息。

在春三月的时候，田地里已经耕种完了，只是每天做些零星事，何二家的又回娘家去了，何大夫妇却一起开拓后院一块荒地，何二无聊地走过去，故作高兴地问："哥哥、嫂子也不知整天忙什么，又掘这块地干什么？"

"种菜，边上栽玫瑰棵子，开了玫瑰给你捣了包玫瑰包子，吃了省得想媳妇。"小凤一边笑一边打趣地说。

"这准是嫂子的主意，哥哥人笨没这么多的花招儿。"何二也打趣地回答着。何二想起自己前院那片地方也不小啊，他走到自己的院里，只见长了许多扫帚草和刺儿菜，就动手去拔，拔了几棵，就没兴趣再拔下去了，呆呆地想着方才见到兄嫂的神气该多么快乐呀！自己不是和哥哥一天娶的妻吗？为什么自己这么孤孤单单的？虽然结婚前自己也一样工作过，从来很少做空想的，只是娶亲后似乎明白了共同生活的意义，假如妻子也像嫂子对哥哥那样爱、那么体恤，该多么幸福呢？也许哥哥比自己奇特点可以征服嫂子的心吧。一定的。可是又想不出自己有什么缺欠来，唉！一个土里寻食的农夫，除了水旱天灾值得忧虑以外，他们是不知道什么是烦恼的。何二在娶亲前想，娶了亲该多么有趣啊，慢慢地还会有人跟自己叫爸爸……万没想到多了这么一个妻子，反倒添了许多烦恼。

三月的天青青的，飘浮着白云。厢房前的桃花都落了，妈在屋里纺麻绳，妹妹又预备午饭了。但是妻子却在娘家躲避着自己，越想越烦，要不然等爸爸、妈妈去世了自己把房子、地给哥哥和妹妹一分，自己出家当和尚去。只是目前的烦闷怎么消除呢？还不如到地里忙些好，省得闲得生气。他走到妈的窗前隔着窗子叫："妈，妈！"老太太纺麻线，纺车呜呜地响着一点也没听见。要是妈听见又怎么样呢？向妈说什么呢？说想媳妇？不像话！说什么呢？没得可说。幸亏妈没听见。

云子早定亲了，秋天就要叫人家娶走了，小凤帮她做了不少活计。春天已经是漫长的白天了，可以做很多的活计还有闲暇，这天下午小凤锁好了房门和何大一起回娘家去。自从小凤嫁了，她娘又搬到林大奶奶的院里，小牛家已经不十分穷困了，人口很少，小牛也长大了，帮人拔草，给人喂牛、拾柴，都会做。小牛的妈又勤俭总揽活计做，所以米缸里也有米，屋里也有板柜啦。

何大夫妇被林大奶奶请去吃晚饭，饭后在灯下闲谈着，林大奶奶的过继儿子——小石头坐在炕沿上听着大人们说话。他今年已经八岁了，从小就没有父母。自从到林家来，他才认识到人生的幸福，才了解母爱是什么。所以他没有一天肯离开林大奶奶的。何大坐在炕对面的长凳上，小凤和林大奶奶坐在炕里。林大奶奶看了小石头一下说："天气一天比一天暖，我想叫石头到学房里念书去。认认地文书（即地契）也是好的，省了长大成人受别人的气，他还有那么一个叔叔……可是这傻东西不肯去，你们好好给我哄哄他，他要肯了，我明天就送他去。"

小凤拉住石头的手温和地问："为什么不肯上学呢？"

"妈就不能整天跟我在一块。"那孩子担心地说。

"学房离你们家多么近哪，去吧，你妈会在门外等你的。"小凤说。

孩子看了看他妈说："老师要打我，妈就进去拉架吗？"

"还没上学就怕老师打？你要听话老师是不会打你的。"

"老师生气就打人，不管听话不听话。"

"你听谁说的？"

"对门王大仁说的。有一天师娘和老师吵完嘴，老师进书房嫌他们吵，就打了几个大学生，每人打了十板子，手心都肿得老高。从那天起王大仁就不上了……"

林大奶奶听孩子说出这么些个道理来就踌躇道："可怎么好呢？当老师的还这么糊涂。"

　　何大知道林大奶奶这么一迟疑就不肯叫石头上学了。石头如果不识几个字是很危险的。因为他不是林大奶奶的亲生孩子，将来就是有这点产业在，林大奶奶的晚年都恐怕会出风波。所以他赶紧说："还是上学吧！小石头，你只要不淘气、不打架，老师一定好好待你。等你的书念完了，好好在村里做个人……明天就上学吧！去了叫你妈送你的时候，多托付托付先生就好了。我和弟弟小时候也念了三年书，按时按节的我大伯净给先生送好吃的，什么新老玉米、嫩黄瓜，都送。我两个很少挨打……"

　　没容他说完，林大奶奶笑了说："这么看起来老师也是不开眼哪，真是官不打送礼的呀。"

　　"什么事都是一个道理，就那么办吧。"何大这样说着，看了看小凤。只见她低着头好像有什么心事似的。何大想了一下明白了，小牛已经十岁，也到念书的年岁。虽然乡下人不一定念得中状元，但是一个字不识是一生要吃亏的。何大想完了就不能存在心里，决定了就得说出来："你上学，我还给你找了一个伴儿，明天我也送小牛上学。"何大说着又看了小凤一眼，果然见她的脸上显出欣慰的样子。石头听说小牛也上学，就乐得跑下炕来，到何大身边拉着何大的袖子说："小牛也上学？"

　　林大奶奶问他道："你愿意吗，石头？"

　　"愿意！我们俩一定不上树，也不呛蛤蟆了。"

　　春三月的夜里，到处暖烘烘的，初生的禾苗有种神秘的清香气息，连着池塘的小溪潺潺地流着。柳树的柔条显着特别袅娜多姿，在多星的夜里现出墨色的线条。远山严肃地列在近城的地方，星光下有缕缕的微云，一对夜行人在蜿蜒的小道上缓缓地走着——何大同着妻子回家呢。经过小槐树林的时候，何大停住脚看着不十分丰盛的枝叶说："槐树发叶太晚了，记得去年这儿绿油油的很茂盛，要不怎么遮住咱们呢？"

　　"还说哪，林大奶奶想起来就问我，那次槐林里有谁？……好好的人都跟你学坏了。"

"那你不会别理我吗？你凭心说，你愿意跟我学不？"

"不，以后总也不跟你学了。"

"那么现在呢？"何大热情地、率真地抱起小凤来，拥着，闻着她特有的诱人的香气，然后双手托着她，像托一个婴孩似的往前走。他们必须横过一条小溪，才能到家。他托着小凤已经走在水中央了。他顾不得脱去鞋袜，站在水里说："你跟我学不？你还装着不喜欢吗？你说！你说'我就是喜欢何大，什么我都听何大的话，他叫我怎样，我就怎样'。你说！"

小凤在何大的手臂里笑成一团，一句话也说不出来，何大故意把手松了松说："你说不说？不说我把你扔进水里。"

"我说，我说。"小凤把脸藏在他胸前，小声、不十分清楚地说了一些话，何大愉快地托着她走过溪水，她却一挣扎跳下地来。

一颗流星低低地从天边飞掠过去，消逝了。他们缓缓地走在春日软软的田间小路上，小凤忽然郑重其事地说："明天老二要去接他媳妇呢。他们俩是不是不对付？"

"老二人太随和了，她大约很娇，两个人必得倒一个个儿才好。总要男的刚，女的柔才行，不能一味地顺着女的，到时候也应当对她刚强点……"

小凤打趣地说："对了，比如要过河就把她往水里扔一扔什么的。"

何大笑了笑接着又说："老二说把她接来托你劝劝她呢。"

"不过我觉得你也应当问问老二，他对她到底喜欢不喜欢呢？"

"自然喜欢，他恨不得把命都给她，只要她说'要'。"

"她说'要'？还等她说？什么事不一定要等，把你的性格给他就好了。"

这些隐隐约约的话何大似乎不十分了解，想了想说："像你说的是叫老二对她厉害吗？那她不是更不肯接近他了吗？"

小凤有些急了，又不好意思说得十分露骨，停了一会儿。两人默默地走着，眼看已经到家了，何大催促着说："你快说吧，到家了，也许今晚我就去告诉他。"

小凤小声说："你可不许说是我说的啊！"何大点点头。

小凤说:"她今年才十九岁呢,对她丈夫的意思也许不十分明白吧。可是……可是……你就告诉他:对她要多喜欢……不用等她要……务必叫她知道自己丈夫的可爱点。叫她不肯离开他就好了……反正我也不会说了,你明白就好了。不明白我可也没有法子再说啦。"

何二的妻子已经三个月没回娘家了,何二兴高采烈地工作着。他的前院已经搭起小小的一个丝瓜架,不再荒芜了,何二家的对何二已经如鱼得水似的,也帮云子做活儿。何大伯夫妇也纳闷,他们想从先(即从前)何二娶亲的时候一定犯了克星,现在克星过去了两人也和好了。眼看着一家人欣欣地往兴盛的命运上前进着,"老天不负苦心人"这句话更成了两个老人的天经地义。

何二的衣服特别整齐,而且脸色也滋润了。这正是应当努力的青年黄金时代,他那将来做和尚的梦早忘得干干净净。原来他是好说笑的,现在更是一味地嘻嘻哈哈。

云子嫁了,何大妈感到十分的寂寞和空洞,幸亏何二工作之余在她面前说东道西地安慰着她老年寂寞的心。凡是云子在家里当做的工作,何二家的都做了。小凤不时地做双鞋呀烟口袋啊送过来,何二家的对小凤也比从先亲切了。

新年大家是没有工作的,云子夫妇也来归宁,大家都说云子更漂亮了。她的丈夫很安静很诚实。何大妈寸步不离地守在女儿旁边,三个青年却陪着何大伯"斗十胡"。

小凤从外面慌慌张张地走到何大妈的屋里,哆哆嗦嗦地说:"大妈,您……跟我看看老二家的怎么啦,她说肚子痛,脸都白了,那可怜相……"

何大妈听了吓得不知怎么回事,但一静又笑了:"她该养孩子了,看你这样儿倒把我弄糊涂了。去!叫老二来。把你妈也找来帮我给她收拾。"

云子笑着说:"我怎么没有瞧出来呢?"

小凤欢喜得掉下眼泪来说:"我也是小傻瓜呀,没想到这一层。"说着转身上后院把何二从赌兴中叫出来。

何二正赢得高兴，见嫂子叫他就说："你是叫我还是叫我哥哥？可别叫错了人。"

小凤笑嘻嘻地说："还装糊涂哪！你要当爸爸啦，还闹呢。你去到我家把我妈找来，帮助大妈，快去吧！戴上帽子，看你乐得忘形了不是！"

何二也顾不得戴帽子，嘻嘻地跑出大门去。

小凤追着他说："别叫小牛来，大年下的，他已经拜过年了。"

一直到黄昏，何二家的痛苦已经把她弄得没有人形了。她声嘶力竭地喘息着对何大妈说："妈，我真难受，一定是活不成了，我要是真死了，您劝您儿子别难过……我死了比这样好……好受得多……"何大妈也觉得心痛说："好孩子忍着点，这难受是短时候的……"

何二在窗外已经酸泪滂沱了，恨不得自己替她受罪。又想：万一她死了，自己就终身不娶。他偷挥着眼泪，又听屋里一阵凄厉的惨呼，他用力把两耳掩住再也不敢听下去了。他想："完了，完了，可惜自己唯一亲爱的人就这么惨痛地完了。天哪！如果你要她死，就快些吧，不要叫她再痛苦下去……"他正在伤痛地想，只见小凤笑着出来，对他还拜了拜说："大喜，你当爸爸了，还是个儿子……"何二半信半疑的时候，听见孩子洪亮的哭声，可惜这不是出世的第一声，因为那时候他正掩住耳朵。他好像被赦的囚徒，狂喜得几乎拉住小凤，喜欢得流着泪说："嫂子，嫂子！谢谢你。"

"谢我做什么？我刚才也是直害怕呢。"

孩子长得很像何二，一家人都有说不出来的快乐，他的名字就叫"欢喜儿"。

在欢喜儿两周岁的那年春天气候太干燥，一滴雨都没有，到了四月天仍是红日当空，而且不时地吼着风。长得二三寸高的苗儿多半都干枯了，有的被风吹坏，农人们一个个愁眉苦脸，就是荒芜地方的野草都不肯茂盛地长，所以田里没有工作。他们想：为什么又有荒年呢？人们的罪孽太深了吧，怎么办呢？

米价突然涨起来，城里大米栈里大量地收买米，村里有存米的人家都不肯卖给本村人，都是大车小担地往城里运米。乡里没有米的人，又没有工作可做，只得大包小卷地把衣服被褥拿到城里去卖、当，得点钱买几升米回来，有的捉住自己的小鸡子到城里去卖，也有的把养得半大的猪——预备五月节喂肥了卖的，赶到城里去……村里一片饥饿的呼喊，求雨的、私自烧香的、偷窃的……形形色色的事在这小村里层出不穷。林大奶奶家还存了两石多稻米，她想把这稻米卖给村里人，吃什么不是一样呢，后来听人家说：城里稻米比高粱贵三倍，因为大户人家都喜欢稻米，大铺户也是拿稻米当珍品。于是，她想把稻米卖给城里，再买些高粱谷子回来，卖给村里不就可以多一些了吗？她和长工商议完了，又把何大找来问他进城不。原来何家兄弟每人也都存的稻米，因为这几年他们收了不少稻米，平常日子又舍不得吃，所以和林家的凑在一起有七八石稻米。

天已经亮了，林、何二家的两辆米车同时出发进城去。林家的长工和何家两兄弟，赶着车子前进。四月的清晨原是可爱的，但是今年却不同了。田野里稀疏的小苗伴着一种红褐色的野草在田边生长着，是每年见不到的。他们赶着车进到城里，最热闹、商家最多的是"南街"。南街有两个粮栈——专收买大宗村里的米，其中一家便是林二的"三庆记粮栈"。这家粮栈是林家三代的产业，城里人因为知道"三庆记"，也都知道了"三多堂"。有起得早的在街上闲游的人们见来了两辆米车，第一辆车上的口袋都印着"三多堂林"四个大字，以为三多堂从村里给三庆记运米来了。米！"米珠薪桂"的年月，只要有米往谁家运，谁家就是财神庙。于是有人就往三庆记送信去说："你们家给你运粮食来了。"

林二夜里睡晚了些，新近又结识了一个相知的花姑娘，早晨不免晏起。虽然近来米粮行因为荒年反倒忙起来，但是林二手下还有个账房先生、两个伙计，他是东家兼掌柜的，身份高、架子大是当然的。他在后院才起床，拖着鞋坐在一个木制的圈椅里在想什么，摸着左臂上被那新相知咬青的一块，想着昨晚的情绪，心里还热乎乎地觉得挺是味儿。小伙计冒冒失失地进来说："掌柜的！有人给柜上送米来了。"林二这些日子确实收了几份便宜米，所以他顾不得再欣赏那块爱的伤痕，也没洗脸就走出店门。

何家弟兄一向进城卖米都是挑着担子在街上卖给赶集的，可这次并不是大集，是大宗的米，似乎应该找一个粮栈全部出清，但是因为习惯的关系，并未打算好卖给谁家。他们把车停在南街一个小僻巷的口上，闲眺城里的街景，自然他们是在找粮栈。果然一眼见一个旧的铺面，大敞着铺门，里面在大木架上摆着许多簸箩，门楣上有一个黑匾，匾上有五个灰突突的金字："三庆记粮栈"。林家的长工不识字，何大对何二说："这就是林二的家传米铺。"

何二点头仔细地端详着，林家的长工知道女主人家城里是有粮栈的，不过两股早已分清了财产，临行时女主人又没嘱咐他一定卖给谁家，他倒为起难来，他看了看何大说："我们二东家的米铺？二位打算怎样？"

"无论怎样是本乡本土的人，已经走到他们门口还能把车赶开卖给别人去吗？"何二总是这么权变地说。何大并没说什么，不过也算同意了，他们正要进行发卖的事项，忽见三庆记粮栈里走出一个人来，他瘦瘦的身材，白衣裤，倒背着手，显然有些拱肩，脸长得很有样，只是青丝丝的，满现着亏弱。他见这三个人似乎一惊，但马上又镇静了，把脸上横七竖八地那么一挤，挤出一个青筋暴露的公事笑容来说："何大哥，辛苦了。嫂子好？她打发你来卖给我……卖给我米的吗？"何大一见林二总是觉得气愤。还是何二笑着说："林二爷好？我哥哥已经不在你们林家佣工了，这位是你家的新长工。"林二听了把他嫂子的新长工瞥了一眼，觉得这人比何大平安些，不像何大那么刺儿头、不好惹，就笑了一下说："那么你们送来两家的米？"

"自然！"何大开口说。

"不过年头不好，市面上也很冷清，你们是什么米？"

"稻米。"长工说。

林二听说是稻米，心一动，他知道是好买卖，必得大赚一笔，所以故意把眉头皱皱说："是稻米啊？真是的，要是别的米还好办，稻米？这年头谁还买得起稻米？唉……真是的。本乡本土的，我收倒是对付着可以收，等着卖出，可就难了……"

何大见他是故意捣乱，非常不愉快，忍着气说："那么我们上别的铺子商量去吧。"

"一样，全一样，你没想想这是什么年头……进来喝水，大家慢慢商量。请进，走着不是买卖，哈，嘻嘻。"

三个农人把鞭子缠利落了走到三庆记粮栈门口，何大又迟疑地说："我不进去了，我看着车。"林二立刻吩咐一个小伙计替他看车，到底把何大让进去。林二走到账桌边向着那一脸黄蜡似的账房先生小声说了些什么，又大声说："你先去吃早点，顺便叫伙计沏一壶茶来。"账房先生拱着肩摇摆着出去。林二走在柜台里，坐在账桌边，把三个农人让在柜台外的一条长板凳上，问清楚了多少石，他又在算盘上噼里啪啦地核算了一个时辰，说："一百五一石，怎样？太贵了，太贵了，全城没这个价。"

"高粱还要一百八一石哪！二爷，我回去怎么交代？"长工焦急地说。林二注视了那长工一下，接着说："我自家的粮食赔点也认了，只是……只是太多了，我没这么大力量。何大哥，你是明白人，赔钱的买卖怎么做呢？"

何二唯恐哥哥把事闹僵了，在城里又没有熟人，他急忙说："自然不能叫二爷赔钱。不过，这会儿城里住家买稻米早就要两元三四角一大升了，少了二百一十元一石是办不了啦。我们也是一年血汗换的米粒，那么我们还是到别的铺子走走吧！不早了，有买卖也叫别人抢着做了。"

何家兄弟站起来就走，长工很为难，林二也站起来说："你们二位我不强留了，只是我嫂子的米，贵贱我是要买的。"

何家兄弟知道林二的为人，同时也知道这长工是老实人，不敢做林大奶奶的主。不过，林大奶奶既然叫他同自己兄弟一同出来，自有一番无形的嘱托，假如他上了林二的当，那怎么对得起林大奶奶？于是何大回过脸来说："凭买谁的也要公平交易，不能灭良心做事。"

林二听了并不生气，还笑嘻嘻地说："林二再没良心也不能亏负我嫂子。二百一十元！钱货两交！何大哥给看着秤！你好放心！"

何二把何大拉了一把说："大哥咱们先走吧，人家是一家人。"何大看了长工一眼，长工倒很郑重而镇静地伫立着，对何氏弟兄说：

"南门上见！"

何大在前面匆匆走出去，还好，那辆车还平安地被一个十几岁的孩子守着。他们出来彷徨四顾，隐隐见三庆记的账房先生走进一家米栈的旁门。

他们已经把这小城里仅有的五个米店都问过了，但是没有一家肯给得比一百八再多的。好像受了林二的贿赂似的，每个掌柜都那么神圣不可侵犯的样子。何大虽然不是什么有地位的人，但是有生以来就拿劳力换饭吃，既不会低三下四也不会气势凌人。今天见这么些个势利之徒的种种神气，不仅气愤而且感到凄怆。他们弟兄的原意只是把稻米卖掉，买回较多的粮食去分散地卖给村里人。他们心里毫无图利的念头，他们永远不会忘记那些为饥饿而愁苦的脸和到处搜寻野菜或嫩树芽的匆忙，还有邻人小孩子因为饥饿而哭泣的声音，还有本村有米不肯卖的富户，还有……还有……还有许许多多凄厉的呼声、不幸的状况，都在何大心里瀑布似的冲滚着。如果这些稻米顺利地卖出，至少可以把村里人的胃填饱些，至少可以延长一些人的寿命，至少可以减少一些偷盗的犯罪行为。但是城里却找不到这么一个机会，那么自己的原意完全成了泡影，何大伯夫妇也要失望的。林大奶奶不知要怎样地失望呢！一定是林二散布了什么破坏的话！他为什么有这么大的能量说服这些粮行的老板呢？难道这么多人都在企图打他们的算盘吗？这些人！这些人同样有一颗心和一个胃呀！他们为什么有这个权力握紧别人的喉咙呢？而且有许多人已经知道他们进城来要运回更多的糙粮的，有许多人像巢里的小鸟似的张着口等着这两辆粮车，等着这两辆车回去喂满他们空得出奇作痛的胃，天哪！稻米卖不出去，该给这许多人多么大的失望啊！何大想得出了一身冷汗。

他对弟弟说："老二，咱们把稻米赶回去，他们和咱们一样还空着肚子哪！他妈的见鬼！城里的铺子里就没有一颗人心。走，老二。"

何二也似在思索什么，不过和何大略有不同罢了。他想：林二捣了鬼是无疑的，但是为什么只和哥哥作对呢？且不要管他，应当赶快把这些米卖出去呀！赶快吧。慢了，林二的毒会散布得更远呢。

36

他急切地说："哥哥，城里卖不出去还有四关哪！走，不早了，快！"他们在南门里遇见林家的长工，他的车已经空了，何二惊说："他给了现钱没有？"长工安静地说："给了，完全给了！"

何氏弟兄在西关的富盛米栈卖了米，得的价比向林二索的价还大，他们和林家的长工一起用所有的稻米钱买了糙粮。何大放心了，喘了一口气，心想："皇天不负苦心人！"

当他们把车赶在回家的道上时，已经快晌午了，四月的正午本来很热，又加上这苦旱的时候，他们更热了。而且早上出来得太仓促，吃的东西很少，这会儿都饿了。离城很远已经没有卖吃食的地方，可离家还有一段路，何二跳下车来到路边，见有许多圆心菜，据村里人说，圆心菜是野菜里最好吃的，他随走随摘，摘一大把圆心菜，扔给林家长工几棵，就跳到自己的车上对哥哥说："咱也尝尝野菜。"说着放在嘴里一把。随着"呀"的一声都吐了，连说："好苦呀，也不是正经苦，说不出那么一股子涩涩的邪味儿。"

何大没尝，只是一手拿着鞭子赶着车，另一只手紧紧握着那一把圆心菜，眼睛湿湿的，他见沿路还有许多别的野菜，夹杂在那种不知名的红褐色的植物里，他想："圆心菜是野菜里最好吃的！"

粮车还没有卸完，已经挤满了一院子人，老人、小孩、妇女，各拿着脏污的小布袋或小条筐，他们等着买一些价钱公道的米。何氏弟兄逐渐打发完了这些可怜的买主，但是车上还剩了几斗米。他们为什么不多买些呢？何大想关好大门后回房里喝水休息休息，因为他今天十分疲乏，这是从来没有过的。他匆匆把门推拢，但是有一些什么东西在作梗，他不能把门关好。往外一看，见门外石头上坐了一个满头白发的老人，用他枯瘦的手推着要关上的门，有气无力地说："别关门，你……院里有……黄瓜吗？给我几根……我又渴又饿……"何大见他年纪这么老，怎能咬得动黄瓜呢？说："你等等。"说着匆匆地走开。老人手里还握着一个小布袋，他拿出来又把手背在身后，那么需要，又那么惶愧，大约他也是想买米。

何大端来一碗温暖的稀饭给老人，老人站了半天没站起来，只得坐着接过去喝了，喝得还剩半碗就舍不得再吃，但又没地方盛。何大已经看出他的心思，知道他家一定还有人，只是这么老的人还有什么人指望他养活吗?

何大说:"你老不是本村的吧?想不起是谁来。"

"我是外村的,在我们那儿买不到米……进城去又走不动。"

"你要多少米?什么米?我这儿有。"

"我早就坐在这块石头……上啦。见许多人买米……我知道你……有米……可是我的钱,我的钱……"

"你的钱丢了吗?"

"没丢,我出来的时候太忙,心里只想着买米,忘了带钱,只带了一个小口袋。老啦!一点记性也没有了……我白来了一趟,行个好,你给我找个小铁筒,我把这半碗饭带回去给我孙子吃……"

"你吃了吧,我给你量点米吧,把口袋给我。"

"我没带钱哪!要不,把我这破褂子给你,等我给你送钱来再穿……"

"不用,我只算赊给你的,别忙,没钱就算了。"说着何大转身进去。

老人擦擦眼角的欢喜泪,居然能站起来,信手从石边摘了一棵车前草咬着,两腮的皱纹移动着,他并不吐,那么安然地嚼。

何大把一个涨满了的口袋交给老人,又给他三五条用马兰草捆好了的黄瓜,又匆匆从院里拿了一根粗树枝,对老人说:"拿得了吗?不送你啦!这个木棒你拄着走得力些。"

"可了不得,你……姓什么?我忘不了……你……"

"走吧!太累了,你记住这大门就行,不用问姓了。记住大门!没米了再来吧。"

老人站起来定了定神,开始试着颤巍巍地走下高坡,走到小路上就站住了,费力地转过身来看着何大,点着头又用力转回身去,刺啦刺啦地走了。

已经是四月底,还没有雨的消息,村里举行大规模的"求雨"活动。枯瘦的孩子们拿着柳条,头上戴着用柳条做的圈子,在成人面前排成一个不十分整齐的行列,而成年人又分成两组,一组敲锣打鼓,另一组持着点着的香把,他们的脸上都是那么凄怆严肃,走几步就由一个五十几岁的老人领头喊着："求雨喽！"于是所有人都随着喊："求——雨——喽！"声音是那么单纯、那么凄凉，接着几声锣鼓声响应着。沿途并没有看热闹的人，因为这是饥饿的呼喊，无论如何是没有娱乐性的。他们一行人迤逦地向北山走去。

在山前有一块高与云齐、方圆数里的浑圆石，石中间，向着东方有一个大洞，洞外已经被人修了许多禅房，他们把锣鼓放在寺院里，拿柳条的童子分两排站在洞口，持香把的成年人走进洞去。洞是很大的，也是圆的，正中有刻在石壁上的佛像，因了年代久远已经洞蚀了，除了那庞大的佛脸以外，别处的雕刻一点也不清楚。佛前有石供案、石香炉，他们把香插在香炉里，就跪下叩头，对佛像叩完头又对龙女、红孩儿的石像及两旁十八罗汉石像祝祷一番。只见从右边数第三个罗汉前单有一个供桌，也是石刻的。这里香灰非常多，显然这个罗汉是十分灵的。不，不是对这罗汉特殊的膜拜，是对在他后边的石壁上一个奇异的东西——庞大得吓人的龟——的膜拜。虽是石龟，但颜色却不是石壁的灰色，乃是苍黑色，隐约还见得到一个伸着的颈项，只是不十分清楚了。这大石龟究竟是人工的还是几万年前的化石，谁也不得而知。这洞却是天然的，村里人又都信仰这石龟，只要它的壳上有些湿润，就快下雨了。他们膜拜完，由何大走到罗汉的后面，蹬着罗汉的石台去摸龟背。何大有些踟蹰，还没伸手摸，只见这巨大的苍石上有许多水珠，像夏天暴雨前的水缸似的含着小水珠。

何大狂喜地喊："水，水！"他大胆地向石背上摸去，把他吓得又缩回手来，那么凉！像冰。他对大家说："许愿吧！要下雨了。"由村长许了三天野台子戏，如果下雨，在他们村里小庙前唱三天戏。一群人欢欢喜喜地出了洞口，何大觉得洞里很凉，洞外又觉得热，好在有古老的松柏树遮蔽着。他回头见石洞外有县里新修的石匾额，四个白色大字刻在青石上，是"古洞千秋"。右边是"松柏壮千秋"，左边是"洞佛昭万古"的一副对联。"古洞千秋"的上面还有一个小匾额，也是横着四个字："佛恩无量"。再往对面一看，只见朝日已高，山里倒还保持着原有的苍翠，山竹花灿烂地开着深浅不同的红花，一股清泉从石佛洞的山门前绕过流到山下去，泉边生着不可多见的丰草。在更高的山峰上出乎意料地有两三缕白云绕着。啊！这山间哪，已经叫农人们忘记早年的恐慌，而憧憬着雨后的快乐了。

祈雨后，没有一个人不时时望着天，或开开后门看看北山的山峰上是不是被云绕着。果然，在第三天的早晨，何大伯抱着欢喜儿站在后门外往北看，呀！上半部的所有山峰都看不见——被浓云遮住了。山的下部也隐隐不十分清楚。只见那石佛洞所占有的浑沦大石却昂然露于云雾外面，远远望去像一个巨大的狮子头，微仰地对着东方的天，所以这儿又叫狮子坡，石佛洞又叫狮子嘴。可巧，洞外那些人工的寺院、禅房高高的，远远看来正好是狮子的鼻子头儿，北山连绵的山峰渐渐都隐在云雾里，只有狮子坡显露着。变天变得很猛，一阵凉风吹得欢喜儿藏在爷爷的怀里说："爷爷，家家。"

何大正在地里拔那红褐色的怪草，忽见那草根下有一个东西在蠕动，用小锄一划土，出来了，是条蛇，颜色和那草差不多。何大虽力大体壮，但怕蛇，他急忙跑开，别的农夫在附近的田里看见了说："咋了？"

"长虫！"于是那个农夫用锄钩起来抛在水里，因为他知道这是条旱地的物儿。

何大连日来心情从未愉快过，今天又见了这个蠢东西，心里总觉得不好过，懒懒地拾起锄来，往回家的路上走。走不多远，一阵风雨来了，很急，他未及防备，只得迅速地往家跑，到家时身上已经全湿了，有汗也有雨。小凤在地下的小凳上坐着，呜呜地纺线，见他回来，停住纺车问："怎么？身上都湿了。下雨了吗？求雨下来了。"

"下雨了，只是我心里很难过。"说着他就躺在炕上。小凤很少见他大白天躺着，近来他却时常这么躺着。她说："把鞋脱了吧，还有那小褂，都湿了。"说着她就全替他脱去，找一件干小褂叫他穿好。外面雨声已经很响了。她自慰地说："无论如何是下雨了，地里的苗有指望了。"她又问："煮点姜糖水给你喝，去去寒气吧。"

"不，怪辣的。"

"不辣，我少放姜多放糖，还不行吗？"她轻轻走到堂屋切姜。

40

雨下得更大了，有雷电呢。房外怪响一声，霍地，何大光着脚跳出来，小凤惊讶地看着他，他看了小凤一眼，安心地又回到屋里。小凤煮好姜糖水，劝他喝下去，给他盖好被单叫他好好休息，自己要下地去纺线。他却拉住她说："你别走，我不放心。"

她莫名其妙地笑着问他："怎么？"

"外边下雨哪，你不能走开。"说着他拉紧她的手。

小凤想起刚才他光着脚往外走去看的神气，更加莫名其妙了，怕什么呢？下雨该是很喜欢的事，他怕什么呢？于是她问了："你怕什么？下雨于咱们是有利的呀。"

他突然坐起来抱住小凤，一言不发地望着窗外的大雨。雨多下些吧，小苗会复活起来的，下透雨以后，米价马上会下落的，而且没田地的人也可以找到工作了，下吧！只是何大有一些怕，一种原始的恐惧。他觉得自己病了，他想也许会死了吧。死了以后小凤呢？还有林二那小子，还有……还有最可怕的是自己不该在石佛洞里许愿：在大家叩完头的时候，在村长许唱戏的愿心以后，许多农夫默默之中各个许了各自的心愿，何大在那时候也曾暗自默默地对神灵说："下雨吧！田地已经旱干了，池塘的水都枯了，假如有灵有圣不出三天下了雨，我宁愿不要我最心爱的东西，我愿舍弃个人的福，只要大伙有饭吃……"那么果然有灵有圣吗？那石龟真灵吗？果然不出三天就下雨了呢，他最心爱的东西是什么呢？除了小凤以外还有什么是最爱的？好在小凤是人，并不是什么东西……只是什么东西可爱呢？他心里起伏不定地抱住小凤，小凤看着他瞬息万变的神气，很担心，只得安慰他，叫他躺下，自己在旁边守着。

快到黄昏的时候，雨渐停，小凤到柴棚去拿草，见院里的青枝绿叶都那么清洁可爱，抬头见墙外的树上也洗得绿绿的。天还没十分晴，也许还有雨，她来往搬了足够明天烧三顿饭的柴，在堂屋里堆好，预备刷锅做饭，听何大从梦里喊出来："小凤！"小凤走到屋里见他已经坐起来，脸上还有梦里的余惊。小凤又把他安慰了一番，只是他不再躺着了，坐在堂屋小橱子边看着小凤做饭。

夜里，很凉爽，何大把窗子关得严严的，临睡还满屋里看，好像防备什么似的。小凤叫他这样子弄得怕起来，颤抖地说："你怎么了？什么事，都不肯对我说。"何大点亮了煤油灯，才把这事对妻子说了。

她起始也不免震惊。但是她没闹病，神经相当健全，说："怕什么？买个纸糊的人烧了，替我就得了，你也别那么犯心病，有灵有圣更不怕啦。咱又没做亏心事，怕什么！"

何大究竟年轻，又是健康身子，病了两天，怕了两天，等着不发烧了，病好了他也忘记了怕。还是小凤花钱买了个纸糊的人，托人在大道上向北烧了，完事。

端午节在小庙上唱起野台子戏来，在庙前一棵古槐树下搭了一个台子，一班秦腔，还有一班子莲花落。老远地就听见胡琴的尖叫声、拍板声，响彻云霄。

庙门大开着，许多男男女女烧香的、还愿的络绎不绝，别的村里还有赶着车来看戏的人，车上还有擦着粉的妇女，许多卖零食的，只是比每年庙会里都贵了好几倍，卖项很少。穷人家还是不好买米，以野菜充饥，只是雨后的野菜更肥嫩些罢了。他们仍没有工夫听戏，虽然在端午节他们还要满地里去找食物充饥；究竟看戏是不会解饿的，戏台前除了有些穷孩子以外，都是些穿得整整齐齐有房子、有地的人，更有些流氓子弟，嘻嘻哈哈，评头论足地不离妇女坐着的地方。

林大奶奶自从出嫁，做寡妇以后从来没出过前面的大门，闷急了就在后门外走走，看看远山，看看菜园子，不然就是在屋里做活儿。但是自从和林二分了家，又过继了石头，她改了办法，自以为老了，可以不再躲藏了，所以常常送石头上学，不再那么隐居着。她多年没看戏，记得没出嫁时常常坐了车跟嫂子们去看戏，她很聪明，戏情一看就懂，戏词也记得不少，只是年月多，忘记了大半呢。她今天带了石头和小牛去看戏，小牛的妈看家。她在庙台上坐着一个蒲团，静静地看着台上，当时唱的是《小姑贤》。那个"狠婆"是一个高大身材的男伶扮的，十足的怪相，又丑，声音又粗哑，十分可笑。那个"贤小姑"却是个坤伶扮的，倒还灵巧，只是一出台就那么用眼光扫台下的人，哪儿有这样"贤惠"的女郎呢？她不大爱看，好在是个劝善的戏，戏词她还都听得懂，觉得还可解闷。再看小牛和石头，早跑到戏台下爬杉杆玩去了。接着《小姑贤》的是《杜十娘》，这戏在她记忆里享有相当的地位，初见李生和杜十娘那种恩爱的神气不免触目惊心，及至见到男子负心，女子那样落水死去，心反倒安宁。在不知不觉中，她流了不少同情泪。

散戏时，大家一窝蜂似的乱成一团，当她等小石头的时候向四周看看有没有熟人，竟谁也没见到。只有何大妈夫妇和欢喜儿在庙台上还没走，她才要过去说话，只见一个青年屡次看她，看得她脸上直发烧，她觉得这人很像何大，不过比何大活泼些。她领了小牛和石头匆匆回家去，烧着晚饭，沉默地思念白日的事。

晚上，小凤和何大送来了许多他们自己包的粽子，给了小牛家一半，给了林大奶奶一半。他们见林大奶奶神情和平日不同，不知为了什么。小凤给何大暗示，他出去了。

屋里只剩两个女人，小凤再三问她有什么不痛快没有，她强笑着说："好好的吃饱了，有戏看，还不痛快？可真是不知足。"不过那声音十分勉强。

小凤想：莫不是林二又来气她了吗？不觉顺口说出来："你们二爷来了吗？"

她摇摇头，停了很久很久才叹了一口气，握住小凤的手说："我问你，你为什么不去看戏？"

"家里过节，上午我忙着包粽子，下午小姑的婆家来人说，小姑要生孩子，初六要来接何大妈去……我一天忙死了，他又在家，不出去，我哪儿有工夫看戏去？"

"唉！那就是你的福气。像我，虽然一天有吃有喝，无拘无束的，看着很安闲，可是不管什么时候永远这么冷清，就可怜了。不论年、节，没人！不论病、痛，没人！一天价孤雁似的，一个人在屋里，可做什么呢？石头念书也不大长进，整天野马似的在外边跑。唉！你只知道忙得没工夫，烦！又哪里知道工夫太多的更烦呢？早晚有那么一天，我不是烦死就是去做尼姑！"

小凤呆呆地说："上我们家住几天去，叫他给何大伯做伴儿去，大妈明天就上她闺女家去了。"

"那只是暂时的，终究……"

两个人都呆呆的，默无一言。夜戏开台了，远远听着锣鼓声，何大在窗外扬声说："我带石头和小牛听夜戏去，你多陪林大奶奶坐会儿吧！散了戏我来接你。"

"不要等散戏了，太晚！他们会困。家里也没人等门。"

"不要紧，老二也去了，借他的光，有人等门！"说着，听他和两个孩子走了。

林大奶奶突然落下泪来，还故意掩饰，下地去拿了些干瓜子，往柜橱里找小盘盛瓜子，趁势把泪抹下去。

雨后的米价的确落了不少，而且那次大雨后又落了几次小雨，大庄稼可有六七成希望，只是蔬菜没了希望。更苦的是种西瓜或甜瓜的人家，雨水非少即多，从根里生了一种黑虫子，外面的秧子枯的枯死，烂的烂死。种瓜的人家有说不出的苦，所以唱完戏，许多人在埋怨。因为家家按地亩派了份子钱，有希望的人家自然没关系，像他们这些无望的人自然心疼。何、林两家都没有瓜地，只是菜园子收成没希望了，许多黄瓜顶着娇黄的花就落了，芸豆也挂得很少，也都落了……他们只得盼望着伏天种萝卜、白菜吧。他们吃饭也舍不得吃菜，只是炒点落了的青南瓜，或者吃些断了根的莴笋。嫩扫帚菜煮了也还可以吃，不过他们吃得不多，他们想：没米的人还不够吃呢，有米的人是不该向他们抢食的，他们安心地吃着没菜的饭。

因为秋收只有六成，冬天的夜里时有偷盗的事，有几百亩地的人家都雇打更的，所以他们虽很富足倒没有人去偷；何家本不算富，只是足吃足烧的人家，但因为有两个小伙子在院里镇着，也没人敢去偷。只有林大奶奶，有说不出的怕，眼看过年了，到腊月二十就该叫长工回家休息，等过年，那么院里只有两个孩子和两个妇人，该多么孤单哪。每到夜里，林大奶奶和小牛的妈，把前后门关了，顶好，再把窗子也关好。熄了灯，林大奶奶听着石头睡熟了，打着均匀的鼾，她坐一会儿，躺一会儿，听见邻家的更声、远近的犬吠声，心跳着，觉得一颗心从心窝跳到喉头，又从喉头跳到心窝下，但是谁来安慰她？只有身边的孩子。他究竟是个孩子，能做什么事呢？希望他来保护人真是渺不可期的。在没分家时，平常有何大在后院，年底有林二在对屋，自己可以安心睡觉，而且又没遇上像今年这么苦的年月，今年完了，一切完了。像一座房子太老朽了似的，要倒，用泥浆、用石灰、用绳索、用钉子……都不能使它不倒。还不如房子呢，房子倒可以花钱再盖新的，她的命运却是要无望到底了。嫁了吧！有一个丈夫无论如何不用在夜里害怕！只是丈夫又各不一样。像自己初嫁来满希望着丈夫也和一般人的丈夫似的，对自己温存体贴，或者对自己发发男人的威风，替自己经营日子。谁知道嫁后和他还没熟，还没好意思正眼看他的时候，他就病倒了，那么弱、那么苍白。他背上的疮口破了以后又那么脏，忍苦耐劳地服侍了他两年多，就做了寡妇。这样的命运还有希望吗？"丈夫"这个词在她心里只是一个病样的影子，没好印象，只有引她心里痛苦的力量。所以她觉得自己所希望的不是"丈夫"一类的人，她需要的是一个青年，忠实、热烈，保护她，安慰她，为她打算，像……那样的青年。啊！青年，自己呢，已经三十多了，虽然自知容貌还保持嫁前的风姿，但是那不能移改的年轮的的确确转了三十多次了。天哪！哪一个青年愿意永久伴着一个半老的女人呢？完了……又是两三声木梆子声，犬吠了几声。

就在她反复思索后的沉睡中，她失盗了。在冬天的黎明，她的屋里进了贼。幸亏小牛的妈前半夜睡多了，到黎明的时候睡不着，屋里很冷就咳嗽两声，把贼吓跑。她只丢了一些丈夫的棉衣和炕上还没用的两条绸被，她并不以为意。因为在她不知不觉中失去的比她受惊好多了。衣服到底是身外之物，只要不使精神受伤，在她是不以为意的。不过许多邻家妇女来安慰她，她倒觉得人类究竟是有感情的。尤其小凤夫妇、小牛母子的慰问更使她感动。于是她想：我要爱他们，加倍地爱这一群人。从此，邻人们对她不那么猜测了，因为她也和别的女人似的有着丰富的情感，从先不和人来往只是年轻孀妇应守的本分罢了。于是村里吉庆人情来往，她没有不随喜的，村里妇人都说她随和。还有些姑娘赶着叫她干妈，无非想得点小好处，只是都被她婉言谢绝了，她说自己命硬，会克人的。

过年的前一天，何家杀了两头肥猪，卖去了多一半，两股分了一半，又给林大奶奶送去不少。才下完雪，何大心里又感到疲乏了，他叫小凤煮些肉骨头，又求小凤从罐里给他倒一壶酒温着。他就上后门外去看雪。

世界是这么广大洁白呀，山上重重地被雪掩出不少的情致。树上开着丰多的白花，还有池塘里的干芦苇叶上，尖生生地托着竹叶形的雪，美、雅，是别的季候所没有的。到处是白的、干净的。不过在道旁有一团黑正在动。他跑过去看，原来是个人，大约滑倒在雪地上了。他低身去扶，原来是个白发老人，用力扶了起来，看这衰老的脸似曾见过。他把老人扶在门洞里的柴堆上坐下，看这老人并不十分痛苦，只得说："老头，我好像认得你，只是记不起来是谁了。还是到屋里暖暖吧。"他又扶老人到堂屋的圈椅上坐下。告诉小凤说这是路上一个冻倒的人。

小凤端来一盆新掏出来的木柴火炭，老人欣喜地烤着手。伏着身子烤了半天才坐直了。只是背驼得很，终究没坐直。他又费力地从袍襟里掏进手去，半天掏出一个纸包来，一层一层地打开，里边却是一张五元钱的钞票。他拿着这五元钱笑着说："你忘了？年轻的人记性可不好，今年头五月节我赊你的米，总也还不上你，这回……"他说着，笑得更满意了，又接着说："这回我儿子回来了，给我挣了不少钱，我……我先记住还账，我还记住报恩……我人老了，可是记性好。那次要不是遇见你，嘿，我和小孙子准得饿死，人……天无绝人之路，遇见你……收起来，太少吗？"何大和小凤反倒不知所措起来。

老人把钱放在一个小桌上，喘了一口气，又从怀里掏半天，掏出一个大纸包。他没打开，也放在小桌上说："我儿子到外省去做生意，四五年没回来，连信也没有。儿媳妇去年冬天死了，剩下我这土埋半截的人和一个小孙子，过着有今天没明天的日子……要不是遇上你……准都饿死了，谁想到昨天他……我儿子回来了，一脸胡子……"老人说着，眼里发着空幻的光。停了一下又说："我差点认不出来，这个人，中年人是我儿子……他挣了几个钱。他在外头卖杂货……哈，自己有个小铺儿，没想到媳妇死了还哭了一鼻子，我心里想：你再不回来还得哭两鼻子，我也是该死的人啦！我……我……跟他说了家常以后就把你的大恩说了，他要来叩头，我说还是我来。我是知恩报恩、欠账还钱，哈，这一包是他带来的口蘑，留着过年吃吧！"

那对年轻的夫妇听了老人的叙述，就为这游子归来的一幕而神往了，所以老人说的口蘑他们并没听见。老人把自己的话说完了就要走，何大才清醒地说："你住哪儿？我送你去。"

"不用，我这会儿吃得饱不会饿倒了。"

"不是那么说，天晚了路滑，我还是送你去吧！"

老人见外边果然已经黑沉沉的，就不再推辞。何大又叫小凤给老人用菜叶包了许多煮好的肉骨头，因为他们想老人家并没有主妇，也许不会有这么好吃的骨头肉在灯下吃吧。老头高兴得并不推辞，只是何大把那五元钱交还他的时候，老人却急急地说："交情是交情，欠账的应当还钱。"

何大送老人到他家门口就回来了。他走得很急，因为他知道小凤在灯下等他吃晚饭哪。假如不是有雪光映照，他几乎走错路呢，到家时果见小凤一人在灯下，抚弄着摆好的盘碗出神。他进来她倒吓了一跳。灯下农家的晚景是这般温馨啊，农家的岁暮是这般的丰富啊，有酒的香气和爱的影子，他们的享受是奢侈的吗？不，他们付了更多的劳力和血汗，他们所享受的只是应得的一小部分罢了。一年数百日的辛苦、劳累、挂虑……只有这十几天的享受不是太少了吗？但他们仍很知足，觉得老天是公平的。

何二因为欢喜儿已经三生日了，那么就是四岁了，可以玩耍啦，所以在前院架了一个秋千，何大伯整天在秋千旁看着欢喜儿，同时引了许多村里的孩子来打秋千，在正月里何家的前院非常热闹。村西头有一个姑娘最好打秋千，今年因为年月不好，谁家也没搭秋千，后来听说何二的院里搭了一架，就每日必到了。一个十七八岁的闺女这么满街跑，不用问，是家教不好；对了，她的妈妈还有个绰号，叫"小红鞋"，她叫"一枝花"。自从"一枝花"来打秋千，引了不少浮荡子弟在门外守着。何大伯已经看出来，心里虽不高兴，但是村里过年时只要搭秋千，总要招引许多人，倒也热闹。而且欢喜儿真个非常欢喜，老人也就没话可说了。

说来"一枝花"也真能，把一个简单的秋千打得上下翻飞，穿的又是一身花衣服，更弄得人眼花缭乱，好似一个大的穿花蝴蝶。她妈妈也是以打秋千出过名，原来那时还时兴小脚，她总是穿了一双窄小的红鞋踏秋千，所以人家叫她"小红鞋"，"一枝花"就是另一个时代的产物了。这时村里已经不给姑娘们缠足，因为一则太费布，二则不能干地里的活，所以一般人对女人的评论不只限于脚的大小，而扩充到全身。"一枝花"的脸相当的俏，身子又很细，常穿花衣服，大家就叫她"一枝花"。"一枝花"的家并不十分穷呢，有房子有地，却没有父亲，可怜"小红鞋"也是寡妇，只是风流些罢了。"一枝花"仍是小姑居处尚无郎，过着少女的幸福生活，无拘无束的倒也快活。不过有几次要成的婚姻被人家破坏了，大约是因为她们母女的绰号吧？也许是因为她的无拘无束，渐渐地有人要娶她做二房，她妈妈倒是无可无不可的。她呢，却有个特别的想头：不嫁倒可以，绝不给人做二房！不为别的，为的怕多一重约束，而且她也怕和人家打架。她把心思对母亲很坦白地说了，就这么过了许多日子，她心里充满许多花园赠金、彩楼配的故事，"一枝花"是要自己找男人的。

大年初三的下午，何二从妻子手里把欢喜儿接过去说："走，跟爸爸打秋千去！"孩子拉着他的手连跳带蹦地走到院里，只见秋千在金色的阳光下嗖嗖地飘着，"一枝花"穿了一件红棉袄，上面印着黑花，一条青绸裤很薄、很肥，她的半长头发也像城里人似的用一个牛角卡子卡在颈后，前面的短发在额前飘动着。她见何二领着孩子出来，就不用力打秋千了，任那索子轻轻地荡着，她说："欢喜儿等我带你打，打得高高的。"说着就看了何二一眼。孩子果然要往前跑，被何二拉住了，不然几乎撞在秋千的踏板上。"一枝花"却一下子跳下来，把踏板扬得远远的，那么潇洒，那么轻快，何二不免一震。

她把孩子抱住坐在踏板上，对孩子说："一只手抓紧绳子，一只手抓紧我的棉袄。"她一只手搂住孩子的小身体，一只手握住绳子，轻轻地荡着。天天下午她都要来一次的。

初六何二夫妇到岳家去拜年，何二家的和孩子住下，何二一人回来。云子和丈夫也来了，还有她的小孩子，她的丈夫当天就回去了，所以院里只是何氏的亲骨肉在一起过。何大和小凤也常过来陪大妈摸纸牌。这天何大妈只留下小凤和云子说话，何大伯到邻家去耍钱，院里只剩何二倚着秋千架子待着。何大想，孩子才走就值得在这儿想？走过去想劝他几句，便去轻轻地拍着弟弟的肩膀说："老二，怎么了？在这儿想谁？"

何二一惊，见是哥哥就笑着说："别胡说！谁像你和嫂子那么蜜里调油呢！"虽然这么若无其事地说着话，但是脸上有一种羞愧的颜色。何大和他自幼一起长大，对于他的性情十分了解，知道他没有隐秘是不会羞愧的。但是再三问也没问出话来。眼看许多孩子来打秋千，后来有名的"一枝花"也来了。只见她对何二那么一笑，何大明白了："毛病就在这儿。"他不由得对弟弟看了一眼就走开了。

晚饭后，何大又到前院来，听说何二吃完饭就出去了，他很担心。他是忠于爱情的，也是固定的。既不像弟弟那么热烈，也不像弟弟那么流动。"一枝花"是什么人？好好的弟弟千万不要被她引诱坏了！他立即到街上去查访。正月的晚上，家家在屋里灯下闲谈或者玩牌，街上冷清清的，远看村外荒野处，有点点的磷火闪着。他毫不思索地往西去，走过小庙，到了"一枝花"的家。她家的街门还没关哪！一进门只见屋里点着雪亮的大罩的油灯，五六个男女在炕上赌钱。

大家见何大来得奇怪，一个青年歪着头对何大说："这不是何大爷吗？什么风把您吹到我们这群里来了？"何大见何二并没在这儿，一枝花也没在场，只有"小红鞋"在炕里说："哟，何大，怪冷的，既来了就别忙，过来烤烤火盆。"何大不好意思回话。刚才那个说话的青年又笑着扬声说："不用烤火，就你这么一句话就够谁热乎半年的了。""小红鞋"笑着在他肩上打了一拳。

何大十分看不惯这情形，心想幸亏弟弟没在这儿，他搭讪着说："不烤火了，我找个朋友，他没在这儿。"说着转身出来，还听得有人哄笑着说："没有梧桐树引不了凤凰来，这是'一枝花'的劲儿。"何大听了很刺耳，后悔不该到这种地方来。还好，这儿倒出入自由，进来没人拦，走了也没人送。只是小凤如果知道了怎么办呢？他匆匆地走到大门外，又想弟弟到哪儿去了，"一枝花"一定和他在一起……他在回家的路上徘徊着，寻思着。正月的夜风吹着他的腮，他加快了脚步。才进大门就有人拉住他，一看是何二。

到了何二的屋，很暖，冻了的脸觉得发痒。何大正色地说："老二，你刚才在哪儿？"

"哥哥别问了，我往'一枝花'的屋里去了，我听见你的声音就从后门溜回来了。"

"撒谎吧，那么快？我一点影子也没见。"

"真的，她的屋子在后边厢房里。求你一定替我瞒住，是她约的我，我敢赌咒，再也不去了。"

何大注视着弟弟慌愧的样子，才冷冷地说："不是我管你，因为你是娶妻抱子的人了，要是走邪路，一家子人就都完了。记住！咱们是靠力气吃饭的，一荒唐，吃都吃不饱了。"说着叹了一口气。何二点着头，红涨着脸，他是在追悔哪！何大站起来要走，想想又停住说："不要对你嫂子提这件事！"

元宵节，何二家的带着欢喜儿回来，从娘家带了不少珍食，什么蜜麻花啊，芙蓉糕啊……给婆婆送去一盒，给小凤送去一盒，还留了几盒在橱里，预备给欢喜儿吃。这天是十四，非常晴朗。到月升时候，何家把两个铁丝编的大圆灯笼挂在大门外，白纸外面糊着红纸剪的大"何"字，呼呼的火光把门外照了两个大的光环。黄色的光一直映在大道上。院里有一个数丈高的杉杆，在空中的那一端扎了一把松枝，在松枝里挂着一盏小灯，是用绳子上下拉的。这灯叫"天灯"，是何大伯点的，为的是给幽冥的鬼魂照亮。这灯是自从欢喜儿落生的那年灯节点起的，一直会点到他娶妻，每个灯节都不可废，为的是叫他长寿。

在秋千架上还有两盏灯。渐渐地月光掩过了灯光，宇宙间正是幽辉万顷的时候，来了一群打秋千的人。孩子很少，差不多都是一二十岁的小伙子。今年没有秧歌，人们只得找秋千打打，他们自然是醉翁之意不在酒，心里都有"一枝花"，但是今天她没来，大家不免扫兴，不到一会儿就都散去。何二经哥哥的劝告，而且妻子初回唯恐她看出毛病来，所以晚上挂完灯再也不出屋门，一天总算平静无事地过去。第二天元宵节，有钱的人家门口挂着花灯，聚了许多人看灯，年来又不许放爆竹，倒也幽静宜人，不过人们总不能免俗，都爱热闹，所以何二的院里虽然没有花灯，只一个秋千，就比别处热闹许多。

"一枝花"今天改了装束，她的头发剪短了，齐齐地下垂着，偶一回头，那齐齐的短发就像流苏穗子似的一致摆动着，别致而可爱。她并没如大家所期望地荡秋千，只是倚着秋千柱子望着厢房窗上的人影，那大影子是何二，他怀里还有一个小头的影子，那一定是欢喜儿，何二家的呢？哪儿去了？她正凝神想着，忽然有人拉了她的袖子一下："来一次，好好打一次，我们也眼皮上挂钥匙，开开眼！"这人还没说完，大家一阵哄笑。

她垂着眼帘，转过头去，究竟是谁打趣她，她不管，只是像一头怒了的小山羊，摇摇头，短发那么一扒拉。另一个又撩逗道："我送你吧，要快要慢？""别找骂！少耍贫嘴。"她怒冲冲地说着，见何二抱着孩子低着头到北面屋里去，好像没看见她似的，她想拉住问他为什么不理她，只是在人家的院里，又有这么多的讨厌鬼围着，一吵嚷叫何二家的听见，反倒显得无私有弊。她心里很不痛快，不管它，且乐会儿再说。她旋风似的转过身来，拉住两个索子往踏板上一跳就往高里打起来，不一会儿，高得和秋千大梁一样平了，那群少年拍着手笑着，她像醉了、狂了似的还是不停地悠荡。她见月光照在房顶上，她见月光照在远远的田野间，从上半是玻璃的窗子，她见何二在窗里，她见何二坐在何二家的背后，秋千那么飘、飘的，掠过许多人的头上，看见何二抱着孩子，看见何二家的盛元宵给大家吃。她觉得杉杆上的天灯也到她下边了，她见月亮也在她下面，她觉得身上软软的，她觉得一片黑、一阵疼……"一枝花"把秋千绳子弄断了，掉下来。

大家一阵乱，怕事的跑开了，胆大的叫二嫂出来："二嫂，扶扶她，她跌晕了。"何二家的并不认识她，也不知道她和何二的一段故事，觉得一个姑娘夜里出来打秋千，有点轻视她，不过年轻人谁不好玩呢？又是元宵节。她心里宽恕着，而且看躺在地上的姑娘很美、很可爱，可怜摔在冻了的地上！脸色苍白，口里有一丝血，在月光下显得很凄惨。她大胆地扶起她的上半身，又喊着："嫂子，来！帮我把她搭到屋里去。"小凤胆子小，哆哆嗦嗦地出来，歪着头，不敢看她的脸，抱着她的腿把她搭在何大妈的炕上。炕中间已经摆好一张小炕桌，上面有几碗热腾腾的元宵，还没人吃。何二家的还扶着她的头，吩咐何二："把你儿子放下行不行？打一个热手巾来！"何二正呆呆地不知想什么，听见吩咐忙把孩子交给何大妈，打了手巾递过去。何二家的先替她擦了嘴上的血迹，又换了一个手巾擦着，揉着她的太阳穴，又给她往嘴里灌了一匙子温水……

渐渐地，"一枝花"睁开眼睛看了看眼前的人，只是不知谁扶住自己。回头见是何二家的，她心里很感动，好像自己有对不起她的事，她反倒宽大为怀地救了自己。她小声说："何二奶奶，叫您受累！"何二家的低着头问："好些了吗？欢喜儿他爸爸，给她盛碗热元宵汤来。""一枝花"听了，心里十分难受地说："不，我要回去了。"说着想要起来走。可是她的妈"小红鞋"已经来了。她半老的脸显着焦急的样子。没容得向大家打招呼，一眼见自己女儿坐在一个媳妇的怀里，并没怎么样，心就放下去了，笑骂着："那群小兔羔子说你摔坏了，你倒坐在人家怀里享福……多亏婶子、大妈的操心，过后我得好好谢谢大家伙儿。"说着对炕里抱孩子的何大妈说："哟，大妈您好？我还没给您拜年哪！您不认识我了？我可是，我是小庙后头……后头马三家的呢。"

何大妈一向是那么马马虎虎的，而且"马三家的"又不像"小红鞋"那么刺耳，她只当是本村的一个媳妇，轻易到不了自己家，倒觉得稀罕，直往炕里让，又让吃元宵。"小红鞋"在男人群里倒觉得自然，女人们也很少这么捧她，向她客气，所以她乐而感激，果真要吃，不是她馋，只是她觉得光彩罢了。"一枝花"不知为什么总觉得酸酸的，急急催着"小红鞋"走了。何二好像心里有隐秘似的总躲着何二家的视线。

何大妈才仔细问何二家的："刚才那娘儿俩到底是谁家的？怪招人爱的，都那么好看。"

"我也不认识，嫂子是本村的人准知道吧？"

小凤从小就知道"小红鞋"的事，只是不好意思多说。她说："她们是小庙后马家的，因为在村西边，不常到村东来，所以不熟。"

52

这件事就这么隔过去了。

二月中旬耕地的时候，何二家的又生了一个儿子，大家叫他二喜儿，二喜儿三朝①的时候，许多人来吃片儿汤、送礼。"小红鞋"一下送了五十个鸡蛋来，当时大家待她仍有面子。不巧，遇见本村一个货郎（卖针线杂货的）的老婆，这老婆恨她和货郎有那么一手儿，就在吃汤的时候风言风语地说："猪肉不上刀，骚货不上桌，也跑这儿充人来了。"

"小红鞋"又不好往头上揽，只得说家里忙，到何二家的屋里看看孩子，还给了孩子一块看钱②说："留着买帽子吧，省了我把孩子看丑了。"

何二家的倒过意不去，觉得她是回报灯节的人情哪。其实五十个鸡蛋已经不少了，还给钱做什么？她给得又那么恳切，不好推辞。就约她女儿来玩，好像多么熟的朋友似的。"小红鞋"前脚走了，货郎老婆后脚就进来，也装着看了看孩子，然后说："你们这人家，怎么和'小红鞋'来往呢？"

"谁？"

"'小红鞋'，就是才走的那个老婆，你不知道她叫'小红鞋'？她是这村里明出大卖的，她闺女叫'一枝花'，也不是好货了。好人家没人娶，满街上跑——"

没容说完，何二家的心里不高兴。无论如何既已经来往了，有人这么谩骂和自己来往的人，她是不满意的。于是支吾地说："您吃汤了吗？"那货郎老婆点点头，还是不离原题地说下去："'小红鞋'当初卖得很贵，房子、地都有了，不用女儿挣钱。可是狗改不了吃屎，这丫头不用挣钱倒愿意白送。这村里的年轻人谁不想占她点便宜。像你们二爷他们弟兄俩就不至于……"说着怪头怪脑地从窗户的一小块玻璃往外看，又往何二家的跟前凑凑，小声说："可是我听人说，有一天你们大爷从她家前门出来……又有人说……二爷从她家后门走的。唉！反正人嘴是臭的，好说不好听的，你可别介意。"

---

① 指孩子出生后第三天亲戚、熟人来赠礼问候。

② 指传统习俗中看望刚出生的孩子时的随礼。

何二家的不免心里一动，但是她扬扬眉又忍住了，镇静地说："人们可真是少见多怪，住在一个村里还不许上谁家坐坐吗？谁家没个三亲六眷的。"货郎老婆本想挑拨得何二家的起了怒火，跟着她痛痛快快骂一顿也出出气，没想到她却这么贤惠，自觉没趣地走开了。

何二家的并没把这些话问何二，只是心里不免觉得厌恶。她想出了满月再说，究竟怎么样也好做打算。不过她想何二不会负了她的。

一个月匆匆地过去，孩子用小被盖得暖暖地躺着，欢喜儿也知道爱小弟弟，他摸摸孩子的小脸，又摸摸孩子的小软头发，对妈妈说："小弟弟叫我什么？叫我哥哥是吧？"何二家的正在梳头，对他说："对啦！叫你哥哥，你会看着他吗？等下我出去一会儿，你看着他好吗？"

"好，我会。猫来我打它！"

她从后院经过，托付了小凤一些话就从后门出去。农人们有的在田里下种，有的在园子里分畦，幸亏没有人看见她。人人都那么忙着，因为这是上午的宝贵时光。她从一个小林子里穿行，冷露水把她的夹裤打湿了。她已经到了小庙后，趁人不备到了"小红鞋"的院里，见她们母女也和普通人家一样地工作着：在日光里晒豆种。"一枝花"低着头搓豆种的干皮。

"小红鞋"见何二家的来了，如获珍宝似的欣喜，连说："这可没想到，孩子有奶吃吗？才过满月就记挂着我们娘儿俩。"

"那天叫您费心，我来看看您。"

三个女人坐在屋里，何二家的细看"一枝花"，的确很美。只是活泼泼的眼睛，看人的时候叫人不安，好像心里的事叫她看透了似的。何二家的加倍忍住不提那件秘密，大家寒暄了一阵子，何二家的说："姑娘忙不？有工夫跟我坐一会儿去，都不在家怪闷得慌。您要是不放心，我可不敢强请。"

"哪儿的话，二奶奶说远啦，去吧！丫头，头吃晌午饭回来吧。"

何二家的和"一枝花"走到池塘边的青石板上，何二家的坐下了说："姑娘咱们坐在这儿吧，又可以看山水树木，又安静，真的。

你叫什么名字呀?"

"一枝花"听问的话和说话的神气都是极不自然的,把自己从家里约出来,已经够冒失的了,现在却不肯往她家里领,只坐在这池塘边上算怎么回事?她心里很不愉快,现在又问起名字来了……她忍着满腹的不快说:"叫我丫头、姑娘都不要紧,从小就没有一定的名字。二奶奶有事还是直说吧!我的豆种还没晒完哪。"

何二家的并不比她笨,见她还没受审就生起气来,不免一笑说:"那么姑娘,有人说你的闲话,他们说你和何二……"

"怎么?"

"他们说何二常到你家来找你,是吗?"

"是他自己要来的,我并没有拖他来。不过闲话是闲话,人不能不凭良心。他只来过一次,以后不但不来,连面也没见过。其实我蛮可以不承认,推一个不知道你又能怎样呢?可是我想没有什么可瞒你的。他来了我们还没容得说话,他哥哥就来找他,我叫他见他哥哥,告诉他我们没有什么不能对人讲的事,但是他却胆小地从后门走了。我要早知道他那么怕他哥哥……我一定不会管他的。"

"我想他不是单怕他哥哥吧?"

"那么是怕你了!我都对你讲了吧,你要明白呢,回去别和他提,大家从此罢手,我嘛也不再去高攀了。其实你对人是很好的,只是……唉。你要是不明白就回去审他吧,你知道我们娘儿俩是很苦的,从我爸爸没有了,多少人欺负我妈,本家逼她改嫁,也不过是图那二十几亩地和一处整整齐齐的房子!但是妈有我累着,不愿改嫁,怕我受后爸爸的气,她守着不走。不走就有人欺负她!她只得狠心走了一条旁路。她认识了许多有头有脸的人,县里的、村里的,谁不知道我妈!嘻,我妈!"她说着从石边上摘了一小截嫩苇子,玩弄着,又说:"从此再没有人敢欺负我妈了。房子、地保住了,我也平平安安长了这么大。我佩服她!等我长大了,外婆家给提了亲事,几次都叫咱们村里的流氓给破坏了,妈就着急,也怨她自己把我连累了。她怕……所以有人来提叫我给人做小,妈也要答应,怕我终身没有着落。我想人一辈子很短的几十年,为什么不痛痛快快地过呢?嫁给个老头做小,杀了我也不干!以后妈就不管我

55

了。她说：'随你吧！命好了早早嫁个好人，命不好了呢，就跟妈过一辈子也没什么！'我就不信为什么我们娘儿俩的命就改不好！我不信！我到处留心，唉！事情真糟，偏偏遇上他……你放心，何二奶奶，我命不好吧就算了，只是我不再连累你，以后决不理他，咱们也少见面吧！因为见了你……"她说着转过头去望着春天青青的远山。

何二家的听了半天，似乎忘了自己与这件事的关系，好像听了一件悲哀的故事。而且听着故事的主角自己哀婉地叙述，她的泪在眼里直转。半天才想起自己就是这悲剧的促使者，才惆怅地说："可是我喜欢你，让我常见你，姑娘。"

"不必了，你是何二奶奶，我是'一枝花'，不是一路子人，到将来免不了许多苦……反正你放心了吧？我该回去啦！""一枝花"把手里的嫩苇子搓弄得稀糟，信手一扔，站起身来，拍拍土毫不留恋地走了。

啊！三月的恼人天气！何二家的心里不知是胜利还是失败，只觉得空洞洞的，麻木的腿站了两次才站起来。走到后大门外，见欢喜儿正在找妈妈："妈妈！小弟弟直哭，大妈哄不好呢。"何二家的给孩子吃着奶，眼泪一对对地落在孩子的小身子上。小凤莫名其妙地说："怎么好好的，哭什么？哭多了，孩子没奶吃。"何二家的急忙拭了泪，把欢喜儿支开，拉住小凤的手说："嫂子！假如哥哥有了小媳妇，你怎么样？"小凤脸一红说："才哭完就来开玩笑，他有小媳妇更好，省了我一人忙。"

"说实在的，嫂子，假如我也给欢喜儿的爸爸娶一个，我们相处得好吗？"

"你怎么啦？出去一趟撞客了？什么邪门歪道的，说的话我都摸不清是怎么回事。"

何二家的把她的奇遇一五一十地完全告诉小凤，小凤才明白她悲哀的原因。小凤也觉得"一枝花"太可怜！只是这怎么办呢？一个男人如果有两个女人，这家庭就完了，再没有幸福可言。假如何大也……她真不敢"假如"了。于是正色地说："别胡想了，这件事总算没闹起来，以后别提了。要是叫大伯知道准得骂他。这样吧，咱们留心给她找个好主儿吧！远远的，在本村怕不容易了。"一阵无边的沉默。

春雨连绵的天是农家的快乐日子，一则春雨是小苗的甘霖，二则他们可以在家里做点换样子的事。林大奶奶正在屋里跟石头说话哪，因为石头不爱念书，已经辍学。林大奶奶教导他种田的事、做人的事，他也不十分留心听。只是不再上学了，他十分得意，东张西望的，神不守舍。

林大奶奶对他早已没抱多大希望，今天见他因为辍学倒乐起来，更觉失望。外面滴滴的春雨下在花树的叶子上，显得十分凄凉。她叹息着说："去，到外面去，在堂屋里编编条筐，要不戴上大草帽去拾掇柴棚里的柴。"石头果然走了，不过他没去堂屋。

林大奶奶一个人凄凄地躺在炕上，外面雨还没停。她觉得一个高身材的人进到屋里。脸面没看清却觉得是她丈夫，是嫁后不久的光景，只听他说："我又回来了，你也该欢喜喜了！"又觉得他拍着她的肩说："起来，起来，别装睡。何大娶你来啦！"

她要起来和他分辩，觉得他没死，只是在外乡久不回来。可回来就试探自己，真委屈！就呜呜地哭起来。有人推她说："大奶奶别哭啦！"她张眼看原来是小牛的妈。她想起梦里的境况还不胜悲叹。小牛的妈说："大奶奶，你说多喜欢哪，小凤生了一个孩子。"

"是吗？男的女的？"

"女的，女的也好。她出嫁这些年没个孩子怪冷清的，何大打发人接咱们来啦！叫你们长工看家，咱们去吧。"

"还下雨吗？"

"下哪，只是小多了，咱们换上油鞋。"

小凤也做妈妈了，她的小家里有这个小人儿降生以后立刻热闹起来。何大妈也喜欢，因为何二家的都是男孩，有一个女孩来了倒觉得如意呢。所以这小姑娘的名字叫"如意儿"。如意儿降生的年月好，赶上丰年，有这么一场春雨，谁还敢说秋天没有丰收呢？何大几年来辛苦的结果，又多了几亩田，他已经有三十亩田了，还不是如意的事吗？

在如意儿弥月（即满月）的时候，何大伯却得紧病死了，是肺炎。弥月的所有礼俗只得免了。这老人的丧事哀痛庄严地举行了，他的坟就在他自己园北的何家老坟里。他安静地永远睡在一棵松树下，这松树正对着何家的后门，老人的灵魂看着这些如意的孩儿该含笑九泉了吧？只是何大妈十分悲哀，只得把欢喜儿哄过去给她做伴、解闷。云子也时常带了孩子来看她。云子也有两个孩子了，多么快的时光啊！小的大了，大的老了，老的死了……不论是人、是动物或是植物，都脱不了这个循环呢。

只是有些却例外，他们很小或者很年轻就夭亡了，那么哀痛的夭亡！但是那些健壮的则还是按着少长老衰的公例活下去，又怎样呢？只是平凡些罢了。

六月的夜，人们在户外纳凉，讲着毫不连贯的趣话。何大把如意儿送去给小凤，因为她早就睡在他的手臂间了。他又出来找那一群纳凉的人。但是已经散了，空留着深沉的夜色，远远听见有女人咒骂的声音。只是一阵又隐约了，小了。他想进来关上大门，但是他记得何二是在外面的，怎么没见他的影子？于是不关大门到院里叫道："老二，进来了吗？"

只听何二家的代答："没进来，他出去不小时候啦，您没看见？"

"那么我再上外面看看去。"

天上的星是那么繁多，村里村外都那么深沉，笼罩着神秘的气氛。村边的树黑黝黝的好像童话里的巨人似的站着。何二喘着气，抓住哥哥的膀子，断断续续地说："哥哥！'一枝花'，打死人了。"

"什么？"

"'一枝花'，把村副的儿子用大烙铁打死了，哥哥。"

"进来。"何大把受了惊的弟弟拉进来，关上大门，坐在院里瓜架下，何大听着他还在微喘。

"你怎么那么傻，在街上那么大声说，到底是怎么回事？"

"你进去送如意儿睡觉，我们本来打算等你，后来隔壁的三发跑来说：'小红鞋家里出事了，走！看看去。'大家都一窝蜂地去了。我不是已经对你说过，不再登她家的门吗？所以转身要走，他们拉了不放，我也想看看到底是怎么回事，就去了。哥哥！她却被人绑

58

在树上，她妈哭号着要求人解下来，不但没人答应，反倒拳头脚地把她妈打了一顿。她穿着小花褂子，衣襟上有许多血，头发乱得像一团草。听说村副的儿子早就有了动她的心思，只是她不理他。可巧，今天她妈妈到别人家串门子去，叫那小子看见了，他就到她家去。起初，她还和和气气地应酬他，后来他……他不规矩起来，她就拿起手边做衣服用的烙铁狠狠地打下去，他的额角破了，溅出许多血，但是并没有死，他马上跑回家，到家就躺下了。她在盛怒的时候还不明白自己做的事，并没有跑。地方的保长、甲长们就把她抓住了，绑在庙前的旗杆上！"何二已经接不上气了，"他们说，村副不想打官司怕丢人，只想私了这案子，他儿子好了没话说，要死了，也一烙铁敲死她！怎么办？她太冤枉了。她……她似乎看见了我，还对我一笑。好像她做的是一件快心的事，叫我对她贺喜似的。哥哥！她没有错！就活活打死她吗？她要死了，我忘不了刚才她那样子：小花褂上有血，头发像乱草，还对我笑一笑，那一笑……"

何大怜爱地抚着弟弟的肩说："你放心，她死不了。她不会死，还有村长哪。你睡去吧！你受惊了。"

"不，我睡不着。"

何大只得扬声说："把老二叫进去，他在瓜架底下睡着了。"何二家的真出来叫他，他无可奈何地进去。

何大向小凤把这事说了，他要到庙上去看个究竟，小凤说："你小心，千万不要看不平的时候又招祸。"他点点头走了，从后门走的。路远的地方那么静悄悄的，可还不到小庙，已经是人声嘈杂，灯笼、火把闪着。"一枝花"还被绑在旗杆上，她的头垂着，头发挡着脸。大家兴高采烈地谈着，异常兴奋，因为在他们平淡的生活里没见过这么刺激的事呀。他们都不肯去睡，等着看一烙铁完结这俏人儿是个什么样子，他们等着听"小红鞋"号哭亲生女儿是个什么声儿。还有女人们，她们有的已经心痛地用衣襟拭着泪，甩着鼻涕，有的却咬牙切齿地想早点看她出彩。比如货郎老婆吧，她也在场，她自然想一烙铁打死"一枝花"，捎带着再一烙铁打死"小红鞋"，大快人心。

村长来了，摇着手里的翎扇说："给她……咳咳……"他不住地咳嗽起来。这时人们鸦雀无声，"一枝花"抬起头来看了村长一眼，又垂下头去。啊！这是什么景象啊！这是未开化时代对付谋害亲夫的女犯人的景象。没想到在这文明时代——真是文明时代！看村长手里虽然拿着翎扇，不是也戴着手表呢吗？在这文明时代对付一个抗拒强奸的少女却有这番景象。文明！这会儿"小红鞋"不知哪儿去了。"一定是不忍见女儿的惨死才躲起来了吧。"大家这么想。村长咳嗽了一段时间又接着说："给她松了绑！官事官办，这像个什么样，等着叫……""等着叫县里知道还不撤我村长的职吗？"可是他并没说出来，什么地方保甲七手八脚地给她松了绑，她还站着不动。村长说："一枝……"他想太不像话，可又不知她小名叫什么，只得说："马三的女儿，你为什么把村副的少爷打伤？为什么？"何大在人群里听见村长只说打伤，那么不论官办、私办，"一枝花"是死不了啦，他倒替弟弟放了一半心。"一枝花"抬着头说："他趁我妈不在家就跑到我——"

她还没说完一句话，却见村副斜刺里跳到庙台上，大声说："你先住嘴。"又对村长拱拱手说："村长辛苦了。"

"你的少爷怎么样了？"

"眼下不要紧，我看……我看村长回去安歇吧。我来问她。"

"这也是我分内的事，不用客气。既然出事了，还是把它弄清楚也好放心。等我再问她——"

"我看就算了吧，总怪小儿犯这份灾星。"

"真不要紧了？咱们公事公办，别等着将来后悔，不是吗？"

"真不要紧了，只是一点疼痛之灾，不过这丫头还得给点惩罚。"村长已经暗中帮了"一枝花"不少忙啦，也不能不给村副一些面子，俗语说"官官相护"嘛！他就笑了笑说："好，你吩咐吧。"

"还是村长定夺吧！这样公平。"

"那么……罚她站一夜庙台吧，要不打她几十鞭子……"村长今夜兴头很好，转过头来对大家说："来个公断吧，是打，还是罚站？"村长的确"文明"，因为学校现在不是很时兴罚站吗？大家胡乱地喊了一阵："打！""罚站！"什么都有。村副很气愤地说："罚站？打了人家一个大洞，不定死活，罚站？"

村长又追问了一句："到底要紧不要紧？"村副又恐怕说厉害了，一审，把儿子的丑行问出来丢人，对村长小声说："不要紧。"

"那么罚跪吧！"村长说完了，村副也点点头。可是"一枝花"却回过头来果断地说："打吧！我没给人下过跪。"

天已经不早了，由地保们狠狠地抽了她二十皮鞭子。她咬住下唇忍着，打一下，痉挛一下，结果晕在庙台上。大家总算看了一幕"夜审'一枝花'"的活戏，满意地走开。何大忘了顾忌跑到"小红鞋"的家里，只见她到处烧着香，祝祷着，祈求着，求神保佑她的女儿，求祖先，求她死了的丈夫……一听何大说她女儿的拷打已经完了，正晕在庙台上，她抛下没点着的香就跑出去。

人都走了，只剩下村长、村副、地方保甲还在商量什么，见她来，都不出声了。她抱起披头散发的女儿，哭得气噎声塞时，村长说："马三家的听着，你女儿持铁行凶，村副的少爷受了重伤，村副为人慈善，不加深究，只打了她几鞭子，你把她扶回去吧。从此各人善罢甘休。""小红鞋"见他们把女儿打得半死还送人情，恨不得撕破他们那两副老脸；但她是有经验的，她在人海的凶险波涛中冲撞了一生，什么不明白！只要女儿保住性命就没什么再说的了。即或女儿真死了又上哪儿说理去？她抱住女儿的身子，觉得温暖过来，她只得破涕强笑地说："谢谢村长、村副高抬贵手饶了她，我不会忘了二位的好处，以后凡事多照应，我也就有福了。"两个老朽听了她的话，都觉得从心里到肚里那么热丝丝地好受。村副晃着脑袋说："倒是知理的妇人。"

都走了，家家都关好大门，庙台上这对孤单的母女无援地搂抱着，老槐树沙沙地响着夜风，庙檐犄角的铜铃叮叮地响着。寂静、森严、可怕的夜，"一枝花"的身子虽还温暖，但是仍没有知觉。母亲想抱走她，但她已经是大人了，不像小时候那么容易抱。何大不忍心离去，他觉得这黑暗里也许还会有什么来欺凌她们。于是，何大走过来，小心地把这受伤的女孩子背回家去。

此后，村长早早晚晚常出没在"小红鞋"家。

一个风暴的夜里，小石头在地下的板床上睡着，林大奶奶开着窗子看闪电，一条条金光用各种姿势自空中射下来，大小不同的雷声喧闹着。她很喜欢看，也喜欢听，比一个平静的夜有趣多了。她见金光交错，她见金光追逐，还有被照出的乌云哪，像龙，像怪，是乌黑的、庞大的，没有雷闪那样痛痛快快的可爱，而是可怕、可怕。像龙，像怪，越来越低，她吓得把窗子关上。盖好被单躺下想睡，只是睡不着，想起许多不愿意想的事。想起……想起春天小凤生如意儿的时候，想起何大待小凤那么好，想起"一枝花"拿烙铁打伤人……她又想等着我也预备一把烙铁，又可以做活儿用，又可以防身……

林大奶奶觉得窗子没关好，又起来关窗子，可是无论如何关不上，有人推着，有人……有人，她想喊，喊不出声来。一个人从窗外跳进来，是林二。林二嬉笑着，往她身上扑来，用嘴堵住她的嘴。她不能说，不能喊，林二解她的衣服，她记起炕头上有一把大烙铁，她摸到烙铁用力往林二头上打去，呀！他死了，躺在炕上，流了许多血，林二的脸好难看，像鬼，像鬼，那么白，白得没血色，是白骨头……她吓醒了，一身冷汗。她点亮了灯，雨已经停了，石头还在板床上睡哪，灯影摇摇的，十分恐怖。她更不敢灭灯了，天哪，快些亮了吧！她需要光明！

渐渐地，她病了，她约小牛母子来给她做伴，她晚上怕，不是怕贼，倒是怕起梦来。有一次她自己照照镜子，也不觉诧异起来，这么一个瘦骨支离的人是她吗？是那个俊俏的林大奶奶吗？除了一对黑痣以外，自己也不认识自己了呢。时不时还下午发烧，夜里说胡话。小牛的妈很害怕，有时要喊起石头来做伴，石头却嘴里哇啦哇啦地咒骂着，装睡，装说梦话，不肯起来，有时候即使起来也是摔东摔西的不高兴，后来还是小牛看不过了起来帮着妈妈。他虽然才十几岁，但是已经长得很高了。林大奶奶见有他们母子做伴也就安心些，多睡会儿觉，如果人一离开她，她就怕，怕得缩在炕角，等离开她的人回来，她就拉住不放，或者倒在人家怀里哭起来，哭得哀哀欲绝。

秋收才罢，小凤来看她，只因为有如意儿不能陪她太久，只是安慰她一番，把如意儿交给妈妈，小凤为她做些可口的饭食。见她日来瘦得已经不成人形，实在可怜，想起她往日对他们夫妇的许多恩惠来，总要偷着在堂屋哭。经小凤仔细地做饭食，她居然有些起色，也不说胡话了，也不哭叫了，大夫的药也肯好好喝了。小凤想如果她病好了该多好啊，也许会恢复她原有的健康呢，想起自己给她家种萝卜的时候，自己饿得那么瘦，她却粉嫩白俏的。才几年哪，她反倒瘦了，自己却胖起来，就是妈也胖了，如果没有她，自己不会做何大的妻子；没有她，小牛和妈连一间草房都没有，不知要流落到什么地步呢。她是自己的救星，她是菩萨，她是活神仙……但是她为什么有这些不幸的遭遇呢？真希望她一天比一天好下去！

一天晚上，小凤已经回去了，小牛的妈在关后门的时候，忽然想起石头没在屋里，林大奶奶已经睡着，她不好离开，只得叫小牛往后院长工屋里去找找，叫他快来睡下好关门。一会儿小牛回来说，哪儿都没有。小牛母子都焦急起来，又不敢叫林大奶奶知道，娘儿俩一夜都没睡好等石头回来，可是直到天亮也没消息。早起后叫小牛把何大找来，偷偷把事告诉他，他皱着眉叹口气说："为什么叫她遇见这么多倒霉事呢？我先看看她，再去找石头。"

何大硬着心肠走到病人屋里，只见她已经醒了，在枕头上张大了眼睛好像等着什么，她见何大进来，大颗的泪珠滚落在枕上，可是还微笑着，声音哑得沙沙地说："何大哥，如意儿的妈没来？……石头走啦？"

"没有，只是出去了，有事吗？我去找他。"

"不用骗我了，我都知道。他从柜里拿钱……我还觉得……只是，我没有精神喊他。他走了好，你……不用找他。"说着她闭了一下眼睛，旋即睁开了说："大哥，你……我快死的人了，你说句公道话！我……有什么不好的行为没有？我……"

"大奶奶好好养病，不要再说话费神了，我把石头给你找来。你是善心的人，一生没有办过错事，好好养着……"何大的泪已经在眼角转着，他长叹了一声，就急忙出来了。何大不停地走出大门去，去找石头。

石头跑啦，还偷了林大奶奶的钱。只是林大奶奶不许追究，石头又没亲父母，别人就更没人过问了。也许有人唆使石头这么做的，林大奶奶因此暗暗生气，病又加重了。白天总睁着眼睛往外看，看一会儿，长叹一声闭上眼睛。

匪！匪！匪！

大家盼望今年丰收后，可以平安过一冬。因为去年旱，明年怎样又不可知。今年幸亏有十成秋收，村里人都庆幸着，感激着，谁知又闹起土匪来！谁也不知这些匪是从什么地方来的，听口音不像本地人，看样子却也和村里人一样长着黑头发和黄皮肤。为什么当土匪呢？据男人们说，大队的匪，数也数不清，一个小村他们要几千块钱，还要米粮，要衣服，要鞋……凡是实用的东西都要。村长、村副吓得奴颜婢膝地侍候着，没人敢往县里去报，因为他们到处都是，路已经不通，整齐的房子都被他们占了，住、毁、烧东西、杀鸡鸭、牵牛马、调戏奸污妇女，甚至杀人……天哪！人祸比天灾更可怕得多。

何家本想逃到山里去，但是已经晚了。那么等着吗？西村已经被匪打死几个富户了，像何家还没有引起匪的注意。但是一二等的富户完了，不就……而且匪势比水火还猛，不见得会按次序来吧？

在夜色苍茫中，何家用两头牛拉着一辆车，从后门赶出去，车上有两个年轻的女人、三个孩子，几个包袱捆在车尾上。何大妈不肯离开她的老屋，她宁愿死。这辆双牛拉的车由何大赶着、何二跟着，到了林大奶奶的后门，小凤下来通知她妈一声。她妈不肯走，她说：人老了家又穷，不怕，只把小牛打发去。小凤来见林大奶奶，见她正昏迷地睡着，小凤不得已轻轻推她一下，她立刻醒了，见是小凤，喜欢地拉住小凤的手，欣欣地说："你夜上也有工夫……出来？我正等你有……有……有事！"

"你起来，我扶你走，村上来匪了，和我们一块走吧，到山里去逃难，我妈看家！有什么要紧的东西一块拿着走！"

"什么？匪？我不怕，你妈妈为什么不怕呢？"

"她老了。"

"我还年轻吗？哈，你快走吧，我……不怕，一辈子什么罪都受了，就没有见过匪！这回凑全了。还不好吗?!"她声音虽哑，但很清楚。又想她说得也是，病成这个样怎么走呢？只是她这病着，

64

抛下她十分不忍，于是呆立着不动。

林大奶奶从身后的被堆里拿出一个旧绸子包说："这点东西你替我带去保存着，回来我要活着就再给我，我要死了就送给你，反正一样的……"

何大拿着鞭子来催促："你快扶她走啊！枪又响了。"

"她不肯走，你劝劝她。"何大听了急得说不出话来。

"你俩走吧，快！我不怕。你们再不走我可急死！"

何大只得拉着小凤走了，小凤掉着泪回着头，林大奶奶却转过脸去不看他们。小牛跟在后面。

牛车走得那么慢，枪声响着不像交战，像示威，不知又在逼着什么人做什么哪。走进北山时，路上石子儿很多，大车颠得山响，牛在喘，孩子从妈妈怀里震醒了，哭。女人只得呜呜地拍着哄着。山里毕竟荒凉，没有匪的痕迹，还算平安。到了山坡下，车已不能再走。大家只得下来，把车拴在一棵大椿树上，把车轮卸下来推在蓬乱的灌木丛里，这样车就丢不了啦，然后把东西驮在牛背上牵着，女人抱着孩子，欢喜儿哭着说"扎脚"，何二只得抱起他来。才走到山腰里，听见对面有人，大家以为是匪，吓得蹲在草丛里，女的赶紧把奶头塞在孩子嘴里怕他们哭。及至听见对面也有孩子哭的时候才知道也是逃难的，大家又站起来往上走，往上爬。等到了石佛洞的山门外边，都累了，坐在石阶上。对面的人也赶到了，一个男子说："哥儿们，借光了，我们也是逃难的。这是石佛洞吗？"

"是，你们多少人？"何大问。

"两个大人、一个孩子。"

他们叩了半天门，庙里已经没有和尚。不知是云游去了还是怎么样，只有一个看庙的俗家老头暂时借给他们两间偏房。每一间里有两三口寄存的棺材，并没装死人，只是有钱人的存项罢了。棺材究竟是棺材，人看了无论如何对它不能起美感，可是他们又累又乏的身体，不一会儿就在土地上横七竖八地睡了。

天才亮，山鸟的鸣声已经很嘈杂了，小凤坐起来看如意儿，不知什么时候滚到何大的脚边去，小身子上沾满了土还有尿，可怜一个不满周岁的孩子就遇见这些苦，真不如不生她。因为没有孩子，何大还和她生过气，自己也为这件事伤过心，但是现在孩子有了，却叫她受罪。小凤把孩子抱起来，小身子已经冻得冰凉。

白天来了，消去夜里的恐怖，殿外几棵小树的叶子已经丹红了。他们吃什么？何家倒是带了米来，但是一切用具都没有，真是"在家千日好，出门一时难"啊！早知道这样，还不如从家带个小锅来，有个铁筒也好啊。

看庙老人倒是好心人，借给他们锅用。欢喜儿高兴得满山跑，何二捉了虫翻过山头到后山下的池塘去钓鱼。同来的那一家三口人也相当快乐，看他们那样子很穷，身上穿得非常褴褛，也没有什么东西带着。但他们很怕土匪，因为那女人很年轻、很美，要是让土匪见到……真不敢想象。

男人们总不肯闷在庙里，到处去，三个女人只得在偏房里待着，彼此慢慢熟了，谈着家常，谈着匪……即使对房里的棺材也看惯了，有时候还把孩子放在上面玩。石佛洞里也常去。小凤每次离开屋子的时候，总是把那旧绸子包放在棺材后面，然后用稻草盖好。有一次，何二家的和那女人在佛洞前哄孩子，如意儿睡着了，小凤抱孩子到房里，把孩子放在地下的干草上睡着，从棺材后面把那旧绸包拿出来打开看。一卷破旧的钞票、两对笨重的金镯子，样子很老。大约是林大奶奶祖母时代打造的，一对是二龙戏珠的浮雕，另一对是拧绳的样子，还有一对黑黝黝的东西，好像年画上的元宝，只是没有那么好看，又沉又笨又黑，小凤没见过这些东西，不知道有什么用。记得听人家讲，金子、银子会发亮，晚上不用点灯，可是这些东西没有这么大的光。镯子还好，就是那一对元宝形的东西太不亮了，上面还刻着字，在正中间的底下还有四方图章似的花纹。除了这些东西以外还有一个小纸盒，打开里面是用白生丝穿着的十几颗珠子，不十分白，也不十分黄，只是浅白肉色。她对这些东西没什么稀罕，平淡地包好。因为林大奶奶那么郑重地交她保存，那么这些东西一定对林大奶奶是有用的，要小心替她保存。假如那些东西真是元宝和珍珠，是从哪儿来的呢？一定是她娘家祖传下来的，那就难怪她郑重地要小凤保存了。娘家！一个嫁了的女人对娘家是有海样深的感情呀。

在一棵大枫树下，三个女人候着男人们回来吃饭。她们望着山里的树木，树木多半换了服装，红的、黄的、褐色的……除了松柏以外没有绿色，倒也好看，山岗重重的，一处是一番景色。每次在村里只是看看远山，现在竟然住在山里，真是没想到的事。

"东南边那一道白茫茫的是什么？"何二家的问。

"不知道呢，也许是海吧。"小凤说。

"不是，那是白沙滩，再往远看，天和地相连的地方有一道亮得照眼的亮条，那才是海哪。"另外的女人说。

"你们村子离我们不是很近吗？你怎么知道这么多？"何二家的不十分相信地说。

"我娘家就在沙河，那儿离这里二十六七里，离海边还有八里。我们那儿，我是说我娘家，地都是沙子。白沙子，种甜瓜、西瓜和条林，一丛丛的柳条棵子长在白沙子上很好看。我们看瓜的时候，在沙子里打滚玩……"她说着不禁惆怅了，望着远方的一片白茫茫的地方出神，接着又说："听说匪是从那一带来的，也许我娘家已经全完了呢……我们那儿的鱼才便宜哪！很早很早的街上卖鱼的就喊得那么热闹；嫁了以后倒拿鱼当宝贝了，过年还不准吃着一条鱼，等我从山里回去，无论如何也要回去看看……"

男人们回来说，剿匪军已经开出来了，一半天该回家了。女人们欢喜得吃不下饭去，出来虽然还不到十天，可是念家的心却迫切得没法形容，恨不得剿匪军拿出孙悟空的本事来，一会儿就把匪兵驱除得没有踪影。因为人人都在盼望着一件事的实现，反倒觉得度日如年了。天又阴起来，山里像下雾似的昏迷阴暗，小孩子们不住地吮吸母亲的奶，欢喜儿也不欢喜了，想起奶奶来，哭着要回家找奶奶去。大约黄昏时，呼呼地起了风，孩子的哭声被隐住了，满山满谷响起了震耳的声音，雨也追踪而至。他们只得依墙而坐，免得雨从没遮拦的窗里打在身上，他们带的衣服很少，冷得瑟缩着。他们三对夫妇和各人的孩子挤着，为的是温暖些。他们不知为什么老天发怒了，把天气变得这么冷。他们又冷又怕，山水的声音吼叫着，一种自然的威严震慑着每一个心灵。好在还没有雷，没有闪电，不然还不知要恐怖到怎样呢！那黑棺材像怪兽似的蹲在黑暗里，让他们想到石佛洞里那个管理下雨的石龟，他们闭上眼希望睡着倒好些。结果是孩子都睡了，大人们忍着恐怖醒着。他们觉得声音太大了，山会不会倒下去？房子要摧毁了吧？洞里的精灵生气了吧？因为凡人住得太近了。怎么办哪？听说洞后面的隐蔽处还住着一条秃尾大蛇呢，据说这蛇是个姑娘生的，它每次去吃奶，那姑娘就吓晕了，那姑娘的父亲一怒拿菜刀砍它，它跑得快，只砍去一截尾巴，从此它就住在山里再也不出来了，渐渐地也兴风作雨起来……哎呀！假如这秃蛇出来该多么可怕呀！听说它的眼睛像两个大灯笼，在村里常见山上有火球滚来滚去，那就是它的眼睛吧？不！那是狐狸炼丹哪。哟，山里还有老狐狸精，还能变成人哪，说不定那看庙的老人就是什么变的……在风雨交加的黑暗里，在这荒山破庙深秋的夜里，他们的心就这么胡思乱想着。好在风比雨大，天渐渐被吹晴，冷月的光射在这几个畏缩得像蛰居的冬虫似的人身上，他们才清醒地恢复了神志。可怜的人们，就只需要这么一线光明。光明来到了，宇宙间才显出"人为万物之灵"来。在黑暗里，世界是魔鬼的。月冷冷地隐在古松的枝叶间，安慰着这一群受了惊的灵魂，像慈母，光是那么温柔、怜悯和慈爱，人们安心地入睡了。山里斑驳地承受着这一泻万顷的银光。

匪终究是匪，剿匪军到了，胡乱招架了一番就逃往别处去，何家人总算结束了这段厄运似的山居，又回到家乡来。

劫后的老屋，已经零落不堪，幸亏何大妈还在，她坐在门槛上，见他们来，先把欢喜儿搂在怀里，落着泪说："孩子瘦了，想奶奶了没有？"

"想。"孩子自然地回答着。

"衣服、米粮没什么损失，因为不便携带，只是小鸡子一只也没有了，何二家的陪嫁衣物不少，但是侥幸匪徒没有进她的屋子，何大妈和小凤的屋里都进去了，看看，没什么值钱的东西，又没有年轻女人，就走了，再也没有来。"何大妈叙述着，又落下泪来说："我就是想孩子们，一个人又闷又怕……"她又说，"云子家也没丢什么，只叫人家拉走了一头骡子，有牛的人家倒好，没人要牛，嫌

68

牛走得慢……"

小凤从山里回来的下午就到林家去了。

院子里已经不那么干净了，有几堆砖头，上面已经被烟熏得很黑，显然有人在这儿架锅煮过饭。她母亲一个人无聊地伏在炕桌上睡着。林大奶奶并没改地方，仍旧躺在原来的炕上，不知是睡着，还是醒着，眼睛虽闭着，却有一条缝，鼻子显得特别高，嘴微张着，两只手在被外，不时地动着，摸着被的边缘，脸白得像象牙，又像将要吐丝的蚕。

小凤小声叫："妈妈，我回来了。"

"啊！啊！如意儿呢？"妈妈抬起头来，惊喜地问。

"跟着她奶奶哪！她怎么样了？院里进土匪了吗？"

"她！唉！"放小了声音说，"没有指望了！娘家人才走，后事都预备好了。丢的银首饰不少，她倒不在乎，说反正也没有用了。她只说等着你哪！你没见过那些土匪呀，顶不是东西！在这院里住了五六天，好米、好面地吃着，还打了长工一顿，可把人吓死，幸亏她病着……听说好些年轻的媳妇都……咳，都吃了苦……天打五雷劈的土匪！还和官兵打起来了。要不是官兵，说不定什么时候走呢！庙门上还有枪眼呢……"

"她病得这么重也没给林二送信吗？"

"她不肯呢，她说她死了就不管啦。"

"她还说胡话吗？"

"少了，出气的时候还费力哪……"

病人睁开眼睛四处看看，但是眸子已经不灵活了，颈项也硬生生的不能转动，听她在喉咙里沙沙地说："他们俩……怎么还没回来？我……我等不了……"

"大奶奶，我回来了。"

病人的脸动了动，不知是哭还是笑，眼睛直直地看着前面，也不知她看见小凤没有。小凤过去握住她枯干燥热的手，她才觉得是小凤回来了，她的嘴唇上下抽搐着，似乎在哭，但是又没有泪。脸皮紧紧的，连眉头也不会皱。她沙沙地说："何大……哥……没来？"

"来了，一会儿就来看您。"

病人把眼闭上，半天没动静。小凤用另一只手抹着眼泪，屋里那么沉默，一点声音都没有。忽然病人睁开眼睛说："你听！他来了！！"

果然，何大拿着那旧绸子包进来了。他对小凤说："你忘了把这个给她带回来了。"

"因为不知道这儿有外人没有，没敢带来。你就那么在手里明摆着拿来的？"

"怕什么？他们谁知道我拿的是什么呢！她好点了吗？"

"好了。你……回来了，我好了。"病人用力地说。

"他把您的首饰包带回来了。您收起来吧。"

病人已经不会回头，也不能仰头，叹了一口气说："我看不见……"

何大把身子侧过去，倾斜着举着那个绸子包，"这不是嘛！大奶奶，看见了吗？"

"看见了，可是……我要它有什么用呢？送给你吧……晚上，一块儿……一块儿吃饭……有热水吗？我渴……"

小凤要去烧水，她妈妈却抢着说："我去烧，我看你还是把如意儿带来吧，住在我屋里，大家做伴儿……"又小声说："她今天恐怕不……不行了，你叫如意儿爸爸先看她一会儿？"说着示意何大看一会儿林大奶奶，何大点点头，小凤母女都走出去。

屋内更沉寂了，何大不知为什么怕起来。人在临死前是可怜又可怕的呢！他轻轻地把那小包放在病人的枕边，退后，坐在炕沿上。

病人的眼睛忽张忽闭地好几次，突然睁眼见何大一个人在旁边，她想说话，又好像找什么。何大想也许是找那个小包吧，立刻拿了递给她。她只是用手推开说："我拿不动……送给你吧！那是我祖传的……求你收下，我……觉得只有你配……要我的……"这些话让她说来似乎太多了，再也说不下去，张着嘴呼气，吼似的喘着，象牙似的脸上有两朵玫瑰色。

何大想：她的病要好了呢！多么红润的脸色呀！她笑了，她笑着，她的呼吸声微细得再也听不出来了。他想：她要沉睡了。她要痊愈了该多好呢！

"你好一点了吗?"他欣欣地问。

她张开眼睛,脸上的两朵玫瑰加深了颜色,眸子微动着,她在看什么。他又欠起身子,叫病人能看见自己的脸。她果然看着他,目不转睛地看着他,脸上却没有丝毫的表情。这时脸上的红色突然退去,眼角落下两滴泪水,手臂左右摆动着,张着口,像一条初离水池的鱼。渐渐地闭上眼睛,手也不再摆动了。他以为她真个静静睡去了,就动也不动地守着她。

小牛的妈端着水壶进来,何大对她摆手说:"不要作声,她好容易才睡着。"她把水放下,俯身一看,又摸一摸说:"哎呀!完了。她死啦!"

何大不相信,也不由自主地去摸她的额,吓得缩回手去,他觉得冰凉得比那次求雨时摸的石龟的背还凉!她真的死了,这善良的人!这对他一向有恩惠的人就这样无言地死去了!何大把脸埋在一双大手里,哭了。

此后林家院里再也见不到她那和蔼的、生着一对黑痣的脸孔,再也见不到她那轻俏整洁的身影。代替她的却是林二继娶的女人——一个城里的土妓。

何大因为林家门风已改,就把岳母和小牛接到他自己家里去。没人挽留他们,因为林家唯一的好心人已经静静地躺在白杨下,毫无牵挂地安息了。哦,容她安息吧!那疲乏的灵魂。

夕阳下,田间工作完了的时候,常有一个扶着锄头、凝然伫立的青年,默无一言地在她墓边凭吊。

渐渐地,他不常来了,任秋风吹着墓边的荒草,因为何大是小凤的。

奔　流

君不见黄河之水天上来，奔流到海不复回……

李白《将进酒》

一

樱桃花成串地开了，天上飘着玫瑰色的晚霞，于是花也映成琥珀红。

从这琥珀色的花丛向上望去，一个被常春藤笼罩住的窗子开着，在这炫目的天宇下摇曳着白色的纱帘，纱帘柔如溪边垂柳，时而抚到一个静静的女孩子头上或肩上，她低着头坐在一个矮凳上，靠在窗里面入神地注目在她膝头的书上，那是一本有彩色插图的精装书：

第一页绘着一个月下泛舟的女人，船身有一部分隐在水草的暗影里，模糊中见那女人仰头望月，站着，纤细的腰肢轮廓很清晰地映在幽辉里，并没人把桨。那一派初解索放行的情绪，那一种顺流而下的趋势，表现得生动引人。下面有几个字题着："我心悠悠，翩如不系之舟。"

这孩子似乎是一个受了启示的信徒，望着这幅画，咀嚼着这字里的意思："我心悠悠，悠悠……"黄昏的光暗淡下去，院里有打球的声音和阵阵练琴的声音，但她仍然沉醉在这个小窗下，眼睛因了光线的关系逐渐睁大，大了，不时地眨着，终于那幅画像真的扩大，而且那船和人也似乎轻微地飘扬着了。她望着，疲乏地闭了一下眼睛，再张开，瞳孔却不肯再放大来迁就这暗淡的暮色。

"哦！一个人也没有了？"她疲乏地站起来说。这时她的背影从斜晖里看来很像那图画里的女人，那么苗条，那么纤细，又那么亭亭玉立，像一个长成了的人。其实她不过十六岁，脸上有青春的活跃，夹杂着一些对世事惊讶的憨直和天真，喜欢想一些遥远的童话似的梦，易感、好奇，有着一切聪敏少女的性格，使她一步步向人生更深处走去。她又像一个奇异的海绵体，贪婪地吸收着各种知识与技能，所以一年来她读了几十本文学名著，她心里时常想："写小说的人太狠了，为什么给主角那么多的不幸呢？"或者读一个悲剧而流泪的时候，自己又自慰道："这不过是故事，真事绝不会是这样。"

　　有一天上国文课，先生是一个初毕业的青年，又有一点口吃的毛病，所以每到这一堂课总是多次见到先生红涨着脸说不出话来，而女学生们对于他也都发掘兴趣似的不时地向他发问题。那天正好讲到曹孟德的《短歌行》，这样一首豪爽而铿锵的诗，学生们听得倒相当入神，而且先生除了口吃以外并没有其他毛病，学问很好的——大家都知道，所以这一堂课效果比任何一次都好，讲完了以后还有余暇的时间，这些时间往往叫学生用来发问。先生用手帕拭着汗，弹着粉笔末，等着学生发问。

　　"先生，您再讲一遍'青青子衿，悠悠我心'的末一句。"一个坐在前排的小身材同学问，她的确不了解"悠悠我心"的真意思。

　　"好……好……你坐下，这虽然只……是四个字，可不是一两……两句……句话所能讲……讲……"先生说到"讲"字正好触到口吃的难点上，再也说不出别的字来。有的同学用课本遮住脸偷偷地笑，又有人笑出声来，但也有的脸上很严肃地忍住笑，自然这种"严肃"也可分为两种，一种是为了保持一向好学生的纪录，另一种却完全是出自同情心。

　　"比如，在暮春……见到落花……"先生努力说着，脸虽是红涨着，但一个字也没有重复，"你们当时……是不是有一种说不出来的心……心情，或者在深秋看见一片黄了的叶……子。诗歌里有许多……意境是没法子讲……讲的，只好自己去想象……诸位有谁还有更好……的比喻……请举……手……"

　　先生真好！这么长的一句话一气说完了。没有人举手，后来

73

她——那个窗下看书的孩子忍不住了，从最后的座位上高高地举起手来，在课室里好像沙漠里突然而开的一朵神秘的百合。

"田……田聪……"先生很高兴地叫她站起来。

"前天我在书里见到一幅画，画着一个女人在月下，站在一只小船上，小船没人划，好像随便漂泊的样子，下面写着'我心悠悠'，我想'悠悠'这两个字不能当作惆怅，也不能当作喜悦，就是那么一种捉摸不到、讲述不出的滋味，和先生的比喻一样。"她虽然声音有点抖，心有一点跳，但说完了非常痛快地坐下。大家因为她一向功课和人缘都好，倒没有人笑她，同时那个小同学也点头说"明白了"。

凡事最难的是开端，最可怕的也是开端。自从她在课室里讲"悠悠"起，许多课外生活的团体都选她加入，自治会的文艺股、话剧团，甚至于球队都不肯放过她——她烦死了。终于担任了文艺股长，她又有什么办法呢？只好找那位口吃的陈先生做顾问，事情也不外就是做壁报、组织班级读书会……因为当时正是暮春初夏交替的季节，这些少女在精神上都需要一些形而上的安慰，所以音乐会、赛球、演剧……各人按着自己的爱好找寄托。文艺股在陈先生的领导和田聪的努力下组织了一个"夕阳会"，是在课余找几个爱好文学的同学在夕阳下的草地上聚会，再选几个人读文学名著，或讲述文学故事。

那天白蔷薇才开，在草地上坐着的人都浸沉在花香里，陈先生也没有了每堂课上那种窘迫的样子，他穿了一条浅灰色的长裤、一件白汗衫，白边的眼镜里隐着一双沉思的眼睛。他很少看学生，不是望着天边的归鸟，就是望着架上的蔷薇，不说话，好像心不在焉的样子。其实他正沉静地听一个外号叫"大姐"的齐永慧讲莎士比亚的《罗密欧与朱丽叶》的故事，大姐的声音柔婉地在晚夕的空间回旋着。这故事充满了热情和美丽、悲惨和哀愁……震动了每一个人的心。田聪却用手帕捂住脸，流着泪幻想，虽然自己在心里不住地自慰道："这不过是故事。"但是又想，"莎士比亚为什么能创造那样的悲剧呢？两个不可能相爱的人为什么偏要遇到一处呢？"她抬起头来的时候，故事已经讲完，她只好抑制住自己起伏不定的心绪，擦擦眼睛站起来请陈先生评判。

"这故事是从什么本子上看到的，原文还是译本？"先生坐着，转过头来问着，因为不是在课堂上，口吃并不厉害。

"原文是《莎士乐府本事》。先生，这故事太悲惨了！"齐大姐说，似乎在询问，"作者为什么把故事安排得那么惨？"

"那个时代的悲剧就是这样。"先生说。

"这些事是真的吗？"田聪很不好意思地问。

"啊！那……那很难说，人间的事比这个还悲惨得很……很多，唉……很多！"陈先生无限感慨地又吃吃说不出话了。

夕阳会散了，各人在不同的心情和姿态下走去，陈先生仍然伫立着没走开，田聪以为他有事就停住。

"先生有事吗？"

"啊！没什么。"

"下次夕阳会在礼拜几呢？"

"下次？下次我……我也许不能参加了。"

"为什么？"她惊讶地望着他。

"我要到另一个地方去。"

"先生要离开我们？那么谁给我们上课呢？"

"在北京还愁没有好先生吗？我……是不适于教书的。"

两个人渐渐地沉默起来，天宇之下已经成了深蓝水晶的幽暗色彩，徐风吹着他梳理得不十分整齐的头发。大约过了十分钟，他才慢吞吞地说出，他是被大学选送到法国去的，将要在巴黎图书馆管理中国书籍。

"这样的事于我最合宜了，我需要寂静而新颖的工作。"

"先生到外国去会记得我们这群顽皮的孩子吗？"

"记得！永远不会忘记，你们给我许多启示，你们……"

陈先生果然走了，那么快，那么不动声色，连一个送别会都没容得开，他就走远了。新先生却是一个经验多、讲词流利的老手，对学生的问题畅若鸣泉地回答着，不过学生却加倍地追念着她们那位口吃的先生，至于为什么，谁知道呢？在田聪的心里觉得像失掉一个好朋友似的惆怅着，下了课就在图书馆里看书，甚至看一些理论书或者看一些很紧张的古代传奇。她想把自己一颗飘动不定的心深陷在无言而有灵性的书里，她也需要安静。

但事实又不许她一直安静下去，课外学生团体往往不放过她，自治会会长得盲肠炎住医院去了，必须改选新学生自治会会长。当时大礼堂里坐满了同学，几位先生坐在顾问席上。田聪拿了一本《茶花女》在一个角隅的矮椅子上看书，消磨这喧闹的光阴。选举的方法是票选，主席和一位先生开票，先生在黑板上写着被选者的名字，主席张大了喉咙念，票数最多的一共三个人，其中有齐永慧和田聪。在这些名字底下每重念一次就画一道，五道积成一个"正"字，齐永慧已经五个半"正"字了，另外那一个三个"正"字就停止了。主席的声音仍然洪亮地喊"田聪、齐永慧、田聪、田聪……"这些声音最初像沙子粒儿似的往她耳朵里抛，她简直不能再看书，许多同学用崇拜的心情回过头来看她，向她微笑。继之这些声音像大鼓，像巨雷，像炸弹……她放下书，用手堵住耳朵。远远见到黑板上自己的名字下面有一大串"正"字。选举的结果，田聪当选自治会会长。

"诸位同学，我不能做，因为我的能力不够。"她懊丧地说。

"本来就是大家练习做呀，理由充足吗，诸位？"

"不——充——足！！！"大家喊。

"而且我身体也不好，心脏衰弱。"

"用不着什么心脏！"有的同学开起玩笑来。

"……"

她不知这是为什么。她的寂静生活被群众破坏了。她真不懂为什么一定要难为她。她亲自见到几个落选的同学不高兴的样子，齐大姐还郑重其事地来向她握手道贺，而且脸上戚戚地苦笑着。

"我真不明白为什么一定叫我做这个。"

"大家爱你呀，多么光荣！"齐大姐说。

"光荣？还不够我烦的！"说着随着大众走出礼堂去。

当天晚上她一个人坐在曾经开过夕阳会的草场上想："先生也许已经到巴黎了。巴黎好吗？"又想，"同学们为什么一定单单难为我呢？做这些事是需要一个能干的人哪。""不过责任既然加在身上，就该努力做下去，对！这是责任！"她也就安心了。

　　大约过了三天，她收到两封快信：一封是家信，一封是从安南来的。家信读完了她乐得跳起来，她的家人将要在一二日内到北京来，父亲将要调遣到北京的总行里，母亲、弟弟、妹妹都来！她乐着，在欢喜的泪里好像见到小妹妹的小胖脸，一会儿又是母亲的脸。母亲来了就不住校啦！对！母亲来了一切都好，也不再烦了。

　　从安南来的是陈先生的信，第一个使她高兴的就是那张淡红色的邮票，印着一个农妇抱着禾束的图案。信里很详细地写着异地的风光，并且有一张当地妇女用头顶运东西的画片，另外有一张是给全体同学的信，她加倍高兴地立刻把信和画片放在公布架子上，用图钉按好。

　　已经五天了，她急迫地等着家人来北京的消息，甚至吃不下饭去，她想吃母亲做的豆沙包子，又想吃母亲做的栗子白菜、西红柿酱……想着想着吃不下学校的白水煮豆芽菜。母亲为什么还不来呢？也许中途有什么事吧？也许父亲不再调遣了吧？

　　"田聪小姐电话！"校役喊。

　　她匆忙地从楼梯扶手滑下去，跳下台阶，她恨这样浪费的建筑，这些台阶有什么用呢？怪讨厌的。

　　"我是田聪。您……您是爸爸吗？爸爸！妈来了吗？小妹妹……都来了？在什么地方住？总行后院？您派人来给我请假行不？我们住校不许随便出去……我不能上课了，我的心都飞了。爸爸，我不想住校了……回头再跟您说吧！快给我请假。"她放下电话乐得拉住身边一个等着打电话的人。

　　"你知道吗？我妈妈来啦！"一看拉错了，拉住的是训育主任。

　　"对不起先生！我认错人了。"

　　"去吧！"这回训育主任也似乎被她的喜悦所感动，没说她，说"去吧"的时候仿佛是微笑着。

　　"训育主任也是可爱的，一切都好，都可爱。"她想着，站在门房的对面等着父亲派人来请假。

　　到家见到几个运行李的夫役正在搬运东西，一个新来的女仆拿着扫帚站着望她。

"大姐！"二妹从院里的网篮里往外扯她的玩具。

"大姐！大姐！"小弟弟、小妹妹像两个巢里的小燕子在窗里张望着喊，笑着。小妹妹怕生似的红着小脸，但她看他们似乎都长大了。

"妈呢？"她问。

"聪儿回来啦？"妈把收拾的东西放下，望着她说，"怎么那么黑呢？"

"晒的。"

"自己小心，晒出斑来多难看。吃饭了没有？"

"没有。"

"怎么学校里这么晚还不吃饭？快点，小敏去告诉厨房……真的，你想吃什么？"

"学堂的饭遑遑得吃不下去，这会儿也不饿了。妈！小敏的牙怎么都掉啦？哟！小智留的分头！妈，您看！小俊还玩洋娃娃哪！咱从先那个大花猫呢？"她的话滔滔不绝脱口而出。

"死了。"妈并不留心这些，仍然关心地望着她，见她似乎又长高了一些，脸比从先黑了，牙更白了，孩子气没脱净，高兴使得她不能宁静一会儿。

以后她真个不住校了，虽然时间上忙一点，但是她的精神非常好，功课成绩也显著进步，自治会的成绩也相当可观。除了筹备欢送毕业生的游艺会以外，还起始编年刊，忙得连家里的饭也吃不好，为这个不时挨母亲责备。她不在乎，嘴里含着饭就走，跳上自行车就飞到学校去。帮她忙最多的是一个不爱说话的同学，她叫孟莉。校刊的封面和插图都是孟莉找人画的。在校园里常听见她呼喊孟莉的声音。年刊在游艺会前出版了，大家对田聪更加崇敬爱慕起来，她也放弃了对寂静的爱好，整日忙得不可开交。对陈先生几乎完全忘掉，他的影子渐渐地从她的记忆里淡了下去，等淡得就要消失的时候，他又来了一封信，说他已经到了巴黎，并且给她通信地址叫她回信。

初次给一个崇敬的师长写信，多少有些拘束，因此拖延了五六天才写回信，信写得很匆忙，因为游艺会马上就要到期了。

开会的那天，天气已经相当热了。大会主席由自治会副会长担任，因为她声音洪大响亮，田聪只是照料。本来这个会是不请外宾的，只是本校师生的联欢，可是教师们的亲友却来了不少，所以来宾席上也已经满座。

在拥挤的礼堂门口，孟莉挥着一把画着人像的小团扇往里探头找田聪。田聪出去一看，原来她请来两位男宾，守门的同学有意拦阻他们。

"这是我大哥和他的同学王先生！"孟莉说。

"好！那么请进吧！孟先生对我们的年刊帮忙颇多，真感激得很……请从这边走！"田聪说着引他们进了会场。他们生疏而好奇地走进去，坐下以后望望田聪，笑着表示谢意，好像说了些什么，因为人声沸腾她没听清就匆匆到别处去了。

散会后正是黄昏时候，潮水似的观众从礼堂门口涌出来，在落日的余晖里眨着他们的眼睛，人声散漫而喧哗，但没有一个人不是评论着游艺会里的节目，他们脸上都现出满足的微笑。渐渐地，孟莉引着那两个青年出来，他们站住望着草地上的人群似乎在找人，田聪赶忙从礼堂后门跑来，大家不自然地寒暄着，生疏地对望着。田聪看孟莉的哥哥是一个文雅的青年，沉寂寡言，那种喜欢远眺的神情很像陈先生，但是另有一种聪慧梦幻的气质却是陈先生所没有的。他的同学是一个身材雄伟、气宇轩昂、典型英雄性的人物，语声、笑声都那么豪爽，在无言的时候有一种迫人的威仪，因之田聪不敢多看他。

她送他们到校门，一阵凉风吹得他们倒吸一口气，彼此愉快地说："再会！"夕阳已经沉到建筑物之下，把形式不同的楼顶和高树衬托映照得相当美。

这天夜里没有月亮，星星繁密地闪烁在暗蓝的高空，田聪独自坐在滑梯的顶端，用手托着腮，望着遥远的星空想一些空幻的梦："在巴黎也有这样的星空吗？""今夜为了休息又住在学校，家里的人都在做些什么呢？小弟弟、小妹妹如果看到这样的天空会不会想起我来？""白天那两个青年……一个有着深邃的眼睛，看人的时候也像看一个不可捉摸的异象一样，仿佛在白昼就做起梦来似的，他那么寡言……另一个高昂得叫人感到仿佛是站在泰山脚下……他们都是男人，他们如果见到这样的星空会想些什么呢？如果想到我呢？……"她觉得脸很热，把手又放到脸上想："孟莉的哥哥很可爱，他一定有一个温柔的性格……他是擅长绘画的……啊，另一个却那么威仪逼人，他一定很暴躁……不过这与我有什么关系呢？……大考就要来了……"想着，她从滑梯上滑下来，在夜色里形成一幅难以模拟的图画，短裙子飘动着，她跳到地下，望着宿舍的灯光出神，那一排排的灯光，闪闪地夺去她对星子的注意。

"田聪！"她借宿的同室同学打开窗子在寻找她。

"就到！"

"田——聪——！"对方没听见她的回答，仍然叫着，而这声音却洪大得如同男人的语音。

"如果这是他——那个文雅的青年呼唤我，也许我要跑过去了……唉！今天我是怎么回事，为什么总想到他？"她想着又抑制着，缓缓地走到卧室去。

在暑天，她不常出去，只是买了许多书看，偶尔有孟莉或别的同学来找她，她陪她们在家里玩，约她出去她却不肯。弟弟、妹妹在院里玩得乱成一片，她也不去理他们。渐渐地被家里人看成书呆子，女仆常常说："我们大小姐将来总得成一个女状元。"她对这些话除了笑笑以外什么也不说。

这样过度的、变态的沉闷，正如暴风雨前闷热的天气一样，终究会有一个大变化要来到，田聪就要变了，很像闷在茧里的蛹，就要化成蛾子飞出来了。

二

北京的八九月天，正是风景如画的好时候，田聪推却了许多校内集团的职责，甚至没有时间看书，终日忙着写信、看信，向孟莉打听消息。在冷落而较远的名胜地区，她已经和孟彬会见过多次，谈一些两人以外没人能懂的话。她感到愉快、甜蜜、奇异，甚至疯狂。

有一天，在天坛遇到雨，湿润的野草和古松柏的香气迷醉着他们，他们在这圆形的古老建筑里倚着庞大的柱子，无言地望着门外雨丝织成的帘。她有一点冷，微抖着。他轻轻地把自己的外衣披在她身上，两个灼热的手掌把着她的肩，望着她，火热的情感从眼睛里射到她脸上。她哭了，伏在他胸前。但他抖着推开她。

"不，你不要靠近我，我会……会把你烧化了。你是个可爱的、脆弱的……你再后退一点！"他说着又注视着后退的她，像在写生的时候端详他的景物似的。

"我……要这雨永远下！我要你永远这么看着我，你虽然推开我，我觉得你更近了……你到了我的心里。"她呜咽着说。不过雨声倒小了，只是滴滴地有节奏地溜檐打着云母石的阶石，正如一滴初次陷入爱的迷惘里的少女的泪。

第二天还没上课，孟莉在一棵大椿树后面站着，旭日照着枝叶间的宿雨发着清冷的光。田聪骑着车掠过来，孟莉对着她点点头，她也会意地点点头，把车放在车廊下走过来。孟莉递给她一封厚信，两人一句话不说地走开。她在树下的石凳上坐下，虽然凉，她却不管不顾地坐着看信。

聪：

　　是你在捧着我亲笔写的信吗？你感到我的热力没有？我病了，体温很高，大约是感冒了。你不用急，我并不讨厌这次的病，因为在发烧最高的时候我总见到你，在我的家人面前我也见到你，多么愉快呀！假如这幻想是真的，你如果真有那么一天在我家人的面前陪伴我，那该是多么幸福呢！请不要笑我，我昨天还有一个梦，我梦到你和王士华——我的同学，在一起摇船，我哭醒了，真的。这个梦不是没有来由，因为他时常谈到你，他爱慕你，并且他的自信力很强。我就怕他那一句："只要我想做的事，总会成功的！"我嫉妒他！他自信心太强，他要"得"！相反地，我却没有自信心，而且对于"得"又没有把握，更不喜欢"骤得"。我要缓缓地把热忱送进你的心里去。我对你

81

要像对明月似的膜拜、憧憬……但是在我缓慢的程序中他会把你"得"去的，但是我又那么痴心地想着有那么遥远的一天，你在我家人的面前陪伴我！能吗？

本来妹妹不叫我写信，怕我累着，可是我怎么能听她的！给你写信比每日三餐还要紧！所以我终于写了这封信。头有一点晕，信上的字像有翅子的小虫子似的动着……我又想起我的梦来，聪！假如有那么一天，他向你求爱，你用什么态度对付他？说不定他很快就会对你有表示的。我怕。

我大约又发烧了，我的手在抖。希望乌云不要遮住我的明月呀！我需要你的光明。如果你对我的感情真像你说的一样，求你在今日下午回我一封信，写长一点，可以吗？不会把莉的书包压坏的，我想。

最后我告诉你，王士华来了，他在门外和父亲说话……他……我怕他是醉翁之意不在酒，匆匆问安。

彬上

她看完信后脸孔好像五彩电影，一重一重的红晕时增时退。她折好信纸，向四周望着，许多走读的同学都来了，有的远远地向她打招呼，有的笑笑走过去。

第一次上课的预备钟已经响过了，她把信藏在内衣袋里，提着书包向课室走去。齐大姐在前面走，低着头好像在想事情，她追过去和齐大姐并肩走。

"齐大姐！物理题做完了吗？"

"……"齐大姐仍然低着头不出声，迈着台阶。

"其实这一回题并不多，不过都很难做。"她又说。

"……"对方仍然沉默，眼看就要到课室门了。

"怎么？你生气了吗？怎么不理我呢？"她顽皮地拦住齐大姐的路，笑着问。

"哼！自己的事自己知道。"齐大姐从来没有这样对过人，今天出人意料地摔着课室门进去了。

　　田聪呆呆地站在外面，想不出她生气的原因："她的脸那么严肃！有什么人离间我们吗？"她握着铜门柄想进去，心里不安地思索着。

　　"田聪！"是孟莉从外院走来。

　　"你知道齐大姐为什么生气吗？好像有什么事对不起她似的。"

　　"理她呢，假冒伪善的。"

　　"孟莉！你不能那么随便批评别人，齐大姐对我们一向很忠诚的，魔鬼才假冒伪善呢。"

　　"哼！你呀，知道什么！"说完正好敲上课钟，她们只得上课去。

　　田聪在先生不在意的时候不时地从侧面望望齐大姐的脸，有时齐大姐也觉得田聪在望她。她的脸是苍白严肃的，不过当先生偶尔看到她的时候却又满面春风温柔典雅起来，因此田聪明白了——大姐只对她一个人有所不满，至于为什么她却想不出。一堂物理课就那么昏昏沉沉地过去了，下课她仍然闷闷不乐地想着一切不可能的忧患和恐怖。

　　下午第二堂课正好先生请假，她们在课室自修。田聪看了看明天的课表，没有什么可预备的，所以她打算安心地写信了。信首她不肯写收信人的名字或称呼，她怕人看见。只写着第一句："你的信我收到了……"

　　"又写信吗？"原来齐大姐又肯理她了，而且和蔼地站在她书桌边。

　　"大姐！你又不生气了？"田聪用吸墨纸把信上的字盖好，抬起头来愉快地望着这位喜怒无常的同班同学。

　　"本来我也没生气呀，你和小孟换一会儿座位行不？我有话和你说。"

　　"我不换，有话下课去说，我的毛病很大，换了座位就念不下书去了。"孟莉似乎有意和齐大姐为难。她正襟危坐地不肯动，结果是齐大姐和田聪左边的人换了座位。田聪无可奈何地把信收在桌子里，一想到孟彬信里的话又不胜焦急了，恨不得叫大姐走开，或者像孙行者似的用毫毛变几个瞌睡虫放在大姐的耳目口鼻里，叫她睡去，写完信再弄醒她。但事实上不可能，她就在身边，而且那么真挚和蔼的样子。有什么法子呢？

"田聪！你近来似乎很忙吧？"

"不，什么我也没念，几乎月考都要不及格了。"

"是，我也知道你的功课退步了，而且课外什么团体你也不肯参加了。不过你另外有你忙得不可开交的事……唉！别的不用说，陈先生的信你都没有回，他给我来信了，他很难过呢。他在国外人地生疏，没有一天不盼望国内的朋友给他去信，尤其希望你给他报告一些咱们学校的消息。可是你简直忘了他，忘了咱们夕阳会的顾问陈先生，那么你终日在做些什么呢？"大姐的话一句紧似一句地逼迫着她，叫她不知怎样回答。她涨红了脸，眼睛里的泪闪闪地想掩住几乎亲口泄露出来的秘密。

"陈先生……我真对不起他，我近来是比较忙，因为现在不比住校的时候，现在住在家里，又有弟弟妹妹……无形中有许多琐碎的事……的确比从先忙啦……"

"家里也有事需要你做吗？上次我们到你家玩过，伯母很健康很能干，又有好几个用人，你到底忙什么呢？我并不是一定要探听人家的秘密，但是你们一向把我当大姐待，所以我几乎没有一个时候不关心你。"她说着声音小了下去，"而且听见许多同学说你交起男朋友来，有人见你们在北海摇船……甚至训育主任都对你注意起来。我本来很失望，我认为这是一件很可怕的事，我也很生气，本来像咱们正在求学的时候不该交异性朋友，我真想不理你，可是又一想，咱们原是很要好的朋友，我也想学校'修身'课上说的'朋友止于劝善规过'，所以我劝你最好自己检点一下。"齐大姐的声音比在"夕阳会"里读文学名著时还柔美，而且谁都喜欢听，坐得近的早不肯温功课了，装着看书，侧着耳朵听，坐远一点的因为听不清楚又读不下去而烦躁地"嘘""嘘"着，有的把手拢在耳后，脚搓着地板。

"讨厌，不讲公德。"孟莉回过头来瞪了齐大姐一眼。

"你想想吧，忠言不但使你逆耳，别人都不爱听呢。"她说完不等田聪回答就又回到原位子上去。田聪伏在桌子上哭起来，大家很关心地看着她，孟莉过来拍拍她的肩，叹了一口气又匆匆坐在自己的位子里。

"坐好了，田聪！训育主任查堂来了。"好几个同学这样小声关照她，但是已经来不及了，那位忠于职务的训育主任已经进来了。

"田聪，睡着了吗？"训育主任的眼睛十分敏锐地先看见她。

"没有，先生。"她站起来低着头说，然后又坐下。

"先不用坐下，看你那神气，一点精神也没有，不肯振作……别人好好温习功课，你到我办公处去！"说完训育主任在前面走，她毫不反抗地跟在后面。

训育处的办事员低着头抄写着小字的篇章，训育主任坐在她的公事桌前。田聪像一个待审的犯人，垂头站着，脸上一阵红一阵白地变色。她知道训育主任所要说的话和齐大姐的话不会两样。她等着，她不怕，她好像很久以前就感觉到了这一场灾祸似的。

"教务处说你的功课比从先退步了，到底为什么呢？很多人说你近来对于交际不十分检点……又有人说你和孟莉的哥哥有来往，是吗？你也不用哭，我并不是要惩罚你，只希望以后努力改过。中学生的心情是流动的，许多事在这个时候做错了将来会后悔的，可是后悔的时候就晚了。这些事自然不是你一个人独创的，犯这种过错的人也很多，我不愿宣布她们的名字。奇怪……你的事好像已经传遍了全校似的。"训育主任沉默地想着，不再说什么。

"先生！"她叫了一声又哭起来，她觉得训育主任太慈爱了，可是又不免有矛盾的地方。"您既然不愿人家知道这件事，为什么又在课堂里，在众人的面前叫我出来呢？"她想着，哭泣着，说不出别的话来。

"我在众人面前叫你出来并不是要惩罚你，所以你必须擦干眼泪，镇静地回去，叫她们知道我并没有责备你……你更该记住，为洗刷大家的歧视，好好念书，让功课的成绩恢复原状。你年纪还小，有希望，我们对你印象都好……所以先生们见你突然退步，都很关心，大家猜测着。努力吧！自己不觉悟，别人是没有办法的。擦擦眼泪去吧！"

"先生您太……好了……谢谢您！"她呜咽着擦着泪退出去。一推教室门，大家用奇异的目光同时向她射来，齐大姐和孟莉又各有不同的神色看着她。她坐下不知做什么好，幸亏已经下课了，而且到了放晚学的时候，她提着书包茫然地去拿廊下的自行车。

"田聪！你看怎么样？你现在相信她是假冒伪善了吧？她……"孟莉追过来说。

"你不要说了，她是关心我的。"

"可是她已经给你做了义务的宣传者了，现在已经弄得满城风雨。你也不必急，以后我不能多和你谈话，免得她们注意。我也可以告诉哥哥，叫他暂时不要用信打搅你，人们的话太可怕。"

"孟莉！可是他正病着……你到我家去一次好吗？"

"也好，你先走吧！"

田聪骑着车，穿过已经开始有黄叶子的槐树行列，飞奔在柏油马路上。没人阻止她，没人歧视她，没人责备她，在这广阔的途程上她暂时感到自由和舒畅，她想到从先在图书馆看到的那幅月下泛舟的图画，她此时正是"我心悠悠，翩如不系之舟"呢。于是她又想到从先为陈先生在课堂解围的事，又想到从先的夕阳会和上季的游艺会……至终想到文雅的孟彬，想到他的病，在病中如果不回他的信，一定是小说里所说的对他"负心"了，想着想着几乎碰到石阶上，原来面前就是家门。

她等了孟莉很久，但是孟莉没有来。她的心思更忐忑不安了，而且毫无道理地想到许多不幸的事，是不是孟彬……等黄昏的暗淡充塞着屋子的时候，她把台灯燃亮了，望着预备好的印着蓝色花蕾的白信纸出神，把白昼的辛酸、愤恨、悸惧和莫名其妙都化成眼泪，潸潸地落在纸上，在泪光朦胧中又似乎见到训育主任和齐大姐，因之把拿在手里的笔又放下，她想不出这些人怎么会有魔法师一样的侦探本领。就是现在，在灯光照不到的角隅里似乎也隐着他们的魔法，或闪着他们侦探的眼睛，他们为什么这样对待她呢？给孟彬写信就是罪恶吗？有罪的人是要永久沉沦下去的，再不会有人看重的……可是他正病着哪！在病中的人是需要安慰的，只要看在人和人的普通关系上也该给以大量的安慰呀，比如我们见到一个乞丐伸着手向我们讨钱的时候，我们当然没有时间去想他为什么贫穷起来的，是没有本领呢，还是不肯努力呢？我们一定会很同情地，尽我们所能地去施舍给他……对于孟彬自然不是施舍情感，只是单纯地爱他，为什么写信给他是罪呢？于是她重新拿起笔来，从容地写下去。

"大小姐！老爷叫您哪。"女仆在窗外叫。

"什么事？"她问。

"我也不知道。"

"老爷是生气吗？"

"不，很喜欢的。"

"好，我就去。"她匆匆收束这封经过内心交战而决定要写的信笺，然后封好信皮，把上面一个字也没写的信瓤关在抽屉里。

父亲书房里的灯比她屋里亮多了，父亲的眼睛放着闪闪的光，吸着纸烟望着摆积木的小弟弟。

"爸爸今天没人请客？"

"有，不过我谢绝了。你的功课近来怎么样？"

"近来？不……不很好。"她的心突然惊跳起来，父亲一向很少和她谈到功课，今天这么问，一定有原因，说不定学校有什么特殊通知给家里寄来了吧？不然，一定是有人把孟彬的事告诉父亲了。她不安地嗫嚅着说。继而一想正可以借这个机会把近日的遭遇坦白地告诉父亲，父亲一定会对这件事有一个正确的见解和办法，所以她勇敢地抬起头来，望着父亲。但是父亲的脸上并不严肃，真像女仆说的"很喜欢的"，她更莫名其妙了。

"可是你并不笨哪！一用功就会好了……昨天有一个朋友和我提起一件事来，很有趣……我想和你说一说。"他说着把烟蒂抛在水盂里。

"什么事呢？"她虽然没说出声音来，但是心里又七上八下地想不出一个要领来。

"看，大塔！"弟弟正好用积木堆好一座宝塔，大声笑着喊，打破了暂时沉默的空气。

"好！啊！大塔！"父亲对弟弟敷衍着，然后又说："居然有人给你提亲呢！我一向不主张父母独断专行，所以我先和你说一说。

我的意思，认为你太小，你妈也是这么说。不过那方很恳切，而且这家人名望也是相当好的。人一生遇见好机会的时候太少了，所以我又怕失去这个机会，倒没有主意了。"父亲笑着，十分慈爱地看了她一下就不再说什么。

"我不过十七岁呢，爸爸大约忘了我的年纪。"她始终想不出一句比这个更适当的话来，说完自己又觉得太欠委婉。

"我也知道你太小啊！那么以后再说吧！不过我总认为这是一个好机会，他家人口很少，这个孩子外貌相当英俊，谈吐也不平凡，他父亲是××公司的总经理，在金融界很有名望呢！说了半天你也许知道，就是王东山老先生……这孩子叫什么我可忘记了。在××大学主修工程，人很刚直，听说有一次他们实验楼起火，眼看楼下一个大锅炉就要倒了，如果倒下来危险就不堪设想了。消防队没到的时候，他用膝头顶着锅炉架子，别人才敢上前去扶救。等消防队来把锅炉救好的时候，他的膝头都烧伤了，现在还有一个很大的疤痕呢！倒是一个可爱的青年。"

"爸爸是一个英雄崇拜者，这样的人差不多是厉害的、脾气大……可是……我想，以后再说这些事，行吗？我还要做功课呢，明天考代数。"

"好吧！不忙，你从容地想想吧！"

她进到屋里并没有做功课，反倒把灯熄了，望着一钩新月下的枝叶，想起父亲的话来。她自己也不知道到底什么样的人可爱了，文雅的孟彬，对！孟彬太可爱了，如果在月光下见到他，简直是诗篇里的人物。可是父亲为什么一定要崇拜英雄呢？比如孟彬的同学——王士华那种威仪逼人的样子多么可怕啊！可巧父亲今天说的也姓王，大约姓王的人都是那么雄武可怕？这一定是像生物先生所讲的遗传吧？姓王的祖上一定是惯于出英雄的。姓孟的就不然了，大约都有孟子的遗风，所以姓李的很多学音乐或做诗人，大约是因为李延年、李白、李后主、李清照的关系，可是姓田的有什么知名的古人吗？一时想不起来，她困了，就沉沉睡去。这夜梦特别多：孟彬、王士华、齐大姐、孟莉……都入了梦境，甚至梦见巴黎的图书馆，比她们学校的图书馆略大些，陈先生坐在一堆书里，好像一个忙着剥玉蜀黍皮子的农人坐在玉蜀黍堆里一样，又觉得陈先生就是孟彬，王士华就是影戏里见到的楚霸王……早起已经晚了，喝了几口豆浆就到学校去。

年终放寒假的时候，她天天在家里等候着学校的通知书，等通知书寄到时，她的成绩大有进步，她跳着去送给父亲。父亲很高兴，给她三十元钱买文具做奖品，她却统统买了书。正好一个书局新出版"世界文库"初版廉价优惠，她用二十元钱买了一部。她抱着这十二册大书坐着车，笑嘻嘻地回家去。又从闲屋里找出许多父亲摆厌了的花瓶、灯伞、字画、假古玩……东拼西凑，把她的卧室布置成一个很雅观的小书房。第二天她请孟莉来玩。

"你看我这书房怎么样啊？"她本来想问问孟彬的近况，因为自从秋天训育主任规劝她以后，她真不敢再和他见面了。不过内心里仍然被他占据着，他的影子像缭绕明月的浮云似的蒙蔽住她的心，她每想到他就感到郁闷、怀念以及许多不可名状的哀愁，所以"孟彬"两个字像一个有形体的小动物似的在她的口腔里跳动，而说出口的却是那么一句平淡的话。

"好极了，可惜哥哥不能来，不然他看了多么高兴！"孟莉伸手向着炉火，惋惜地说。

"他……近来好吗？"她终于忍不住问了。

"近来？无所谓好坏……整天不在家，一天我简直没机会和他说三五句话……"

"他既然那么忙，自然不会想到……到这书房里来，不是吗？"于是她转脸望着窗外淡淡的日影不敢回过头来，因为大量的眼泪已经充满了眼眶，她好像内心受到创痛，但是究竟为什么难过自己也说不清楚。

"怎么啦？喂！"

"没怎么。"她笑着掩饰着，但当孟莉过来拍着肩劝抚她的时候，她又伏在桌上哭起来。

"你不要怪他吧！你知道这些日子你不理他，他多难过呀！"孟莉一向是个主持公道的姑娘。

"他也不知道我……受多少人的……"她抽泣着说。

"所以我恨齐大姐假冒伪善呢，你还不信……"话没说完就忍住了。

　　田聪突然不哭了，好像她感到一些什么言外之意似的，坐正了，张大眼睛看着孟莉。

　　"齐大姐？她多日不闻不问我们的事了啊！她最近怎样了呢？"她问着，最初原是很急迫的声音，但是渐渐地又和缓镇静下来，抑制住自己过敏的神经。

　　"没什么，我不过觉得她虚伪就是了……在学校先生们都夸她是好学生，而同学之间谁是她的朋友？"孟莉言辞闪烁地掩饰着自己的失言。

　　"嗯！你说得也对！"田聪说完就沉默了。两个人之间很久很久想不出一句话来。

　　"喝茶啊！"等女仆送来茶水以后，田聪才站起来说了这么一句，谁也不再提到孟彬或齐大姐。傍晚孟莉要走，田聪留她吃晚饭，她不肯。

　　"我本来想给他带一封信去，他既然那么忙，就算了吧！有一件毛衣是深秋夜里给他织的，你带给他吧！这也可以算是最后的纪念。不过千万请你对他说，这是我初次学着织的，太不像样了，别笑话！不论合不合身都请他收着吧！"她很不好意思地说。

　　"我先替他谢谢你。其实你要有信还是给他吧，他不像你想象的那么忙，而且我担保他很希望见你的信。"

　　"不必了！"她坚决地摇摇头。

　　等孟莉走后，她一人回到小书房里，看到每一件东西都好像在刺激她的泪泉，她的泪在没人的时候才落下来，方才交给孟莉的毛衣虽然织得不好，但是费了她不少光阴，她一向只会织围巾、背心或弟弟妹妹们的小衣服，从来不会织一个大人的毛衣，又怕母亲问，所以总是夜里织，等母亲隔着窗子催她睡觉时，她总是把它藏起来灭了灯，等人睡了再织。一针针地编去她多少光阴，一针针地编着她初恋的热情。现在终于要穿在他的身上了，她感到很大的安慰。但又一想到孟莉说到他忙碌的神情，立刻又恍然若有所失了，晚饭也没吃好。夜间又做起噩梦来，她梦见天坛那个圆形的大殿倒塌了，

90

向她倒来……又梦见训育主任拦住孟彬不许他见她……

三

春初来的时候，人人感到懊闷，恨不得在新绿的草地上打个滚儿，或者握住柳树梢儿荡秋千。田聪也像个初惊起冬眠的昆虫，几次要求父母带他们出去旅行。大约她先在弟弟、妹妹之间鼓动好，然后再磨求母亲，结果胜利了，在清明那天到万寿山去旅行。可巧那天父亲的行里也放假，所以有几个好游玩的同事也加入他们的家庭旅行团。弟弟、妹妹志不在旅行而在带去的食物上，所以预备完食物，母亲已经累得不想去了。

"你带他们去吧！昨天做点心累得腰疼呢！"母亲给小妹妹换好衣服说。

"不行，那就够不上家庭旅行了。"父亲兴致很好，正忙着给小弟弟系皮带。

"不行，妈不去我也不去了。"田聪说着把一包水果糖装在手提包里，又在小弟弟和两个妹妹嘴里各放了一块。

"不行，妈去！"

"妈不去不行！"

"妈妈去！"最小的妹妹像受了糖块的贿赂，也模仿着，抱着妈妈的膝盖说。

当汽车出了西直门，初进西郊，孩子们乐得在车里叫起来，西山隐隐地在半阴的天色里。

"天原来这么一大片！"弟弟说。

"从先你也不过是个井底的小青蛙，现在才看见天。"二妹妹向来是个快乐的孩子，今天把初从学校听到的话用很恰当的方式说了出来。

"你是螃蟹！"弟弟虽然不明白"井底蛙"的典故，但是"你是小青蛙"这五个字他是听见了，并且他觉得这五个字有轻侮的意思，瞪圆了眼睛抗争起来，等姐姐的第二块糖送到他们嘴里的时候，才停住纷争。万寿山丹红的大门已经在望了。

才到谐趣园孩子们就不肯走了，而且有一部分东西已经打开纸包吃起来。母亲只好和三个孩子留在谐趣园，田聪随了父亲和行里人向山坡走去，另一群却在山下走着长廊，父亲说他们走的是平凡的路。

松树和野草的香气使他们沉醉，紫色的小野花和初放的蒲公英已经开遍了山坡，除了在望的排云殿及高耸的景福阁足以显示出帝王御花园的特征以外，这儿简直像荒野，像丘陵。

苍翠的草丛中有一个圆石台，上面站着一个远眺的人，不动的姿势像一座英雄的石像。

"爸爸！前面又是一个英雄，您一定很崇拜他。"她由这人联想到前些日子父亲提过的以膝盖顶住大锅炉的英雄。

"哦！正是他。"父亲果然认识这个人，说着又往前走。

"他！"她见那人从圆石上跳下来，原来是王士华。

于是她今天那原有的一片游山玩水的恬静情绪一下被纷扰得像乱麻，像平湖里投入一块大石后起的涟漪。她记起一切在初恋中遭逢的纷乱，她又记起孟彬，孟彬说的一些关于王士华的话和嫉妒的猜疑，她又记起父亲去年提起的婚姻问题。她简直没法子应付这些突然而来的强烈刺激。但是她忍住了，仅仅附和着父亲的语尾说了一个"他"字。

"见见，这位是王先生，是王东山老先生的令郎。这是大女孩子。"父亲比初上山坡时更高兴。

"田小姐，在贵校见过您。"王士华说着，英武地站在高空与松树的背景前。他似乎异常高兴，但把高兴隐藏在郑重的后面。

"王先生，是在去年的游艺会见过。"她说。

"孟小姐好？"自然他主要想问的是孟彬，但是却问到了孟小姐，也许是怕在田老先生和同游的人前面冒犯她。同游的人有的已经累了，各选了一块石头坐下，还有人小声谈论什么，好像王老先生托人向田家求亲的事他们都知道似的，所以田聪更不安而且不高兴起来。

"她？已经转学了，不知道她的近况。"她说。

"哦！转学以后没见到？"他好像喃喃自语，没有望着她，也并不是向她询问，只是重复她的话似的，而且寻思着，暂且陷在沉默之中，谁也找不到合适的话说。

"你们这年轻的都累了？走！到景福阁去！"父亲打破沉寂，挥着手杖，笑着呼唤散漫坐在石头上的同伴和两个不自然地对话的人。

"实在抱歉，我们只好自认没本事，经理先请吧，我们这就追上去。"他们一则是叫这位长者觉得自己比年轻的人还健步而高兴，二则他们怕这父女二人和那位王先生有什么话说，所以谁也没动。

"哈哈！真不行，我可不等了。"说着三个人零落地前进，田聪落在最后。从小路上走上一对青年来，走得很慢，肩并得很紧，低声说着话，好像世界上除了他们两人以外再没有别人似的。田聪每次遇见这样的情形总是避开，她怕惊扰了别人的安静。她忙走快一些追上父亲和王士华。父亲无论如何已经累了，上这么高的山坡已经喘着气，坐在石阶上拭着额角的汗，远望着半阴天色下的湖山。田聪和王士华无意地站得很近，田聪并没留心也没躲避，由小路上来的那个男子正把手臂上搭着的毛衣铺在石凳上，叫那个女子坐。毛衣是浅蓝色的，上面有叶形花纹，正是从先自己织了给孟彬的。当她仔细看那一对坐在自己织的毛衣上的人的背影时，那男的正是孟彬，女的穿着旅行长裤、淡红衬衫，一时看不出是谁来。

她起初的难受是从来没有体验过的，她虽然不知道死是什么滋味，但当时她的心就好像有一种力量要夺去她的生命，而自己又不愿意死的那种恐怖、愤恨、哀怨……击痛她的心。她觉得这名胜所在的一草一木都是可诅咒的。不过渐渐她发觉那个女的就是齐大姐的时候，她又觉得人世的事未免好笑，在她幼稚的心里想："哦！人世原来如此，不过如此。"她更感到自己方才那些哀痛是多余的、幼稚的、可笑的。

"喂！你看孟彬。"她对王士华说。

"是吗？"其实他早就看见了，只是怕伤她的自尊心没有说破。并且假装细看，同时偷看了她孩子似的脸上那种变幻无定的神色，多少有些可怜，由悲哀而讥笑，由讥笑而轻蔑的变幻。

"谁？"父亲大约已经休息过来了，声音很和谐。

"我一个同学的哥哥，是王先生的同学。"

"请来一块玩。"父亲说。

"不……不方便，有另一个……也好，我去请。"她从白色的大理石台阶上跑下去，到了他们面前。她很自然，但他们却很不安，尤其是齐大姐。

"田聪！"齐大姐惯会先向人打招呼，一方面表示自己对人的亲切，一方面掩饰自己的不安。

"齐大姐！孟先生！请到景福阁去，家父和王士华先生都在那儿。"她故意把"王士华"三个字说得那么响亮。

"原来王士华也在这儿？你们来了很长时候了吧?"孟彬的神色在不安里有嫉妒的成分。

"对啦！我们很早就'约好'了来的。"田聪笑着，牙齿闪着贝壳的光。

"我们去打搅吗?"齐大姐亲切地问孟彬。

"去！自然去……"他声音很大，不容齐大姐站起来就去拿石头上的毛衣。

"伯父不会怪我们太唐突吗?"又是齐大姐礼仪周到地边问边站起来。

"我父亲不会那么又请你们又怪你们的，走吧!"

景福阁上的空气似乎是一个紧闭着窗牖的小屋子里的，人人感到不安和窒息，只有田老先生，在这高爽的楼阁上欢乐地谈着，觉得四个青年各有可爱之处。但更属意自己的女儿和英雄类型的王士华，他时而和他们谈话，时而眺望着山光水色，并且又想到从先朋友们提起来的儿女婚姻，"说不定这两个孩子会投缘的。"他想。

也不过半小时，齐大姐怂恿着孟彬离开景福阁，又从原道上回去，毛衣却装在齐大姐的手提包里。田聪的心突然感到狭窄，感到委屈，好像她的心也叫人抓去装在手提包里一样，而且父亲和王士华谈得正热闹，她溜到一个蔓草丛生的石头上坐着，怅惘地望着四周的一切。这时孟彬和齐大姐的身影小了，远了，不过仍然并行着，时而隐在树荫里，时而又出现在曲折的小路上。她没目的、没感觉地望着他们，直到父亲催她下去用午餐。

三个月后，正是一个闷热的下午，田聪才放暑假，父亲预备带她出去避暑，所以母亲又忙着给她预备东西。弟弟、妹妹午睡还没醒，她想把书架整理一下，选几本自己最爱读的书等出门时带走，无意间见到去年"夕阳会"的一张纪念像，陈先生坐在一个小凳上望着一个地方——是相片所没照到的，自己却坐在先生足下的草地上……小草花星星似的点缀着。

"陈先生！陈先生！"她忽然对这几乎忘却了的先生起了海潮似的怀念，真挚地写了一封信，她要寄快信，所以亲自出去送。信送出去以后，骑在车上缓慢地归来，好像卸却一个重担。她很希望先生能给她找一个机会到巴黎去一趟，换一个地方心绪一定会好起来，不然自己才十几岁就这么颓唐下去，后果真是不堪设想，她自己也怕起来。

入夜天阴起来，白昼的炎威虽然减少，但是一种闷窨的热仍然叫人难受，简直在屋子里待不住。她拿了一把雨伞以防万一，穿上雨鞋，只对女仆说了一句"我就来"，没对母亲打招呼就溜出旁门去。自行车留在家里，她漫无目的地走着，但不知不觉就走向一个宽大的胡同。她对这个地方似乎很熟悉，又似乎很生疏，渐渐地走到一座很熟悉又似乎很生疏的门前。一盏围满了灯蛾的圆灯罩上有一个黑色的"孟"字。她挂着伞伫立在阶石下，不去叩门，也不离开，像迷路的旅人等着机会询问路途一样。

一个卖猪头肉的小贩提着灯，背着长圆的木箱呼唤着。那座门打开了，一个女仆买喂猫的熏猪肝，一个三花的小猫喵喵地跟在后面。田聪觉得这女仆确实是生疏没见过的。

"孟莉小姐在家吗？"田聪走近了一步问。

"我们小姐到天津外老太太家去了。您有事吗？请进来坐坐。"

"不进去了，那么请你们少爷出来，我有一件事告诉他也是一样的。"

女仆进去以后，她又后悔起来，觉得自己太无聊，何苦叫他出来，出来说什么呢？要是走开已经来不及了，而且走开又太欠大方，她站着玩弄着伞柄上的圈子，心头急一阵子恨一阵子十分不好过。

"原来是……田小姐，请进！"孟彬穿着短裤绸汗衫，在阶石上面说，很客气，很不自然，而且冷静中蕴藏着未了的热情。

95

"不进去了，齐小姐好？"她的声音非常小，而且末一句似乎没说完，因为她觉得这句话太无聊，太违背良心。

"要不然我们出去散散步，您如果不怕不方便。"他已经走下阶石来。

"有什么不方便？散散步总不会妨碍齐……"她又停住，"我倒是怕遇见王士华，于你不便。"

"哼！王士华！对啦！王士华……"他喃喃地说着。

一阵凉爽的风吹来，就如同前年游艺会散了送他们出门的时候那一阵凉风一样，不过比那次还凉，好像大雨就要来似的。天上黑漆漆的，街上行人也少，稀疏的路灯照得他们走着的路径十分凄切黯淡。

"到北海去坐怎么样？"他问。

"不。大雨就要来了，我还是回去吧！"

"不，你既然来了一定有事，到北海去。"

她不再反对，只是沉默地跟他往前走，不急，也不累，更没什么感觉，只是想到去年天坛的一切和今春景福阁的一切，她简直是啼笑皆非了。

雨果然下起来，而且来势颇猛。路边有个小点心铺，中国式的，也卖冰激凌、汽水之类的东西，石油灯很亮地照在招牌上，他们只好进来避雨。北海怕是去不成了。店伙计很高兴地招待他们，因为今夜生意太冷清，居然把他们让在楼上一个单间里，从窗口可以望见雨里的街景和近处几家铺户的屋顶。当他对店伙计要东西的时候，她对窗站着始终不肯回过头来，听着点心摆好的声音，她仍然向外站着，因为她正想法子排除眼泪呢。

"请坐啊！田小姐。"

"……"

"田……聪，你似乎是生气了，可你到底是怎么回事啊？"他仍然恢复了初次别离时候的声调，柔和而多情地问。

"我？我是怎么一回事？"她含着泪回过头来，郁郁地望着他。

"你忽然不理我，你为什么去找王士华？"他坐着凝视着她，也好像委屈地要哭出来了。

"你知道我的境遇吗？孟莉没告诉你我们学校的事吗？"

"孟莉吗？她自然和你说一样的话了。可是我听到许多关于你的事，叫我伤心。"

"孟莉的话你不肯信？因为她和我同谋？因为她是你妹妹？反去听别人的话，这个人一定口才太好，说得你不能不信，对吧？一定是齐小姐说的。她！原来是这么虚伪……可是我们一向把她当大姐看待，因为她的劝告我才下决心，暂时没给你写信，你却听她的，不用问，她对你说的自然是另一套。你说，她对你说了些什么？"她突然坐在藤椅里，呆呆地等他回答。

"过去的不要说了，先吃一点吧！可是……你和王士华订婚为什么一个帖子都不肯给我呢？"

"订婚？我和王士华？！天哪！什么人的嘴会说出这样的谣言来？"她的眼睛张大了望着他。

"这也是谣言？谁都知道啊！又有人说你们暑假就结婚呢，所以我怕今夜在路上遇见他不方便。"他好像很伤心地说，而且嫉妒的神色溢于眉宇之间。

"有人说，有人说，你把这捏造谣言的人告诉我是谁？自然是你那形影不离的齐小姐。可是她完全没顾道德，没顾及别人的名誉。虽然和王士华订婚并不是不名誉的事，但是我和王士华一封信都没有通过，更没单独在一起谈过，怎么会订婚呢？你一点也没设身处地地想想。"

"可是上回在景福阁……"

"那是可巧遇上的，彬！我知道你会生气的，因为你不愿我和别人在一块儿。上次遇到他，他和我父亲又认识，不得已在一块儿走着，后来看见你们，我才故意和他站得很近，故意气你，彬！忘了那件事吧！我以后一定不气你了，而且我也不再怕学校的评论了，只要没有齐小姐作怪，我并没有什么过错啊！咱们少见面，少写信，免得叫人注意，只是别不理我，行不？彬！你不要再理齐小姐行不？我求你，如果没有她我们仍然是很好的朋友，等我毕业以后投考你们的学校，我也学文学……你别理她行不？"

"理她也没关系，我只是不爱她，就可以啦！"

"理她？她几乎叫咱们永久误会下去，你还理她做什么？你凭良心说'从此不理她'。"

"啊……"

"怎么？你爱她，一定的。"她说。

雨声更大了，并且有雷雨的声音，但田聪并没听见。她只觉得她和孟彬的友情就要复原了，她高兴，她喜悦，虽然他迟疑不回答，正是因为他爱自己而仍然疑惑王士华的事，假如给他一个再切实的解释，他一定就放心了。

"不然你就是还疑心我和王士华的事，好不好你明天同我去找王士华一次，他能证明我的话是真的。好彬！只要你不再理她。"她说上这么多的话，而且走到他身后去扶着他的肩，安慰他，好像自己对他太冷淡而抱歉似的。

"那怎么行？我们……我们已经结了婚。"他闷闷不乐地说。

"啊！你们！"她尖叫着，几乎晕倒了，后来勉强倚着墙站住，像一个临近深渊的小兽，凄惶地张望着狭小的屋子找出路。他已经站起来走到她面前。

"聪！你不会怪我们吧！我们家里是世交，自小定下的婚约，从先我很反对这婚姻，可是，只怪你那么多日子不理我，不然我们的婚约是可以解除的。"

"孟莉并没告诉我。"她小声独语着。

"莉也不知道，父母从先并没宣布过。"

"原来如此，我又多知道一件事！你……你才二十二岁就结婚了，中国的婚姻原来是这么荒唐，好像一个男孩生下来顺便在另一家就给他生了一个候补妻子……等长到四五尺高的时候两家就鬼使神差地给他们成了家……哈！怪不得她那么监视人……"

"……"孟彬一向是懦弱的，现在他又茫然地找不出话来。他见她射过来犀利的目光，又不知所措了，而且她是那么动人！她闪着长睫毛的眼睛，浅棕色的面颊上有着时隐时现的红潮，随即又苍白起来，像一座古老的象牙雕像，那么纤巧，那么匀称，泪光原是很朗润的；但后来她坚强地收敛了自己的真感情，冷漠地望望灯光，从墙角上拿起雨伞来，无可奈何地微笑了一下。

98

"我看您很疲倦呢，我们再见吧！"她说的那个"您"字特别响亮，好像有意讽刺人似的。

"雨没停哪，再坐一坐，我有许多话还没得机会说呢。"他颓丧地说。

"雨？现在下雨吗？不要紧，我要走！"她果决地迈着步子。

"聪！你不能原谅我吗？你不再……"他无告而贪恋地望着她，他认为她今天一去，对自己好像是一个莫大的损失，她是这么美、这么聪慧。

"原谅？谈不到！"她匆匆地走向风雨凄凄的黑夜里，像一只风雨冲击中找不到归路的夜鸟。

他只是呆呆地望着窗外被雨笼罩的夜色，没有勇气追出去。他不怕雨，也不怕黑暗，只是胆怯。每次他要撑大胆做一件事的时候，就会觉得四周有许多无形的手拉住他，许多无形的眼睛瞪着他似的，使他不敢有一点任性的举动。

四

当田聪完成中学课程时，王士华也正从大学毕业。听说孟彬的孩子已经会步行了……时光的轮子残酷地卷走人们多少年华啊。

在当年仲夏一个黄昏，田聪答应了王士华的要求，和他结婚了。双方家长都是喜溢眉宇地望着这一对新人。婚礼行完以后，正预备照相，田聪忽然眩晕地倚住伴娘的肩，失了知觉。

"聪！聪！"新娘休息室除了新夫妇以外没有一个人，他沉静地呼唤她。

"你一个人在这儿？"她张开眼睛。

"我一个人！你失望吗？"

"是！我父母呢？"

"他们都回去了。"

"他们回去这么快？他们不再管我的事了？"

"因为你已经是我的人了，他们很放心地走了。"

"那么我方才很不舒服地跌倒了他们也不管吗？"她说着难过起

来，很任性地落着泪。

"他们没看见，既然有我在你身边还用谁管？方才你并不像有病，也不像累着，好像受了什么意外打击似的。"他锐利的目光显微镜似的照大了她的隐秘。

"打击？没有的事，就是不舒服，好在现在好了，你就不用问它的缘故了，走！照相去。"她掩饰着说。

"等一等，照相馆在夜里一样照相，忙什么？行礼的时候我早就见到孟彬的女人领着他们的孩子在来宾群里观礼。后来你看见就晕过去了。其实，这也没什么。你和他的事我也知道得很详细，不过此后你必须忘记他！"他似乎是在下命令，站得离她很近，穿着黑色大礼服的身躯像一座山岭使她不敢仰视。

"必须忘记他？为什么？"她说话声音虽然很小，但是渐渐地在内心点燃着反抗的火花，而且越来越显著。

"因为你是我的！"他仍然站着不动。

"你的？假如我不答应你，也不能说我天生就是预备来给你做妻子的！像中国一般家庭里生了一个男孩子，尿布没除就定的女人似的。我是不是你的，主权在我，谁也不能命令我！"她这些话显然是费了大力气才说出来的，声音有一点抖。

"嘿！好，让我们看事实吧！"他坐下了，沉默地望着她涨红了的脸，那么秀丽，那么美，多少有一些未脱尽的稚气，他想这个少年妻子终有一天会驯服如绵羊的。他微笑着，望着，等待着。

"对了，我的确见了齐永慧气昏了，你如果对我的往事有所不满，很好办，咱们可以给中国的婚姻史开一个新纪录。"她站起来，头纱拖在地下，像一个不爱开屏的白孔雀。

"你的意思是才结婚就离婚吗？其实那有什么不可以呢？不过我还不至于那么嫉妒……而且我也不忍心叫你人不人鬼不鬼地就回到娘家去呀！"他有意激怒她，他的心里却在笑着，他要看一看她怎么处理这个纠纷。

"这算什么？还不是说办就办。"她立刻就跑到梳妆台前去脱头纱。

"爽快！"他鼓着掌，歪着头看她风摆柳似的动作，笑着。

100

"……"她从镜子里望见他得意的笑脸而失措了，茫然伫立在妆台前一句话也不说。

大约晚九点他们才到一个关市最晚的照相馆去照相。

婚后王士华对她很好，举凡她所需要的东西，他总是按时给她预备好。在他没有工作的时候总是陪她出游或者在家里谈天。外人看她很幸福，她自己也觉得他的确是个理想的丈夫。不过只一样，只一样就足以叫她产生"羁鸟恋旧林"的感觉，使她总要设法回娘家去。这一样就是：他的"自我主格"人生观。她虽然不能这么切实地给他下一个人生观的定义，但她至少觉得自己是从属于他的，在他们的小家庭里她处于次要的地位，随便一件很小的事也不由她支配。

"结婚以后还没到远处去玩玩呢，下礼拜我告假咱们到西山住些日子去！"他在一天下午对镜子系着领带说。

"西山太近，而且太枯燥，到海边去吧！"她一向爱水，而且对海永远憧憬着，她见到许多文学作品里叙述过海的可爱，她总希望有那么一天到海边去住些日子，在多变的海潮里冲洗一下干枯的心灵该多么愉快！

"海边？好，将来我们去，不过这次我已经决定到西山去！"说着，用力把领带拉得挺直而严紧。

"你决定了就不能改吗？"她说着，坐在沙发上。

"为什么要改？我的意思永远不会错！不然我就不说。"他也坐下，和她对面。

"我真奇怪！和你相处了这么多日子，你就没因为我改过你的意思。"她怨恨地又想起往事来，她想到孟彬的温柔，不免对王士华愤愤了。他仍然不动地坐在她对面，坚定的目光望着她。偶然热情的影子掠过他的脸，但不久他总用别的什么情绪掩住热情。她因之在愤愤之外又狐疑不定起来："他一定不喜欢我，可是他家托人求婚的时候是他主动的啊！他家不过是成全他的愿望而已！他为什么呢？这样的人会使自己幸福吗？""孟彬也是温柔的！比他好说话，孟彬容易受人支配，可是人为什么要受人支配呢？"想着想着在没有解答的时候她茫然了，而且西山也许比海边还好呢，不然他绝不选择这个地方，她几乎完全降服了。

"因为你改意思对你不见得好。所以……我们到西山去！"

"到时候你一个人去吧！"她口头刚硬着说。

"好！那就看你的毅力了。"他又笑起来，而且很有把握地不再谈旅行的事，拿了帽子出门去，天很晚还不回来。

一半为了礼貌，一半为了无聊，她在灯下等着他，打开福楼拜的《包法利夫人传》，她看到包法利夫人婚后的生活那么苦闷，那么稚气地对一只小狗诉衷曲，她就停下翻页的手呆住了："是的，她不明白自己为什么出嫁，一个女人为什么要出嫁呢？"在她同情书内主角的时候又想到自己这次结婚的乏味。自己是有前途的，多少同学结束了中学生活又到大学里去，又有一些到社会上去服务。自己在中学的成绩并不次于任何人，资格也不低于他们，经济力也足可以使自己多在校门里过几度岁月，结果却任人支配，毫没反抗地嫁给他——这么一个性格刚硬怕人的人，自己终会吃不消的。冷汗从她的额角渗出来，脊背上生出许多无形的芒刺。她恨自己遗弃了自己，她恨自己放走了几个月的光阴，为了免去自责的痛苦，她又看起小说来。为了急于知道故事的进展，她又犯起"跳远看书"的毛病来。他仍然没回来。故事正读到紧张的时候：包法利夫人为了刺激平淡的生活而走入歧途，她在不多的日子里和两个男子狂恋着，丢下她的丈夫。当田聪读到包法利夫人的情人在遗弃她的信上仍假作多情地说着甜美的话时，她怔住了；又读到那个善于甘言惑人的男子用小指勾起几滴水弹在信笺上装眼泪，她几乎叫出来。"甘言惑人的人比冷静刚强的人也许更可恶些。"她又读下去，至终包法利夫人因欠一个流氓的债服毒自杀了，她的另一个情人正好在她死后不久结了婚。"人情不过如此！"她读到包法利医生因为妻子死而悲痛，并深信不疑地追念她的美德，田聪惆怅地伏在书上，眼泪滂沱地流在字里行间。

"看《三国》掉眼泪，真哭了？"不知他什么时候回来的，外衣都脱了，穿着薄薄的睡衣。

"士华！"她仍不抬头，声音呜咽着。

"喂！不要哭肿了眼睛啊！"他低着身子，抚着她卷曲有致、没脱尽新娘风采的头发，声音破例的低柔。

"你怎么才回来？"她受到他的爱抚而更感动，把头歪在他的大手臂里，在他睡衣袖子上拭着泪。

"晚吗？我为朋友办了一件事，事成了我才回来。"

"什么事？"

"不过是钱财纠纷，幸亏我回来得晚，不然这本小说不会这么感动你。"凡是他认为没有宣布的必要的事，他总不肯多说一句话。

"士华！"她不知为什么无缘无故地呼唤起他的名字来，自从结婚以后，他们只是以"你""我"两个代词做称呼，今天她却破例地叫了两次"士华"。

"你有什么事吗？"他仍很柔和地说。

"我想……下礼拜就到西山去吧！"她非常驯服。

"我相信你终会听我的话，不过你如果喜欢海，我也可以答应你到海边上玩。"

"你……是说真话吗？你因为我改了主意吗？"她惊喜地流着泪，坐直了身子。

"真话！而且我也想到海边去玩。"

"士华！我觉得你……你太好了。"

他们幸福地计划着旅行的事。

第二天，他们从外面买东西回来，大纸包、小纸包……堆了一桌子，王士华特别高兴，脸上那威仪的面幕似乎也摘下去。田聪也率真地和他高谈阔论起来，好像一对久别重逢的朋友。距离旅行的日子只有三四天，她的心早飞到海边去了。而且把在学生时期买的游泳衣找出来，衣服虽然瘦了一些，好在有伸缩性，她欢欣地对着穿衣镜在身上比，又把他新买的手提旅行箱打开看来看去，忙得像一个预备过年的孩子。

日子过得很快，离着他们起程的日子只有二十四小时了。落日的余晖照着他们新房的窗子，田聪对着时钟坐着等待他下班归来，等得焦急的时候就向窗外探头，或者喃喃地小声唱着歌曲消磨难熬的时间。

"你怎么才回来？"她见他匆匆地从大门口走近窗下，似喜似怨地说。

"啊!"他迈着大步已经到屋内,"我要喝凉开水。"

"你从什么地方来,这么渴?"她从冰箱的水瓶里给他倒了一杯水,他一口气喝完,仍举着杯子要。

"东西预备好了?"他坐下,第二杯水喝得比较慢一些,"我们公司出了一件事,为了责任关系似乎不能出去旅行了,可是我想在明天弄清楚,后天一定走!因为我已经答应你了。"

"既然有事,我们将来再出门也是一样。"她乍一听不免一震。但是她对他的性格已经深刻了解,再也不愿违背他的意思。而且她虽然没问他们公司的事是什么,但他的脸上那么严肃,她知道一定出了关系很重大的事,旅行的热忱,无形之中减了一大半:"你虽然已经答应我,出了意外的变故也不算你失信哪!"

"好!容我想一想。"他一直想下去,不再开口,洗完脸,吃完晚饭,他似乎仍在想。

"你早一点休息吧,太累了。"她说。

"我不累!我们公司有人盗了保险库,大约明天我们必须到外埠的分行去检查材料,才能找出目前损失的确数。嫌疑人犯都看守起来了,我也被派出去计算材料。"

"既然这样,你更不能擅离职守了不是吗?好!现在不许再犹豫了,决定不去旅行。"她的果断似乎给了他一个意外的喜悦,他觉得她已经受了他的同化,这么爽快。

"你这次比我行!我心里有一百分的不愿意、不甘心,但是你却这么果断……"说完,他沉思地点好纸烟。

"可是你去多少日子?"

"到天津,不算远,三四天以后回来。如再有延搁,再给你电报。"

"离开北京?"她喃喃地。

"是!离开才觉得彼此的怀念,日子多了又该吵嘴了。"他说着,一个微笑掠过去。

"我只好自己闷在家里吧!"她惆怅地。

"你到岳父家去住吧!"

"我？……我不，我不离开这儿，现在我觉得这儿什么都是好的。"

"叫李妈到卧房来给你做伴吧？"

"不，一个人清净。"她的声音刚强而带伤感。

"也好，你又可以抱着小说掉眼泪了。"他取笑说，她只看了他一下，没说什么。

入梦后她仍喃喃地："不旅行不要紧……我的游泳衣边上太紧……"他爱怜地叹了一口气。

他起程的时候是早晨八点钟光景，晨风把窗外的花香吹进来。田聪沉默地把手提包交给他，而且疑虑地望着他，像她初次住宿在学校望着生疏的环境一样，想从他的目光里找一些什么。

"我走了，你寂寞的时候就看小说吧！"他接过手提包去。

"你等一会儿……我有一点事。"她说着把手抚住跳动剧烈的胸膛。

"什么事？"

"……我好像觉得……你走吧！没事……"

"好，再见！"他握住她的手。

"士华！你是不是很……爱我？"她并没羞红了脸，只是依然疑惑地等着回答。

"爱你？哦！我明白了，你是说的电影上常说的那'我爱你'吗？我……真说不出口，反正我们总是很要好的，一直到老，你放心吧！"

"士华！"她对他的回答似乎很满意，疑惑的色彩完全消失，留下的只是惜别的哀愁。

"这回真走了，再见！"他放开她的手，头也不回地走出去。她默默地跟在后面。

当日下午他来了一个电报："安抵，事繁需久留。华。"她的唇抖着，怯怯地亲吻着电报署名的部分，然后颓然坐在沙发里，想不出做什么好。三天后他的信也到了。

聪：

别后安抵，分行诸同人大事招待，如果没有把持的，

105

简直要沉沦在花天酒地里，但我决不会受迷，第一步先办公事。因为下马威来得严肃，他们也很小心，材料和工程的账目太乱，恐怕不是少日所能办清的，至少须留一个月，放心勿念。只是想到临别的样子，我怕你烦闷，好好看小说，常去岳父家，或找昔日同学谈谈才好。临事怀想，匆匆祝快乐！

华

×月×日

见了信她更难过起来，而新婚后和他相处的情形没有一件不反映着她目前的孤独和寂寞。纵然想到他那顽强不化的性格，她也觉得可爱起来。她也知道一个月是很短促的时间，但她忍不住自己浓郁的热情，而且不由得恨起他的公司来。

"我这样对他是不是爱着他了？他爱我吗？他为什么很轻视爱呢？"她这样想了很久，也没有一个正确的答案。常常天还不十分黑，她就沉沉睡去，或看着小说流泪。

她已经过了五天孤独的日子，突然想回家去。一想到家，一想到弟弟、妹妹，她马上又恢复了少女时代的欢欣。吹着口哨换衣服，甩着一柄花绸伞，在院里叮嘱了女仆几句，就走向门外去。

"要出门吗？我们来得不巧了。"突然的声音自大门外的石阶下发出来，她见齐大姐抱着孩子，后面跟着孟彬，她不免呆住了。

"王太太！"孟彬的声音无力地嗡嗡着。

"没想到，请进。孟先生，孟太太，请进。"

到屋里，齐大姐用赞美的口吻夸着他们房内的陈设，用嫉妒的眼光看着一切。

"多好啊！像个小宫殿，你多么快乐！"齐大姐把孩子放在一张大圈椅上，自己也坐在孩子身边。

"好吗？有工夫请常来玩吧。孟先生没上班？"

"没有！"他的声音不知为什么阴沉起来，从先他的声音虽然失于低柔，但似梦般地使人爱听，为什么现在这么阴沉，阴沉得也像

106

梦，像噩梦，使人害怕。

"唉！咱们都是老朋友，不怕你见笑，他上什么班？他没工作了。也是我的命不好，咱们同学里结婚的也不少，没有像我这么苦的。"

"可是孟老伯不会不管你们，我想。"

"哟！你可别提了，管我们？要管也不行啊！莉妹先拦在里头。"

"孟莉？"田聪想到孟莉不禁惘然地说，"她长得很高了吧？"

"可不是，本来和咱们同班，也不是孩子啦，她总是和我们过不去，你说是不是，彬？"她回头望着丈夫，大有勉强他说"是"的神情。

"不要多说了。王先生呢？"孟彬觉得妻子喋喋不休怪难为情的，想法子改了谈锋，孩子因为大人不理她也闹着要走。

"士华上天津了。哦！这小宝宝叫什么名字？"田聪俯下身去望着孩子的小脸，看她很像孟莉，不由得喜爱起她来。

"小慧，还不会叫姨呢。"孩子的妈妈说。

"很像孟莉！"田聪茫然地说。

"是吗？我看还是像她爸爸。"说到"她爸爸"三个字的时候，齐大姐亲切地又看了看丈夫。

"可不是吗？"田聪还有什么可说呢，只好站直了身子不再说什么。

大家一时想不出话来，很久很久，还是由齐大姐开口了："等王先生回来，你托托他，给她爸爸留心机会。他简直不能再闲下去。"

"本来我是想找士华谈谈的，可惜他不在家……我们很多日子不见了。"

"告诉她不是一样，比你和他谈不是更有效力吗？"齐大姐卑鄙地笑着说。妻子这样子，孟彬只有无可奈何地把脸转向窗子。

"好吧！等一会儿我回家跟家父说说也是一样。"

"对啦！我们把你出门给耽误了，你是回家吗？"又是齐大姐。

"是，不过没关系，哪一天回去都一样，你们再坐一坐。"但是客人们坚持着要回去，她也只好送走他们，然后休息几分钟就走向归宁的路。

五

家里似乎有什么事故发生了，宁静得可怕！虽然每次也不热闹，弟弟、妹妹都上学校去，但是只要母亲在家，女仆们都在院子角隅的凉爽处工作，母亲不时走进走出的，或者也在院里做活计，今天不然，当她进院子，见不到一个人影，在院子里说："妈！我回来了。"母亲也没出来，只听一声喑哑衰老的声音从堂屋深色的窗纱里透出来："是聪儿吗？进来。"声音似乎是爸爸的，但是多么无力啊！每次不论从学校回来或是从别的地方回来，只要爸爸在家，他总要走出来，站在廊子上慈爱地等着她。这次他一定病了吧？她恐怖地迈着发抖的步子走上屋前的阶石，手抖着推开纱门，屋内更幽暗了。

在一大盆万年青纷披的大叶下，父亲静静地坐在沙发里，脸色很平静，她才放心。

"爸爸！"

"士华呢？"

"到天津去了。"

"做什么去了？"

"查账。"

"查账？"

"是的，爸爸！您好像不高兴的样子，怎么啦？"她见父亲不放松地提到王士华而奇异地问着。

"没什么，不过他的性格我很了解。查账是一件很难的事，查不清是不至于的，查清了向上实报……就危险了。"老人担心地说着，左手抚住前额沉思着不说话了。

"有什么危险呢？爸爸！反正公事公办怕什么？"

"按理说自然该公事公办，但是社会人情又是另一回事……你吃饭了没有？"

"我不饿，妈呢？"

"她到张家去看房子。"

"看房？爸爸要买房？"

"对啦！这里的房子是行里的，做着事住住倒很舒服，不打算做事自然要搬开。"

　　"你不做事了吗？"

　　"对啦，我已经辞职了。"

　　"为什么？辞职也好，您可以好好休息休息，您太累了。"

　　"傻孩子，休息是不行的，一大家人的生活责任谁担负？"父亲笑得很凄凉地说，"不过改改地方就是了。"

　　"改地方什么都是生疏的，还不如旧地方好呢。"

　　"可是在这个行里调来调去已经九年了，从会计主任到经理，再做下去也乏味了……而且从先一个对头来做行里的董事长，我不辞职等什么？"老人提到他的对头依然不能平静，在屋里不断徘徊着。

　　"您说的是汪仁斋吗？从先好像听妈说过他，你们到底为什么？"

　　"已经很多年了，那时候他是经理，我不过是一个行员，可是我管库房的钥匙，有一次他出乎意料地到咱们家来，买了许多东西。我当时不但不高兴而且很生气，因为他的来意我看出来了。他如果是友谊的拜访是无须买东西的。平时他很骄傲，上司和属员的阶级分得很清，那么更可以看出他的来意不正。"说着略停一下才继续下去，"果然叫我猜着了……他向我借库房所有的钥匙！本来副经理可以正大光明地到库房查看，开库锁库自然也无须他们亲自动手，那天他居然鬼鬼祟祟地越格找到咱们家。……我为了职责的关系，问清了他的用意：原来他要大批的借款经营他自己一个大规模的买卖！银行是可以放款的，本行的人借款也不为过，但是这样不负责任地变相盗款，我是不同意的，当时我就拒绝了他。……几天后，我被调到出纳科，因为他有权！我，否认了他的权威……这样我就辞职离开那家银行……现在没想到又遇见他！"徘徊着的脚步重重地踏在铺着地衣的地板上，沉痛而郁闷地响着。

　　"像他这样的人怎么会一直升上去呢？"田聪低声问。

　　"升上去？自然，因为他这样的人会弄钱。有钱一切就好办了，并不奇怪。奇怪的是我为什么又遇上他？"父亲站在万年青庞大的盆子旁边，无意地摩挲着叶梢。

　　"他们准您辞职吗？"

"管他准不准，我走我的……所以我听你说士华出去查账我很不放心。"

"他倒不要紧……妈走了多少时候啦？"

"也许快回来了。"

母亲还没回来，田聪等着，而且想到父亲许多放不下的担子，弟弟、妹妹都还年少，都需要人抚养，自己又这么早就结婚了，她后悔为什么不多读书，到紧要的时候不能分担家庭责任。夕阳的光照着静穆的纱窗，父女俩各想着一件沉重的事。

晚饭已经摆好了，母亲才回来。张家的房子已经接洽好。三天后，家就要搬在另一个地方。父亲很镇静，母亲好像很感慨。

"做了这么多年的行长，连一所房子都没买下。这会儿要是自己有房子何必找人家去呢？房子这么难找……"母亲因为劳累而发牢骚。

"行长？一个走正路的人，不用说做行长，做财政总长也不会发财。买房？说不定什么时候就得回故乡去。买什么房？"

"……"母亲一时说不出话来，喝了两口汤，也没吃饭。田聪十分了解母亲的心情，她更恨自己不上进。

"爸爸！女人做事也能和男人一样吗？"她问，"像一个成家立业的男子一样地负起事业和家庭的责任来。"

"能是能，可是很难。"父亲摇摇头，正好吃完饭，离开饭桌，望望女儿沉在幻想里的脸。

"为什么呢，爸爸？"

"多方面的，能力倒没有什么差别，只是社会上没有女人的机会。不过……也要看个人的毅力。"

她听了父亲的话，再三地想着父亲说的"也要看个人的毅力"。毅力！

父母搬家以后她回到自己的小家庭里去，见到士华一封信，说他再有一个星期就回北京来。她好像经过一番风波后突然遇见多年的知己一样，伏在信纸上哭起来。想到父母新搬的家那么少的屋子，只用了一个多年未离开的老女仆……父亲一向没有积蓄，新的职业一时还没有消息，她的心纠纷地结成一团乱麻，抓着额前的卷发，想不出一个好主意来。

又是一个黄昏，她在黯淡中咀嚼着寂寞的苦味，安逸的婚后生活原是富有美酒芳醴气氛的，使她留恋，但想到父亲事业的中落和自己的责任，又不安地决心放下这样的环境，生活到另一条路上去，她想假如自己是一个男子多么好啊，男人是不会因为结婚耽误任何事情的。女人却不能婚姻、事业两全，必须放弃其中的一端！未来的日子正多，怎么排遣呢？放弃哪一端呢？她在渐渐昏沉的暮色里被不和谐的心绪搅痛了心。

"谁？"她突然听见大门响，这样隔窗问。

"孟先生。"女仆并无奇异之感地回答着。

"我，你在家吗？"孟彬站在阶下等她请。

"啊！"她惶恐地把屋里的灯开亮了说，"请……进……"

"我来得太晚了，你怪我吗？"他不安地捏弄着草帽的边缘，目光下垂地说。

"你……有事吧？孟太太怎么不来？"

"她看着孩子睡觉……我来告诉你，我自己考上××公司了，希望你不要和士华说起我的事。"

"有事做总是好的，因为一个赋闲人的生活太乏味了。不告诉士华？"她也记起婚礼那天王士华叫她忘记孟彬的话来。

"不告诉他，不愿意叫他小看我……"他说着，不胜哀怨地盯住案头上田聪夫妇的新婚俪影。

"请坐啊！你站的时候已经不少了。"她自己先坐下。

"不坐了，我马上得回去。"虽然这样说着，却坐在角隅的一个凳子上，灯伞上的绿绸子的阴影照得他很忧郁，像一个失意的幽灵。

"没喝茶呢，坐一会儿吧！不要忘了你是士华的同学。"她看他那难过的样子，不免引出许多往昔的怅惘，但是想到另一件事又觉得这一切是他应得的报复，她又笑了。

"你们生活得很幸福吧？"

"自然和你们一样。"

"我们？我和永慧？唉！你不知道我结婚后的生活……我们不要谈这个好了。不过现在我总算有职业了，也许好一点……我还是回

111

去吧!"但是他并没有站起来。

"忙什么? 孟莉始终不来看我, 我恨她。"

"但她依然没忘你, 她不肯来, 你应该原谅她。她的意思是……也许她知道你现在的生活是幸福的, 会来看你。"

"生活! 我现在才知道人类的生活不是那么单纯的事……喂! 真的, 你们公司的组织规模很大吗? 他们用女职员吗?" 她突然说出来, 虽然知道失言了, 但已经收不回去。

"你问这个干什么?"

"没什么, 不过随便谈谈……而且我有一个老同学生活很窘迫, 我替她打听打听。" 虚荣和自尊心使她说着不必要的谎言, 不过脸涨红了而且低下头去。

"你要做事吧? 我已经看出来, 是为你自己问的。他供给你太吝啬吗?"

"不, 不, 你怎么能这么说? 你完全是神经过敏。" 她微愠地看着他仍然蔽在阴影里的脸, 比从先消瘦多了, 眼里的光却依然那么温柔, 多情而苦痛地掀动着欲言的嘴角。她记起从先在天坛遇雨的一切, 一阵辛酸从舌根通过鼻腔, 眼角里已经被泪水涨满了。她想他是善良的、温柔的, 只不过怯懦易感, 多变而易动。齐大姐做他的妻子是不是能使他幸福呢? 她恨不得开诚布公地把别后的实情说出来。但是人类的习俗是不许她任性的, 她忍住了, 把泪也咽下去, 说:

"已经十点了, 这么快。"

"我走了, 说不定这是末一次的聚谈呢。"

"我不留你啦, 回去问……孟莉好!"

他走了, 不敢留恋地走了, 来了整整两个钟点。她说不出是一种什么感触, 在他走后, 她跪在地板上, 伏身在他坐过的凳子上不起来。像一个妈妈不在家又没人陪伴的孩子似的, 一直伏到精疲力竭才起来。

一星期后的一天下午, 王士华从回家的车上下来, 还没迈上台阶的时候, 迎面走来一个女人, 他认识是孟彬的妻子, 他也知道她是田聪的同学。

"王先生！这儿有一封信，您在没人的时候打开看吧！"那个女人不容自己介绍，也不容对方说话，说完转身就走了，好像一个邮差。

他把手提包放在阶下，也不叩门，倚着门前龙爪槐的树干看着不知自己怎样握到手里的信。

"王士华先生拆阅"，信封上这样写着。信封信笺都很小，叫人不相信这是一封信，倒像一张纸烟盒里的小画片。字迹纤细得叫人看不清：

士华先生：

　　我相信您认识我，所以不用多介绍自己。为了我和孩子的幸福，为了先生小家庭的快乐，我不得不告诉你一件事：我的丈夫和尊夫人在您离京后已经几次见面，我不知她有没有变化，我只知道我的丈夫脾气变坏了，对我和孩子恨如眼中刺，在没人时他就长吁短叹，或者喃喃自语。如果长此以往如何了局？所以希望先生大发仁慈，与不幸者协力，注意尊夫人的行为。载惶载恐。读完务请焚烧，勿留此信为荷。

　　　　　　　　　　　　　　　　　知名不具

这样一封信，这样小的纸张，这样闪烁而不肯负责的言辞，却在王士华的内心和他对妻子的真情上点了一把有油的烈火。他踢开手提包，又去踢门，他想到家里去和妻子问个仔细，事情如果和信上说的一样，他不惜和她同归于尽。但女仆来得慢些，而且龙爪槐的树荫里吹来一阵小风，他的暴躁略减一些。想到手提包里还有给妻子从天津带来的东西，坚硬的心也软化了一些，他重新拾起手提包来，门也开了，他把信匆匆地装在最里边的衣袋内。

"士华！"她像小鸟似的依着窗子望着他，一会儿又从屋里跑出来接他的提包。

"这么沉重！"她提不动，交给女仆，把他的帽子接去。他并不说话，也很难笑出来，只是像一个科学家看着自己实验品的变化一样看着她的眼睛。

"士华！你怎么才回来？家里所有的小说我都看完了。"她如怨如慕地诉着苦。

"你一直没到岳父家去？"

"去了，我不是告诉你了吗？爸爸辞职了。"

"那，我知道。"他冷冷地说着，很快地洗着脸。

"士华，你太累吗？"她爱恋地走近他，她感到全身一阵沉醉，她等待着他洗完脸给她一个意外亲切的拥抱，那么多日的孤寂以及对母家的挂虑都可以消逝。

"不累。"他洗完脸才说了两个字，脸上没有一丝温暖，没有一丝笑意，于是她那一阵沉醉和需求马上冻结成一块块又冷又硬的冰，塞痛了胸臆。

"可是你……好像不高兴呢。"她仍忍耐着问。

"高兴？有什么可高兴的？"他又去刷牙，总是离她远远的，而且不再看她。

"公事顺手吗？"她又问了一句。

"嗯！"他刷着牙齿，很快，很响，好像自己的牙齿是仇人似的，刷完牙把刷牙杯子抛在阶石上摔得山响粉碎，吓得她一抖。她马上敏感地恨自己不该把父亲失业的事告诉他。他是这么功利主义，原来和自己结婚的目的不过是因为父亲是个经理而已，于是一片广泛的轻蔑从她的心里涌出，一切烦闷疑虑反因之消散，决心不多理他，保持自己的尊严，叫他知道自己并不会因为父亲失业而卑下地有求于他。

杯子破碎了，他的怒气似乎也破碎了，留在心里的是英雄失势的悲哀，留心看她不再随着他身边转，冷冷的黑瞳把目光从睫毛里射向窗外去，似乎幻想着什么，他想在她脑海里一定是孟彬那副温柔的形象。他开始觉得以暴躁对付她是错了，错的不能再改好，以后该怎么活下去？他倒为难了，破天荒地长叹了一口气。而这一声长叹的效果比摔一个杯子来得大得多。她把射向窗外的瞳子转回来，从上到下地打量他。

"用不着长吁短叹，还是那句话，要好就大家对付着共同活下去，不好也可以据理分手……"

"分手！分手！在初结婚时你就这么说，我完全知道你的用意，你完全把我看作呼之则来斥之则去的一个不要紧的人物。不过我告诉你，我的性格你也知道，事情不是那么容易，要分手还得由我说起。"

"我没把自己看得那么重，所以才说分手，也不过免除你生气、发脾气、为难，由谁说起又有什么分别！"

"……"他没说话，只是把含在口里的象牙烟嘴咯吱一下咬碎，然后抛开。

夜里很闷热，把所有的窗门都敞开才好些。田聪很早躺下，计划着今后自己的出路，如果再靠他养着，她认为无论如何是可耻的，恐怕不会再有好日子。可是以什么条件来谋求独立呢？在这个注重资历不注重人才的社会里，她又茫然了。后来想到自己无论如何也是在高中受过教育的，至少也许可以在什么机关做一个书记，父亲的朋友是很多的……她渐渐安心地睡着了。

他把床头的灯熄灭了，在熄灯以前的瞬间，她的脸上是淳朴天真的美，在无邪的眉目之间还留着白昼的悲哀，睫际还有没擦干的泪。他马上怀疑起孟彬的女人是造谣，他恨着这样造谣生事的长舌妇，他恨不得把这女人痛打一顿拳脚。可是一想到妻子白天说的"不好就分手"，又不免怒火难抑。他辗转不能安睡，寻思着俗话说的那句"同床异梦"，心头又难于平静，恨不得把她推下床去。她却在梦呓中呜咽起来，诉怨似的说了些喃喃的话。他又叹气了，在漫长的黑夜里等着天亮。

这样相对无言而各怀殊志的日子过了二天，田聪显然消瘦了，眼周有了深的阴影，头发蓬乱着不梳理。王士华每天下班总是很晚才回来，回来以后彼此各保持着自己的尊严不肯破颜一笑，刚硬和冰冷对峙着。

"从明天起，我也要去做事了。减少你的负担，也许可以减少你一点怒气。"田聪说着，并没失去脸上的严肃。

"你去做事？你是说我养不起家吗？家里的事谁管？"他的眼睛从粗重的睫毛里射出逼人的光。

"我下班回来管。"她被他的眼光逼视得不得不转过脸去，而声音也只得柔和起来。

"还是分居吧！我既然在物质上不能充足地供应你，何必连累你。你回家去，和没结婚的时候一样，做事不做事总是方便的，你走吧！像娜拉似的出走，才是现代女人的风度呢。"他的口角之间掀起轻微的藐视。

"分居就分居，天涯海角什么地方不能去！不一定要回家，你以为女人离开家就不能活吗？"她一听他说回家，以为他看穿了自己的秘密，看出父亲失业了要女儿帮助，自己的尊严倒不算一回事，不能叫他轻视父亲。

"走，你这二三其德的女人，表面上也曾对我做得很好，内心却和我离得千丈远。"他站起来冲到她面前，手在裤袋里，好像掏手枪似的在里面捏弄着一封刚收到的信。他想抛在她脸上，但是对她终究有一些不忍，只是恨恨地继续道，"今天你就走吧！把你的东西都带走，一丝一毫不要留给我，我看了……生气。"

她实在忍不住了，跑到卧室去伏在床上大哭起来。他一向什么都不怕，只怕哭，听见她的哭声马上后悔起来，不过先勉强镇静着，大约五分钟以后，他才把裤袋里的信拿出来给她送去。

"一切由你，只是不许再哭……这儿有一封信是你的，我替你看了。"

"……"她的脸仍掩在枕上，伸了一只手接信。白皙的手，实在像圣画里的百合花。纤美的指上闪烁着结婚戒指的光。

"我们言归于好吧！"他想着，但没说出口来。

她侧着头看信，正是孟彬寄给她的，很短的几句话，大意是说：有一个学校聘教员，请她去接洽。她看完信，已经把哭的情绪打断，不再哭了，把信放在床上，无言地寻思着。

"现在好了吧？他的信！"他气呼呼地坐在床边上，"起来！还是预备走吧！你们早计划好了的。"

"这有什么？并不犯法呀！"

"你为什么托他找事？叫他小看我！"

"我真不明白一个女人不情愿叫人养活着，出去谋自立会叫人小

116

看吗？即或小看，也只是对我，你不用担心。"

"那么你的意思是说我们真的毫无关系了吗？那么不用再说什么了。"他站起来从衣架上摘下帽子，内心悸动着，痛苦着，几乎落下泪来，但是他咬紧牙，"我到晚上再回来，我走后，你预备你带走的东西，我回来以后不要见到你丝毫的痕迹……"

他迈开大步走了，从窗外传来他踏在阶石上和走远了的脚步声，一声声都打在她的心上，痛楚得她犹如被钢铁的链子一道一道地紧紧地束在身心和灵魂上。她想跑出去拉住他，对他说"不要生气，我不离开你"。她觉得自己对父亲的责任没有对他的重，她从此要做他柔顺的贤妻。但是她骨子里有一种天然的反抗性，她不能对一个轻视女人并轻视父亲的人低头，她要自己活下去，给他看一看，说不定会给许多有这样思想的人一个打击。

她开始坐直了身子，仔细重读孟彬的来信，信是被王士华拆开的，她虽然不怪他私阅她的信，但见信上许多大皱纹，知道他是因为嫉妒而用力抓出来的。她想："他一定爱我才会嫉妒的。"她想着又幸福地微笑了一下，"说不定他将来会因为我改掉轻视女人的思想呢。"

但是他早已出了家门，走远了。

突然一阵可怕的静穆和寂寞侵袭着她，她觉得自己陷在一个无底的深渊中，她觉得所有的人都远离了她，忘记了她，她必须逃出这种可怕的际遇，她必须很快地挣脱痛苦的捆绑。

"找爸爸去！"她自语着，穷途遇救般地欢乐起来，什么东西也没收拾就回到父亲的家里去了。

六

和王士华口角的事她始终没对父母说，只是住了几天不肯回去，父母奇怪起来，派人去请王士华。但他已把小家庭的女仆打发走了，搬了家。到公司去请他，他推说有病不见人。

"你和他吵嘴了吧？"母亲在屋内没人的时候这样问。

"妈……"她哭了，哭得呜咽地说不出话来。

“为什么？”母亲非常焦急地又加紧了一句。

“因为……”她仍然哭。

经了母亲的追问和探询，知道她要出来做事，引起王士华的不满，事情却闹得这样严重，母亲叫她亲自回去和王士华言归于好，免得日子多了更生疏。但她不肯迁就，并且在次日的上午找孟彬接洽那个聘教员的事，结果因为这是一个中学，做中学教员起码要专科以上的学校毕业才够资格，即或文凭是假的或者由一个名人写一封证明信件，证明这人是由什么大学毕业亦可，否则是不会被聘任的。在这个重形式不重人才的时代里，文凭比天才、道德……都高一等，假文凭也是一样。田聪落选了，她心灰意冷地听见那个矮胖的中年校长说：“如果以后有机会，短不了请田女士帮忙。”她内心里泛出一阵恶凉之气，全身毛发悚然不知怎样回答才好。

时已正午，在烈日下她并不感到热，只是被愤恨与苦闷煎熬着。出了那个生疏的校门，不知走哪一条路，街上来往行人的倥偬也叫她觉得奇怪，她想：“他们为什么这么忙呢？也许像我一样为生活而奔波吧？说不定他们有的人也去接洽事呢。”她茫然地走在马路边的人行便道上，忘了孟彬还跟在后面。

“彬！你怎么在这儿逛起大街来了？孩子病了我打电话找你，人家说你没在班上，临时告假出去了。哦！前面不是王太太吗？”齐永慧简直是一个可怕的鬼魂，不知她从什么地方追踪而来。

“我来陪她到×中学接洽事，不是已经对你说过了吗？”孟彬虽然对他太太不满，但是她在事实上又没有具体的过错，而且又听说孩子病了，不免十分焦急，“孩子什么病？”

“到家就知道了。——王太太还用他送您回去吗？”

“不，我自己会回家。”说着对孟家夫妇点点头走开。

“王太太！你们搬家了吗？怎么走到那边去？”

“嗯！”田聪含糊地应着，走远了。孟彬很难堪地随着妻子走向回家的路。

田聪到家以后感到十分地燥渴，一气喝了两大杯冷水，然后颓废地躺下，似睡不睡的，振不起精神来。

入夜，天很黑，没有月光，由窗子可以见到深空的繁星，纤小的光引起她许多琐碎而疲乏的记忆，婚后的生活使她见到一个真实的男人的性格——一种可爱得迷人而又可怕得逼人的性格，她对他不知是一种什么样的感情。她年纪还轻，所知道的人生经验极其有限，除了自己的经历还知道一点小说里人们的生活记载，那里面告诉她：夫妇的生活是甜蜜的，一个知识妇女是受尊敬的……但事实上好像都与之相反。夫妇之间并不是单纯的甜蜜，而是多方面的复杂况味，叫人处之觉得可怕，离之又感到怅惘的一种生活。知识妇女在社会上更不是一味受崇敬，而是要接受纷乱的世人待遇，举凡一切人与人之间的纠葛都要尝到，一切冷漠、歧视、陷害、攻击都要忍受。她像喝多了刺激性的饮料，辗转反侧地睡不着，后半夜她才在梦里见到王士华，又见齐永慧和他说话，好像把她和孟彬在街上同行的事都告诉他，他张着两只大手向她扑来，她惊醒了，身上全是大颗的汗珠，她病了。在病里想念王士华，但她没有说。家里人因为有第一次的经验都不肯再去找他。

她病了整整一个月，等痊愈后自己照镜子时惊讶得放下镜子，不敢相信那里面消瘦的影子就是自己——就是田聪的真形象，她呆立了很久，想不出分毫的办法来摆脱目前的处境。

在旧历的七月末，父亲突然从外面很高兴地回来，脸都没洗就叫田聪到堂屋去。

"聪儿！你坐下！我告诉你一个好消息！！"

"什么事啊？爸爸！"由于父亲的快乐感染得她也忘了愁闷，微笑着坐下，好像等着说故事的孩子。

"我又有了职业。"

"啊！"她听到父亲因为又有了职业而高兴感到至深的酸笑，好像父亲的负担永远卸不下，自己永远不能分担，她简直说不出别的话来。

"可好啦，孩子们不至于停学了。"母亲从里间屋走出来说。

"别的还在其次，她必须养好了病，想法子叫她跟士华和好才对。"父亲说出他唯一的焦虑，"她近来吃得太少，简直缺少营养。"

"可不是，唉！这孩子好像变了，没有从先爽快了，什么也不肯说。到底也不知他俩是怎么一回事。"

"其实也没什么不能对人说的，反正在我不能自立的时候不去见他……"她不敢正眼看父母，"和好了又有什么幸福？"

父亲不再说话，昂头思索着，母亲仍不住地怪她不会保持对王士华的敬爱。

父亲没改行，仍然是一家银行的经理。接职不到一个月，门外又是车马不断地有人来往。从先一度离散的行员们也都找上门来，空手来的，父亲都很客气地招待他们，带礼物来的一律退还，而且对田聪说这些人是最可怕的，他们就像《镜花缘》里描写的两面国的人，一只手可以送你礼物，另一只手却握住小刀，必要时把你的颈项一割，准保你不能抬头。这些日子饭局又多了，父亲重新服起胃药来。

田聪近日来被矛盾的心理弄得很纷乱，她想父亲东山再起又有了地位，王士华无论如何是会知道的，说不定最近他会来到家里向她忏悔。想着想着她生起气来，决定在他来的时候好好讥讽他一顿。又想还是不见他为好，这样一个以岳父的地位为转移来对待妻子的人，未免太卑下，这样的男子定是多变而残暴的，她不能和这样的人言归于好。即使她至今对他也不能忘怀，但也不能妥协！她又想到还是孟彬比王士华好，他是不会因为父亲失业而轻视她的，相反倒帮助她。但又想王士华的言行一向刚直坚强，也许并不像她想象的那么卑下。

很多天了，王士华并没有一点忏悔的表示，究竟是为什么呢？听到父亲的地位好转他怎么还不来呢？

又过了许多时，都到了中秋，王士华仍没到田聪的家来，她的心也随着天气冷下来，变得多感而忧郁，对任何事都没兴趣，终日躲在墙角看书。父母为她想出各种排遣愁闷的方法，结果都是庸医的药，对她的病症分毫无效。

有一天一封从法国寄来的快信，给了她一个巨大的新激动，那是她做学生时的陈先生寄来的。她记起还是在前年给陈先生写过信，那正是刚发现孟彬和齐永慧出双入对的时候，已经两年多了，回信才来。这两年自己的生活发生了多么大的变化，好像做学生时的夕阳会是前生的事似的。时间隔得这么久远，陈先生会说些什么呢？

她焦急地撕开信。

田聪：

    去年我一度离开巴黎到里昂去，不过里昂居民对我国人以及对一切有色民族的侨民都有很深切的歧视，那种滋味绝非想象所能及，所以今年春末我又回到巴黎。前几天我无意中去拜访从先的房东——一个耳聋的老太太，她交给我一封信，说是我离开不久收到的，想转给我又不知道我的新住址。信在老太太的桌上摆成了淡黄色，罩了一重轻微的愁烦，引起我无限的乡愁。这信是你寄来的，你好像对生活的处境不太满意，可是又没明说究竟为什么懊恼。你正在年轻有为的时期，应该振作起来。

    你有到巴黎读书的意思吗？其实如果只为读书，在国内学习更好，在课内更能学一些用得着的知识。这儿除了几个特别用功的或者特别聪明的学生以外，成绩并不见得有我国学生那么整齐！不过为了扩充见闻我倒希望你能来，看看这儿人们的生存竞争吧，看看这儿的文化表现吧！

    在黎明或黄昏你可以听见巴黎圣母院的钟声——那嚣俄（即雨果）曾经描述过的。在夕照里或者灯光下，你可以坐在人行道边的咖啡座上，那儿是世界人种博览会，除了妇女们化妆品的奇异香气偶尔弄得你有点头晕以外，足以使你流连忘返！文学史上常说的文艺沙龙也没有这儿有趣！你如果留心报纸上的相片，常常会在咖啡座里发现一些优伶甚或作家……在静穆的十字街头会有古代英雄的雕像，他们庞大的身影会引起你古远的梦幻……

    我们可以在星期一、三、五的晚上到剧院去，在巴黎看法国人演《茶花女》该多么好！星期二、四、六到剧院是必须穿礼服的，所以我总是躲着这些日子。

    来吧！我可以在教会办的专科学校替你找到公费生的空额，如果能自费就更好办了。我们可以选择学校。有英文底子到巴黎再学法语是不难的。到非说法语不可的时候，比在国内学得要快好几倍。

　　专诚等候着迎接你。并祝

　　旅安！

陈

×月×日

　　另附沿途行程指南及诸般费用表各一份。

　　她读完信飞也似的跑到父亲面前，倒把老人家吓了一跳，她用最快的速度把陈先生的信宣读了一遍。父亲镇静地想着什么，良久没说话。

　　"爸爸！叫我去吧！我回来以后可以分担您的重担，说实在的我一见到您头上的花白头发，或者见您为了应酬赴饭局之前皱着眉头服胃药的时候，我的心就刺痛难忍，恨不得要求您再辞职，由我来维持家计；但是已经有一次经验了，知道自己没有什么资格。在这个社会找一个自己糊口的职业都很难，更不用说负担起一家人的生活责任了。爸爸！叫我走吧，我可以学习许多东西，回来也会带回一个资格来……"她匆匆说完，说到最后有一点喘不上气。

　　"士华方面怎么办？"父亲原来是担心这一件事。

　　"他？……我只好写信对他实说了，随他……离婚……也……可以。"她一想到王士华总有些不安。但她要按自己的意思做下去，她受不了他那无形的威力和轻蔑。她暗自坚定着内心的规划，绝不再动摇，她要为自己找生路。

　　她原预备到天津上轮船，后来因了水浅转向青岛，临行她给王士华写了一封很短的信，向他报告一切，并且答应他无条件地离异。她说：他俩性格不同，又走着不同的路，她决心出国，忘记以前的一切……信寄出去，心里果然毫无牵挂。本来还想给孟彬一封信，但是一想到齐永慧也就不肯写了。

　　弟弟、妹妹都从学校请假回来给她送行，二妹、三妹都又长大了，在她们天真的眉宇间也都有她婚前那种自谓不凡的神情。三妹一向有着男孩子的性格，颇有四方之志。

　　"大姐怎么不早告诉我？我也跟你去。"三妹说。

122

"等我到那儿再给你们找机会吧！这笔路费也不是小数目啊！"

"何必一定留学呢？要求学在中国有的是可学的。"弟弟又说着他一贯的主张，"不过大姐又当别论。你的确该换一换环境了……我真不明白你为什么要那么早结婚。"

弟弟近几年来改变得太快了，虽然不过十几岁，但身材、性格以及思想完全像一个新时代的先进人物，他的声音和身材都已经像一个长成的男子，不轻易欢笑，也不轻易发怒。他反对早婚，反对舶来文明，在学校的成绩并不太好，但当时校内校外的少年们都喜欢和他做朋友。他对一般忠诚的朋友永远尽力帮助他们，但那些他认为虚伪的人或者过于愚蠢的人都说他骄傲。

"那么你一定等着三十岁再结婚吧？"二妹问弟弟。

"说不定，我认为在事业上一点成绩也没有，很早地拖上家庭的担子，无论如何是不明智的。"他究竟年纪还小，说到自己有一点脸热，但马上又镇静了，"我去送你吧！大姐。"

"学校不忙吗？"

"不要紧，好在用不了多少天，功课回来可以赶上。"

"也好，那咱们就跟爸爸说好不用别人送了，我很不愿意这么一点小事弄得人尽皆知。"

"我也送你去。"三妹说着大有立刻起身的意思。

"不用，都送我，更难过。"

"……"三妹没说什么，多少有点不高兴，她想为什么哥哥可以去，她不可以去呢？

"回来以后你就成了法国妞儿啦，还不一来就 Oui, Monsieur（是的，先生！）或者一口一句 Parisien（巴黎的）。"二妹生来乐天派，从来不解愁滋味，她虽然知道姐姐要走远了有一点难过，但她不肯带出样子来，而是用她一向乐观的口吻驱散别人的愁思，没事寻愁觅恨是她最轻视的。

"得啦！你才学了几天法文就显摆出来，也不管说得对不对。"三妹还没学过第二外国语，她认为说别人不懂的话是不道德的，所以她就认真起来。

"……"田聪从结婚以后很少和弟弟、妹妹有长时间的聚首，好像和他们有了隔阂似的，今天为了自己的远行四个人又聚集起来，真是十分感动。当她看见弟弟坚定的目光时，忍住过于感慨的神色，免得弟弟笑自己懦弱。

第二天早晨她就要起程了，父母见他们聊得这么好，吩咐了一些话就回卧室去了，他们四个仍在院里，半圆的秋月冷冷地照着他们，他们静默了，各自无言地望着天空，看月光从蜘蛛网上滑下来。田聪多日不唱歌了，今夜却唱起舒伯特的《小夜曲》来，另外三个人也随着唱，二妹每次做一点什么事总要笑几回的，但这次没有笑，弟弟的低音模仿大提琴的拨弦声，三妹上齿咬着下唇做出小提琴的声音，没有歌词的曲调更是动人。

"咱们四个！做什么都够数……等我回来咱们还要来一次大合唱啊！"田聪感动的泪终于落下来，月色更清澈地照着他们四个。卧室里的父母不时地探出头来，似乎想劝他们时间不早了，大姐明天一早还要赶路……

父母终于还是出来阻止，在父母的阻止声中两个妹妹偷偷地往她的手提包里塞纪念品，除相片以外还各把心爱的东西给姐姐：丝线缠的八角相片框子、绣着字的小手绢、三妹从厂甸买的古瓷小花瓶——瓶子是深蓝色的，上面有凸起的白色小梅花，瓶底下有"乾隆珍品"四个小红字，全瓶也不过拇指大；当初三妹买回它的时候不许谁多看一眼，现在居然肯送给大姐，在她，是下了多大的决心哪。

得了赠品的姐姐，一句话也说不出来，不知是笑着还是哭着，拉着送礼物的手，望着弟弟妹妹们无邪的脸，坚定自己的志向：要为他们开路，为他们拓荒……

火车是一头有理智的怒龙，喷着气，循着轨道冲向秋日的原野，弟弟在对面的座位上沉静地看书，田聪呆望着狂了似的倒退着的景物，去了，一切离她越来越远了……成捆的嘉禾堆在田边。农夫农妇们按着他们忠诚的目标工作，他们将得到幸福的收获，他们对这狂驰的火车有什么感想吗？他们对这些偶尔在车窗里露头的乘客是不是觉得可笑呢？"不坐火车也活一辈子！"坐火车的在他们看来是"无事忙"吧？

"还有三站就到青岛了。"弟弟放下书说。

"是吗?"

"嗯!"弟弟侧身凭窗外眺。

"现在可以看见海吗?"

"那边!有帆船的地方就是。"

"啊!"她见夕阳下的海是淡红色的,白帆闪着光,一切像神话里描写的海滨黄昏,"我在这个地方上轮船吗?"

"不!这个地方并不是青岛啊。"

"海!更清楚了,我看见海浪……"她惊讶地叫出来,一向憧憬的海,好容易见到了!

但火车一转弯,高大的建筑和树木又把海挡住了,当火车进青岛站的时候已经是万家灯火了。在巨大的月台电灯的灯光下有几个戴着红帽子的脚夫和穿着号衣的旅店伙计一起叫着、说着旅社的名字,在招揽生意。

他们住在一家滨海的旅社里,放下行装田聪就倚着窗子看海。月亮更圆了,海上一派幽辉,浪花互相击打的声音简直叫她不能入睡。这声音,她小时候把大贝壳扣在耳朵上的时候曾听到过,这声音有一种引人沉入冥想境界的力量。

"休息吧!我已经很疲乏了。"弟弟躺在一张大沙发里,闭着眼睛说。

"好!我就睡。"她捻灭了灯,却悄悄坐在窗台上对外看着,好像希望海面上出现一些异象来满足她此时的心绪似的。她记得在古希腊的传说里有一个叫希洛的少女,因为父母把她舍在维纳斯神庙里做女尼,不甘心的她终日从海岛古庙的塔窗里向外眺望,后来一个美少年——泅泳能手——爱上她。每夜泅泳来和她相会,直到一个暴风雨的冬夜,他死在大风浪里。她也殉情投海了……这凄美的爱情故事,又使她想入非非了。在情感上,她希望永远生活在温馨的爱情里,但在性格上,她又不能忍受大男子主义!她想不出一个合宜的对策来处理自己的矛盾。她只是望着水天一色的幽辉出神。

七

"谁?"弟弟已经沉睡了,她突然听见有人叩门!

"我!"推门进来一个高大的身影,站在门边不往前走。

"你!"她捻亮了灯,见进来的人是王士华,简直有些手足无措,"你怎么也来了?"

"我来给你送行。"他坐在一个长凳上,把帽子放在凳子的一头。

"谢谢!"她退到台边。

"我来,你没想到吧?"

"倒是猜着你该来见我,不过我以为你是到我家去……没想到你暗中跟着来到这儿。"父亲不再失业,他才肯来!简直可耻!她把脸转向窗外不再说话,固守成见地生着气。

"我是来道歉的,聪!我错了……我从先错怪了你!你现在预备走这么远……我……很难过!我相信你并不是真的要……"他嗫嚅着,后悔自己过去的主观和鲁莽,又不惯于道歉,口吃得说不全他要说的话。他不愿提起孟彬,不然他一定会把齐永慧的挑拨行为说出来。

"我并不……不要依赖别人活着,我并不难过,我为了自己的坚定而满意。"她仍不看他。

"你……一定要明天走吗?"

"一定!"

"你再等两个礼拜怎么样?"

"为什么?"她回过头来,见他眼里流露出从未有过的恳求目光。他的确很痛苦地等候着她的回答。如果在初婚的时候她就见到他这样的目光,也许不会对他有惧怕的情绪,会大胆地爱他,大胆地和他共同生活下去,但现在这样的眼光除了叫她觉得他可怜以外没有别的感觉,有一点轻蔑是真的。

"因为我也要走,要等护照……"

"你到哪儿去?也到巴黎?"

"自然你到哪儿,我也到哪儿。"

"那何必呢？为了避免你自己生气也该远离我才是。"

"啊，不，我离开你以后只有痛苦。"

"那些日子为什么不去找我？你一向是不肯让自己痛苦的。"

"因为……不要提了，过去的叫它过去吧！"

"我永远忘不了你的冷酷……"

"我以后一定改！你等我！"他又发着命令。

"不可能了！我一切都安排好了，不能再改！再说你是有前途、有地位的人！而我却刚刚开创自己的生活！你不要因为一时的冲动耽误了你的前程！我也不愿因为你的命令而误了我！现在就说一声再见吧！"

"你的话还是气话！我等着你真正的回答。"

"我很理智，没有气话……"可是她的声音有一些抖。

"姐夫！多日不见了。"

"大弟弟！你方才睡着了？"王士华见了弟弟有一点不安。

"对啦！失迎！你们谈吧。我出去一会儿就来。"弟弟到外边去，他很希望姐姐和王士华言归于好。

"你不能走！你一个人怎么走这么远的路？如果你不等两个礼拜，你就跟我回去，永远不要说走！我的前途就是你的前途！我的事业更需要你的帮助，你是我的副手！我不能离开你……"

"我要做自己的事，不要做副手！我已经决定了，再也不能改！"

"真的吗？你完全决定了？"

"真的，永远不会再改！"

他的脸突然苍白起来，好像一个等待判刑的犯人，他的嘴紧闭着，重新坐在长凳上。她不敢多看他，他的一言一行对她仍有那么大的吸引力，但他的过错又不能蒙她原谅。她现在用理智包紧了情感，把热情囚困在内心里。其实她一阵阵地需求投在他的手臂里，诉说多日离别和被遗弃的悲哀。但一阵阵刚强的毅力却挥去情感的需求，她知道现在是一个难关，一个难以战胜的诱惑！她深知自己的情感早已成了他的俘虏，但另一种力量却寻求着自己的出路。他是可爱的，但是他给人的爱却有如铅球般坚硬得难以消化，何况他又那么易怒呢？在不知不觉中，他盛气凌人得叫别人没法活，这样的脾气多少是有一些残暴的。

"既然不能改，我也没法子。我尊重别人的自由，可是我再求你一件事，今天子夜前你……你不要离开我。"他抬起头来恳求地说。她听见他低柔的声音，怜悯地垂下眼帘，不免答应他的要求。

"好……吧……可是弟弟怎么还不肯进来？"她说着向门口望了一下。

"我请他到我的房里去吧！"他走出去。

她一个人在这生疏的房间里，听着海浪的声音和邻室留声机里的旋律，感到无限的孤单与空虚。

"我怎么会在这儿？一个人？"她自语着，对未来的一切感到茫然，无聊地拿起弟弟抛在小几上的书，是屠格涅夫的《烟》。她从先也看过《烟》，书里主人公的感觉使她起了共鸣。

"烟！一切都是烟。"她喃喃地小声喟叹着。

突然她觉得独自伴着他坐半夜是很危险的，说不定热情焚化了自己的决心，结果自己会俯伏在他的脚下做他的副手，那一切前途全完了，最多是他前途的点缀者。要想有一个独立的人格和前进的生活这是绝对不行的！她不能胜不过诱惑，不甘牺牲已定的前途，她把屋门从里面扣好，并且用一把椅子顶住。对！也不要弟弟进来，只留下自己一个人，休息也好，沉思也好。

他的脚步声近了，大步子迅速地走到门外推门，推不开，叫着"开门"她也不应。外面似乎要猛力砸开门。她用两只手推住椅子。打门声越来越大，她心跳不已，但已经这样做了又怎么能反悔呢？

门仍然被敲打着，但她的臂膀却被人从后边抓住，她回头看，正是王士华。

"你……怎么进来的？"

"你没关窗子。"他静静地说。

"那么谁在外面打门？"

"弟弟帮我！"

"这么一点事还要用策略啊！"这时打门声停了，果然听见走开的是弟弟的脚步声。

"因为你太容易变化了。聪！到底什么事叫你这样拒绝我？人总

128

不会没有过错的，从先怪我，现在你只要肯原谅我，我一定发誓为你改我的脾气。你能不走吗？我从来没求过人，现在我再次求你，不要走。"

"已经……说好了，我一定陪你坐到十二点。别的不要再提！"她的声音微弱得几乎听不见，但是并没有失掉内在的刚强。她想从他的手臂里挣脱出来，可是他已经拥住了她，铁桶似的抱住她不放。

"聪！你还叫我说什么？你这是不肯叫我活下去！"他的眼里滚出大颗的泪珠。火热的嘴唇和着泪珠狂吻着她的脸："你只要电影或小说上那种温柔的甜言蜜语，你很早就要我说'我爱你'，但是我不会……我不愿这么说。我给你的是真正男儿炽热的衷心，你却把这一片赤诚拒绝在门外！你所追求的是梦！现在我只能说'我恨你'。我恨你带走我的幸福，我恨你要走开，你——"

"放开我！我是人，我受不了你这对付大象都有富余的蛮力！快放开我！我知道你是一个真正的君子，但我给你的信已经声明跟你脱离了……关系！你也说你尊重别人的自由……为什么还要这样？我走以后你可以找别人完成你的幸福……快放开我！"她虽然已经陶醉在他的狂爱里，但是她认为这样的行为已不应当再发生在他们两个之间。同时他用力过猛，为了躲避，她扭得腰腹奇怪地疼痛起来。

"我恨你！"又一阵狂吻，然后把她推在那张顶门的椅子上。

"哎呀！"她惨叫一声，额际有豆粒大的汗珠涌出来，脸色由白而青，张着嘴，喘息着，像一尾离了水的鱼。

"你怎么啦？"他听她的叫声不平常，又见到她的脸色青白，才从疯狂里吓醒，手足无措地大声问。

"没什么，腰……太……疼了……"她闭了一下眼睛，头发蓬松着，样子很惨。

"我又做了一件什么事啊！"他徘徊着，狠命地抓着自己的头发。

"还有十分钟……就十二点了……"她有气无力地说。

"你好一点了吗？"

"好啦！方才只是……一阵。"她掩饰着自己的痛楚说。

"只要你好了，要我马上走都行！不要怪我，我实在太……我有话不知怎么说，又不愿意你走，才发了疯。你现在到床上休息一会儿吧？我马上走，省了你看见我生气。"

"不，再等十分钟！"她反而恋恋地说。

"你明天走得了吗？"他担心，怕她病了。

"怎么不能走？笑话。无缘无故为什么不能走？"她唯恐再有什么阻力明天走不了，所以装出笑容来，咬牙说没什么，其实她的腹疼如绞，而腰部疼得如同跌折了一样，疼痛中她感到有些异样。这种疼痛是以前从未体验过的。钟声无情地敲了十二响，她辛酸地望着面前一度做过自己丈夫的人。

"好，我走了，明天……是码头上见还是再到这屋来？我现在完全听你的。"他已经走近窗口。

"好！再见了。你明天早晨来吧！让弟弟也住在你的房间里吧！我想一个人静一会儿……再见。"她伸出手来。

"唉！"他不敢紧握，怕再引出她什么毛病，捧着她的手迟迟地不放下。

"再见！希望你幸福！原谅我吧！我不是一个能做贤妻良母的人。我是一个向外发展的女人，在咱们的社会里是没有这样女人的幸福的。你再……选择妻子的时候要小心！如果能遇见一个贤妻，你一定会大有成就的……"

"不要说了。"他放下她的手，头也不回地从窗口跳出去，然后又回过头来说，"如果难过就按铃找我们，我给你请大夫去。"

"不，我又没病，请大夫干吗？"她仍坐在椅子上。

听他的脚步走远了，她才缓缓地舒展疼痛过后的麻木肢体。她惊讶地发现椅子上全是血。在浴室里她看见小产了不成形的胎儿。她全身毛孔里都有凉气冒出，惧怕，痛惜，恶心……她不知怎样处理这样的遭遇。

等她收拾好了自己的身体和衣服，把那个受残害的生命萌芽放在一个香粉盒里，盖好后支撑着摇晃的身体走出旅社，到沙滩上，用水果刀深深地掘了一个穴位，把瓷盒子埋葬了，虽然不久就会被海水冲跑，但目前，在小母亲的心里也是一个安慰。月光下她小心翼翼地把瓷盒放在沙穴里，用戒指碰它发出微小的声音算是丧钟，海浪呼啸着算是葬礼进行曲。

"我爱海，你也爱海……"她喃喃地说，伫立了一会儿，直到不能支持的时候才回去，纤长的身影拖过小小的沙墓。

"我不会受伤吧？记得妈向张妈说过：小产以后静养个把月就好了，我到法国先休息一个月再上学。"她自己想一阵又怕一阵，始终睡不好。肚子不疼了但腰却酸疼酸疼的，她恨自己太粗心了，事前一点也没有朝这方面想，早知这样，何必出来这么急？不过也好，倒可以少一个累赘。明天一定走，在轮船上休息也是一样的。

近黎明的时候她才蒙眬入睡，梦到一个很好玩的孩子，张着只有四颗小牙的嘴叫妈妈，她去抱他，又没有了，她醒后半天才睁开眼睛，原来眼睛有一点肿，大约是夜里去海边时叫风吹的。

早晨八点多钟，弟弟和王士华过来，见她的眼皮和脸都有点肿，都担心起来。

"我看停几天再走，好在船票一星期内随便哪天走都可以，先到上海也是一样。"弟弟说。

"我看也是这样好。"士华很少这样随着别人。

"不。不要再耽误了。"她依然坚决地说。

后来王士华对弟弟耳语了几句，他们俩就都不再说话。

在人声嘈杂中她上到将要起锚的"神鸥号"，一阵催送客人下船的铃声响了，她的心悸动着，望着弟弟从船上走到码头去，可是人群里却找不到王士华，这叫她感到一种说不出的失落。许多送别的人向轮船挥着手帕，汽笛吼叫着，船身动了。再向人群望去，只见弟弟挥着白盔，怅惘地伸着头向她张望，她觉得和弟弟越来越远了，她必须离开这片故土。她痛苦地把脸藏在右手里，挥着左手和弟弟告别，可是他呢？他为什么不来？难道他真的恨自己？她要走了，却未能在临行前听到他说一声安慰的话，哪怕说一声"再见"。甲板上有闲情的乘客哼着夏威夷的《别离歌》，轮船的发动机放肆而有节奏地应和着。

天海一色的秋日啊！摆在她面前的是一片茫茫的广阔，回过头去，来处的海岸只剩下一道线，在这条线上抛下她所怀念的一切：父母、弟妹、故国的一切……还有他——王士华！是的，他在她心里占了很大的位置，而孟彬的影子却完全模糊了。

她不愿离开甲板，始终坐在一张大帆布的躺椅上，呆望着远远的那一线故土。

　　天渐晚了，西方一片彩霞照在海面上，比前天在火车上见到的那海的一角更美、更广阔、更宏大，整个海面上闪着莲花瓣似的金红色光波，这光波涌动着，闪烁着，把宇宙装点得异常华丽！她沉醉了，暂时忘掉近年来缠绕自己的一切，海风吹来，她觉得犹如出笼的鸟雀，翱翔在海阔天空的宇宙间，感到从未有过的舒畅。

　　"这不正是象征着自由的可爱吗?"她想。

　　但晚霞的美丽是短暂的，天空渐渐地暗淡下来，晚霞由红而紫，由紫而灰黑，渐渐散开来，变成无边的暮色。风吹得强劲起来，灰暗的暮色使她不愉快，她觉得该离开甲板了："这是别离的颜色!"她喃喃地说，心里升起一种莫名的悲伤。她想站起来，但是眼前一片漆黑，她倒下去，跌在甲板上。

　　"聪! 你的确病了!"原来王士华跟她来到船上。

　　"你……怎么来了?"她睁开眼睛，哀怨地靠在他扶持的手臂里，并且又在镇定着自己。

　　"我见你病了，不放心，才跟了来。"他扶她半卧在躺椅里。他蹲踞着身子，小心翼翼地守着她。

　　"我没有病……我就是有点累。"她仍然犟嘴。

　　"唉……"他只好顺着她，"你没病，你休息休息就好了。"

　　"你并没有护照啊?!"

　　"不要紧，不出国不要护照的。你好了我就回北京……"

　　"啊! 你回北京? 你不跟着我吗?"她神志不清地问，不知是愿意他回北京呢，还是希望他护送。

　　"我不总跟着你，你放心……我……绝不妨害你的自由。"

　　她不说话了，脸上现出失望又自嘲的神色。半晌，她睁开眼睛，看着周围灰暗的一片说："啊! 现在是早上，还是晚上?"

　　"晚上!"

　　"天黑了! 小鸟都回巢了，家里也该吃晚饭了，是吧?"她的声音越来越小。

　　"聪! 不要说话! 你太累了。"

"……"她果然不再说话，闭上眼睛。

他不敢再动，也不敢说话，不改姿势地守着她。他想到许多：想到初婚的甜蜜，想到自己的鲁莽，想到她突然出走，想到如果这次她万一不幸死了，自己坚决随了她去！他深深尝到离开她的苦味，还不如死了痛快。

"士华！"她又睁开眼睛。

"啊？"他赶紧凑近她，答应着。

"你回去经过青岛时……对着海滨旅社的窗子……那块沙滩上，靠近那座小亭子，你留心挖……有一个小瓷盒。"

"那是什么呢？"他像听故事一样地问。

"你拿到北京去，把他埋葬好……我想……海水不会冲走他……他是……他是……我们的孩子……昨天晚上，我……小产了。"

"什么？！你怎么不早说？"他跳起来，焦灼地搓着两只大手。

"本来不想告诉你，可是，沙滩上的土太松，我不放心……只好说出来。"

"啊！是我叫你受的伤！哎呀，我太自私了！我真不了解你！你是这……么伟大！聪！我可怎么才好？我是个鲁男子！你好好保养吧，万一不幸，我死了也不能安心……我一定照你的话去做。"他的样子十分沉痛。

"不要难过！我们毕竟还都年轻，如果有缘……还会相遇，那时，我们彼此看到对方做出的成绩，也是欣悦的。"她反倒安慰起他来。

当船停泊在上海的时候，田聪的精神渐渐复原了，王士华虽然不愿田聪远行，但总不是绝望的，他在潜意识里感受到田聪还是爱着他。他暗下决心，做出更大的成绩等她从异国归来，或者也去法国深造。于是他也恢复了原有的奕奕英姿。

他从上海的药房买了好几样补品，又买了许多生活要用的物件，她样样收下，虽然没说谢他的话，但是时时对他微笑着，他也得到莫大的安慰。

别离终于很快地来了，他只得如约不再送她。

上海的码头，就是比别处来得神气些，连这惨淡的别离也被装饰得十分美丽。卖花纸条的女孩子沿着将起程的轮船奔跑，要分手的人们都会向她买几卷花纸条，成打的钞票攥在她小小的手掌里。

　　船身又移动了，无线电的扩音机里播送着各国的名曲。渐渐地，牵在岸上人手里和牵在船上人手里的花纸条裂开了，人们随着纸条移动着，但还是断了。真正的离别到了。鼎沸的人声、汽笛声、机器声、音乐声，把人的耳朵都快震聋了。她没有出声，也没有眼泪，痴痴地看着她唯一的送行人，他的头不时地转开，好像不忍多看她临去时的目光。他把帽子握在左手里，挥着空空的右手。她则勉强向他笑着，挥着白色的手帕，远远地从他的视线里退去。举着右手的人看不清了，上海的码头也成了一道黑线。

　　又是黄昏，她默默地靠在船舷上，直到月亮升起时，她还希冀着从角落里跳出她所思念的人来。但是这回却不可能了！他不可能再来陪伴她。她现在才真是孤零零的一个人了。任天宇和海面变幻它们的颜色吧！这一切都不足以引起她的注意。她记起了自己的信条："不努力不能活！"她在思考自己的前途，也在怀念那驱使她决心独立的人。在寂寞的气氛里，她打开他临别交给她的信。

　　聪：

　　　　我现在很清醒，不但了解你，而且对自己的未来也有了一个比较明确的计划！好，让我重复地说一句你的话："有一天我们彼此看到对方的成绩，也会欣悦的。"我一定会叫你因为我的成绩而快乐！

　　　　到青岛时我一定去找那一度叫你受苦难，并且被我残害了的小遗迹，放心吧！

　　　　别了！聪！只求你不要忘了在故国有一个性格虽然鲁莽，但心地纯真的人等你归来。聪！唉!!我的心乱了，好像还有很多话要对你说，却不知从何说起，反正你明白我。

　　　　聪！你真就这样毫不留恋地走了吗？

　　　　求神祝福你！

　　　　　　　　　　　　　　　　　　　　　　士华

　　"是的，你还有一句话没说出口。你始终没说一句：'我爱你'。"她在晚上的海风里自语着。向西北方遥遥望去，并且轻轻吐了一声喟叹——没人听得到的小声息。

偶尔有浪花的碎星溅在她的脸上和手臂上，她感到凉爽，凉爽得灵魂都苏醒了。这时天上有许多大片大片的乌云，加上轮船喷出的黑烟，构成了一个神和魔的世界，月光也失色了。秋夜原是没有夏夜迷人的！这乌黑的一切给人一种恐怖的感觉，但她并没理会，她此时正沉醉在轮机的推动声中，轮机正有节奏地演奏着雄伟的进行曲，大声响着："前进！前进！"这黑夜很快就会过去的，一个灿烂的黎明将迎接她！她对着这海天微笑了。她再也不会畏惧了！！

浣　女

在门前湘江岸的沙滩上，或后门外的池塘边，时常有许多洗衣女子，她们不论老幼都是那么干净、勤勉。她们之间有着亲密的情感，彼此诉说着内心的感慨，讲述着动人的故事或有趣的新闻，她们的笑语声往往超过了流水的声音呢。

李家少官娘子名叫竹娇，是个圆脸、白皙、二十三四岁的少妇，短发，细身子——不过腰肢却不自然地肥胀了些，入时的短袖白上衣，青布长管裤，长眼弯眉，一身的玲珑，合适、清洁、妩媚，只是两只手又红又粗，不适于她的结构，一个银质填珐琅的戒指已经深深地镶入指头肌肤里，那是嫁后丈夫买给她的。先时戴着很合适，劳作把手指变粗大了，她舍不得脱掉它，只好容它长在肌肤里，片刻不离地陪伴着她。她一向是好说好笑的，许多洗衣同伴爱她的和蔼。可是近来她突然沉默寡言了，虽然有时还向人微笑一下，话却说得太少了。经过女伴们多次的询问才知道她有了几个月的身孕，大家都说："这原是喜事，为什么不高兴呢？"

"做事太不方便了。"她叹了一口气，轻轻地说。

"你家有那么多的水田，又开着面食铺，何必一定要你做事呢？"何奶奶心里明明知道李大娘——竹娇的婆婆——厉害，故意撒下这么一个小网，为的是一下子捞出少官娘子一肚子埋怨来。

"你不晓得，田产多，事更多，不做留给谁呢？"她平和地说着。何奶奶失望了，勇敢的马三姑毫不放弃地又放了一炮："听人家说李大哥回家也不能到你房里去，又不许你们多说话，是吗？"大家都想笑，可是谁也没笑，等着回答。

"你怎么知道的？"她倒反问着。

"很多人这么说呢。"

"随人说去吧，我没什么说的。"

大家很不满意这回答，各人都低下头去搓洗着衣服。马三姑从水边站起来在沙滩上走着，她一下从岸上下垂的树枝上摘了一个大而薄的叶子，弄成一个小口袋的样子，拿到那个穿水绿短衫的阿巧旁边，拍了阿巧一下。阿巧回过头来，明澈的眸子发着疑问的神气看着她。她用嘴吹得那个叶子口袋圆胀如球，然后用手一捏"啪"的一声，破了。她问阿巧："你说这叶子怎么破的？"

"气胀的。"

"早晚她就得这样子了，什么都闷在心里。"她说着，拿破叶子的手往竹娇那边指。阿巧拉一下她的裤管小声说："住声吧！你不见她在出神吗？"

竹娇洗的是一个印蓝花细麻布的帐子，在流动的江水里冲摆着，后来提起聚拢在一处的帐顶，再浸入水里。坐着是不好用力的，站着又太高，只得蹲着，腿挤着微胀的腹部，使她的呼吸都困难了。她站起来一段一段地拧着布里的水，沙滩的浅水上溅着许多白色小水花，她望着对岸上挤满铺户的街道，望着自己丈夫在那里工作着的李家面食铺，发呆了。洗好的帐子一头落在沙滩上，沾了许多的沙砾。阿巧放下自己的工作跑过来说："大嫂累了，我替你洗洗。"不容回答地抢过那帐子，在水里用力地甩着、冲着……拧着。马三姑是不能沉静的，向阿巧取笑道："我哥哥打鱼的那股子神气什么时候都叫你学来了？"

"莫讨骂啊！"阿巧听见马三姑提她哥——那少年渔人，就红了脸，似笑非笑地斥责着爱人的妹妹，大家都笑了。阿巧拧好了，替竹娇放在竹篮里。竹娇含着感激的泪笑着说："这怎得了？叫你受累。"

"没什么，快到做饭的时候了，你回去吧！没洗完的留给我替你洗。"

"都洗完了，以后再劳烦你吧！"她说着给阿巧一个感激的微笑。别的妇人心也不坏，尤其马三姑，她抢着说："莫讲客气话，这一点事谁都能帮你忙。"

"谢谢！短不了使你们受累。"她说着拾起棒槌，提着竹篮走向更高的坡岸。

蔷薇开遍了池畔，江水涨了，池畔有树荫，有鸟语，有蛙鸣，有蔷薇，深红、浅红、白的，蔓延的、倾斜的、平铺的，开遍了，带着翠叶和小刺开遍了春的池畔。江边的浣女迁移到多花的水边，洗着零碎的深色的棉衣片子，人还是那么多，在和蔼的声韵与色彩下工作着，只是少了竹娇，她们争述着她生产的事："李家少官娘子生了一个男孩子。"又是何奶奶起着头，因为她的经验多，她又认识接生婆。

"看她的脸色也应当是个男孩子。"另一个四十几岁的妇人显示着经验说。

"她婆婆也许会待她好了呢。"阿巧希望地说。

"可不是吗？男孩子是有福气的，你们没听说戏上多少娘娘因为生了太子得势，因生了公主入冷宫，这就是'母以子贵'。"何奶奶的经验不是一处来的，引着戏文这样说。

"她的性子太绵软了，婆婆那么刁，小叔、小姑一大群，一点埋怨也没有。"马三姑终于替竹娇抱不平。

"埋怨有什么用啊！"阿巧又把一件旧衣片子浸在水里说。

"没用也得说说，出出气。"马三姑说。

"她婆婆今春吃了一剂破血丹，把个四五个月的胎打下来了。"何奶奶向那个四十多岁的妇人耳语着，意思是这些事不能叫那些闺女听见，可是声音很合宜，足够一切女伴听得清清楚楚的。

"哟！为什么呀？"听了这吃惊的消息，那个妇人都忘了顾忌，大声疑问着。

"娶了儿媳妇，快抱孙子的人不好意思和媳妇比赛了。"何奶奶说着自己也笑了。阿巧看了她们一眼没说什么又低下头去洗衣服。马三姑却插嘴道："吃药没吃死，倒便宜！"

"就你耳朵长，姑娘家什么话都接茬儿。"何奶奶看了马三姑一眼，接着又扩张了这问题："死倒没死，头发可脱了一大半，嘻！"

忽然天暗了起来，太阳溜在一朵黑云里，她们立刻觉得水有些凉了。开始了短暂的休息，用没洗的干衣揩着手上的凉水，阿巧顺手拉过一棵爬蔓，对在她身旁小方石上的马三姑叫道："三姐！来！把那五朵开在一枝上的花替我折下来。"

"白的，不好看，还不如黄蒲公英好呢。"

"个人所好呗，你不管我自己来。"

"管，管。"马三姑的手很有力，而且不怕花刺，一下就折下半棵花来，还带着许多小花苞，递给阿巧。阿巧却怜惜地说："罪过，看你毛手毛脚的，要不了这许多，我就要那五朵开在一起的，等会儿送给李大嫂，叫她五子登科。"马三姑咕嘟着嘴，把那一枝折下的花又插在近水的湿泥里说："把它又种上了，还不行吗？要李大娘那样的婆婆管你两天就省事了，你看我要不告诉我哥才怪呢。"说着却跑开了，她怕阿巧打她、追她。阿巧只是红着脸恨恨地说："不理你，好人不理你这小鬼。"说完了停止休息，含着未了的羞涩开始搓洗着衣服。一个少年渔人在晚风里撒网的姿势占有了她的全部思潮，想着不可捉摸的未来而茫然了。"马三姑的母亲死了三年啦！"这个念头先使她替马家兄妹伤心，但不知为什么再一想她的心里反倒轻松了。洗完一件，从篮里拿第二件时摸到一个冰凉滑软的东西，一抽手，那东西"咯"的一声，咚！跳入水塘里。她立刻知道是马三姑的埋伏，她瞪了马三姑一眼，马三姑笑了，非常响亮。

太阳从那朵乌云里出来了，大地上立刻加深了色彩与光明。

"洗吧！一天就知道玩，看将来怎么说个人家！"何奶奶催着马三姑。大家都开始工作着，工作的声音和谐悦耳。

从这儿可以看见远远的稻田的阡陌上架着踏水车的农家夫妇，他们伏在架上，赤脚踏着水车上的小方板，一个一个熟悉得如数着念珠的手。他们灌溉着大众的食粮。青天上浮着几片云，安详地飘过他们的头顶，他们却在足下的水田里看到了天空中的云影。另一块田里白发和少年的农家父子插着秧，一束束的绿秧堆在田里再一束一束地拾起来，少年熟练地扔着，一行一行的。老人再一束一束地插起它们，一会儿水田上绘出绿点组成的图案随你直看也好，横看也好，斜看也好，都能成为直行。他们不用仪器，不用度量，只凭着内心那一股力、那一点经验、那一手技巧，做出完美的活计来。天和地都是美好的，只要肯工作的人都应当享到自然的幸福。可是有例外！有一些女人，工作了没人感激，痛苦了没人安慰，疲乏了得不到休息，疾病了无从治疗，她们只有忍受，忍受人类不当忍受的，忍受别的动物不能忍受的各种各样的痛苦。

一间北面开窗的屋子有一张大竹床，铺着干净的方格布单子。一个瘦女人坐在窗下做针线活计，后院丛竹的绿光反射到她脸上，显出可怕的苍白。她两颊深陷下去，眼已不是细长的笑眼了，是深的、张开的失神而失望的眼，眉也失去原来的弯弧，她就是竹娇，给李家生过一个男孩的少官娘子。可是孩子呢？并没在她的身旁，这房间除了床上一对十字布的枕头上编绣着"是君良伴"的字样外，只有孤独与寂寞。忽然，那生育的一幕出现在她的回忆里：

奇痛的直觉，她自己如奔牛似的喘着，头上浸着汗珠。她想号叫，又怕婆婆骂她轻狂，又怕外人听到嘲笑，只得忍受。阵阵的奇痛中她只有喘，口不合地喷着气；丈夫不在身边，只有吸着水烟的婆婆和吸着旱烟的收生婆。恶劣的烟气和厌烦的嘴的吸吮声毒蛇似的由她的感官钻入肚里，加重了疼痛。那两个吸烟的女人无德地讲着一切难产妇人的死亡和怪胎的婴儿，毫不顾及产妇的现实痛苦，她们不耐烦地等着，胡说乱讲着。

如大梦初觉的她，渐渐从昏迷中清醒了，自己身边已经有了一个包好的婴儿。她现在还清楚地记得：见了这小生命以后忘记了一切痛苦，觉得什么都有了希望。

小孩子伸手蹬脚地哭，她忘了一身困乏去抱他，婆婆告诉她这是个男孩，她更高兴了。心想孩子带幸福来了，婆婆是不喜欢女孩子的。一个月之内家里没用她操作，除了在床上做了几双鞋以外，没到江边去洗衣服，没到厨房去做饭。

弥月过了，婆婆忽然主张，把孩子送出去叫人家奶着，每月给人家些钱，表面是说孩子生辰不好，应当吃外人的奶，而且应当寄居在别人家，不然会短命的，实际是怕因了这孩子竹娇有借口减少工作。并且当地有很多人把孩子寄养在乳母家，这是很普遍的风俗，公公也没反对。正好一个佃户冯六的媳妇有一个三岁的孩子，据说已经断了奶。婆婆招来这个媳妇，四十岁左右，不干净，眼睛有湿润的红边儿，不时地拿衣襟擦眼睛。竹娇的心碎了，自己清洁的宝贝儿子送给这么一个脏娘们儿去抚养，真委屈。她虽不知三岁小孩子吃过的稀薄的乳汁给一个初生婴儿去吃，营养是根本不够的，但她觉得孩子在这么一个污秽的胸前去吸食，吸到每一个小血管里去是件委屈事。她落着泪抱紧了孩子，她知道这个温暖的小人马上就要被那生人抱去，她哭泣着，那媳妇倒还明白，说："少官娘子不肯就算了吧！"

"由不得她，年轻人知道什么？留他在家克死娘就晚了，娘克死他我更心痛！你抱走他，好好喂他奶，不要错待他，我也不用另外给你钱，只是铁道南边那块地你们先白种着吧！奶他多大，多少日子不收租就是了。"婆婆严肃端正地吸了一口烟，理直气壮地说了一篇大道理，又点着第二袋烟。

她想到这儿叹了一口气，失神地，针扎在手指上，她挤出一点血来，用碎布揩去，又开始缝着，寻思着："克死娘也不怕，娘克死他也不怕，死在一块儿更好，反正不能叫她抱走。"这是她当时心里的反抗情绪，可是不知为什么说不出口，红眼边的女人谢过婆婆，就去接孩子。竹娇几乎发怒了，忍着气和婆婆说："您的主意，我也不敢说什么，明天再叫她抱走不行吗？我好给他洗洗澡。"她的泪落了孩子满脸。孩子小手摇动着，小眼张望着，小嘴吸吮着玩。婆婆又大仁大义地说："你怎么这样不心疼孩子？今天好日子，抱走不平安吗？知道明天是什么日子，路上遇到邪门歪道的可怎么好？你不痛他，我还痛他呢，肉上肉痛不够，我儿子的儿子，李家门的根，不能叫你胡摆布。早上洗了澡，这会儿又洗澡，等着弄出风（病）来就好了。"

她知道不能挽回了，忍着泪说："那么给他换换衣服行吗？"

"随你吧！我哪能做你的主！"婆婆惯会倒抓理儿地说话。

她抱着孩子走到自己屋里吻着孩子的小肩头哭了，满脸眼泪地偎着孩子的小脸，小孩子一挨触母亲的肌肤就本能地张着小嘴找奶吃。她说："小宝宝！你知道啊！妈妈心痛，你快点长大了回来，和妈妈一块儿住。"她哭着喂他奶。

"小宝宝多吃啊！妈妈的乳水是甜的，足够你吃得胖胖的。可是她们要抢走你，小宝宝！吃……吃……吃啊。"她忘了给他换衣服。

婆婆的命令又下来了："快点来，时辰都叫你给误了！"

她匆匆地擦干泪，从孩子嘴里拉出奶来，孩子哭了，她慌慌张张地抱着摇他，给他披上一件小花衣，抱到婆婆那儿。孩子仍不停地哭，婆婆接过孩子去，竹娇从房里拿出一包小儿衣服、小褥之类的东西，交给那媳妇。孩子已经到了那媳妇的手臂里，孩子的哭声更大了。她过去拍着孩子，心更如利箭穿刺般地疼痛。那个女人倒同情地说："莫伤心吧，过十天半月我就抱小官官来看你们，我也是有儿女的人，错待不了他。"孩子终于被人家抱走了，她又开始着劳苦生活。她寻思着，落着泪，想起还要预备长工们的晚饭、收拾起未缝完的衣服。春夏之交田事正忙，每天她要用大锅烧着饭菜，还要到池里洗衣服。小叔、小姑又都要她赶做夏季制服。年纪并不衰老的婆婆，除了吸水烟以外有时纳几针鞋底子，仿佛女学生织毛衣似的人前做做，又大方又轻便又潇洒，还惹公公爱。

端午节来到了，家家女儿襟上戴着丝绸抽作的小荷包，小孩子手足上围系着五色线。天才亮，大户人家或小康之家门外都用桌凳搭着高台，上面烧着成把的香摆着供，供桌下有纸糊的龙船，船头向着湘江摆着。一个衣服整洁的道士敲打着小锣鼓，口里大声而含糊地念叨着经句，这是在超度水上的亡魂。到吃早饭时烧了纸龙船，经声也随着停止了。早饭后，江上赛龙船的锣鼓又响遏行云，青年男女穿着五光十色的新单衣在江边的街道上往来交织着形成热闹的网。赛龙船的船手都是二十几岁膀大腰圆的小伙子，他们并不是以此为职业的，而是各有固定的职业，有的是舟子，有的是渔夫，有的是打鼓打铁的，也有的是农夫，个个短打扮，头戴凉帽，脸上除了喜悦，就是好胜争强的神情了。船上披挂的并不像古画上的龙舟那么五彩缤纷！船前挂着的是一个纸布扎绘的伸颈挺须的龙头，船后是一个弯曲的龙尾罢了。讲究些的有一个花洋布的船篷，平常的依旧保留着小竹篷。炮响了，几十只船分队前进，倒也十分可观呢。鼓声越响，船摇得越快，渐渐地船身远了小了，渐渐地近了又大了，他们赛着快慢、花样、姿势……两岸的游人狂呼着，拥挤着，有学生，有商人，有贩夫，有士兵，他们忘记人世上的阶级，平等地欢悦地挤在一起。平常没人注意的江边竹楼，在冷清的时候高高地用杉杆撑着，住着不怕水的贫民，江水涨到码头上，竹楼里的人也没人去注意他们，任他们在那儿守候着狂涨的江水，他们把生命托给站在沙石里的杉杆。今天却不然了，许多有钱的太太小姐坐在小竹楼里看龙船，贫穷的孩子都被大人赶下楼去，为的是得些赏钱，留着将来零用。据说一个端午节的所得，足够他们一年花用呢。

竹娇的丈夫回家了，听说那个奶娘也要抱孩子回家来吃节酒，竹娇加倍地工作着，炎热的天气在她瘦削的脸上点了些红晕，几缕短发被汗粘在额上，又自然地弯起来，黑润的小发圈增加了她的美。她刺鱼、切肉、洗菜、煮粽子……不累，她有希望，快乐麻醉着她。

公公、婆婆、小叔、小姑都换了新衣去看龙船比赛。丈夫得机会来帮她做厨下工作。他是个黑大个儿，天真得像个孩子，正直，说起话来人能看见他的心，娶了亲还过着单身生活，干看着父母的诸般恩爱。

"我帮你洗菜吧！要不然替你切肉。"黑大个儿说。

"你莫弄坏呀！姆妈回来要骂我的。"她急切地阻止他。

"傻人！我是面食铺的少掌柜的，比你本事大多了。一落太阳爹爹就过江来找姆妈，铺里晚上的客更多，什么不要我经管！"说着扬眉吐气地看着妻子，她笑了。他们觉得这一会儿才是真正的人生，想起平日家庭的约束，又忧郁起来。

"火车站上的洋房子多好啊，从外国又运来许多新车，今早上许多车站职员的太太、铁路局职员的太太，都去看新车，招得很多人不看江上的龙船，反跑到车站去看新把戏。有的太太坐上新车去游历，都拉着丈夫的膀子，有说有笑的，天不怕地不怕的样子。车上挂着彩绸，奏着音乐，他们一对一对的像什么图画上的神仙，咱们怎么不能常在一块儿呢？你老是躲着我……"他嘟嘟囔囔地埋怨着，听着她叹了一口气，把鱼放在水盆里洗。

"咱们命不好，人家都是大命人哪！怎能和人家比？我就是躲着你，你一回家，他们也是防贼似的防着我，好像我是个鬼会迷死你，等你走了，她还找碴儿骂我下贱……这是命，我前辈子做了坏事，命里该你们李家门的债，这辈子是来还债的。"她说起来就气愤。

"你也别难过，早晚有那么一天拉着手儿，坐上火车走开就好了。"

"上哪儿去呢?"

"哪儿都可以!长着大香蕉的广东、出椰子的南洋。用不了几百块钱,开一个小点心铺,内老板由你当,看哪个敢给你气受!"他热诚地说着,看她爱娇地注视着自己,自己是救她的英雄!他热烈地抱紧她,忽然小姑的声音说:"嫂嫂,小侄儿回来了。"

他们一同跑出去,她跑过去抱过孩子来。孩子虽不胖,倒也光润。新换的小花衣,戴着小花帽,会笑了,又发着嗯嗯的声音。她偎着他的小脸说:"小宝宝的爸爸给奶娘倒茶呀。"他早已被这母子欢聚的景象弄呆了,妻的声音唤醒他,倒了一杯茶给奶娘:"奶娘辛苦了,小孩子累人哪。"

"他倒和我投缘,我很喜欢他。"奶娘的眼睛好多了,和善地答着,不安地喝着少官人倒的茶。

"今年稻子长得好吗?"

"好,只是我家老板病了一场,近来才好,花了不少药钱。"

"病好了比什么都强,花点钱不要紧,钱去了再挣,是一样的。"他和奶娘闲谈着,妻忽然把孩子交给他急急地说:"我要去做饭,灶子要烧干了。"

正午的酒饭摆好了,大家照例先喝雄黄酒以免一年的虫毒,少官娘子穿梭似的传送菜饭,孩子在婆婆手里抱着,婆婆用汤匙给孩子喂了一口雄黄酒,孩子小嘴受不了这么刺激的饮料,噗噗地小唇打着嘟噜,哭起来,好像有人在肉上扎了他似的。婆婆厌恶地骂一声:"小逆种,倒随你娘,为你免灾才给你喝的。"竹娇的菜饭已经传送好了,奶娘也在厨房里吃着、喝着。竹娇接过孩子来说:"奶奶怕虫虫咬你,给你喝点酒,还哭吗?"

"要不说是小逆种呢。"说着他们开始享受现成的丰富的家宴。她把孩子抱到后院的竹荫下,哄着、逗着他,哭声止住了。不过孩子呆呆的,头热脸红。她知道孩子被酒呛病了,可是不敢明说,小人儿昏昏的,她的节饭都没吃好。

午后大家都知道孩子病了,婆婆说不是路上中了邪,就是中了暑,还是公公直爽些,打发儿子请来一个大夫,看了病,开了一个

144

药方子走了。竹娇想快买药来，给孩子吃了睡在家里，几天就会好了。可是婆婆又发下命令来："奶娘把孩子抱回去，叫你家老板买药给他吃了早睡下。你留在这儿不方便，他娘的奶水早没了，早点回去吧。唉！在你家也没病，一回家就病。"竹娇几次想说："有奶汁，留他住下吧。"可是她没说出口来，她丈夫却愤愤地说："到家就病了？在外人家病了谁能知道呢！"婆婆没听清儿子说的什么话，只觉得儿子在反抗自己，站在媳妇一条战线上来反对娘。她怒不可遏，大骂："逆种！都给我滚开，养了这么个血胞孩子就捉精打怪起来。"黑大个儿带着满腔的愤恨回到江对岸的铺子里。小病孩子却在昏迷中离开母亲的怀抱，跟着生疏的人走到不可知的命运里。竹娇不敢送他，他身上发烧的热度燃着她的心。她含着泪，预备着晚餐。

第二天下午奶娘的大孩子来送信儿说小孩子不行了，婆婆说："为什么不给他吃药呢？"

"吃药了，姆妈叫我把药方子也带来了。"公公接过药方看了，也是八行红条信纸写着黑草字。只是方子上端写的不是"李小官"却是"冯六爷"。他知道买错了药，孩子才会死得这么快。孩子虽和他没感情，但究竟是李家的根。于是怒向胆边生，要到官里控告奶娘。婆婆也怒气冲天地附和着说告奶娘，奶娘的大孩子吓得脸焦黄，哭着说："姆妈不识字，爹也不识字，不是有意害你家小官官的！"

"莫告吧！小户人家经不起官司的，他们既不是故意的，饶了他们吧，谁叫咱们把……谁叫咱们孩子命不好呢！"竹娇流着泪劝阻着公婆勇敢的豪举。

一个长工用小木棺把小尸体背回家来。昨天还活着向妈妈微笑的小人儿，今天却全身铁青、僵硬地直躺在小棺木里。竹娇晕过去。在黄昏的池边多了一个小坟头，青蛙呱呱地好像哀悼这小生命的夭亡。

她渐渐清醒了，对着窗户有初升的月光照在竹丛上。她起来，打开窗子，一阵小风吹清醒了她的头脑。她记得方才在堂屋里，现在怎么在自己的屋里？她又想起孩子的夭亡。她喃喃地说："完了，完了，什么都完了。"她摇摇摆摆下意识地走到公婆的屋里，机械地替他们收拾床铺。他们并不惊讶一个悲哀过度而昏迷的人清醒不久就来工作，他们安适地吐了口气想着："她并不难过，她还能工作，倒省下给儿子续弦的一笔费用。"

她孤单地呆立在自己的窗前看着小庭里的月色，她记起丈夫昨天在厨房里告诉她的："坐着火车走！……用不了几百块钱开一个点心铺。"她喃喃地："走，走！"她轻轻地拉开立柜的铜锁，拿出首饰匣，颤抖的手拿出比较珍贵的首饰，又从另一个抽屉里拿出从娘家带来的几十元钱——现洋，包好了，又包好了些衣服，坚决地推开后门走出去，把门虚掩上。月已大亮了，照在一片片的池塘上、花上、树上、广大的草坪上、稻田上。她被这月光吸引住了，她记起那一群洗衣的伴侣，她有些留恋，可是热地方的香蕉树、椰子树，又好像灯塔似的呼唤、引领她。她绕着小巷走到门前的湘江边，她怕遇见熟人，又走到下一个码头才坐上摆渡过江。月亮照着缓缓的江水，千百个桅杆在江边静静地竖立着，千百只船静静地在月光下休息。水泠泠的橹声，吱吱地送她向希望中驶去，她把整个不幸如噩梦似的忘却了。

登岸了，多店铺的街上还有着小都市的热闹，她快走到李记面食铺的时候，忽然畏缩起来，觉得自己好像一个私奔的女人，勇气消失了。正在犹疑、退缩、心和心交战的时候，却见丈夫从自己的铺子里走出来去敲一个邻近的小门。门"吱"地打开，走出来的是一个女人。月亮照出她是个出卖身体的女人，竹娇的丈夫醉醺醺地卷着舌头说："心肝，等急了吧？"

"有好姑娘陪你，今夜不来也要得啊！"那女人怪声怪气不自然地撒着娇，"吱"的一声小黑门把这一幕怪剧关进去。竹娇好像在看戏，她觉得那个男人并不是自己的丈夫，虽然他从李记面食铺走出来，虽然他穿着丈夫的衣服，虽然他用丈夫的声音说话，但他是另一个人。丈夫是正直的、天真的，这个人却是一个玩妓女的鬼！公正光明、年轻的丈夫没有了，一种恶劣的势力把丈夫埋葬了。从悲哀和愤恨的幽暗里生出这么个可怕的狂荡的鬼魅，这一切抓破她的幻想与希望，切断了她的忧患和挂虑，她不悲哀，不怀恨，只是觉得空虚、轻松、安静，过江的目的她忘怀了，她又上了另一个渡船。舟子已经困倦了："这么晚了还过江？"舟子埋怨着，却撑开渡船。

146

她怕他不肯开船，抛了一个雪亮的银圆在船板上，藐视地说："一块钱一渡，要得吧？"舟子笑了，一个忘记疲乏的感恩的笑，拾起钱来装到衣袋里，"要不了这么多钱。"

船摇开了，船头和船尾拨转好了。江上的月是清白的，远处近处，有霏霏的烟雾，烟雾里回雁峰的影子使她记起山峰下桃林里的娘家，她记起桃林里的童年，她记起娘临死时拉着她说的话："这小妮子命不坏，我病不好了也放心她！她婆婆家有好几顷水田，有铺子，人口又少，公婆又不老，过门有吃有喝，不用操心……"这些话在记忆里如小冷箭似的刺在她的身上，皮上起着鸡皮疙瘩。舟子问："停在哪里？"

"眼前是什么地方？"

"王家码头。"

"再撑下去！"她恨王家码头，她恨那一片洗过衣服的沙滩。

船吱吱地在月光下向晚风里的湘江上漂去。两岸的灯火如失了光芒的小星，错落地流闪，飞逝过去。她自己忽然想到一个归宿——死。她命舟子拢岸。

"这不是码头啊！"

"这儿好，停下！"在一元钱的权力下，他顺从地把小船停泊在这参差不平又生着小樟树丛的岸边。她回看长流的江水，她看着回棹的渡船，她要死。小儿清晰的笑脸忽然呈现在月光里，她喃喃地说："好！妈妈不叫江水带走，妈妈要到小宝宝的旁边去。"

她上了岸匆匆地走着，在小巷穿行着。小巷尽头的几棵大芭蕉遮蔽下的小茅屋是女伴阿巧的家，她需要见她一次。她坐在小窗下的土堆上喘了一口气，她累了，小房里没有灯光。她站起来想走近窗子，听听好友的呼吸声。吧嗒！一个东西落在地下，是她的小包袱。她完全忘了它，因为它已经失去重要性，它是个累赘，没用的东西。在儿子和她的未来世界里，视这种东西如地下的破瓦砾、如粪土，可是在这儿却人人为它们卖命。阿巧的家很苦，送给阿巧吧！她叩着良友的门，小门是竹片编成的，不十分紧，因为穷人家是不怕盗贼的啊。开门的是阿巧："大嫂！您？"

"我，是我，我不进去了。"

147

"您夜里怎么出来的?"

"偷着出来的。"

"进来吧!他们找您怎么办呢?这儿也是一个路口啊。"

她们静静地走进屋里。

"大娘呢?"竹娇想起阿巧的娘。

"在对面睡了。"

"我要出远门,有些东西不好带,送给你吧!"

"上哪儿?一个人?大哥也去吗?"

"哦,这些东西没用了,送给你也许有点用。"

"这么一个包袱还不好带?是什么?"

"没什么好的,你留下,我们有更好的不要这些了!"她不肯说出里面是什么东西来,更增加阿巧的不安,她放下包袱就走了。

"再见,阿巧,你是好心人,我喜欢你,你又刚强又能干,将来吃不了亏……"说完头也不回地走了。阿巧莫名其妙地呆看着她异常的举动,没经验的少女纯洁的心里只有莫名其妙。看她走了,很快很快地走了。

小坟头在接连着池边的地上沉睡着,月光更明澈了。水晶的世界绝没有尘世间的俗虑与罪恶,池水是几面照着水和树影的镜子,一个站在生死交界的少妇萎靡地坐在小坟头边,一双苍白的颤抖的手抚摸着半湿润的新土,泪一滴一滴地无声地落在坟上,没有光亮地沁入土里。突然她搂住这小土堆伏在土上呜咽起来。渐渐地哭声小了,她好似睡在那儿,处处是静的。远处的火车无力地唤了一两声,像是呼唤什么,又什么也呼唤不起地、无力地停止了,连一个青蛙也没有唤醒。

月下蜿蜒的小阡陌上狂奔着少女阿巧,她一面跑一面呼叫:"大嫂,大嫂!"没有回声,她觉得发生了什么不幸的事,她呜咽地喊着"大嫂……大嫂……"声音在夜里凄惨地、寂静地飞,飞向田间、水上、树上和远远的铁道上、更远的电线上,但是没有回声。她也跑到了小坟边,夜风吹着竹娇的白衣襟飘动着,阿巧的视线被吸引住。她抽了一口冷气小声沉痛地说:"是她!是她!"她恐怖地两手推着两边的鬓发,张大眼睛看着不动的同伴,她带来的那个小包又掉了

148

下来，落在竹娇伸在地上的脚上。她悠悠地"哎呀！"一声，身子动了一下，这给了阿巧希望与勇气，跪下去拍着竹娇说："大嫂，大嫂这是怎么的呀？"竹娇听了抬起头来，看着她道："你去吧！我在这儿伏着好受。"

"不行，夜凉呢。"

"我什么都不怕，凉点心里痛快。"

"不是那么说，我求你，先上我家去坐坐不好吗？有话慢慢说。"

"……"她摇摇头嘴里动了动，没说什么又把头伏在小坟上。

"你平时多么明白呀！今天怎么拗性了？你在夜里的野地里怕凉不怕凉我不管，可是过了夜，天亮了，家里找到你，可怎么办呢？"

"谁还等到天亮啊！"她伏着脸回答。

"可是到底为什么事儿呀，反正你不是真和我要好，你都不肯和我说实话。"阿巧哭着说。她仍硬心不回答。

"你知道姆妈也老了，我又没兄弟姐妹，平日拿你当亲姐姐似的看待，你既然这么见外，我也想开了，还等天亮哪！还不如我先死了。"她说着站起来要走向池边，竹娇清醒地拉住她："你死不得，你有希望，你不能和我比。"她用力出了一口气又说："我完了，我给人出多少力，结果把我的什么都夺去了，父母，孩子，都死了！"

"小官官死了？就是这个小坟头？"

"死了，就是这个小坟头，埋了我的小宝贝，他们要他死了，他们把他埋在这儿。"

"可是你还年轻呢，大哥也待你好。"

"他？嘿嘿！"轻藐凄厉的声音，似笑又似哭。

"他怎么了？"

"他呀，他也死了。"

"没听人说呀，什么病呢？"

"心病，死了良心的男人！"

"到底是怎么回事？我真急死了。"

"可怜的孩子！你急什么呢？世上就是那么回子事，他不死又怎么样呢？一个男人家，他总是自由的，女人是他的奴隶……"

阿巧又像明白又像糊涂地不知做什么打算，半天她才说："大嫂，你比我大，我又嘴笨，说不出什么来，你的主意还能错吗？咱们在月亮底下走走不行吗？我长这么大还没敢这么大胆地在野地里看月亮，走完了，我回我的家，你打你的主意。"

"这有什么，这个胆子我还有。"说着挽着阿巧站起来开始散步。阿巧走得很快，竹娇也不问，好似在死前要抖擞余力似的，也走得很快。一个失意的半疯狂的少妇，一个清醒热心的姑娘，走，走，越过铁轨，到了一片橘林里，白色的橘花在月下晚风里发散着迷人的香。林里，一所厚木房，阿巧拉紧了竹娇的手臂叩门，半响一个含混的老人声："谁？""我！马伯伯开门哪。"门开了，一个老人衰弱地抬眼蒙眬地问着这两个不速之客。

"是阿巧，什么事？这么晚还出来？"阿巧没来得及回答，竹娇却说："你进去吧！我走了。为什么使劲拉着我？"阿巧不出声用力把她拉进去，随即关好门说："李大嫂家有事，我们要见三姐。"

老人听了哆哆嗦嗦地答应："哦！好……哦……洋火呢？三伢子！起来，找洋火！"屋里左边门开了，一个人举着美孚油的小灯出来不耐烦地说："吵什么？"随声走出来的是一个二十几岁的青年，身材健壮，赤露的手臂上布满蜿蜒的青血管，突出的肌肉呈现着力。他看见阿巧，把灯放在她面前的几上，墙上呈现出挂着的渔网和人影。他问："什么事？"又看见竹娇："啊，李大嫂……"老人却不知什么时候走开了。

"三姐呢？"阿巧羞涩地、焦急地说。

"早醒了。"门里才发出这个声音，马三姑已经扣着衣纽子出来了。"哟？大嫂也来了，坐啊！"她先给竹娇放好一个凳子，又去搬，看见哥哥早给阿巧预备好了一个竹椅子，她撇了撇嘴："西边小道南边拐，人人有个偏心眼。"

阿巧说："讲要紧的啊，三姐，你叫马大哥驾了他自己的船过江找李大哥来，他们吵嘴了。"竹娇听见去找自己的丈夫就急道："不，阿巧！没事，我先走吧！"阿巧按住她的双肩，马大哥从墙上衣钩上挂着的蓝布衫，穿上就往外走。阿巧急急说："路过我家啊，告诉姆妈，我在这儿，不，不要说了，姆妈醒不了。李大哥的铺子在太子码头，晓得吗？"

150

"鬼才不晓得呢。"开了门，在月光下这青年飞驰而去。

太阳才升出地平线，天上充满了玛瑙般的光。湘江的水粼粼地发着瑰丽的光波，无尽无休地流着，沿江而行的铁轨上奔驰着一列南下的客车，不留恋，不退缩，向着目的地前进，任意喷着烟，吐着气，吼叫着，在轨道上自由奔驰着。一个半开车窗的车厢里有一对青年夫妻，疲乏地偎依着，闭着眼坐着。一会儿那青年的妻子醒了，张开眼，定了定神从男人身边移近车窗，晨风吹着她的短发，晨曦慈爱地照抚着她的脸，她看着外面空旷葱绿的田野，看着远方的江水与烟树。

"天亮了，你早就醒了？"青年丈夫也醒了，对妻子说。可是她没回答，仍静静地凝视着远方，窗外风景迅速地倒退着。

"你饿不饿？"他说着从一个小竹筐里拿出几个混糖馒头、两尾甜糟鱼，自己吃着，看看妻子仍没有回答。

"怎么了？还生气？还没忘？你也不怕对不起阿巧和马家兄妹？"他说着咬了一口馒头嚼着。对面椅子上的老头，一个人半躺在一个座位上，枕着包袱，被那青年吵醒了，见他大嚼着，敌对地瞪了他一眼，又无可奈何地闭上眼，抓抓头皮又睡了。

"谁能一辈子没错呢，改了就得！要是心窄想不开，可白找别扭。切！再说，你得明白，要是你天天守着我，我也不能学坏啊！你瞧着吧！日久见人心。我这话要不是从心里说出来的，叫火车轧死我。"他已停止了吃东西，焦急诚恳地等着她的回答，她回过头来看了他一下说："吃吧！馒头还堵不住嘴。"

"你不吃，我也不吃，趁早扔了它！"说着卷卷包食物的菜叶和纸包就要往窗外扔。

"你敢？那是阿巧送给我的。"她说着去夺那个包儿，被他握住了手，他抚摸着那长入肌肤的银戒指，长叹了一口气。

轻　烟

　　"多谢，多谢，就那么办吧，明早七点我用车送你们去车站……令妹也一起走？好极了……再见。"父亲挂上电话很高兴地吸了一口雪茄，我合上才看完的小说集，看见父亲高兴的样子不觉有点伤心。明天我就要离开家到北京去读书，满心的离别情绪，见人家高兴就感到加倍的忧郁，我不觉愤愤地问父亲："爹！您给谁打电话，那么高兴？"

　　"给王洪友——你王老伯的儿子，他在北京念书多年了，地方、人情都很熟，你初次离家，我不放心，托他一路照看你，到北京你也有一个熟人，而且他妹妹也去北京。"父亲说到这里停了一下，高兴的脸上蒙了一层凄凉的神色，接着叹口气说："你虽然已经十七岁了，可是从来没离过家，从小身体又不好，你妈性情敦厚，你弟弟、妹妹又多，对你不免马虎一点，所以我对你特别操心。你这次走，对我是一件大事。昨天在行里偶然和你王老伯谈起，才知道洪友也要走，我想这真是一个好机会。"父亲说着又深深吸了一口雪茄，慢慢地坐在沙发里看着窗外出神。

　　我把书放在小几上站起来掠掠额前的头发，擦擦疲乏的眼睛，懒懒地说："最烦和生男人应酬，这么远的路，可怎么过去呢？女孩子就不是人吗？为什么必得人家照看呢？您太小看人了！"

　　"又说傻话了，因为你初次离家，到外面人地两生，需要人帮助的地方太多，并不是我小看女孩子。洪友是一个老实孩子，绝不会使你厌烦的。"父亲慈爱地说着，接着笑了。我见父亲为我设想得这么周到，方才的不高兴早化为乌有，可是一种莫名的悲哀又从心头涌起到每一个感官，泪一滴一滴地落下来。父亲看我这样，怜恤地

152

说："青儿，你看，窗外的树上那红的是什么？"

"海棠果。"我淡淡地说，用手帕拭着眼泪。

"你看天上那块云，有点像羊是不是？海边一定很凉快了，你不是说出门以前要到海边好好玩一通吗？去吧，回来吃晚饭，我已经告诉他们晚上添了几样你爱吃的菜，去到海边玩一会儿去，拿着伞。"父亲说着站起来，不安地看着我。我听了父亲的话更哭起来，索性坐下呜呜地哭起来。父亲静静地等着我哭得没什么委屈存留在心里的时候说："青儿，起来到海边散步去，在树林里散步也可以，做一个勇敢的青年。你平常不是不喜欢看女孩子哭吗？你知道男孩子是不轻易掉泪的。"

我听了这话，立刻擦净了眼泪，掠掠头发说："爹，我走了，你们等我回来吃饭啊！"我说着走出房门来。

"带着伞哪！热气还没减少。"

"不，我嫌麻烦。"说完我头也不回地往外走。因为心里并没完全除净了委屈，假如再不快出门，也许有很多机会让我哭呢。

出来的目的地是海边，可是就要离开了，我真不敢见它，它同样会引起我的悲伤，所以我从小路上走到一片梧桐林里。静静的幽林，两排不是十分大的桐树，夹着一条湿润弯曲的黄土路，我一个人慢慢地走着。林尽头的天上已经布满红的晚霞，海波瑰丽的光也不时射入林里。大的碧绿的桐叶装饰得那小天地有说不出的精巧和美丽，这些熟悉的小天地只有这么一个黄昏的欣赏机会。明天的这时候就要在一个生疏的地方和一些生疏的人开始一段生疏的生活了。我正预备再次流泪时，忽然从夕阳的余晖里走来两条一样高的狼狗，东嗅嗅西看看，它们头上都有精致的皮圈和一条链子。牵着它们的是一个高身材的青年，他的头发在海风里飘动着，他的身影清晰地映在天海交辉的红光里。他并未立刻走进林子，任那两条狗向前拉；他对着这时的天然美景出神，不过他的目的地却也是这小林。他终于走近了。

我因为是一个人走着，颇觉窘迫，又遇见这引人注意的生人，真有点恐慌起来。假如我是水之仙女，假如这儿有一个莲花池，我一定藏在水里，从莲叶的后面仔细看这生人的面孔，可是我不能，我是人间少女，只有迅速地和他走着相反的路，而且希望他赶紧离开这里，我好任意地吸口气或小声哼着歌曲，但是他并不走，也没有拘束的意思，因为他拉着狗竟倚在树干上，大声地唱起歌来。唱得很动人，可是我却有一点气愤，因为他好像并没理会我的存在，居然毫不拘束地唱起来，他显然看出我的惶恐，故意对我示威！我对他自然也不能示弱，假装徘徊，故意转身向他走去，看他究竟是怎样的一个人物。走近了，他看着林尽头的天，唱着，仍然不理会我的存在。这倒是个机会，我看见他并不是讨厌的人，棕色的脸上有着令人难以描述的超然神色。可恨他的两条狗却误会地奔向我，他才从自己的幻境中醒来，看见我惊吓的样子说："对不起，我的狗不会伤害您的。"他一面把狗链子拉得短短的，把一节节的铁链缠在手臂上。

"没什么。"我说完匆匆地走开，想着这人好像在哪儿见过，可是究竟在哪儿见过，一时也想不起来。忽然想起一家人等我吃晚饭的事来，才从小路上一口气跑回了家。

早晨到了，一夜没得安眠，眼睛胀得难受，在客厅里坐着看着收拾好的行李出神，父亲从院里走进来并没说什么，只是在早晨的寂静中等待着骤然的离别。

汽车停在一个静雅的住宅外面，这房子面对着海，晨光照着闪闪的海波，海风吹着房前的杨树。父亲说："这是你王老伯的家……"话没说完，许多人拥着一个青年和一个少女走出来，后面跟着两条狗，从低低的车窗外我看见那两条狗——昨天幽林中的狗，使我立刻知道所谓王老伯的儿子就是昨天树林里那个唱歌的青年，因时间匆促大家没让我下车，那个青年却坐在车夫的旁边，那个少女坐在我和父亲中间，她便是那青年的妹妹——一个活泼可爱的姑娘。我俩都是初次离家远行，所以加倍亲切。汽车驶向火车站，一路上她和我笑谈着，于是立刻熟悉起来。可惜我们虽然都去北京，所投入的却不是一个学校，真是无可奈何的事。

火车开行前父亲和那个青年谈着高兴而有趣的事，引得那少女不停地笑着。车终于开了，父亲脸上慈祥地笑着，可是那笑里藏着忧虑，一面向那兄妹说着"再见"一面又叮嘱我："到学校就给我

154

来电报，小心身体……"车不等人说完话就走快了，我忍着泪向渐离渐远的父亲挥手告别，直到彼此看不见的时候才停止。

车厢里人还不多，那青年仍没减少对我的惊讶，那个少女告诉我她哥哥昨天遇见我的事，我只得对他们微笑。青年说："老伯和家父是好朋友，可是我们倒没机会见面，昨天我那两条狗使您受惊了吧？"

"没有，我倒不讨厌狗。"我一时想不出什么来说，只得这么回答他，当我说"我倒不讨厌狗"时他好像很喜欢。可是他妹妹说："我最不喜欢狗，狗也不喜欢我，他的狗把我的猫吓跑了呢，他从来不向我道歉。"说着，大家都笑了。我们用闲谈、假寐、看书……消磨这不算短的旅程。一天一夜的车上生活过去了，到了生疏的北京。我总忘不了他对我的热心帮助，一切取行李、打电报都是他代办的。

一个新生活的开始是忧喜各半的，宿舍的同伴都那么和气，使我除了想家以外没有一点痛苦，最希望的是星期六，在那天可以和王氏兄妹见面，谈谈我们熟悉的海、我们的树林、我们的家……

渐渐地，乡愁随着天气冷了下去，我对新环境有了浓郁的情感，也和王氏兄妹早成了老朋友，他直呼着我的名字，我也不叫他王先生了。他时常拿出大人的神气对付我，我们有过直爽的辩论，有过认真的争执，可是彼此心中绝没有怀恨的痕迹。

有一次，他参加了一个歌咏音乐会，我和许多同学都去赴会，他担任一个独唱节目，在柔雅的灯光里唱着动人的歌曲，一声声如电一般地打动每一个听众的心。全场那么安静，我坐在前排，觉得他唱的时候总看我；我觉得他不是王大哥了，而是什么故事的主角。他的歌声拨动我的心灵，我低头静静地听着，我不敢抬头，我的手帕却被泪浸湿了，为什么哭呢？什么时候开始哭的，我都不知道，而且也弄不明白，这对我来说很神秘！

音乐会散场了，学校虽未关大门，可是宿舍的铁栅栏却无情地被锁住了，怎么办呢？犯校规、记过，倒不着急，今晚上到哪儿睡成了重要问题。结果一个淘气的同学教给我们从栅栏缝里钻过去。

"那么窄的缝子能钻进人去？"一个同学说着急得快要哭了。

"你看，只要能钻过头去，身子是不会留在外边的。"那个淘气的同学说着熟悉地爬上栅栏，先钻头后进身子，一、二、三，早进到宿舍的院里面。大家在急难中也一个一个地学着钻进去，幸喜没人看见。

"喂！几点了？"到卧室以后，我小声问我的同屋。

"我的表针在音乐会上鼓掌时震掉了。"她小声连说带笑地告诉我。我不由得笑着问她："哪一个节目值得你这么鼓掌？"

"就是那个独唱，她们说他是你的朋友呢！我想这次音乐会不知道要震坏多少手表呢？"她说着和衣上床去了。我勉强辩道："我的朋友？谁说的？我可不配。"但是我的心却轻轻地跳着。

第二天早早起来，天气已经凉森森的，我拿了信纸、信封跑到一个小课室去写信。我大胆地夸赞着他的歌咏天才和我的爱慕，却怯懦地签了一个假名字，我的内心交战了一整天，在晚饭后才把那封信投寄了。

星期六又到了，我真怕见他呀。可他却接我到景山去玩。我感到惶恐、幸福、安慰，却故意说："妹妹怎么没来？我不喜欢景山，又没水，又没花的，孤零零的几个亭子，有什么趣？"说完了偷偷观察他的神气，他真因为这句话失望了。他叹道："你又哪里知道景山的好处呢？既然你不喜欢，我就自己去吧！"他说着就走。我一时没有巧妙的法子来给自己找退步，急得险些落下泪来。他转念一想明白我的意思了，笑着说："走吧！在景山最高处能俯视北京全景呢。"我们无言地走出校门，许多同学在后面小声批评着，笑着，指点着。

在景山上，我们伫立着看深秋里的北京，伟大的图案哪！红的、黄的经霜的树、绿的常青树、金碧的宫室、灰的民舍、白的浮屠……近处的御河、远处的城楼，孕育着千万生灵的北京啊！我高兴里含着辛酸，我感到造化之伟大和自己之渺小。我叫他："洪友！你看风烟笼罩着的北京多美呀。"他并没回答我，只是倚着亭柱看着我，倒使我手足无措起来。我呆立着，彼此又有片时的沉默。他说："青，有一件奇怪的事求你替我研究一下！"我们坐在石级上，他郑重地拿出一封信来，可了不得！就是我写的那封信。他说："你看，这信写得太好了，只可惜不是真姓名，通信处却是你们学校，我想你一定认识她，我也不用回信了，你带信给她，就说我很佩服她的文才，只要她坦白些，肯告诉我真姓名，我们当然可以做朋友的。"我为了避免嫌疑，装着仔细看那信。可笑，自己看自己写给人家的信。

洪友先生：

美丽的秋夜，幸运领我去赴××音乐会，我是多么爱音乐呀！及至听到先生的独唱，才使我醒悟到以前所喜爱的音乐只是感官上的优美，先生的歌声却使我的灵魂都受到音乐的洗礼了。

当我见到许多人围绕着叫你签名时，我就悄悄离开会场，预备在清晨第一线曙光里写我钦美的表白。我是多么需要先生赐我一个友谊的回音哪，我不奢望着会谈，我不苛求着社交的往还，只希望我们精神的友谊联系到永远永远。

祝福我的阿波罗
愉快

田多丽
×月×日

我看完信轻轻叹了口气，接着说："你为什么不回信呢，岂不负人美意？"他见我说这话倒使他迷茫了："我还以为是……你真不知道这人是谁吗？也不必研究了，我们还是快快乐乐地在这清爽的高山上多谈谈吧。只要不是你写的信，没有回信的必要。世事总是'事与愿违'，越希望的越不来，不希望的反倒劈空而来。"我知道他的意思，我虽没回答，但是心里有说不出的喜悦。

我和他的双重友谊顺利地进展着，我已用"田多丽"的签名给他写了十几封信，他也回复了我不少信，我已得到那清泉似的友情了，可是另一方面在"会谈"时他热诚的表示我却没敢接受。天哪！多么奇怪的矛盾心理呀，以致使他在给"田多丽"的信上抒写着繁多的情爱和哀愁。有一封信这样写着：

157

多丽，多丽！

　　你也如明月之远在高空吗？我也许会做一个海中捞月的傻子啊，假如你真对我如你信上所说的那么爱慕，又何惜赐我一次短促的会谈呢？多丽，你说音乐是"至上的神秘"，可是我以为少女的心情才是"真正的神秘"呢。

　　你按《梦》*Trämuerei*① 的曲调填的歌词，我正在练习着，预备在圣诞节的音乐会中，努力在千百个听众前唱出。但一想到"听众中哪一个是多才的多丽"时，心中则又悠悠万般惆怅起来。多丽！勇敢些，赐我一个机会"一瞻风采"啊！

洪友

　　圣诞节的庆祝音乐会使我感到无上的欣慰与荣耀，他真在众人面前唱着我作的歌词，德国作曲家舒曼的《梦》的原曲是多么优美、婉约、动人哪！他穿着黑色的礼服，在紫色的丝绒天幕前、幽静的灯光里站着，他手里那折了又展开的歌词纸片，呀，那纸片，就是我寄给他的歌词。前奏过了之后他放开喉咙唱着。每一个音符好像清泉的珠泡，又像明月的银光，更如轻烟般的梦，重重地在我上下左右缠绕。我内心有一句要炸裂而出的话："我便是'田多丽'，我也是'方青'，'方青'爱你。"但是终于忍住，忍得头痛起来。

　　两年的光阴很快就过去了，我俩的友谊仍是双重地进行着。但是他对于"田多丽"的好奇心减少了，对于"方青"的友谊又返回手足之爱。

　　我很幸运地在家里过着暑假生活，时常和他到海边去玩，或在小树林里散步，他的两条狗也和我熟悉起来，他的弟弟、妹妹也喜欢和我一起玩。多少沙滩上的追逐啊，多少月下的合唱啊，他真把

_____

　　① 此处指德国作曲家罗伯特·舒曼所作的十三首《童年情景》中的第七首《梦之幻》。

我当作自己的妹妹了。有一天，他居然坦白地说："田多丽真奇怪，一到假期就不给我寄信了。我真感到寂寞，青！你们女孩子的感情为什么这么神秘莫测呢？"我只好对他笑笑，玩笑地说："你毕业了，要成家立业啦！娶了王大嫂就不寂寞了。"我想他一定会追着打我，或者把我抛在海水里，因为他力气很大，跑得又快，曾那么对我和弟弟、妹妹开玩笑，所以我没说完就站起来跑了。可是奇怪，他没站起来，反倒招手说："谁告诉你的？一定是我妹妹，因为她要约你和她一起做伴娘呢。不过这婚姻不是我自己订的，是由父亲代办的。我一向是反对的，我很希望和一个心爱的伴侣过一生，父母代办的婚姻到自立的年龄就自动解除它。可是两年以来，知道世界上并没有真爱我的女子，所以我觉悟了：婚姻的事说重要也很重要，说不重要呢，也算不了一回事。别的事业有多少比婚姻还重要哪，何必因为婚姻伤父母的心呢？所以下月的婚期，我也没什么可否的。青，你赏脸替我们做伴娘吧！也许家父还要请老伯、请你的帮助呢。假如你肯赏光，我们的婚礼才会幸福快乐的。"我听了他的话，呆立在海风里。心里经过大力的震荡反觉得空洞、安静、理智起来。虽然知道面前摆的是一杯苦酒，但是还要拿起杯子来饮。我很自然而诚恳地答应了他的要求。我也莫名其妙当时何以那么慷慨，没有眼泪，没有叹息，静静地完成了一个小而短的故事。

当我穿上白色云片纱的长衣时，我立刻想起在学校演戏时的情形。我如一个临登台的演员似的化着妆，把头发左三卷右一卷地垂在肩上，当我把银叶做的白玫瑰插在发际时，发现自己的睫毛上挂着泪珠，我机械地装扮着自己，除了镜子里的动作与形态以外，什么也想不明白。四周是空洞的，心里也是空洞的。

他们的婚礼全部进行完，大家张罗入席的时候，我觉得心里好像卸了一副重担似的轻松得很，轻得好像地心都失去引力，我的衣服、鞋子好像化成轻烟飞去，使我的身体接触不到它们。尤其是头发，从发根上起了一阵凉风，头皮、颈项感到异样的清凉，眼里的男女客人也笑嘻嘻地头向下脚朝上，喜对子、鲜花篮都上下颠倒了，忽地眼前一亮，礼堂中陈设的贺礼——阿波罗的石像变大了，他拿着竖琴的手向我击来，于是眼前一片金星，又一片黑，耳边则是一片急躁而短促的惊呼声……以后我就不知道了，是一种我既不能招呼人，别人也不能支配我的奇妙瞬间。

自从经过这次昏晕之后，对于个人的死生祸福看得更加平淡，对于他人的安危反倒认真地挂念起来。我很少出门，自己除了默想和看书以外，就是伴着父母兄弟姐妹谈话。父亲是最体恤我、最恩待我的人，所以有一天他老人家诚恳地对我说："你应当换换环境啦，有一个机会倒可以使你到外洋去旅行一次。"

"爹！是真的吗？不管大国小国，我都愿意去。即或是国内也好，暂时叫我离开这里，出去读书也好，做事也好，我想多得到些人生经验，可以忘了自己，也可以学到些本领，来帮助比我更痛苦的人。"

"我们的公会最近组织了一个经济考察团，五天之内就要起程到欧洲去。我马上打发人给你去办护照。可是，你的精神和健康受得了吗？"

"您放心，完全好了。您知道那天太热了，不然我向来不会晕倒的。"我说着，努力地笑着。可是父亲摇摇头说："犟嘴的孩子！人太刚强、任性，终究是要吃亏的。"

很多日子不见月光了，庭院里，月光下，花树的影子静静地摇曳着，我明晨又要开始一个较远的行程。我要一个人和我的小天地、小家园告别。我希望带走的是悲哀，带回的是快乐。忽然，客厅的门打开，一个修长的人和父亲走出来。是洪友！！我立刻藏在丁香丛后面。

"老伯！你不能放她一个人走，她的意思我明白了，那天她在晕倒的时候尖锐地叫了一声'阿波罗'。她从先信中称过我'阿波罗'，可是信总用假名。她行为很特别，我一向猜疑那些信是她写的，可是在谈话中她却从未有过一次感情流露！我太愚笨了，不能明了她，我悔恨！！我结婚那天晚上就病了。今天我来和您谈谈，老伯，我明天就离婚，和青一起出国读书。老伯您千万告诉她，叫她等我，千万等我，我一个人足可以在路上照应她，和那次上北京一样。"他说话的时候声音急促而略带微弱。我倒很冷静地听着父亲的回答："洪友！你们的感情怎样我是一点不清楚的，不过我也相信她

160

是始终佩服你的，你对她也有相当的友谊。她这次走是短期的。你也不应当把婚姻看得太轻忽，结婚没几天又闹离婚，对于新娘岂不是断送人家一生的幸福？话虽这么说，我也不愿有丝毫专制的成分。你等我招呼她来商议。"

我忽然颤抖起来，额角流着冷汗。天哪！这么大的试探，我能胜过吗？我听父亲叫我："青儿，青儿。"我在树丛后面开始内心交战。我是应当女英雄似的跳出去痛快淋漓地责之以大义劝止他的感情用事呢，还是爱娇地依在他的手臂里求父亲应允我们诗意地出走呢？感谢上帝！我终于胜过这个试探。当父亲又叫"青儿"的时候，我远远隐藏着形体，扬着语声道："爹，我在这儿哪！您先别叫我吧，我的订婚戒指掉在草地里找不到了。我明天还要戴着出门，真是！还没找着。您不要叫我吧，我要仔细找找。"求上帝恕我凄楚的谎言吧！我要成全另一个女人的幸福啊。唉！女人，女人的痛苦太多，而幸福太少。我宁可做一个幸福的成全者！我的话当时效力很大，在树的枝叶间见他拿着帽子走了，音韵不谐地说着："伯父，再见……等有工夫……再来。"他匆匆地走在小径上，有如赴敌的战士。别了！我们别了，没有眼泪，没有缠绵的悲伤。只见父亲在月下徘徊着，一声叹息——为儿女而衰老的叹息——我将为此而努力做人！

当我从丁香丛里走出时，腿却麻木了，站在那儿，任晚风吹着我的头发、我的衣襟，任晚风吹拢浮云蔽起月光。我听见初秋第一声蟋蟀的鸣叫。

山　洪

　　每当妻回娘家去的时候，大壮总加倍地感到安逸与愉快，绝没有一般丈夫离开妻子后所感到的寂寞和空虚。昨天妻又回娘家去了，他在那宽大的砖炕上香甜地睡着，见不到发胖的女子与愚蠢的酣睡声，连落了一夜的雨都没有听到，一直到黎明。

　　他醒来轻松地伸了一个懒腰，跳下炕来在铜盆内噗噗地洗了头、脸与手臂。房门开了，山间的晨光与空气随着一阵愉快的小风涌入室内，他遂在这时走出。呈现在他眼前的是山和树的全景。这山在远处看来是蓝色的，比晴天的蓝要深一些，但是在山脚下看却令人不敢仰视。一重重摩天的苍翠石峰，石壁上散发着一阵阵又绿又白的光和气，使你感到自己渺小、惧怕，心中的隐秘都随着那阵阵的绿光、白气冒出似的，自己就觉得空虚渺茫了。还好，大壮是住在他的果园中，果树下面已经阻挡住山的圣伟。这果园里主要是苹果树，在短墙下有千百棵紫玫瑰丛，夹杂着杏树。苹果树被围在核心。不管春夏秋冬，这园子都能给他喜悦、给他希望，他是这儿的王。这是雨后的夏晨，园内除了幸福的光与色以外，再没有别的。

　　他的房子和别的邻家一样是用青石板盖成的，院子即是那广大的果园，行列齐整的果树，从山根下依次而上，和邻园以石砌短墙分界。这是个山村，名条子玉，居民数百户，皆以养果园为业。他们靠着天然的恩赐，快乐地生活着。

　　一地被雨打落的半熟苹果，他迅速地都拾在一个大竹篮内，预备赶集时小价卖出。妻在家时，常常帮他拾那落了的果子、拿树上的虫子，但她总是迟缓，几乎不是帮他而是阻碍他的进行。也难怪，妻是三十多岁的人了，她是在劳苦生活中度过半生的女人，多半已失去了青春的敏捷，脸是显然地衰老，比起丈夫的年轻、健康、敏捷来，真是不相称的配偶。她在十八岁那年秋天嫁到他家，他才十二岁，这也是他多少有些敬畏她的原因。他总忘不了她穿着新衣帮助母亲劳作的印象。父母相继逝去，他同妻过着日子，他对她虽无深厚的爱情，但是尚能维持着平静的生活。

但他的心情最近却有了变化，再也平静不下来，有一个大眼睛、小嘴、棕色皮肤的姑娘的影子，闪在他的心灵深处。姑娘是村中一个教书先生的遗孤，她有一个 Rip Van Winkle①似的哥哥——废物、怕老婆，但有一颗好男儿的心；她还有一个出色的嫂子——厉害、风骚。村中每一个三十岁左右的男子都有挑逗她的意念，而不敢有挑逗她的决心。她绰号叫"小花牛"，不知是谁送给她的，也不知是什么用意。总之，这村中因了生活的丰足，很有闲情给邻居们起一些绰号，用来彼此呼唤、嘲笑或冲突时互相谩骂。

姑娘名叫云子，而大家时时给她加上一个"黑"字。黑云子初次被大壮发现，是今年四月紫玫瑰开遍花丛的时候，果园的短墙下，成了世上最芳香、最美丽的地方。他招来五六个女孩子，帮助妻剪花朵，晒干后卖给城内的点心铺或茶店。云子也来做工，她工作得那么勤奋，爱说笑话，大壮那时才知道女人的可爱。他要追求，他增加了活力，他觉得这种心情并无碍于妻的存在。

他凭着短墙看山顶上的积雨错综流下，在晨光照耀中，整个山上披了一张伟大的银网。奇美的景，使他单纯地爱慕着，与他的意念合成一片。多么突然，那动心的笑声惊觉了他。墙外站着云子姑娘。他茫然无语地注视她，她却笑着说："大壮哥，"——村中普遍称呼——"起得早啊，大嫂呢？"

"回娘家了，你……上哪儿去？"他说着，心跳着。

她又笑了说："上山洗衣服去。"说着指着竹篮内的衣服，说完转身走了。黑长的辫发有情致地摆动着，更显得她身材绰约。

大壮若有所失地望着渐远的身影，听着山水的鸣声，他敏锐地恐惧着水里会跳出怪物来吃了她，也许会贪婪地抱走她。他本能地

---

① 美国作家华盛顿·欧文的短篇小说《瑞普·凡·温克》里的人物。

跳出短墙，连房门都未及锁，丢下一园果树追踪在她后边。小沙石被雨水洗得清洁而松散，每个足迹存下一汪水，沙沙地悦耳地山行。他一直追至山沟。这儿有从山顶流下的水冲击的一个曲折的山沟，沟的两旁有松、酸枣及山竹花，还有些不知名的小树丛与蔓生植物，也有一两只野兔及狐的洞。这山是安全的，没有毒蛇，也没有猛兽，狼是有的，不过要夜间才出来。

昨夜下了雨，山水的鸣声近于吼叫了。她虽然生于山村中，对这天然的威胁却不免震惊。她回顾来路，意外地瞥见他，不知何故，心中起了初次的波动。她并没笑，也没说话，默然放下竹篮坐在一个小野花围绕着的石坡上，一件一件地洗着衣服。他呆立在数步以外，看着晨光笼罩着伟大的山坡，青翠的一片片的植物，以及她操作着的姿态。她并未回头，一直在洗。

草上已平晒着各色衣服，她的心跳得厉害，几乎要从口中跳出来。一个失神，急流抢去她洗着的被单。她拉不回来，水的力量真大，由山顶流下的水冲着宽大的布，绝不是少女的力气所能拉回来的，她不顾及地呼叫："哎呀！我的被单。"他好似已准备好了的，一下纵入水中。那被单好像一条发怒的大鱼一直往下冲，他也像古英雄似的终于捉着它——那个少女失落的被单。

他拉着被单走上山坡交给她。她已为他入水的雄姿所迷惑。接着被单，沉静着，他发觉了她的秘密，笑了，她才清醒地、羞涩地说："谢谢！"他注视着她闪光的眼，眼中闪着初恋的火花，是初恋，他并未恋过自己的妻。

在归途，他们并肩踏着沙石，踏着小草，在短垣边分了手，默默地，她提着盛衣的竹篮。

已经到了六月十三日，在山村这是一个小节令，他们用发酵的白面做成各种包子，分赠给邻居与工伙。

夕阳已不再停留了。山谷中整个紫微微的，水池子也是平滑的丁香色。大壮吃完了邻人送来的包子，独自看着丰满的果树，满足地笑了，接着又若有所失地叹了一口气。在垣外，又看到那秀美的脸，一圈微紫的光辉镶着她小巧的头。

她笑了："大壮，给我开开栅栏门。"

"得啦，开什么门哪。"他说着，一下把她提入墙垣内。她手里拿着一个大荷叶包。

"你吃吧！"她展开荷叶露出十几个精巧的包子，这样说。

"谁做的？"

"我。"于是他高兴地拉她坐到一棵苹果树下，一个一个地吃着。

"真好！"那么满足，有着婴儿吸着母乳时的笑意。

她说："慢点吃，看你要噎着了。"

他笑着，摇着头，她又问："你吃了半天，是什么馅儿？"

"我到底没尝出来，我真爱吃。"他笑着说。

"连馅儿都没尝出来，真是饭桶。"她有意地挑逗他。他已吃完了，但仍有一个未满足的需求，于是丢下大叶子，拉着她说："饭桶？你是饭桶的什么？"

她笑着抽着手说："你管得着我吗？爱是什么就是什么。"

"你是饭桶的……"他说着踌躇了，但接着又不顾忌地说，"你是饭桶的……饭桶的命！"

夜色已加重在大地上。在这果园，月还未升起，这一对热恋的青年沉醉在黄昏的幽暗中。

树的枝叶间射入月的银光，她懒懒地站起，转身向着月光。多么神秘的眼哪！有着快慰、怀疑与恐惧的光。厚长的睫毛不就是神秘泉水畔微风吹着的丰草吗？她突然倒在他身上，哭了起来。他爱抚着她，妻冷然的脸突然在他清醒的头脑里映出，呀！多么错的一件事啊！大的汗珠同时布满他的面、他的头。不过一个闪电的思维又使他静了起来："并不爱妻，爱这可爱的姑娘有什么不是呢？"他重新抱紧了她，可是她哭得更厉害了。他的泪也止不住潸然而下。她的头抬起来注视了他一下，颤声说："以后我们还能见面吗？"

"怎么不能？"

她又问："她回来，我们还能这么好吗？"他开始茫然了，她又说："哥哥已经骂了我一次。他和嫂子说：'那么大个丫头满街跑，好些个人说她和大壮好，你一天管干什么，就知道打扮……'嫂子还好，急替我辩：'你瞎？你看不见她天天给人家洗衣服，帮助家用？我们俩谁也没白吃你的饭！有眼珠先瞧瞧你自己，整天在外边闲逛荡，还有嘴说人哪？找什么毛病！瞧着我不好，有本事休了我……'哥哥才不敢言语了。以后日子长了，可怎么好？"

　　单纯、热情的大壮从未知道什么是困难，虽然受过工作的劳累，但没有什么解决不了的问题。现在云子哭在他的怀里，他居然不敢说："你住在我家，妻来了，叫她走。"他不敢说。他怕的不是妻，也不是岳父，是一种自己也不知道的东西，如火焰，又如洪水冲着他的内心，焚烧着他的灵魂，那么轰、轰、轰……的。但他仍是个英雄，忽然脱口说出："云子！起来，我告诉你，在凤凰嘴我爹留下的一处葡萄园里，有几十架'无籽露'。看园的是一对老夫妻，张大妈和张老爹，你可以和他们去同住，我嘱咐他们照顾你，我可以时时去看你，没有人阻止我……"

　　她为幸福的幻象所吸引，张嘴笑了，"凤凰嘴？那么远，人那么少……"

　　"真的，远，谁也不上那儿去。"

　　"不过我要问嫂子，她答应了，我就走，她懂的事多。"她说。随即站起来又说："我回去吧，太晚了，哥哥又要唠叨。"她越过短垣，踏着沙沙的山路，带着愉快的心归去。

　　妻回来第三天，大壮在"上果市"的谎言庇护下，担着果子直奔向山的更高处，顺着山沟的边缘走上凤凰嘴。

　　这是一个山水发源处，有一个相当壮观的瀑布，左边是大壮的葡萄园，右边是一个尼庵"断水庵"，这是葡萄园的唯一邻居。园门外卧着一个小熊似的大黑狗，摇着尾欢迎它的主人。不整齐的墙高高低低地围着几十架青翠的葡萄树，有的已经结着晶紫色的颗粒，有的依然是翠绿的酸葡萄。高耸的小屋建在一个平大的磐石上。云子早已看见他从山下上来，但迎接出去的是年老而精神尚好的张大妈。大妈开了栅栏门："大壮来了。你媳妇好？怎还担着果子？"

　　大壮说："要赶集去。"说着走进园内，又问："老爹呢？"

　　"出去遛食儿去啦。"

　　"老啦，出门去要小心走，石头多，跌着可不是玩的。"他一面应付着老人，一面走向屋子。老太太忽然想起一件事说："真是，我这记性不强，那云子是你亲戚吗？她太好了，待我们可好着哪！可比儿媳妇还孝顺。"但说完了，又觉得失了嘴，衰老的眼审视着对方的面色，看他并没怪她，于是话又来了，"来了五六天，就没用我做饭，连打水都要自己去。可是你老爹不肯，说她年轻轻的失爹少娘的，在亲戚家别太糟蹋着。"

房门开着，云子在张大妈的语声中笑着迎出来。他心跳得厉害，他见她似乎有了改变，不那么活泼，只是更美了。头发整洁地梳着，光亮得动人，映着明眸皓齿。大妈上院内土窖上去烧水，两个年轻人跃进屋里，他笑了说："这儿好吗？"

"好，你能常来吗？"

"能！"她已走近，他抱起自己选择的新娘，放她坐在炕上，又说："我担来好些米，上面盖着果子。"

"你呀！真能扯谎。"她又说，"他们两个老人家待我真好，我把死去的爹娘都忘了……不过有一样，山水声太大，夜里听着真怕人，像天崩地裂的声音，有时像怪物叫，有时像狂风，我怕得夜里睡不好。可是，他们睡得总是那么香。你要在这儿也许我就不怕了，你能吗？"

"怎么不能？我已找好了人替我照看两天园子，她也找了人做伴，我说赶完集在姑姑家住些日子呢。"他双手拍胸说。

"啊！"是感谢与喜悦的显示，她又说，"姑姑家，这就是姑姑家了。"二人相视一笑，是幸福的开端，还是悲哀的种子呢？

多星的夜，他俩站在瀑布左畔。

她说："走吧！上园子里去，你听这水声多吓人哪。"

"再等一会儿。"

"为什么呢？我真怕。"她几乎哭了出来。

他仍拉着她，郑重地说："云子，不许说怕，我们不许怕，别学那些娇小姐，一来就怕。怕，怕什么？我要你练着胆子，将来我们要永久住在这儿。"她伏在他怀里点头，仍存留一些怕在心中，他昂然立于月色笼罩的山中犹如一个英勇的巨人，接着教训似的说："我十三岁死了父亲，十六岁死了母亲，虽然有姑姑、舅舅帮助我，但二十岁以后，自己照料着两个园子，没人敢欺负我，我也不欺负人，我也不知道什么是怕。你是好姑娘，你要学我，以后秋天、冬天北

167

风起的时候，水声更大、更怪，你也要大起胆子往下走。"

"我知道了。"她说完无理由地哭起来，他也不加劝止，哭得差不多时，她抬起头看看他的脸、看看天，好像惊怕已完全随了泪从心中抽出去了。

秋天是山村中的黄金季节，熟收的果子贩往各地。几乎家家住着收买果子的异地客人，每日吃着丰美的饭，妇人、小孩子穿着整齐的衣服，每日有各村赶来卖零食的小贩在门前叫卖，夜间还有一个村民合办的影戏台。外村的人都背了椅子、凳子，有提着灯的，有领着小孩子的，聚拢在台前。在太阳完全落下去的时候，影戏开场前的号召乐便急促地响奏起来，许多人连晚饭都没吃完——嘴里含着饭一面跑一面嚼着的孩子、匆匆修饰后满面涂着怪粉的妇女……潮水似的从每一个门口涌出。照例地，吉祥短剧已演过，一个手比身子还大的丑角出现在影幕上，于是各种笑声响起，这原始的内心的愉快，是劳苦终年后休息时得了安慰的真笑，演员借用丑角的滑稽动作说出浅陋而可笑的话，而这些话又都是些在村中实用的警话与戒条："别偷人家的葡萄吧！"

"有个人晚上出去偷了人家一嘟噜葡萄，回到家一看找不到老婆了，老婆在他出门后叫人家偷走了。"于是一阵笑。

丑角过后，正戏开始，也如城市里戏园中惯见的现象，村中又走出一批有身份或自命会看影戏的人物来。其中有个男人提着一个白纸红"福"字的四方灯笼，肩上扛着一条双人凳子，后面跟着一个俏皮小媳妇，丰满不失苗条的身材，适体的布衣服，轻盈的步子，渐渐地引起一部分人的注意，骚动了："小花牛一个人和男人来了，黑俏云子怎么没来了？""跑了！""跟谁？""跟野男人。""果子客？""说不清。"

那少妇已坐在凳上，旁边有一棵小树。这小树是这广场上唯一的植物，她用来自障，也许用来标奇，贼尖的目光由各处向她射来，使她的男人生了气："他妈的，没一个好人，回去！"

命令只管发，但女人只淡淡地说："要钱，这儿有，别找毛病！"她漫不经心地交给他一些钱，他奉若珍宝地一直走向那挂着玻璃灯的烤猪肉小摊前。

一般人对这少妇的注意渐转向影戏台。这时一个年轻人在她左面徘徊。

她严肃而低声地叫："过来，大壮哥！"

他转过来又听她说："我妹妹现在怎么样？"她的声音低小，但他都能明白，他回答："很好！"她叹了一口气说："好，那我也可以放心了。她自幼虽然没有爹妈，但没受过委屈，又能干，又要强……我喜欢她……"接着又说，"我已把她的衣服包好了一个包，等她哥哥赶集去我设法交给你，带给她吧。"他无言地点了点头。她眼内有了热涨的泪潮，影幕上成了一片模糊的五彩。大壮走开了。远远走来抹拭着油嘴的丈夫，脸上有一团孩子吃饱了的笑。她不理他，开始看影戏。

冬天很容易被人忘记。人和别的动物一样伏居不出，冬天且让它过去吧！北风与山水的怪叫已训练得我们云子姑娘胆大了。女性原始的伟大完全地表现出来，她是山间的女皇。

东风吹醒了宇宙，灰色的山抹上了一层绿，玫瑰娇羞地含着蓓蕾。

云子在高山上为大壮生了头生子。胖面大眼的孩子，兼有父母的特具形态，谁能说这孩子将来不是山间之主呢？看园子的老年男人却在这小生命诞生以后死去，那老妇除了哀痛外，也因了这新生的小人而快乐。大壮是高兴、感激，又恨自己不能日日守着孩子。他想把爱人和孩子搬到条子玉安全的住室中，但又没有这勇气，天没赐给他这勇气。从先他不知道什么叫怕，现在总会幻想到孩子一旦叫狼或什么精灵抢去的不祥景象，偶尔也幻想着孩子长成自己一样伟壮的样子打退了野兽，或背了母亲从什么灾祸中逃出……此外，脑海中充满了孩子手足齐动地哭，或安甜睡着的印象。每当他上凤凰嘴去的时候，看见院内晒着红绿的小儿衣，心内感到无上的安慰。他照料着两个果园，领着工伙上肥料、绑葡萄架子、修树尖……忙！弄得两个园子一年比一年出色，他想今秋的丰收是在意料之中的。

一天日落前，孩子已安睡了，他与云子共坐蒲团上，他问："做了妈妈啦，还胆小吗？"

她却回答得那么坚决："不，有什么可怕的，孩子要我照看，我的胆子大了，我不知道什么是怕。"他听了除了惊讶即是敬服，她变得伟大了。他紧握着她的手，好像自己已受着她的保护。

"吧嗒！"惊得他跳起来说："什么？"

她却笑着一闪眼说："打着了。"她起来拉着他走向石墙的缺口处，一个棕色的动物在一个打兽夹子内挣扎。

"是獾！"他恐怖而急速地说，"獾？是要来吃我们的孩子吧？"

"没的说，孩子哪能叫它看见？它们是来偷吃落了的果子，或葡萄的。"小野兽的眼已经停止闪动了，四个短小的腿已僵硬笔直。

她说："这张皮能做一个很好的小褥子。"

孩子醒了，年轻的妈妈抱他出来，爸爸慈爱地接过来，在初夏的和风中孩子笑了。这笑是世上最美丽的瞬间，是绯红的小星星飞满这个果园，温慰着父母的心灵。绣着金鱼的小红肚兜，更显出小生命的一身肥胖、可爱。小手抓着爸爸的衣襟，一会儿又把手指放在口内吸吮着。男人抱孩子是孩子最不能耐久的，孩子哭了，妈妈又接过去，多么幸福的山中儿啊！

又到夏雨滂沱的季节了。

从早落着大雨，有雷，有闪，分不出哪儿是雨点，只觉得是天上一个海洋往地下搬。天空是墨色的，在墨色中有重重的阴影，令人感到真个有妖魔在其中。谁会想出在云的上层依然有一轮光明的朝日呢？电光闪着，打着雷，这岂不是天地末日的启示？云子抱紧了孩子，老太太闪着眼沉静如囚徒之待刑地坐在炕角上，窗纸完全被雨刷净了。老太婆一下看见山顶的瀑布发狂地往外射水，和天上的水赌赛，全不顾及山中的生命，果园内及山上全是水。再往上看，完全是白色、黑色的水汽。云子她们不知已到什么时刻，只是肚子饿得难忍，屋内又进来了有着波浪的水，打着墙……打着炕边。云子想起窗外上果树的梯子。雨渐渐疲乏了，天也亮了些。但水仍然上涨，涨涨涨……天上的水完全搬到地上，地上的水又都聚在山上。天晴了，已到了日落时。她们费尽力气爬到房顶上，水已将近屋顶，山顶瀑布的水仍疯狂地奔流，被落日映成血红色，是一个悲壮的奇景。云子焦急起来，她知道从山下不会有人上来救人的，又不知道这些水祸及山下多么厉害。再看对面尼姑庵，只有两个尼姑浮在两块门板上。"老尼姑呢？淹死了吧？"云子的心跳了起来。孩子被她紧抱着哭、挣扎，她向尼姑招呼。山洪的声音多么大呀，哪儿还容渺小的她呼救呢？尼姑已仿佛见她招手，有意将门板拨过来，渡她们下山，但波浪一下把尼姑及门板双双冲下。云子张大了眼，她眼见一个尼姑的门板被山石所阻，翻倒了，黑衣的尼姑葬在水中。在黄昏的幽暗中，水快淹没房顶了。肚子叫，她给孩子吃奶。老太婆说："完了，姑娘，你受了我的累，今天水不落，咱们完了！"

"大妈！您别吓我了，一会儿水就落下去。"

老太婆摇摇头说："三十年前凤凰嘴发了一次水只淹死了几个尼姑。"

"别人呢？"

"那时除了断水庵以外，没人在这儿住。"

她眼见水还有几寸就淹着她们了。她后悔没摘下门板来，她后悔住在这山上。忽然一声奇响顺水而下，像一个活东西，是水怪、水蛇、龙一类的东西吧？她并不怕，她记得故事中人在危险的时候，如不该死，会有精灵来救走的。她勇敢地回头一看，喜出望外的是水流拔下来的一棵大树，枝丫被她的房子阻住，这是救她们的慈航。她催促老太太先抱住这棵树爬上树身。她也抱了孩子骑上树去。在水中骑树是多么困难，不过一个死中求生的人却有一种神力，很容易就骑上它。真的有怪物来的话，她们也能骑上它，任它驮往那可怕的怪异的地方。看，水已淹没屋顶了。

树把她们带下去，天已入夜，随波逐流。老太太死命地抱着树，而云子还抱着孩子，虽有生命的希望，但饥饿、冲驰，使她们昏迷了。

她清醒时已是黎明，躺在潮湿的地上，地下完全是白的青的细沙石，如同一个河底。不过是条山村的山路，两边有人家的果园，短矮的石墙，闭着粗而笨重的栅栏门。她忽然想起这是个熟地方，对了，她还进过这些粗而笨重的栅栏门。已没有水的影子，遥远处的朝日未升前的红光使她疑为是个美梦。她起来坐着，身上却酸痛如割。太阳从地平线上升起，近处广阔的田野，有着被雨洗过的果树。水不顾她的耻辱，又将她带回她的故乡。

"哎呀！我的孩子呢？""哎呀！"她像疯了的野鹿，清醒后第一个感觉就是孩子没有了，失去的老太婆已不在她的记忆中。她跳起来，散着头发说："谁把我的孩子抢去了？""哎呀！我的孩子！"尖锐凄凉的呼叫，使人听到时浑身发冷，村内的小狗，开始吠着，许多人从清晨的房屋中走出来看这疯狂女。

　　突然小花牛拉着她："妹妹！妹妹！什么事？跟我家去吧！"她拉着疯狂的小姑到家。云子又到了自出生就居住着的家。她沉静地向周围审视一下，接着又叫："我的孩子。"

　　素重廉耻的哥哥也伤心地流下泪来。女人吩咐他："你去找大壮，说咱家有要紧事。"

　　哥哥走了，云子不停地叫唤。院内已挤满了义务的听众，小花牛急得骂："看什么？人都快死了，你们听什么，都等着披麻戴孝哪！她要不了那么多的孝子贤孙。"脸皮薄的走了不少，有毅力的还留着。

　　哥哥垂着头回来说："大壮天还没亮就出去了。"

　　大壮突然走入，如一个行走的僵尸，双手捧着婴儿的尸体，后面跟着那忠心而疲倦的狗，走入小花牛的房中。哥哥只管垂着头，嫂子也没看见，他机械地把死了的孩子放在爱人的怀中说："狗从水里捞出来的。"说完木人似的站住。

　　云子却抱紧了孩子，狂笑起来。

　　"可了不得。"嫂子倒抽了一口气说。

江干落日

　　那些日子峰时常发脾气，我就特别地思家起来，所以两个人时时相对无言，或各自喟然长叹着。漫漫长夏的日子就那么忧郁地度着，好像雷雨以前的闷热似的，弄得人烦躁起来。真想崩山倒海地闹个痛快，两个人的郁闷终究是要爆裂的。

　　果然，那是五月的一个下午，峰从公司下班回来，我正出神地读着一本小说，虽然知道他回来了，但为了免除彼此不自然地招呼后的窘迫，我仍低着头读我的小说，可是心神已经不宁起来。我听着女仆给他倒洗脸水的声音，他自己喝凉开水的声音，往桌上扔白盔的声音，换拖鞋的声音……如鸟噪似的在听觉里乱成一片。我，与其说昏乱，不如说胆怯，抬头怯怯地说："回来啦？"

　　"嗯，没死在外头……"他气呼呼地说了些话，我只听见一半。

　　我用小说扇着凉，外面金橘花正浓郁地放香，我心想："……奈何天。"

　　女仆把晚饭摆好了，我们默默地吃着，一根鱼刺卡在他的喉咙里，哗啦！爆发了，如急雨迅雷似的爆发了，他把一盘鱼全摔在地下，把我的鞋溅污了，地下油了一片。女仆无言地打扫着，他转身出去，不知到哪里去了。

　　女仆小声问："先生为什么生气？"

　　"谁知道，发疯罢了。"我说着站起来，打手势叫她把饭菜拿走。

　　她收拾干净了，屋内也静寂下来，窗外的金橘花寂寞地放着香，夕阳从窗帘缝里射进长长的金光，光射在父母弟妹的合影上，那安乐的家、慈祥的父母、友爱的手足，我却离开，和他来到生疏的异乡。他呢？又这样好怒。我伏在床上哭起来，哭得很痛快，心里的

173

郁闷似乎扫荡一空。我洗洗脸，换了一件洗过的衫子，拿了一把葵扇走出大门，到江边去散步。

还没走到江边就听到吱吱的摇橹声和水鸟拍翅声……我的眼哭得很难受，只得低头往前走。忽然眼前一片异彩，抬头一看，啊！落日！江上、天上、人间完全是红色，真是"满江红"。小船上摇橹人的蓝衣也成紫色的啦。我的眼被照得眨眨的，我感到陶醉，可是也想哭，因为感到孤独。忽然有人在我背后说："你也来啦？"是峰的声音，我更想哭，因为我感到怨恨，我头也不回地背着落日向一片平沙走去。沙岸上有下垂的修长的枝叶，我倚着树根坐在温暖的沙上，用葵扇遮住脸，泪从眼里涓涓地流出。一阵晚风吹得我抽泣起来，没有完结的泪和江水赛流起来。

离我五六尺远，他也坐下了。他从沙里拾了许多小石子投向琥珀色的水波里，激起成串的红珠。江边渔船上有女人在小炉上烧菜，渔人安闲地吸着旱烟。拉船纤的弓着腰排成行列从我们面前走过，沙滩上留下他们的足迹，那么深，那么清楚。他们走过去，他们所拉的大船载着竹竿、木材……沉重地从江面上拖过，吱吱地响，有节奏、有规律的，江水划出条条红色的瘢痕，他们是拖着沉重的使命的，远远地划向目的地。我的泪已经干了，我的扇子不知什么时候掉在沙上。天水之间的红光已经变成丁香紫色，落日已全没在山后。几块白色微紫的云多变地浮在天边。他沉静地望着天边。我想"永远这么静就好了"，我还没想完，他掉过头来。我转过头去看对岸的塔尖。

他坐的地方又近了，不过和我二三尺的距离。我感到窘，匆匆的心情瞬息万变，"他一定会和我正式地谈论什么吧？"我想。

真的，他说话了："湘，你的眼睛怎么啦？"

我微愠地说："明知故问。"

"说实在的，这些日子我真不高兴。"

"不高兴就折磨人，跑到几千里以外来受气。"我说着又流下泪来。

两只白色的水鸟翩翩地追逐着飞掠过我们头顶，我们同样感慨地喟叹了。他接着说："不过我不高兴也是有缘故的。"

"……"

"湘，你心里是不是没有我的存在？""你就专会派人不是。"

他沉默了一会儿说："上礼拜六下午的事你还记得吗？"

我问："什么事？"他半晌没说话，我好奇地问："什么事，你说。"

他喃喃地说："那天下雨……我下班没雇着车……身上全淋湿了，可是一进屋门你第一句就问：'有家信寄在你公司吗？'我身上的淋湿一点也不过问。"

我恍然大悟，他一星期来发脾气的原因就在这一个。天哪！我不但不知道，就是知道也忘净了。难为他记得这么清楚，我又觉得可笑起来。

他凄然地自语道："家信在你心里的地位要超过我一万倍……"

我这时的心情很难描述，有同情、爱怜、趣味……各种纷杂的情绪。我掩饰地说："外面下雨我全不知道，你如果告诉我，我绝不会先问家信的。"

"告诉？这是需要体会的。"

"那么我慢慢地练习吧。"

天色已由深紫转到深蓝，人更少了。江岸的桅杆静静林立着，对岸佛寺的晚钟已经响起。晚风吹在身上异常清爽，我们沉静地散步，我又听到他叹息了。我觉得他心里一定还有什么隐衷，我的性子是爽快的，多少有些傻气，如果终日叫我"猜""体会"……不上半年就会闷死的。所以我只得问："还有什么不高兴，索性都说了，省得天天发闷气。"

他笑了一下，很不自然，很苦，慢慢地说："还有你，好不好把看书的时间改一改？"

"看书的时间？我没有一定的看书时间，怎么改？"

"比如我上班去的时候，你看书，我下班以后，你就休息……"

我笑着点点头。我问："还有吗？"

"可见人总是不知足的，不妨再要求一件事。"他说着笑了，一礼拜没见的笑容，对于我真是感到珍贵。

可是这一件事是什么呢？如果还是限制我看书，我也许要恼了，或者认真和他谈判，所以我庄重地问："请说吧，我力量能办到的无不遵命。"

他欣欣地说："明天老王请客，请了许多先生、太太、夫人、小姐的，自然也请你去。你如果肯，请你穿那件粉红衫子，还有那一对三个大圆连环的耳环也戴上好吗？那双白高跟的皮鞋……多美……"

"你必得把我打扮得那么妖，才……"

夜已深了，我们走入归途，远远地看到门口处，女仆和邻妇们交头接耳地议论什么。看见我们走来，惊讶了一下，各自散开。我们走近时，她搭讪着说："太太洗澡吧，水早就温好了。"我点点头，走到幽暗的卧室。一室桐花香，我们不忍打破这一团清静，谁也没开灯。

我说："今天我差一点就投江啦！"

他在幽暗里说："我也那么想了呢。"

我小心翼翼地从衣橱里拿出两份洁净的浴衣。乡愁已经化为乌有了。

诉

  在赤玛瑙色的江上，有一叶小船，满载着熟了的嘉禾。在八月的黄昏，在江天一色的完美中，轻轻地驶着，幸福的秋之丰收啊！新嫁娘坐在船尾上，玩弄一个饱满的穗子；她的丈夫从容地撑着船，低声说："明天再运一次就完了，你不累吧？你，手太嫩了。在割稻时，磨痛了吗？""不，一点也不痛，你也许要饿了呢。今晚我给你烧点可口的菜吧。"她的声音低悄，但他完全听得清楚，因为他爱她，把整个精神集中在她身上。她心的跳动，他都可以听得到，何况她的言语呢。她嫁给他只有一个月，在这一个月中她享尽了幸福。她骄傲，她庆幸，她庆幸自己做了一个农家子的妻。她和他共有着数十亩稻田、两艘小船、一头水牛，她没有公婆的管束——他的父母已死去数年了。没有冻馁的忧患，只靠着他俩的力，足可以一生温饱。她凝视他在由红变紫的江波上，用强有力的手臂撑着船。她凝视着两岸倒退着的景物，忽然远远的一声火车的吼叫，吓得她叫了出来，他急忙问："怎么了？""没什么，冷不防叫火车汽笛声吓了一跳。""啊！累乏了，胆子就会小的，再下去两个码头就到家了。晚饭叫我做吧。""不，一点也不累，只是……""只是怎么？""快些撑，吃完饭我要告诉你一件事。""现在说不是一样吗？""不，现在我说不出口。"

  晚饭吃过了，她拭着小板凳说："去喂牛啊，回来再讲给你听。"在暮色深沉中，他从小凳上跳下来走到她身边小声说："不许扯谎，回来我从后院树上给你摘个大柚子来。"

  "不扯谎，你去吧。"

  他跑出去，大声笑着说："回来你要是不给我讲啊，看我收拾你……哈。"脚步声跑远了,她从窗台上拿下灯来点亮。一个小巧的农家的屋,一张有红帷布的床已撤去蚊帐,桌上有成对的小瓶,有玻璃镜,有一套壶杯,床上有绣着花的红枕头,一切都保留着一月来的洞房风味。她天真地笑了,那么羞涩地看着周围红红的一切,忽然又皱起眉来,脸上充满了犹疑不决的神气,又喃喃地说:"他会生气的,他会生气的!……"正在犹疑,他回来了,抱着两个大黄柚子,咚咚地放在板桌上说:"吃吧,一人一个;不,讲完了再吃。先放在桌上吧。"他又笑了。

"讲……讲什么呢?讲了,你会生气的。"

"不,我绝不生气,好好的生什么气呢?"

"唉!不讲我又忍不住,不管你听了生气不生气,我讲吧!"

"讲吧。"他说着,拉她坐在床边。

她又微微叹了一口气才说:"你是天下最好的人哪,只有你待我是一片真心,我自然不想对你扯谎,我的事都告诉你,任凭你打我、骂我,我都心安……"她说着落下泪。

他着急起来,因为他从来没见她流过泪。他抱紧了她:"讲不讲都不要紧,千万别哭,我怕,我心痛。"

她把头伏依在他的怀里说:"你记得我箱子里有个小相片吗?那个好看的女人,你不是问我几次'她是谁'吗?我总说她是我的干姐姐,其实她是我一个恩人,她从苦难里救出我来,如果没有她,我也许不会做你的妻呢。三年前,爸出门的时候,我总帮妈到田里做工,四月的午后,我正要踏着水车浇灌稻田的时候,忽然从远处走来一个穿着白制服、戴着白盔的先生,他拿着一个小黑盒子,面对着我,'咔嚓'一响,他就笑着把那小盒装到皮包里说'谢谢你',一口似南非南的声调。当时我不明白是怎么回事,无缘无故的谢我做什么呢?我只是呆呆地看着他,他很满意地走了,好像我给了他什么东西似的……"

她正要接下去讲,她的丈夫插嘴道:"蠢东西,他给你照了一张相,你还不知道哪。新来的这一批修路的工程师都会照相,人都说他们照了相卖钱的,你不说他还谢谢你吗。你当时就应当跟他要回那相片来,看他拿哪儿去卖,他们真是和钱没仇,一月拿着千八百

178

的薪水还不够花，还卖相片。"

"你听着啊！第三天他又在那个时候来了。我老远就看见一个白乎乎的人走来，真是他。他说：'姑娘！这一张画是你的吗？我拾了，还你。'我真去接，一看，是一张相片，真人的相片，上面的人是我，不过比我好看，还有颜色，红的野花、绿的稻田、深黄的水车，我的白衣儿也染成粉红色……真美，我拿住不放，他却大大方方地说'送你吧'。他笑笑就走了，我对着他的后影小声模仿他的声音说：'谢谢。'"

"他倒是好人，没拿你的相片去卖。"他说着又抚着她的肩，静静地听她讲下去。

"以后我每天都看到他，妈也看见过他，并且夸他许多好话。有一天，下起雨来，妈已回家去煮饭，我一人看着短工们拔草，雨下大了，工人们都戴着笠披着蓑，我一人躲在一棵树下，雨从枝叶间浇下来，身上立刻凉了起来。我真后悔不听妈说的'黄梅时候蓑笠是不能离手的'，不一会儿，我全身都淋湿了。"

她的丈夫体贴地搂紧了她，好像怕雨淋着她一样。她不动地回味着往事，接着说："正在我抱肩发抖时，忽然一个人撑着伞，走到我立的树下，用伞遮着我说：'淋湿了。'一听这异样的口音，我马上知道是那个给我照相的人。我没敢抬头看他，只见他的黄皮鞋上已经溅满了泥泞，一件青铜色的外衣倒很干净地罩着他的白制服。他站得离我那么近，他的呼吸我都能听见。他说：'我送你回家吧。'我不知怎么回答他好，因为我很想回家换件干衣服；但是一个面生的男人送我回家，别人一定会笑话，妈见了也要骂我的。可是，雨越来越大，总和他站在一个伞下又不像话，所以才说：'好吧！'然后看了雨里工作的短工们一眼，我悄悄地跟在他的伞下走回家去。我想换了衣服披了蓑笠再回到田里。可是妈妈正拿着一份蓑笠，自己披了一份从家里走出来接我。见我浇得湿淋淋的，又气又痛地交给我那份蓑笠说：'回家去换换衣服吧！你非淋着不可，我上田里去叫他们先吃饭吧，你就不用出来了！'她说着看那人还给我撑着伞，感激地不住说'谢谢'。但说完，她就向烟雨里走去，不回顾、不畏缩地走了。已经到了家门，在这雨地里谁不想坐在屋子里呀，他又

179

给我撑了半天伞，陪我走了很长的泥路，我不由自主地说："先生请里面坐！"他就到了我的家……"

他不知为什么气了起来，推开她，坐在小凳上，怒冲冲地说："他妈的，没安好心。"说完怒冲冲地坐着不动。她坐在床沿上低下头，再不开口了。他反催促着大声说："怎么不说了？要不说开头就不用说，既说了，还想藏一半贴己，是怎么着？"

她抬起头来说："我自然都说给你，可是你为这件过去的事再气着，我多么对不起你呀！所以你只当故事听，别真动气，行吗？反正我是你的人了，你还有什么可生气的呢？我要是不说，你也不会知道。可是我不许有一件事瞒着你，你生气也可以，随你打我、骂我，只是不许存在心里……"

"讲吧！"他简短严肃地说着，把灯芯拧亮了。

"我说到哪儿了？啊，对了，他到了我家。我反倒不安起来，湿衣服仍然穿在身上。他说：'去换干衣服吧！'我到里屋匆匆换好衣服出来，他却拿起帽子和伞要走，我觉得十分过意不去，又请他坐下，烧了茶给他吃。他总是微笑着看着我，我心里说不出是什么滋味，恨不得妈快回来，怕他走。后来雨停了，天还阴着，妈还没回来他就走了。从那时起他时常在下班的时候到我家坐坐，他给我讲了很多修路时遇见的事。又说，火车就要通行了，也许他要调到别处去。我那时不知为什么不愿意他调走，整天发愁，他也好像舍不得离开我似的，常到我家来。妈更喜欢他了，故意在他来的时候走出去，他也看出妈的意思来了，所以有几次大胆地向我说些动心的话。"这句话声音那么微小，他几乎没听清她说的是什么话，但是他却领会出当时的情形来，农人率直的怒气从每个汗毛孔冲出，一股从未有的酸气——忌妒的火从心溜到每一个感官，很有抓过那个男人来一拳打死的架势。但他的手掌却打在爱妻的脸上，她一下扑到地下，他又踢两脚说："不要脸的东西，后来呢？"

她从地上爬起上半身来并未哭，也没有抱怨的神气，只是小声说："消消气行吗？这是过去的事了；随你打我、骂我，我也要告诉你，不然我就要憋闷死了。"他气呼呼地重新坐在凳子上说："你不告诉也不行啊，说吧！后来呢？"

"后来妈就屡次探他的口气，看他的意思是要娶我，可是并不正经托人说，总是跟我私下里说：'我爱你，我愿意一辈子做你的仆人，你是天下第一个美人。'我觉得很过意不去，我怎配叫人家做一辈子仆人呢。我又觉得一个男人这么和气，真是难得。我想要跟这人一辈子还有什么可愁的呢？我就死心塌地地等着他向我家求亲。可是总也没有信儿，有时候我急起来就想问问他安着什么心，可是我怎好说，'你怎么不娶我？'我只有给他暗示。"

他听着听着，从鼻子里哼了一声，冷笑着。她并不理会，仍接着说下去："有一回他送我一双丝袜子，我不收，哭着说：'庄稼人上哪儿穿丝袜去，只有阔太太才配穿呢。'他忽然笑微微地看着我说：'你不就是我的太太吗？'说着就解我衣服，我急得没办法，狠狠地推开他说：'再闹就喊妈进来。没想到一个文明先生会这么不讲理，我凭什么是你的太太，你拿点心、袜子就可以买个人当太太吗？'我越说越气，一面拭着泪，一面拿起桌子上没纳的鞋底冲他打去。我以为他一定和我相打，谁知道他反而跪在我脚下说：'别生气，虽然你生气比平常更美，可是我怕气坏你，什么都好说，你等着吧，你终究是我的。'我说：'少来这一套，赶紧起来，说正经的。'他才起来，妈就进来了，也许始终在窗外的，我不知道，妈说：'吵嘴了吗？你留先生吃饭哪。'他趁机说：'我走了，改日再来吧。'我没留他，妈也没留他，也许妈比我还生气呢。他临走，对我说：'别生气了，你要什么东西，下次给你带。'我转过脸去，不言语，听着他走了，妈送他出去。从那天以后他再也没到我家去，我也很少出门，许多日没见到他。心里说不出来的烦，常发脾气。后来爹从外县回来，给我带来许多东西，笑着和妈说：'姑娘大了，也该张罗张罗啦，这些东西留给她做陪嫁吧。'我只得躲出来，一个人顺着小路走到稻田，走到车站左边的新房子旁边。我记着他说，他的住宅是五号，我想他时常到我家去，我为什么不能到他家去呢？他闷得慌，可以找我，我烦了一样可以找他。我那天胆子很大，不管不顾地找他家的门牌，结果被我找到了，可是我又怕起来，不敢进去，后来我想：'去看看，看看这文明人的屋子。'我拍了门，一会儿，门开了，是一个老妈子，问：'找谁？''找×先生。''×先生？×先生没在家，你有什么事？贵姓？'我正要回答，忽然院里走出一个好看的女人，她很和气地说：'找××吗？请进来吧！他就回来。您是×小姐吗？'我听她叫我小姐，很不得劲，但是不由自主地随她进去。我心想：'她是谁呢？怎么知道我的姓？噢，对了，她一定是他的妻子。'我的头马上晕了，眼前发黑，还听见她说：'可怜的孩子。'可是这声音像个蚊子声，小而低，以下我就不知道什么了，等我清醒以后，见那好看的女人拿着一杯水站在我旁边，我却躺在一张软颤颤的床上，听她说：'可怜的女人……'还没有说完，见我张开眼睛，她赶紧俯下身子说：'好了吗？把我吓坏了。'她说着，温柔地把水杯放到我的唇边。我真感激她，不要说杯子里是水，就是毒药我也喝了，因为她的脸和声音太慈善了，我真愿意人都那么待我。我喝了那杯水，泪落在杯里和她的手上。"

她说到这儿，轻轻叹了口气，可是盛怒的丈夫仍然像庙里关公泥像似的端正地坐着。不一会儿他羞愧地说："为什么还赖在地下？不怕凉着吗？"她听了立刻像一个受了欺负的孩子见了母亲似的呜呜地哭起来，他慌了一下，捉小鸡似的把她提抱在怀里，脸摩擦着她泪湿了的脸，一言不发地呆着。她说："不讲了吧，我乏了。"他却孩子气地说："那可不行，说书唱戏还有一收缘结果呢。讲吧！就坐在我怀里讲吧。"她却娇憨地挣扎着说："我不敢，到时候，你打着方便，是吧？可是我身子不是铁打的不怕痛。"他的泪在眼里直闪，颤声说："怪我，你打我吧！"她笑着仰起头来看了他一下，悄骂道："神道。"他用粗壮的手指拭去眼角的泪，笑着说："讲不讲吧？不讲小心我就近收拾你，要讲，完了咱们老老实实地吃柚子。"

她点点头接着说："听着，不许捣乱。我喝完水就要坐起来，她却按着我说：'再休息会儿。'一会儿她才说：'我前天从北方来到这里，所以认识人很少，后来听××告诉我，他有了这么一位女朋友。我觉得很高兴，可是路上太累，没去拜访您，今天您来得正好。我是××的妻，我们在前年就结婚了。'她又指着睡在摇篮里的孩子说：'那是我们的女儿。'我因为已经清醒了，听她说这些话，一点也不难过了，我见那睡在摇篮里的小孩，叫窗里射进的太阳光照着，很可爱，我觉得他真不该背着他太太和我好。后来她又劝我许多话，她说：'××最大的毛病就是心不专，我们结婚后他曾经爱过三个小姐，可是，我都想法子向她们解释了这种事的利害，她们也都很清醒地离开他。您和他做朋友有多久我不知道，但是您不知道他曾结过婚，是吧？唉！男人的心理我真不明白。'我听她句句是真心话，就把他对我的件件事说给她。她轻轻叹了一口气说：'他还是这么荒唐，我真觉得对不起你。我们都是女人，我觉得一个女伴总比丈夫知己些，我们做朋友吧！他如果再有什么冒犯您的事，直接来告诉我，不要怕，我设法治他；至于您以后的婚姻，还是应当在本乡本土找一个能干的农夫做丈夫，绝不会像我这样跟他生闲气。我这么说，您怪我吗？要不然，我教您读书也行；要是不读书而和他们那种文明人结婚，一定上当的，可是念了书也没用，女人终究是女人……'她的样子很难过，却可爱，我拉住她的手说：'像你这么好的人还受他们的气？''自然。'我听了她的话，心里立刻平静了，觉得自己还很有福，没做了文明人的妻，只是她太可怜了。从那天起，我和她做起朋友来，我们时常来往，只是她的丈夫老躲着我，再也没见过。你记得我俩定亲以后，一个早晨，你浇田的时候，我从你旁边走过去，你还对我笑了笑，我旁边那个好看的女人就是她，多美啊！你没看见？"他回忆着寻思着说："没看见，我只看见你了，你还戴着白栀子花，在头发上，那样子，真美，真美。"

地下许多柚子的厚皮和白色的柚子核儿，一对新婚夫妇，口角过后又和好了的夫妇，是甜蜜得比柚子还要加上十倍的。妻已收拾好了床铺，丈夫还扶着栏站着，她脱了鞋上到床上说："睡吧！明天还有一船稻子要运，下午就该打场了。"

他却吞吞吐吐地说："你……你和我这么一个庄稼小子一块睡，不委屈吗？你见过了文明……"

她却咯咯地笑着说："唉！文明！别扯臊了，还不够我恶心的。只可惜那好看的女人逃不出来，还有那个小孩，她在我出嫁的前天，到过我家一次，给了我一张相片。她说：'你真幸福，你的男人面上就带出忠实劲来了，你好好做他的妻，不久我也许和××一起到×站上去，我们再见就难了，这相片你留下吧！想我，就看看。'真叫人听了难受，这会儿她一定早走远了……"她说着又要流出泪来。

他听着，呆站在床畔，她见他那神气也要哭了似的，自己不觉得倒笑出来说："怎么？站一夜吗？明天要运一船稻子呢。"

他忽然被提醒了似的笑着："他妈的，我也文明起来……"

灯熄了，窗上有秋月的光。

魁梧的懦人

朝露尚未消逝，颗颗在玫瑰的蓓蕾上闪烁，像明珠。

山喜鹊翘着长尾在墙垣上站着噪，不时投入树丛里，啄一粒熟透了的樱桃，红溜溜地镶在它的尖喙里，又"喳"的一声飞去。小麻雀琐碎地跳着叫着，不知在做些什么，还是在寻找些什么，有如一些无事忙的小妇人，没有一分钟的闲时，也没有半点成绩。

初夏的早晨，仅仅这小窗外的小巧之景就够人留恋的了，何况阵阵的玫瑰香甜又不停地带来我对城市的记忆呢。

其实我只爱着这富有田园风味的家，一向厌恶都市生活。为了读书不得已地住在嚣尘里，但有假期就回来。不过今天略有不同罢了，一星期的春假并没回家，因为在都市里有比玫瑰更可爱的……呀。我的意芬会使我忘掉一切呢。她如果见到现在窗外的晨景不知要怎么喜欢哪。昨天晚上因为途中跋涉过于疲乏了，也没得机会把她的事告诉父母，今天再也不能缄默了，起码先告诉母亲，因此再也忍不住，匆匆披衣下床，准备在早饭时陈述一切。

"你看，还是毛手毛脚的，眼看要娶妻的人了，还这么孩子似的。"早餐时不小心打碎一个碗，母亲半恼半痛惜地说。

"以后不啦，而且……而且离娶妻还不知有多远呢。"我很惊讶母亲的未卜先知，掩饰地说，说着又兀自暗喜，谁把我们的事告诉家里的？奇怪，真的和意芬结婚吗？天哪！那真是世界上第一件快乐事呢。

"谁说我要娶妻了？"我厚着脸皮又追问一句。

"你怎么还不知道？你爹写信没告诉你？你也没从城里带东西来？这可真怪，再过一个月你就娶妻子了。"母亲怀疑地看着我说。

"妈！你说什么？我娶谁？"我似乎感到一些异样。

"娶谁？娶你的妻，我们春天给你定下的！"

凝结的结果又爆裂开来，我狂了似的到院里去找饭后散步的父亲。

"爹！您什么都瞒着我。"

"怎么？有话屋里说去。"

父亲严肃地坐在太师椅上，母亲仍坐在餐桌旁。

"我说你怎么没告诉孩子？也是他一生大事，该告诉他，叫他也喜欢喜欢。他也一人来高了，整天在外头辛辛苦苦地念那没完没了的书，回来冷清清的也不像话，亲事妥了你也不告诉他。真是的！定了日子你还不告诉他？"母亲咆哮着。

"我有我的道理呀，你……你哪儿知道？"父亲的严肃似乎减去了真实性，严肃的外层包藏着惶恐。

"你有理，你有理，你诗云子曰的还没有理？只是我叫他从城里买的东西你都不告诉他，你还说什么？"

"妇人家，知道什么，岂不知他们现在心怀不古，另有见解，又哪里把父母的话放在心上？我要告诉他定下亲事了，他恐怕现在还在城里呢。眼下他总算回来了，既来之则安之，一切就好商议了。"父亲颇有得意之色。

"真是怪事，我就不信这么大孩子还不愿成家。义格，你爹说得对吗？"母亲看看父亲又看看我。

"倒是怪！父亲把我愚弄来，母亲预备怎样呢？"

"怎样？什么都预备好了，只是还差些零碎事和一些小物件没买，这都好办，等会儿把衣服什么的也都给你看看，你也放心。"母亲似乎很慈爱。

"我不看。妈，我不娶。"

"什么？胡说！娶不娶也不能由你说。"

"我的事，为什么不许我说？"

"你还是把新脑筋抑制一下吧，木已成舟，实难悔改了。"父亲说了一句却转身走开，好像躲避这场纠纷似的。

"妈也不是害你呀，是我亲眼给你相中的。头是头，脚是脚，好

186

人才，好活计，你还要怎样？"母亲半哄半斥地说。

"妈，不行啊！我离毕业还有好几年，自己还花家里的钱，再娶一个人加重家里的负担。"

"简直是胡说，书都白念啦！谁叫你养活媳妇？有家，有我呢。我看你是想自由婚，对吧？"母亲一句给我道破。

"妈！我就说实话吧！我不能娶别人，除非是她，妈！我爱一个同学的表妹，除非她，我再也不和别的女人结合！妈，这是实话。"

"我还当是什么难题，原来你在外面交了女学生啦？那也不难，你乖乖地娶过王家的姑娘，以后你再娶八个我也不管你。你父亲弟兄三个并没有第二个孩子，三股只你这一条根，妈给你娶一个，你自己再娶那谁的表妹是一样。"

"不行啊！那是犯罪，妈！鼓儿词上的故事现在已经行不通了，您应许我，退婚手续我自己来。"我坚决地说，完全忘记母亲暴烈的性子。

"好，你一定叫我丢脸，自己儿子的事都不能做主，我还活着做什么？"母亲拿起桌上的水壶就敲着自己的额头，幸亏我抢得快，不然母亲脸一定受伤了。

"这是何苦来哉？"父亲不知从哪儿又进来了。我哭着跑出去，把怒气凌人的母亲交给父亲。

时已正午，窗外已失去早晨的宁静，蜂鸣蝶舞地喧闹。母亲仍不停地喊骂，我关好窗门，蒙着被单哭起来。

没有一个人同情我，我没有兄弟姊妹，朋友呢，又都在城里。父亲似乎比母亲头脑清醒些，但是在母亲面前又敢怎样呢？意芬！给我些勇气呀！为了你我要坚持到底。

想着想着，渐渐痛快一些了，坐起来，自己安慰自己："自己的母亲有什么不好办呢？只是不该在她气头上要求啊。"

我从衣袋里拿出意芬的相片来看，她的头微昂地看着丁香的花霞，似乎含怒了。我又拿出另一张来：她微笑地依着窗格扇。我的心平安了一些，勇气和耐性充满心头。

母亲三天没理我，我温顺地在她左右侍奉着，等她心平气和时再说，这次我要用"以柔克刚"的方法，她是我的母亲哪，她不会过于为难我。

可是她已经四天不理我了，就像看不见我似的，只和父亲说话，要什么东西，我在眼前也不叫我，只是大声喊女仆，我的计策是很难收效的了。我焦急得如初关在笼里的鸟，最后想，如再这么延迟下去，日子一天比一天近了，我只有逃走这一个方法，至于以后的生路我也不愿多想了。可巧姨母在此时来到，大约是帮母亲给我料理婚事的，她也像母亲似的儿女很少，只有一个儿子、一个女儿，早都成婚了，所以常来我家住些日子。她一向很疼爱我，她的性情整个和母亲相反，温柔而沉默；母亲却男子似的刚烈。我现在见到姨母像见到救星，恨不得马上把委屈诉给她；但在母亲面前我不敢，小不忍则乱大谋，我努力忍着委屈，强作愉快地欢迎我的救星。

"怎么不带孩子们来？"母亲向姨母问询着她的孙子、孙女。

"到时候再来吧！义格什么时候来的？怎么在外边晒成黑大汉了，可真像大人似的。"姨母她拿我当孩子呢。

"……"母亲见姨母谈到我，突然闭起嘴来。

"我来四五天啦，就要看您去，您倒先来啦。"

"妹夫呢？"

"吃完饭遛弯去啦。"

"孩子的衣服都预备好了吗？"

"……"母亲又没回答。

"怎么啦？你们娘儿两个怎么？好好的……"姨母已经感到我们母子间的纠纷，看看母亲看看我说。

"大姨！您帮我劝劝，我妈生气啦！"我趁机说出来。在母亲屋里我已经站了两个多钟头，全身像是被捆绑似的，那么痛、麻、疲、惫……

以后不知姨母怎样劝的，在晚饭时母亲脸色稍霁，并且叫我吃鱼。我吃着，准备明后日做第二次的请求，所以鱼吃到嘴里和嚼棉花似的不得滋味。

晚上下了一阵小雨，很清爽，玫瑰的甜香袭入窗里。我爱这夜色和花的恬静。并没点灯，不住回忆着往事，幻想着将来，更提防着目前的难关。

"这么早就睡啦？"是姨母进来了。

"大姨！我没睡，您来！"我从椅子上跳下来，拉住姨母像拉着救生船似的，感到希望就在这里！

"点上灯吧！"

在亮晶晶的煤油灯光里，姨母那么慈祥地歪坐床沿上，我又想开口诉说我的苦衷。

"快毕业了吧？"

"还有三年呢。"

"啊！才一年的义格呀，长得这么高了，有你父亲高了吧？"姨母从上到下地看着我。

"比我爹高半头，在学校也数我高呢。"

"你怎么像孩子似的耍赖，不肯娶媳妇呢？王家的姑娘，我还见过哪！姨不骗你，百里挑一的人才呀，别装傻，气人玩。你妈脾气暴，别气她，她也是为你打算哪。你是十九还是二十？"

"二十！"

"是不是？你表哥在二十一都有人叫爸爸啦。"

"那有什么好处？"

"你们石家人口太稀少，你爹你妈早就盼望添人进口的，你从小到大，二十几年来，你妈抚养也不容易啊！你上学走了，住在外边，你妈常常想你想得哭，要不就拿你爹撒气，很少过好日子。你听话，娶过媳妇来，你妈也不闷得慌啦，你再出门也好放心哪。"

我听了姨母的话，心里有如小刺扎得痛不可当。我一旦请求失败，逃走了，母亲怎么好呢，父亲也不能安生。我几乎叫出来，颓废地坐在椅子上，说不出一句话来。

"听说你在外边还认识一个女学生，可见你的人品好，有学问，又能干，人家才跟你好。能干的人为什么想不开呢？别死心眼啦！你是念书人，别的不知道，古书古戏上，佳人才子，两三个妻子也是人生一场。好孩子，你好好完了婚，你妈一定还叫你娶那个女学生。"

"为什么妈一定要给我多一重累赘呢？我真不明白。"感谢姨母，半晌没好出口的话她倒先替我说了。只是这三妻四妾的观念却是和

189

母亲站在一条战线上来向我进攻。

"你妈有她的难处，你这亲事是她上赶着人家定的，万也没想到你不愿意。她办事是说一不二的，你怎么叫她反悔？以后你叫她怎么在亲友中为人？她只有你一个宝贝，就算你委屈，也是应该的。她一辈子的福祸就在乎你了。好孩子，你想想看。"姨母原来柔中带刚，专说动人至情的话，我虽怕母亲的暴烈，但我深知母亲爱我，我不该为一人的幸福，牺牲母亲的尊严和幸福！天下只有一个母亲，我无形中败退下来，第二次抗争的决心不知怎样消歇了，伏在桌上哭出声来。

"义格！大丈夫别女人气，哭什么？你只要听话，你妈绝不再怪你，我担保。走，跟我一块去告诉她！"姨母站起来。

"您一人告诉就得啦。"我仍伏在桌上毫没礼貌地大声说。

"你睡吧！明天也到各亲戚家走走，请请人家。"她说着走出去，我听她立刻就到母亲屋里去。她胜利了，母亲也胜利了！母亲胜利我有一种悲喜交加之感，我以悲哀换母亲的愉快是对的，天下只有一个母亲！

"可是天下也只有一个意芬呢！完了！牺牲了她的纯洁之爱，完成我们母子间的妥协，多么自私呀。"突然一个意念又荡漾着，我全身的汗像在烈日下似的流出来，但随即又冷了下去，热汗像冷水似的遍体淋漓。

"天下只有一个意芬！"又一个意念接着我的脑膜。

"意芬爱你！""一个！""只一个！"这些意念，雷鸣似的在每个神经里震荡，良久良久。我冷静地沉醉在回忆里，一年前的一幕清晰地重映在脑海里："注意！第一行，第二个人就是她，从左边数！"

这条儿，黄大可递给我的，他坐在我后边，当时牧师正在讲天国的道理。

我看完点点头，不由得向左看去——

第一行第二个人的位置在我左前方，所以我只能看到她的后侧影，淡雅清秀的神气确是不平凡。

"散了礼拜你可以给我介绍吗？"我匆匆地也给他写了一句在他那纸条的背面。他伏在我背后说："一定！"我心才宁静了一些。牧师正在讲"彼得打鱼"的故事，我已经听清楚了。

牧师的祝祷文今天特别漫长，有五六百字，好容易祝祷完了，风琴奏着散会时的进行曲。我拉着黄大可冲出礼拜堂的门。虽然人们拥塞在门口，但我们却很快到了礼拜堂的院子里。

"表妹！这是我的好朋友石先生！"他很自然地把我介绍给他的表妹，她轻轻地点点头，没笑，也没说什么。

"我娘叫你回家吃饭呢。"半晌她才向黄大可说话。

"不，我还和石先生到同学家去呢。"

再也没有别的话接续下去了，三个人沉默了片刻，见大家都散去，只有三五个腋下夹着"赞美诗"的老太太谈着家常，还有小孩子们不耐烦地拉她们的衣服，"走！回家！"的声音夹杂在家常话里。

"那么，再见了。我回去啦！"她打破三人的沉寂说。随即又对我很有礼貌地说："石先生，再见！"

她的背影消逝在礼拜堂的大门外。

"老石，怎样？"

"她怎会理我呢！"我若有所失地回答他。

"拿出勇气来！进攻！"他拍着我的肩说。我很感激他，笑着看看他。今日我才看出黄大可的眼睛那么有神，那么黑，很像她，他们是表兄妹呢。

"老石！信！"黄大可在走廊上大声叫我。

"别开玩笑！昨天我才收到家信。"我从卧室探出头，又希望又不敢希望地说。

"装糊涂，不是家信。"

我突然跳出来过去抢，他却把信插在裤袋里。

"老石！咱们先小人后君子！信呢，早晚给你，可是不能白给，现在是你们幸福的开端，开端是该郑重纪念一下的。也不难为你，国强冰激凌！我还约她来，怎样？"

"好说！一切好说，拿过信来。"

他只把信拿出一角来，我趁他不备抢过来，跳回卧室，关紧了门。他在门上踢了两脚。

"早晚都不会放过你。"他说着恨恨走去。

191

我怯怯地、十分细心地剪开信，有如小时偷着摘未熟的杏子似的又怕又愉快的心情。

石先生：

　　信已见，在礼拜堂里常见你和大可表哥在一起呢，那么我们是一个时代的人物。

　　希望在品学方面互相砥砺，在主的道理中互相扶助。

　　下次之约，只要有大可表哥同在，我是不会失信的！

祝进步。

陈意芬

我反复看了四次，然后用丝帕包起来藏在衣袋里，但是天热，衣服薄，不妥，我小心地放在了书箱里。

我们初次会面是在公园里，她除了微笑或点头、摇头以外很少说话，她寡言的性格更显得她不平凡。我因为心跳，怯怯地也没话说，当场只有黄大可活泼。

"表妹！你别看我们老石这会儿老实，在熟人眼里可够瞧的，个子高、力气大，谁都怕他几分。不知为什么今天却演上无声片了。"

"……"我笑了，给他一块点心叫他堵上嘴。我真怕他说出圈儿去惹恼了她，那就不堪设想了。还好，她只是不动声色地看着我们。

时光终究很快，夕阳已经暗淡了，黄大可叫我送她回家，他却先回学校去了。

"您……不住校？"我称她为"您"总算很对吧？我想一直这样称下去。

"啊！住校！不过星期六回家。"她的声音很小，似乎很羞涩。以下我再也想不出合宜的话来。我不知是不肯离开她，还是忘记了应有的礼貌，没给她雇车。在五月的黄昏，缓缓地走在洋槐树下的人行便道上。

"石先生！我的信你见了吗？"她却先说话了，而且叫"你"。

"收到了，你写得很好呢。"我也把"您"字免去，不十分适当

192

地说着赞美的话。

"哪儿？还是石先生写得好。"她的声音已经自然多了，我的怯弱也减去多一半。我们像好友似的且走且谈着。

而前边就是十字路口，往北转就是她的家，我恋恋地放慢了脚步，她也迟缓地站住，张望着四方的车辆。我再也忘不了她那忧郁的目光，临别她又停了一会儿，才匆匆地走去。

此后我们在每个星期末见面，黄大可却不肯再陪伴我们。意芬为人很大方，爱好文学和音乐，所以市场的书摊，或××大街的乐社都是我俩熟悉的地方。我本来也是爱好文学的，因此更加深了爱书癖，我们往往各自带着书在幽静的场合无言地坐几个时辰，然后再分开，各怀着满胸臆的留恋分开。我们各有一个未说出口的心愿，和一般有情人似的希望永远相守，从今春这种意念更加强了，我已深切地爱恋她。她的长处并不在她的外貌，她并不美，只是雅洁不凡的神气是别的女性所没有的。她有着一张鹅蛋形的脸和一双黑澄澄的眼睛，在她的眼里往往有一些莫名的力在引人，在鼓励人，在诉说内心的含蓄……人们说眼睛是灵魂的窗子，她的眼睛却是灵魂之门扉，它们容纳了我整个的爱和魂灵。我从那次初见她到现在并没从那门扉里解脱，我的心魂留在她的眼睛里。她有着低低而柔美的声音，话很少，少得那么合适，只要说完一句话，那低柔的语音再也不会从我的耳鼓里拭去，而且还要不时地重复着，像留声机的音盘似的永久地印在我的耳内和心底。

"我爱书，我爱音乐，我爱花，我爱自然……总有那么一天，我的书房建在一座大田园里。"这是她在春假的一个夜里在×海水滨说的。

"只是不爱我，我做你的书童总还对付吧？"我亲切地说。

"谁要这么大的书童呀，做一个保镖倒不错。"她笑了。

"那么我就到你书房外的大田园里保镖吧！"

"我可雇不起，到时候不定上哪儿去了。"

"我这是义务保镖的，而且总不离开你，打也不走，骂也不走，一生一世总给小姐看园子。"

"谁信哪，到时候还不定……"她又笑了，笑得却和方才不同。

我想这是机会，应该痛快地陈述我的心意了。

"你不信？其实从初见你我就不想再离开你了。你不信？不信怎么办呢？不信你去问问黄大可！"我嗫嚅地说。

"信不信这时很难定啊，谁知道有什么变化呢？"她已经收敛了笑容，好像见到什么异象似的凝视着水波。水波里的繁星和岸上灯光的反照，层层地被夜风吹成细浪。

"不过我最担心的是怕你不爱我，我一无所长，就是保镖还对付。我又傻又痴，又不漂亮……你能爱我？我不敢想……"

"你看，又说这样的话。别难过呀！不但我……不忘你……还有人在暗中羡慕我们呢，我一向不会夸奖人，但是你在我心里却是完美的，你的长处就是你的直爽忠诚的性格，你有一番叫人倾心的风度，我很难用合宜的字句来形容它。据说你读书很用功，你有科学的头脑，你有文学的意识……你的体格多么健壮啊！你这广阔的胸膛，里面还有一颗赤诚的心，心里有一个人的名字，叫 C、Y、F……对不？"她因为安慰我而说这么一些话，我感到莫可比拟地满足，我见她说到"有一个人的名字叫 C、Y、F……"时羞涩地转过脸去，我忘记一切地拥住她，拥她在我广阔的胸前。

"我听见你心跳得很响。"她紧贴着我的胸说，半晌抬不起头来。我抚摸着她丰多的柔发，全身发出爱的力与热。此时我忘记一切，忘记我们以外还有世界，还有人类，还有其他，只感到她和我爱力的交流。

"你应许我！意芬！以后永不分开，你是我的……"

"十一哥！"她因为我的名字叫"石义格"，她就叫我"十一哥"，就是同学之间也因了黄大可的宣传，大家都叫我十一哥。她呼的声音特别悠长，而且微抖着，只这三个字足以代表了她的许多衷曲，她是在答应我、安慰我，她是我的！这三个字正是少女的心声，初恋的颂赞，人间至美的声音！我永不忘这声音，这三个字是我迷途中的朗星啊！我该按着她的意思做，我要忠于她，将来我一定为她建一所田园里的书房，将来……将来……当时我做着美丽的幻梦。很长时间她才离开我的胸膛。

仅仅几个月的工夫，我就要做负心人了，我对不起她！我不该盗来芬芳的少女之爱，我不该，我不该，我只配做母亲的儿子，做一个素不相识的女人的丈夫。我该死！但我又没机会死；我该逃！我又没勇气逃；天哪！你给了我一个多么怯懦的心哪。我恨恨地不能入睡。

翌日正午，镇上赶集回来的邻人从一家熟商家里给我带来一封信，我接过来半晌不敢拆，在我的手里有千斤重，心头更好像有一个铁爪，抓紧我的心。我机械似的到屋里鼓足了勇气看下去。

十一哥：

谅已平安抵家吧？伯父、伯母见到你该多么快乐呀！

那天送别归来偶中暑热，病了一天。暑热或者不是主因，别愁却重压着我。病已痊愈，幸勿远念，但是暑后的重逢却是我日来唯一期待着的。

我平素喜欢读诗或小说，但这几天却看不入门，琴也不爱弹了，怎么好？如果长此懒下去，真是不堪设想呢。

十一哥！我急切地想见一封你的平安信，你的信会给我加增活力的！十一哥！

我等候你的佳音。

并望信中寄一些你窗前的玫瑰花瓣来，叫我也嗅到你近旁的香气！

芬

我全身僵了似的折不好她的信纸，我负了她，我负了她！到家后居然没时间给她寄只字片纸，不知她此时要急得怎样呢？可是我给她写什么呢？实说了吗？她会伤心过甚的。不说吗？那是欺骗！我得了她纯洁的爱，结果还要欺骗她，我的罪更大了，而且加增了她受罪！我只有忍痛不写信吧！可是她要急病了怎么办？她一直见不到我的信，一定会想到许多不幸的事。仅仅的送别她还病了，如果她想着我有什么意外的遭遇该怎么样？于是我决心写下去：

意芬！

　　别后安抵故里，只因思念增愁，千情万绪不知从何说
起，所以乃久未作书问候，尚望知我者谅之……

　　简直是鬼话，我自己也看不下去，"意芬"两个字在上，决不能
和下面的鬼话相连的，我不能骗她！

　　芬！完了，一切的梦幻全破碎了。母亲迫我和一个素
不相识的女子结婚，怎么办呢？……

　　又是鬼话，这么懦弱的人是不配给意芬写信的。啊！不知怎样
做才对？

　　又延迟了三天，我仍然给她写了一封充满热情的信，虽然心愧，
但是我抑制不了自己的热情啊！上帝罚我吧！我骗了她。

　　在我们情书往返中，那个日子来了，姑表亲戚，世谊戚乡，穿
门入户地不停。在吉日的早晨，父亲还从县里借来一小队警察，守
在门口和庭院。父母就这么好面子，上好的酒席一桌一桌地摆了不
知若干桌，我的脑子昏沉地任人摆布。在供桌前叩拜了天地，对母
亲似乎尽了一份心。洞房之夜，我仍然昏沉地待着，只觉新娘一身
红光护体，此外再也没见到其他。

　　第二夜我已经清醒了，我发现新人很美，圆脸形，很白，水汪
汪的眼睛不时地偷看我。

　　"第二个少女又把她的爱托付给我！"我想着，全身血液沸腾起
来。在这带有诱惑性的新房里，我做了新人的丈夫。她给了我新的
趣味，当时我忘了一切。

　　在新婚的生活中，再也没想到别人的不幸和焦急，母亲也放下
心去，心平气和地充当着婆婆。

　　因为她也认得字，所以把意芬的信都交给母亲。母亲也居然替
我保守着秘密，真出乎我意料之外。

　　"今天爹似乎交给妈一封信，是你的同学寄来的吗？我看看行
吗？看看我能认多少字。"她看着我说，这是婚后第十日。

"那是分数单子，英文的，看它做什么？"我惶愧地说，不知我为什么这么能说谎。

"唉！"她脸色凄凄地不说什么了。正在狂欢的日子，我忍受不了寂寞，一寂寞我会想起意芬来，所以我亲吻着她，不许她叹气。

"起来吧，谁也不是傻子，你还以为我不知道呢。从先你哭着不要我，你在外边认识了女学生，还和我这旧式人好吗？都是假招数。我没喝过洋墨水，我自然不懂洋文。"她说着哭了，推开我。我不知怎样替自己辩护才好。

"不哭，妈看见了要骂我，她嫌不吉利！不哭！"我初次见到女人的眼泪，我觉得她更美了，我不知如何来博得她的欢心，我跪在床上向她发誓，决不再接近第二个女人，她才笑了，一片云雾才算散开。暗中我又嘱托父母，意芬如果来信，千万不要叫她看见。渐渐地信少了，因为我实在没有机会答复她呀。

甜蜜的光阴过得更快，暑假期满，还有三天就要开学，她替我整理行囊，我看着她，不忍分离。心想带她一同走，又不敢说，母亲一定不答应，唉！无可奈何的别离呀！终于忍心丢她在家里，我又回到都市里去上课。

校园里花树茂畅，绿丛丛地保持着盛夏的风光。事情总是那么巧，到校第一个遇见黄大可。

"老石！回来了！"他亲切地跑过来接我的行李。

"你好。"我内愧得涨红了脸，把行李放在草地上，握住他的手。他无邪的脸上除了欢迎我以外，没有别的成分，我的心才放下一半。

"表妹近来心绪不好，等会儿我去约她出来，见了你就好啦。老石，你怎么啦？是不是很多日子没给她写信？"到宿舍，我坐下，他迫切地说。

"你知道乡下邮政不便，积压、扣留、遗失……我也真没法。"我的脸红红的。

"好了，我去约她，在哪儿见？"

"忙什么，再休息一会儿。"我真怕见意芬，她一定会看出我的破绽，她不像黄大可那么简单。

"得了吧！不忙！真不忙！四点，×海见。"他说着迈大步走了，

197

我已经来不及挽住他。我也没心绪打开行李，坐着发呆，想十足完全的谎，免得当面难堪。我是不善于说假话的，可是事已至此，我该怎么办呢？

七月末的黄昏，有着暮春的情调，×海公园的垂柳被夕阳照得更柔美了。黄大可和意芬并立在柳下，我的心一动，不知是不是忌妒，似乎无论如何她不该立在他身边。她穿了一身淡橘色的衫子，有波纹的头发飘荡在小风和柔柳里，衣襟做着调和的动荡，面容似乎消瘦了，但更加清秀；黑澄澄的双眼外笼罩着一抹忧郁，像两片轻雾遮着她的视线。她见到我似乎笑了一下，随即又收敛得没有踪影。我此时心内不知是什么滋味，像噩梦初醒了似的，对她又唤起暑假前的爱恋，妻的影子从我记忆里淡下去，究竟意芬是我第一个爱人哪！先入为主，爱她也是应当的，只是暑天这件公案该怎样掩饰呢？我很快地走过去，向他们俩人点着头，不到五分钟，黄大可又借故走开。

"我还以为你不回来了呢，没想又见到你。"

"我为什么不回来呢？为你我也要来……"我们坐在柳下的长椅子上。

"可是为什么二十几天不给我信呢？"她怨恨地转过头去。

"你不知道，乡下邮政不便，积压、扣留、遗失……也难怪你误会呀。"就是我早想好了的一句。

"信里冷冰冰的也怪邮政不便吗？"她似乎已经看破了我的秘密。我又不安起来。

"我要的玫瑰花瓣始终也没给我，还说什么呢？"

"你容我解释，意芬！我的信往往是托邻人带到镇上去寄，我只有报平安而已。我怕他们拆。至于玫瑰花瓣我是想把整朵的花朵给你，零落的花瓣不祥啊！你能谅解我吗？"

"你倒理由十足，又这么诗意，我真不能再责问你什么了。"她似乎已经把怨恨融释了，很自然地笑着。我现在完全放心啦，一切惶恐、担忧全忘记。她从一个麻布的提袋里拿出一个小纸包，上面还用丝结系好了。

"这是暑天的一点成绩，不知为什么看不下书去，什么也没心思做，所以我改了工作方式，给你亲手做了点东西，也得不少的安慰。"说着交给我。

我打开看是一对白枕袋，用色纱各补绣了两朵玫瑰，淡红的玫瑰，又自然地配了三五个小叶子。我说不出地感激，她仍然爱我呀。但一想及家里圆脸形、新婚的妻，又不宁静起来，妻也给我做过枕袋，彩蝶的、鸳鸯戏水的、三阳开泰的、麒麟送子的……说不出的华丽，但不免庸俗，比起她的技术来，当然不能同日而语。但是我却做了庸俗人的丈夫，意芬的高洁是无望了。

"大热天还叫你受累，我又感激，又不安。"

"这算什么，只要你……不忘我，我一定尽力使你快乐。"她悄悄地把头倚在我的肩上。我不知为什么难过起来，想拥住她哭一顿，但是我不敢，我不能再接近她，道德心在我心里闪着小光。

"我怎能忘你呢？不过……"

"不过怎样？"她坐好了问我。

"我总觉得爱是盲目的，你爱我自然看不出我的毛病来，但是一旦你发现我的缺欠就该不爱我了，我怕……"

"十一哥！你没毛病，没有缺欠，你是我心目中最完善的人！不要胆怯呀！"她又倚在我的肩上。她需要我的抚慰。我控制住自己的热情，想起婚后十日对妻的誓言。

"奇怪！你的确改了态度，你……"她突然站起来从上到下注视我。我觉得内心有愧，脸颈都涨得热辣辣的，说不出话来。

"你有什么事吗？十一哥！你的事瞒不了我，你的脸涨得那么红，你怎么啦？你告诉我，有难处我也许能帮助你，有过错，我饶恕你。十一哥，你说。"

"没事，也许路途跋涉太辛苦的缘故吧。"我几乎说了实话，但是我不敢，我受不了当面的难堪，我忍住到底没说。可是两人之间似乎有一个无形的隔阂，我们怅怅地分手了，而且一连两个星期没见到她。我有几次想写信或打电话约她出来谈谈，但是出来谈什么呢？所以几次的动意都打消了。只有忍住，忍住，任命运来摆布我吧！

有一天我收到两封信，一封是意芬的，一封是家信。我自然先看家信，因为那是父亲的手书。信里另有一页小纸，用铅笔写的很小的字。那是新人的信，我倒要快看看。父亲的信不外先叙家常，然后说几句勉励的话而已；她的信写得很整齐，四四方方的小黑铅笔字，像陈嘉庚的橡皮鞋底上的小方格子似的布满了纸上。

义格夫子见字如晤：

　　日前一别，远隔千里，物在人行，每每见物思人。妾在家自知孝顺堂上二老，夫子在外幸勿远念。饮食多加，起居用意，体健心安，乃妾之所望所祷。临书神驰，不尽欲言，百拜敬请
学安！

　　　　　　　　　　　　愚妾王丽英敛衽

我还是初次收到这样的信，没想到她的"女子尺牍"倒读得很熟。没有错字，也没白字，深情绵绵，十足表现在字里行间。要叫我写这么一封规规矩矩的信也很难呢，倒不能小看她。末后我迟疑地打开意芬的信。

十一哥：

　　你也许会笑我痴吧？又来信打扰你。

　　上次我本想对你陈述三个月来的怀念和思虑，以期得你一些安慰，但你给我的只是无边的冰冷，我的失望自不待提，就是你自己也不会多么愉快吧？十一哥！我本想从那天起不再理你，以增加你的难堪；但是一想到你红涨着脸欲言又止的样子，似乎大有难言之隐。你能否告诉我，有难处我和你分担，有过错我宽恕你，有误会我向你解释，万不可闷在心里。十一哥，我爱你，只要你不忘旧情，请忠实地把隐情告诉我吧！我已经看出来了，只是尚不清晰而已。十一哥！你是我至爱的人，如不能以知己相待，我还有什么希望？……

　　许多不幸的、可怕的幻象在我脑海里变换地映演着，

200

每一个幻象都足以伤我的心，都足以影响我俩的爱，以致日来食睡不宁。幻象究是空虚不足信的，你一句忠实的话，足可消除一切的幻象。你自然会答应我，十一哥不忍心叫意芬伤心呢，是吧？我专诚地等着你的回音。

芬

于是我又茫然不知所措了，我呆呆地看着两张不同的信纸，我的脑海被两个不同的脸形忽起忽落、忽隐忽现地交错地晃着，晃着，几乎昏晕过去，镇静了良久才清醒。这一切纠纷真使我难以承受，不由得消极起来。人生太乏味了，仅仅几十年的光阴又多一半被哀愁占去，就是在快乐的时候，又有什么趣味呢？年轮的不停，际遇的不顺，倒不如死了干净。可是死了又怎样呢？而且怎样死呢？于是又想到出家，或者做宗教事业……七上八下，稀奇古怪的思想消灭了那两个不同脸形的影子。意芬的信，我硬着心肠没答复，唉！意芬。

总算平静地过去了一个月，季中考试也顺利地完成了。数月来神经似乎得了一些安息，现在才知道世上最宝贵的是安宁，我一向却又偏缺安宁。

一天晚饭后，黄大可怒冲冲到宿舍来找我。

"老石！你做事也太欠坦白了，可是天下事又总是纸里包不住火，你是白隐瞒了。"他似乎是个挑斗的战士。

"你指的是什么事？不妨明说。"我自然明白他说的是我结婚的事，但他既没指明，我也不便先道破。

"唉！其实这事也很平常，我听你的老乡××说，你暑假回去结婚了。这也怪不得你，可是你一直隐瞒下去，叫一个少女依然疯了似的恋着你有什么好处？你的婚姻一定很美满吧？连我也不通知一声，一杯喜酒都喝不着你的，够朋友吗？"他的怒气已经消失了，坐在我的床上等我回答。

"喜酒是一定请你的，可是你得给我大量的同情。婚前我怎样向父亲要求退婚、我怎样忘不下意芬……也不用再说了。只是我对不起意芬，我对不起她，并且把她纯洁安静的心搅得纷乱不宁，我罪不容诛；再叫她知道我结了婚，岂不更叫她受打击？老黄，我也不配再说爱她了，那么就叫她恨我，自动忘了我吧！我想还是逐渐冷淡的好，千万不可太突然，她的情感很重呢。老黄，开学以来，我总是远着她，我宁可抑制住自己的热情，也不叫她再深陷入爱里。此心可表天日……我为她设想，老黄，我只好斩断自己对她的热情，此外再没有别的方法。"我又几乎哭出来。

"其实你也不用难过，对你的新夫人专情吧！"他怅怅地说。

我们沉默了大约十分钟的工夫他才走。我一夜也没有睡好。我知道明天下课后，黄大可就要把我已结婚的消息告诉意芬了，她该多么伤心哪！也许她恨我骂我呢？我再也得不到她的谅解了，大田园里的书房永不会实现了，给她做保镖的事更是梦想……更不用再想听那温柔的声音了。意芬，意芬！你像天边的彩虹似的，在我心里留下了一道五色缤纷的印象，但你又迅速地消失，远不可及的彩虹啊！我到哪儿去？妻虽然很美很动人，只是另一种情绪，和意芬远不相同啊！得得太容易，对意芬的认识虽也不难，但这么无形地失去，未免反加强了怀念。得到的已不足奇，失掉的却珍贵起来！意芬，×海之滨的拥抱该成了一个永不能泯灭的甜蜜回忆！我辛酸地蒙眬入梦，却梦见了意芬三次。唉！一切都是梦啊。

星期六下午，出乎意料地，意芬打电话来约我到一个咖啡店去，并且叫我把旧信、相片都带去。简捷地说完她就挂上电话。我不知是悲是喜，只是中了魔似的一直到屋里，收拾好她给我的信和相片，然后按时赴约。

"恭喜！石先生！新娘子很美吧？"她第一句就这么向我说，声音虽很自然，却不是原来低柔的声音，是尖锐的，像小利箭似的刺痛我的心。

"意芬！不要提起好吗？"我哀求着。

"笑话，这又有什么可不提的？还害羞吗？"她笑着。

"我难过。"

"难过做什么？男大当婚，女大当嫁。很平常的事，不是吗？今天由我请吃冰激凌，记住今天这个欢乐的日子吧！信和相片都带来了吗？"

"带是带来了，但是叫我保存着做个纪念好吗？"

"不必，我们没有什么可纪念的了。省得累你太太撕。"

她一下把我手里的信包抢过去，嘻嘻嘻地笑着。我不明白她的意思是什么。我像个观戏的孩子，呆呆地看着她的动作，她把那一包信装在一个麻布手提袋里，旋即宁静下去，宁静得像一个石像。

"也好，给你一个纪念吧！这个纪念不会被人毁去的，这个纪念是无形的，只留在你的心里。"她说着。

雨点似的亲吻我的脸和肩，灼热的唇在我的心里印下深深的烙痕，热唇夹杂着热泪，暴风疾雨似的袭击着我。我忘了理性，忘了一切，狂了似的拥抱她。但她猛地推开我，我几乎跌倒，我真奇怪她哪儿来的力气，我像个落在陷阱里的雄狮任她来处理。

"活见鬼！你还要骗我到几时？你曾说过，你真爱我，但你给我的除了悲伤还有什么？你只说爱我……我藐视世上一切的爱。尤其男女之间更无所谓爱，只是性的追求罢了。比方我和你吧，又何尝没把冠冕堂皇的爱摆在前面。可是你结了婚，就再也不需要其他的女性了，我呢？狂吻了你一阵，事后也就味同嚼蜡了，往好里说不妨说是爱到了最高潮，其实也是人性的需要而已。石先生！人和人的关系总要自然，勉强来的结果总是苦的……"她声泪俱下地说，但马上擦干了泪，按铃叫伙计，她要的完全是甜点心。

"让我们再甜蜜地聚首一次！"

"意芬，你冷静一下吧！你恕了我！一切的过错都由我始。我也没法子向你解释了。意芬！你真太不饶人了。"

"怎样？请你吃点心还不好吗。我不是很冷静地招待我的嘉宾吗？请啊！吃吧！你的喜宴也许没有这些点心甜呢。"

她始终似狂非狂似真非真地说些刺心的话，举动毫不正常。她是伤心太过了呢。我……我怎么才能使她得些安慰？我焦急地抓着自己的头发。

"何必那么厌烦哪！走啊，任你之所好！走啊！"一桌点心完全剩下，她却先跑出去付了钱。

"再见！石先生！"然后她头也不回地走出去。街上车马喧闹，我尾随在她后面，替她雇上车，她仍不停地走去，不坐，走过大街、小巷……一直到她家门外。她没回头，推门进去。我一人呆立了片时，怅怅地转回学校。

阳历年假时，我忽然接到一个请帖。

"意芬这么快就结婚了？"我惊讶地自语着。

可是她为什么不能这么快结婚呢？这时心里充满了一种莫名的痛苦，像病菌似的，在心深处滋生着。

"去不去？意芬要结婚了。"黄大可也拿着一张请帖来找我。

"送她一份贺礼吧。去是不去了，你代我致意吧！"我几分伤感地说。

"喂，你太欠大方，去吧，道道喜算什么？"

"不去，我实在大方不了。"

"你就不想看看意芬了吗？"

"……"

"去，老石！我陪你，你看看新郎什么样子也好放心哪。爱情绝不许自私的，只要对方幸福，爱的目的就算完成了。去啊！明天我来找你一块儿去！"

"喂，别走，你知道新郎是个什么人？先给我说说怎样？"

"我也不十分清楚，太快了，反正她本人也愿意。要不说叫你亲自去看吗？耳闻不如眼见，准去啊！"他说着走了。

今天就是意芬的吉期，我不知是好奇呢，还是无目的，随了黄大可去贺喜。我们去得正合时，花车已经迎娶来了，贺客们争前恐后地蜂拥而前。天色还晴朗，意芬还在车里，乐队奏响了，由伴郎伴着新郎到车边去迎人。新郎很英俊，中等身材，一脸喜气。我茫然得像个鬼魂，并没人注意，我总以为自己也是这幕剧里的主角呢，但没人理会我的存在……

半晌我才清醒了似的随着人群往里走去。新人已经到礼堂，黄大可也没有踪影。我很想回去，免得触景生情，真晕倒过去。可是我的腿又偏偏把我拖入礼堂里。

"新郎新娘对行三鞠躬……一鞠躬……二……三……"司仪的喉咙像电台上的扩音机似的叫嚣着，弄得我的耳膜嗡嗡地响。人虽多，但我身材高大，我看见盛装的意芬。我的意芬毕竟不平凡，白色的

204

花纱下映掩着纯洁的脸容，她今天为什么这样美呢？我如在湖畔见到秋月，光耀照眼。她一转脸，似乎见到我，冷冷地笑了一下。她这一笑是对我而发的，她在报复！她报复得好狠哪！

新郎挽她到休息室去的时候，贺客用花纸、豆子、小米、小摔炮毫无怜惜地投去，新郎用大礼帽挡住意芬。我恨我自己此时没带小的手榴弹，如果我有任何武器，我一定投向那新郎去，他夺去了我的意芬！

大家照合影时，我恶意地站在他们后面，等将来她看相片时见到我，叫她永远忘不掉我……但是那又有什么好处呢？我今天的思想的确反常了啊！像个受了气的孩子。

当静夜深思时，想来还是我负了意芬，她的婚姻不见得会美满吧？看婚姻的排场和贺客还能断定新郎不失为上流人物，对于意芬的物质供给或不会缺乏，但是意芬缺乏的却是情感是爱……是初恋的甜蜜。这一切只有我能给她……可是我又未能给她，是我负了她。我抓紧她赠我的枕袋喟然长叹，此后的生活是另一种方式了，绮丽的梦幻和妄想全消灭……

寒假一天未停地返里了。

初抵家门时，正是严冬的黄昏，院里沉默得只有初亮的灯火无力地从窗口射出。因为预先没给家写信，所以家里没想到我回来。我到家门前又迟疑了一下，我不知屋内是什么景象，此时却被女仆看见。

"少爷回来了。"

母亲一人出来，见我很喜欢，父亲也很喜欢。我坐在母亲的床沿上，享受久别后的团聚欣喜，只是没见到妻，又不好意思问。

"去接她吧！我没想到义格回来得这样早。"母亲吩咐着，我才知道她回娘家去了。

"忙什么？天太黑了。"我信着口说，其实也不是诚心话。

"不，一年总住娘家，女婿回来还不来，更不像话了。"母亲的脸在灯光下突然严肃起来，像一般婆婆对儿媳妇应有的神气。只是她并没在眼前哪，一提起她就如此，见到她不知要如何呢？母亲的心里未免矛盾，妻是她给定的呀。我不安地徘徊在屋里，等着，母亲又张罗我的晚饭。

我的饭还没吃完，外面车子已从大门外赶入院里，不久见她从外进来。不知是冬天衣服厚不合体呢，还是消瘦了，她看着很是憔悴。我们默默无言地相视了一下，她就赶着向母亲问好，向父亲问好，又把从娘家拿来的礼物献上，然后拘泥地站在桌边。

　　"去，给他收拾衣服行李去吧！"母亲赦了她，我也安宁地吃完晚饭，陪父亲坐了很久。后来母亲催我休息去，我才到自己屋里。

　　床枕已经铺好，她呆呆地在灯下出神，见我进来站起，悲喜交加地凝眸看着我。我握着她的手，觉得她确是消瘦了，距新婚仅仅半年，她已经失去少女的活跃和娇媚，人生不过如此啊。

　　"你瘦了，家里太累吗？"我问。

　　"不……累……"她伏在我胸前哭起来。

　　"你怎么啦？不要哭，告诉我！"我怜惜地抱着她。

　　"你等等，我还得到妈屋里去看看呢。"她拭干泪，又回头在镜子里照了一下，推开我，匆匆地走去。

　　为了避免母亲的申斥我们灭了灯，炭盆里的红焰仍发出一片小光辉，我见她的腮上、眼里都是泪。

　　"妈待你不好吗？"我小声问。

　　"不！"她摇摇头，索性呜咽起来。

　　"……想……我……了？"

　　"不！"她仍呜咽着。

　　长时间的呜咽过去，她才拭着泪催我休息。

　　"睡吧！你太累了，总怪我太笨，妈太能干，不能称她老人家的心，常惹妈生气……"她拭着泪抽泣着说。

　　"你暂时忍耐吧，我独立了就好了。我妈的脾气我能不知道吗？你只为我忍耐一下，我能做事了就接你到外边去住。"我安慰着她，我对她不胜怜惜与同情。我想：幸亏意芬没和我结婚，不然像她那生在自由里的灵魂，又怎受得了这旧家庭的樊笼。

　　"你也不用许愿，到时候早就和你的女朋友结婚了，我更没希望啦！没想到人一长大了就一点快乐也没有了……还不如生下来就死了的好……"

　　"你放心！我绝不会辜负你。请你以后不要再提什么女朋友吧，

206

为了你，我摈弃了一切女性的爱……"

"假如你的话都是真的，我还算没白活……你说的都是真话吗?"

"真的! 没有半点谎!"我又怎能欺骗这重压下的弱者。

"……"她无言地凝神看着我的双眼，似乎在找什么破绽，但我此时心里并不惶恐，因为我已无愧，意芬已经嫁了。在久别后的狂欢下，我们沉醉在夜的黑暗里。

最不了解的是母亲对她的态度，不管是谈着、笑着，只要一见她马上就严肃起来，而且时时对我说:"妈对不起你，早知如此，还不如给你娶那个女学生呢。我不知为什么总看她不顺眼。"唉! 这是为什么呢? 天下事不可解的太多了。母亲做了婆婆以后简直换了一个人。我终日思索着这个问题，但是总想不出一个好计策来，那么只好等我经济独立了再救她吧。这也只好归诸命运而已，真是一波未平一波又起。

当我们二度别离时更加深了惆怅和牵挂，她只是哭。我竭力安慰她，再三地叮咛她，叫她耐性等着我，并且教给她怎样寄信……然后我才机械似的离开家。

半年的光阴眼看又要过去，我的心早已离了躯壳，驰向家乡去了。又听黄大可说意芬婚后生活很快乐，不论各娱乐场所，或大商店，常常见到他们的俪影，所以我更想回到家去，以免在街上看见意芬后的不堪。

在大考将完的那一天，忽然收到家里来的电报:"英病速归"。我如闻疾雷，如看蛇蝎般的心悸不安，在第二天清晨就匆匆归去。但是晚了，我远远见家门外有白纸的丧幡在午后的阳光里动荡。

父母无言地迎着我，妻已停在尸床上。岳母和妻妹也止住哭，拭着泪站起来。我不顾一切地奔过去抱着她的尸身大哭，一直哭得母亲看不过拉起我来。

"还是我们丽英命不好，年轻轻的夫妇就这么分开……"岳母说着又哭起来。

她到我家仅仅十一个月，毫未享到幸福，就这么郁郁地埋在我家的坟茔里，留给我无边的悲哀和凄楚! 据说她的病是头痛，大约是急性脑膜炎，电报才发给我她就死了。她临终不知有多少话要向我说呢，却默默含恨死去。当时守着她的恐怕只有母亲吧？她看着婆婆严肃的脸死去，该多么痛苦呢？

本来母亲叫我到上房去住，怕我在自己的房里触景生情，但我坚持不肯，仍住在自己的房里，思及去年的一切真是恍如隔世啊！

玫瑰依然在晨光下开着，小雀子依然在枝叶间跳跃着，但我的心已失去往日的欢乐。丽英死后一月正是我们结婚一周年。那天我从墓地归来，就被母亲叫到上房去。

"年轻轻的，什么事都该想开些。她死得太早，难免伤心，可是一个月来，你也够受的了，以后不要再这样了。你看一个月来，你都瘦了！唉！都是妈对不起你！……"

已经一年了，没见母亲这么慈爱过。我真不知如何来报答母亲的善意，只好凄楚地笑了笑，我觉得这一笑比哭还难受呢。

"许多事我都没有向你说，半月来说媒的已经成群地来。乡下人真不开眼呢，看去年你娶亲时的排场大，都想把姑娘送到咱们家。我有了去年的教训也就不再做你的主啦，我看还是你自己办吧，费用还是家里出……你那个女朋友怎样啦？还是你们有缘，没福的倒先死了……"

我这些日子就怕母亲提这件事，今天终于听到了，心如利刃刺着般地痛，我觉得上帝在惩罚我。

"妈！不要说啦！我受不了。"

"怎么？她不是和你很好吗？"

"她……她已经出嫁了。"

"……"母亲也似乎意外地惊讶着，半晌说不出话来。

"那么还是从家里给你物色吧，外面女学生多半是靠不住的，反正妈不能委屈你。"母亲仍不肯放下这个问题。

"妈！您只有我一个孩子，您自然很疼我，假如您真疼我，求您以后不要多谈这些事好吗？我活着不是单为娶女人来的。我一年来为这些事苦得够受啦，妈，您答应我！"

"那么你就一辈子独身吗？"

"也说不定，不过总要冷静一些日子。"

"那么你不再上坟地去哭她好吗？"

208

"嗯！可以……"

"其实我也不是难为你。但是见你难受，妈心里也不好过呀！"母亲的泪也几乎落下来，一向刚强的母亲，很少见她流泪呢，但是为了我，母亲伤心了。

"我听您的，妈！您放心好吗？"

等父亲进来，母亲静静地掩饰住自己伤心的痕迹。她太刚强了，并且欢笑着转了话题，我也借机退出去。

有一天，我无心从父亲的旧书箱里找到一本《诸葛神书》……是用数学的方法来推算休咎的。夜里我在寂静的深房内如法推算起来。一个字、一个字算出，写下来却成章句，猛一看心为之一动。在静寂无一人的空房的深夜里，我好像对着一个古怪的巫人。我看着自己抄下的句子："芳花未放先凋谢，凄雨敲碎别离夜，天灾、地祸，还是自家孽，但回头，青灯古刹，佛门笼明月。"词句的好坏我已经顾不得了，但是个中意思倒合我目前的心情。我呆呆地看着这些句子，那种心绪大有贾谊在长沙夜里看见鹏鸟，和爱伦坡妻子死后听见乌鸦幽灵似的叩他的门板时的感觉一样。我的心紧缩着："假如丽英的灵魂回来，我该怎样呢？"想着想着更不胜其恐怖了，几乎想呼叫母亲来给我做伴，不过我没喊出口来。

幸亏一抬头，见书架上自己学校课本的书脊上的金字正对着灯发着光，想起自己是学科学的青年，怎么迷信起来了？不由得笑起来，自己简直成了童蒙。

"人是有脊椎的高等动物。"生物学上这样记载着。

"人为万物之灵。"古哲人早就告诉我们了。

于是我战胜一切玄妙，我忘掉悲哀。"我要做一个冷静的科学家，决不敢再坠入情感里，我怕啊！"我立着志沉沉睡去，没有思虑，也没有梦。

黎巴嫩的香柏木

　　我真希望自己是平原上的野草，或沙漠里的玫瑰，或是水边的芦苇，或是约旦河边的百合，甚至希望自己是任何一个生命最短促的一年生植物，免得见到世事的变迁。但我却偏偏是一棵黎巴嫩的香柏木。我将要怎样度过这些悠久可怕的日子啊！

　　在黎巴嫩山上，我生在母亲———一棵大香柏木树的身旁，和许多同类的树木绿苍苍地映着西方的大海。现在你们叫地中海，不是吗？腓尼基的商船在夕照里结队驶往尼罗河口，再载着大量的非洲珍品，乘南风归来。在黎巴嫩的山上，也听到过渔人的歌声，银狐在月下结队出游，闪着数百颗胆小的媚眼；我的荫下也曾沉睡过疲乏的行人，五色的锦鸡在小草上追逐着它们的情侣……呀，一切都过去了，一千年，两千年……时光太悠久了。

　　那些棕色的奴隶啊！是一万个，还是五千个，连我的母亲都没数清。他们每个人持斧、锯、钩、凿以及绳索从海上走到黎巴嫩的森林里。监工的皮鞭声、奴隶的呼叫声，把一座静静的山弄得乌烟瘴气。眼看许多同伴被他们砍倒了，他们又来弄我，母亲的枝叶护庇着我又有什么用呢？第二日我和许多同伴一起被人绑成一个庞大的木筏投到大海里。好难忍的海腥味！我才知道黎巴嫩山上的气息原是浓香的，只是生长在那里，久而不闻其香罢了。我记得那些棕色的奴隶说："香啊，香啊！"现在离开我芳香的故里来到这腥气难忍的海上，驶向何处去呢？母亲仍在山上吗？他们要我们有什么用呢？我们虽然香，可是够笨重的，要我们有什么用呢？

　　这许多的"不可解"把我的"木心"胀得发痛。

　　海水腥是腥但非常美，夕阳的光洒下来，给它罩上了一张庞大的金网。我们漂浮、漂浮，漂浮了好几个昼夜，终于被他们弄到一个生疏的岸上，又把我们分开来，因之我更孤独起来。

天哪！我受了多么大的刑罚呀！我受过锯、刀、钻的创痛，由一个白髯飘飘的老艺术家把我按照天使的形象雕刻成了一个"木美人"。因为在宫殿的角落里正缺少一个灯架，我就担任这么一个俏皮的角色。许多同伴也都改换容颜，装饰着宫殿的内部，有的做地板，有的做护墙板，上面还刻着初开的花朵或飞翔的鸟。我们凄然相对，有无限的哀愁。但是静静地从未有过交谈，因为说话又有什么用呢？谁能把一个"木美人"重新造成一棵香柏木呢？

那天月亮很好，我掌上的明灯都因之逊色了。在窗外的走廊上有抑扬的琴瑟声，又听到远远的人声欢呼着："所罗门王万岁！王后万岁！"渐渐地，琴瑟声加大了，加大了，还有齐整的步伐声。突地殿门开了，五十对童女举着明亮的灯火，轻轻地走入殿里，她们站成两排。她们的锦绣长裙交错着铺在香柏木的地板上。看哪！埃及的公主、法老王的女儿、智慧之王所罗门的新妇！在月光下，在烛影里，娇滴滴地依着一代明君的肩膀，踩着琴声走向殿中，她的珠履软软地践踏着无数的锦裙。在六重台阶的宝座下，四对真正的埃及白孔雀驯熟地站在宝座两旁，高高的钢台上有绣垫承托着后冕与后节，发着精金和宝石的光。那英俊年轻的所罗门王亲手替她戴上冠冕，又交给她那短短的王节，然后吻着她的小手说："美丽的王后，我对万君之王耶和华起誓说'我爱你直到永远'。"两朵笑着的红晕飞上她的两颊。廊上的琴声又响了，那一对天造地设的情侣行完加冕大典，就翩翩地回到寝宫。这巨大的宫殿立刻沉寂起来，五十对童女、白孔雀都退出去了，琴声也停止了，远远地还有沸腾的欢声。

我忽然觉得脸上湿润起来，好像我的眼里曾经流出了忌妒的泪水，我自己怀疑起来。仔细看，原来我的头被一个生着金色卷发的真美人头贴着，她海蓝的美目流着繁多的泪，涂着香膏的唇一张一合地在小声诉着怨言。"木美人哪！我多么羡慕你呀，你有明珠镶就的眼，你有赤玛瑙的小嘴唇，你出自名艺人的手。你快乐，你安静，因为艺人是慈善的，他不肯给你一颗解事的心，所以你没有悲哀，假如我是你还知道什么是悲哀吗？……"可怜的人受了什么委屈呢？窗上一个人影，飘然跳入窗里。我身旁要发生怎样一件故事啊！进来的是一个青年，他除了衣服比不上所罗门王，什么都在那智慧之王以上。他眉宇间有威毅的气魄，他有魁梧的身材，在月光下他的姿态有如凸起的山冈。他对那哭泣的女人说："还在发痴吗？你没亲眼看见埃及公主夺了你后妃的位置吗……"一会儿，月亮从树枝缝间溜到高空，全殿更明澈如水晶宫。那青年人又说："我除了没有王冕以外，有什么地方比他不足呢?! 放明白吧，他绝不会垂顾一个没势力、没财富的宫女的。他也不会真爱那新娶的妇人，只是敬畏法老王，那埃及雄主的威名而以婚姻结交罢了。这奢侈的、爱财的富人哪，总有一天，我……"那哭着的女人忽然迅速用手遮住他的嘴说："你喝醉了吗？魔鬼附身了吗？说什么疯话呀？""哈哈！疯话？你不见前些日子，示巴的女王来觐见吗？表面说是要听他说智慧的话，实际是变相求婚。多少骆驼驮来精金、香料、宝石与檀香木……那精明的女人真是十分了解他。可惜来晚了一步，没想到她的意中人已是法老王的爱婿了。请想！你有什么可做贿赂来买王的爱呢？""爱情是可以买的吗？如果可以买，我现在不买王的爱，倒要买你的爱了。""我的爱情却是不出卖的，是甘心献给我选中的爱人的。我为你保藏了多年的爱，请你接受了吧！""但是我忽然怀疑起来：我真的爱过他吗？还是没了解什么是爱呢？你使我从迷茫中清醒过来。你……你……你是早已被我爱着的，只是王和你有些相像罢了，而且……我多么羡慕那加冕的盛典啊！""美丽的人哪！终有一天我将亲手捧着冠冕戴到你头上。"两个人从窗口相扶着出去，只剩下我对着寂寂的月，听着尚未休止的遥远的呼声茫然了。人间的事太奇怪了，我也许要永久站在这宫殿的角落看这些奇怪的故事呢。

在一个明朗的下午，王和他的后妃在这殿里吃着丰美的宴席。但其中没有那美丽的埃及公主，只是王所宠爱的外邦女子，打扮得那么妖冶，用各种姿势向王献酒，她们身上没有长长的纱衣，只是珠宝镶绕和涂着脂粉的肉体。我看得心烦，但我有什么方法闭上我的眼睛呢？她们淫荡的笑语，足够使人掩耳的了，但我有什么力量抛弃手里的灯而去掩耳呢？看，一个戴着翠圈耳环、黑发大眼睛的摩押女子怎样邪昵地依在王的怀里，举着杯说："祝王万寿，喝了吧！这酒比那埃及公主的香唇还香呢！"别的女子也随着大笑起来。昏昧的王的良心在灵魂深处一闪，他呆了。也许是对他那冷宫里的王后忏悔了！那个女人却站起来把那杯酒喝了说："你们看，我在喝那弃妇的眼泪，真香啊！"于是又一阵哄笑。忽然，一个臣仆匆匆地进来匍匐在地说："求王恕我闯进来的罪吧！你的侍臣，尼八的儿子耶罗波安叛了，他正在图谋做以色列人的王。"王愤怒地站起来推开那狐媚的摩押女子，摔了酒杯说："捉他来，我要亲手溅他的血在我的宫里。"那个臣仆又匆匆地退了出去。我怕起来，我将要目睹"人杀人"的丑事了，我多么不幸啊！黎巴嫩故乡啊！吹一些清香的风来使我的灵魂苏醒吧！

我被人类的血腥气弄得昏昏欲死。又来了臣仆报信说耶罗波安逃到埃及去了。王才又坐下吃他奢侈的午餐，喃喃地说："逃往埃及，法老王死了，我还把埃及放在眼里吗？诸女子啊，为我换大杯的酒吧！在耶和华，以色列的上帝保护之下我是王中之王啊！"话还没说完，忽见那摩押女子昂然地离开座位说："王的心真是被耶和华迷住了，你不是多次说我是你的爱妃，我的神就是你的神，并答应了百次为摩押的神造圣像献祭吗？怎么又反悔起来了？"说着假作娇痴地抽出王的佩刀来说："王的爱既然不是真诚的，我再活着有什么趣味呢？还是死了的好，也好自由地回我的家敬拜自己的神。"说着用刀往白玉似的颈项上横去。自然她的手臂早被许多同流的女人挽住，因之她可以更逼真地表演这幕自杀的戏。王的心惊乱起来，一个生于锦绣堆里的王自然没有什么事比这幕戏还让他动心。他把刀夺过来说："没有金子可以用银子代替，没有上帝可以拜别的神；要是没有你，用什么代替呢？天明一定开工为你的神造像。"那女子伏在王的脚下，吻着王的袍子说："愿王的福寿无边！"唉，背义的人哪！要拜自己所创造的假神了，以色列的上帝赐他的无边洪福，竟换不得他一颗信心。太阳忽然被云遮住了，阴沉沉的天气呀，他们的宴席还没有完。

王终于年纪轻轻地死去，遗下锦绣河山和一千多妃嫔，此外战车、马匹、精金、珠宝、牛羊、象牙、猿猴、孔雀、骆驼、臣仆、战士无数。他的丧仪所费的钱多如海边的沙，但王自己能带入坟墓的只是一个犯了罪的尸体。

我多么恨自己悠久的生命啊，我眼见埃及的兵在这宫殿里抢去王制造的金盾牌二百面，重得二十个兵抬着一个，真不知王当初造它们有什么用。这些兵又抢去许多宝藏及妃嫔，我手上的金灯台也被他们抢去，幸亏我没受伤，仍然伫立在这劫后的所在。眼看着兴盛衰败。

所罗门的儿子远远地逃亡到别处去。一个秃了尾的孔雀时时走在我面前，我很想问问它对于这次变乱的感想；但是几十年来我的木口没有张开过，还是始终如一的好。我们只有黯然一瞥，就各不相干了。

月亮和我一样，照昔日也照今日，照君王也照庶民，又照着开着的宫窗。我又听见廊子上的琴瑟声，我又听见远远的人声欢呼着："耶罗波安王万岁！王后万岁！"殿门开啦，有一百对童女提着珠灯引路，依然把华贵的长裙铺在香柏木的地板上，那个尚未失去青春的黄卷发的女人挽着一个俊伟的君王走着贵族的步子，登上宝座。十六对孔雀分列在四周，王把一顶宝光闪闪的后冕加在那个生着卷发的女人头上。她笑了，一个青春的笑。王吻着她的手说："亲爱的后啊，你的荣耀幸福不比所罗门的后所得的要超过十倍吗？我在上帝面前立誓说：'我爱你直到永远。'"

大典已完，他们正要回寝宫的时候，我旁边一个苍白的中年妇人悲哀地发着抖。在月光下我看出她是所罗门加冕的后，也是所罗门的弃妇。她为什么穿着宫女的衣服站在这里呢？她忽然凄惨地号哭了一声："多么凄惨的典礼呀！"随即发着鬼哭似的声音从窗子跳出去，没人看见。但是新王、新后都听见这凄然的哭声了，而且他们断定是从我这儿发出的，他们派兵丁搜寻哭的人，没有。谁的脸上也没哭的痕迹，虽然都那么中了魔似的发着呆。结果他们怕搜不到人而获罪，就断定是"木美人"作怪。一个兵丁说："王啊！是那个丢金灯台的香柏木人哭她被抢去的灯台哪！臣仆在王登位以前就常常听到她哭。"我心里非常气愤。我并不怕获罪，只是这样以假

214

作真未免太不合道理。好在人们原是不合道理的动物，我也看惯了。我正要宽恕他们，但那愚昧的王却提着刀在两个持灯的臣仆后面，又怕又装作勇敢地走来。我看他面上已失去当年的清秀，不知什么东西使他的脸上多了一层晦色。他用刀威吓着我说："你真叫恶鬼附了体吗？在王的吉日你哭些什么？"我自然不会像人一样求他可怜，我也不愿真做出使他们惊吓的事，我依然保持着香柏木固有的品格，昂然伫立。月光正好照在我镶着明珠的眼上，发出两道清光照在对面的挂镜上，我自己也奇怪这光的锐利。那王用袖子遮住眼睛说："把它扔出去，立刻！扔在无人的地方焚烧了吧！"

果然我被人们抬出去了。从人欲横流的王宫里，走入清新的夜空中，几十年的烦闷完全随风而散。抬着的人说："真香！为什么在宫里闻不见香气呢？"另一个说："宫里只有人的气味，把香味淹没了。"那一个又说："在哪儿烧这木美人呢？"另一个说："你真呆，烧它多么可惜呀！这是名艺人的雕刻呀。我们把它放在风景美的地方，有工夫倒可以多欣赏几次呢。""还是你呆呀！王如果知道了，抗命的罪我可担不了，也许把我们喂了狮子，那还能欣赏艺术吗？""哈哈！你没见王对这木人多么怕吗？我们把它安置好了，回去对王说：'这木人确有精灵附体，不但没烧成反被魔鬼抢走了！'"

他们走了很长时间，走到一个静寂的棕林里，林中有一条小溪，他们就把我安置在溪水边。一个人说："你觉得这溪水香吗？""是的，香极了。比王家的香料要香万倍。""这小溪是通着黎巴嫩山涧的，所以香啊！"黎巴嫩，我的故乡，听见你的名字我也得安慰！几十年的人间生活使我遍体腥膻，小溪水潺潺地流吧！你带来的故乡气息足以使我的品格更清新。那两个好心的臣仆已走远了。我清醒地站在生满野玫瑰的土地上，从棕叶的缝隙中看那银色的月光，这个地方是多么合适的居所呀！到白天有各色的鸣禽栖止在我伸出的手上、肩上，唱着林中的歌曲，它们有时歪着小巧的头端详着我的眼，或者顽皮地啄着我闭了多年的嘴，笃笃有声，与溪水、鸟鸣组成一曲和谐的音调。

又过了多年，我依然健在。一个同样的月夜，我正听着溪水诉说故乡的消息，溪水说："黎巴嫩的小柏树又蔚然成林了，黎巴嫩的水发着乳香的气息……"忽然，一个白衣女子从我身边匆匆走过，向着王宫的那条路走得虽然飞快，但是颤巍巍的，是衰老的表现。听她喃喃地说："看亚比央王后加冕去呀！看亚比央王后加冕去呀！五十八年了，五十八年有三个不同的王登基，三个不同的后加冕。呸！羞死人的事。嘻，嘻，嘻……"笑得如夜间的恶鸟。我默默地说："人间的事，可羞的太多了。唉，我愿回到我的故乡！"

幽　灵

　　初到千里之外的×州，终日被乡愁萦绕着。岚因了职务的关系要常常到外边去视察铁路工程，一个月有十几天不在家，好在异地景色到处给人一种新的吸引，白天时时抱着不满周岁的玲儿在户外散步，却也减去不少惆怅。在夜间却只有我和孩子在灯影绰约中守着三间冷静的屋，除了寂寞以外还有几分恐怖，总觉得墙隅屋角里隐着些什么。我们的女仆是一个本地人，很年轻，很清洁，而且在没有工作时就到屋里去，看看孩子，看看我，可惜语言不通，她又不识字，彼此寂寞地相对笑笑。如果她实在从屋里找不到工作就悄悄退出去，她走后，孩子一睡，我就加倍地想起家来。

　　本来我不喜欢这房子，因为房间太大，人少，显得空洞，不用说在夜里，就是阴雨的白昼，也使人感到冷森森的可怕。但是屋外的庭院里却有着迷人的美。房东是个官宦之后，五十余岁的一位绅士，没有职业，除了一年收两次稻租以外总是在院里栽植花木，看来倒有君子之风。在他的院里有许多木本植物，多年生的树木，开花的、不开花的……茂盛地生长着，好像屋内的阴森和院里毫无关系似的。这些植物在大自然的清新中活力无限地发展着：绿油油的丛竹、大叶的芭蕉和棕榈、橘柚、梧桐、茶花、栀子、枇杷、蜡梅……错落地栽植在合宜的所在，因此我们决定住在这儿，放弃了那些新建的半洋式的红砖的职员住宅。

　　有一夜，玲儿很早睡熟，我一人实在忍受不了屋内的冷静，就披了一件小毯子，一个人悄悄地走出屋门。春夜里到处飘散着香甜温暖的气息，半圆的月隐在大叶的树后，院里清明如水。我不敢往北走，因为经过我们的屋子有一条小径，北边通着房东家的祖先堂，黑洞洞的使人连看它的勇气也没有。小径南端通着一个小角门，我也轻易不到那儿去。一则因为初到还很生疏，二则因为我们屋子还有一个前门通着外院和上街门的小径，白天出去总是走前门。这夜我信步徘徊着，渐渐地走到那角门边，里面一个小院子和几间破旧的小屋，听说在里边只是堆些破乱的东西。屋前有一株古老的树，一时看不出是什么树来，上面缀满了浅色的花朵，一半在阴影里，一半被月光照得像一片银色的花霞。我好奇地想去推开角门看看究竟是什么树。

一缕凄厉悠长的声音从里面飘出，像女人的哭声，也像什么动物的哀鸣。我立刻木人似的呆在门外。这明明是真事，不是梦，一定是女人的哭声，我倒进退两难了。推开门进去看个究竟吧，实在有点怕；转身回去吧，又不忍，因为那是一声绝望和极其委屈的哀号，我为什么不能给她一点安慰或援助呢？我犹疑着又停留了一会儿，可是再也没听见第二声，远远几声江轮的汽笛声又怪物似的吼叫着从静夜的夜空中传来，我低着头，踏着月光下的春草往回走。走着，我寻思着这哭声是谁发的，房东有一个姨太太、两个义女——其实是两个婢女，还有一个十来岁的小女儿和一个五六岁的小男孩……那么这哭声一定是两个婢女中的一个受了什么气，偷偷地饮泣。对了，一定的！那么等我把本地话学好了以后一定设法释劝她们的主人，或安慰她们，现在如果突然进去，因了语言的隔绝也许会引出什么误会也未可知。想着想着，就走向屋里去。

灯光一向是用蓝绸子罩起来，因为玤儿睡着的时候怕过强的灯光，醒来又怕黑暗，所以在她睡后屋内的光线发出难以形容的神秘色彩。我原是从一个恐怖的境界中回来的，再见到这蓝色的幽暗，实在感到精神苦闷，甚至于呼吸都感到窘迫了。宁可使孩子醒了吧，我把绸罩拿下来，屋内雪亮，窗帘还没有闭，当我向窗子走了不到三步，窗外一个人脸一闪就不见了，似乎在窗外窥探已久，不过我没有看见罢了。这是怎么回事呢？谁呢？真是活见鬼。最初只感到怕，但继之一想却不胜气愤了，推开门一看，只见一个人影走到那个祖先堂旁的小屋，一下进去了，消失了。看背影像那个叫什么香的婢女，那么角门里的哭声一定是另外那个婢女了，不过她没有这个什么香年纪大，她只有十一二岁，而且我常听她挨了打以后呜呜哭的，并不是悠长凄厉的声音，只是孩子的哭而已，那么角门里……我又想到鬼的事。进入祖先堂旁边小屋的人影说不定是一个人，不，一定是什么幽灵的声音和影子，但为什么一定叫我听见或看见呢？我的发根恐怖得冷森森的，像什么东西在我背后吹着。我赶紧回屋锁上门，也不敢灭灯，把孩子的小床拉在我的床边，生怕什么东西抱走我的孩子。一夜在恐怖的情绪中煎熬着，好长的夜呀。

此后我很少在夜里出屋子。岚回来以后我并没对他讲以上那些事，我怕他又要说："你们女人胆子太小了，专会疑神疑鬼的。"我忍着。

渐渐地，因了珍儿的关系和房东的小女儿熟悉起来，她叫若英，她爱珍儿，珍儿也喜欢她，一见她就露着四颗小白牙笑，而且咿呀地说着些什么。若英见了珍儿就跑过来叫："小妹妹，我抱抱吧。"她是小学五年级的学生，会说国语，这也是我们熟悉的原因之一，虽然我们的年龄差得那么多，但是我们很自然地成了朋友，对于我真是一件乐事。她知道我喜欢花，常常拿着一枝新开的花来找我，后来居然肯到我屋里来温习功课。由她的言谈间知道了许多当地的风俗和一些植物的名字，在我心内蕴藏了许久的问题却未曾问过她。

"角门里，那棵开白花的树叫什么？"有一天我实在忍不住地说起"角门里"，我想由此再引到哭声的问题上去。当我说到"角门里"的时候停了一下，偷看她的小脸上确乎有一种和往日不同的神色。"莫非真有什么隐秘吗？那角门里。"我想着，又接下去问那棵树的名字。

"弗晓得，"她不留心地说了一句土话，但又不好意思地改成国语说，"我不知道，爸爸和妈妈不许我们上那儿去，从先我有一个姐姐住在那里，后来……后来她死了，那屋子就……不许我们去了。"她说着说着，郁郁地摸摸珍儿的小脸说："再见，小妹妹，我要吃饭去了。"再挽留她，她已不停地走了。

我的话哪一句伤了她的心呢？也许她和我一样怕着那神秘之门吧？孩子是不会装假的，一怕就显露出神色来了。我真对不起她。这样看来，那天的哭声和人影一定是她姐姐的鬼魂。我越想越怕，

219

等岚回来一定搬家。若英不再理我了吧？寂寞的时候更寂寞了，一定搬家，"小角门"对我来说更加神秘了。

果然，若英有两个星期不来找我，躲着我，见了玪儿她仍叫一声"小妹妹"，然后走开，任凭玪儿张着手呼叫，她从未回转来，加快脚步走去。

初夏到了，不时下着毛毛雨，院内和户外的风景对我更加强了诱惑。我们仍未肯立刻搬走，当地的土话我不但可以听懂而且可以说了，我才知道我们那女仆是一个善良的女伴，因之时时很放心地把孩子和家完全交给她，一人撑了伞穿了雨鞋出去散步。

在微风细雨的一天下午，我偶然走到江边，只见那披蓑戴笠的舟子逍遥地等着过江的远客人，远望×山隐约在烟雨中，对岸古塔也模糊地增了无限风韵。我欣赏着，不由得上了一驾小划子，想到对岸去买麦片。

才下船，见若英挽着一个青年女子的手臂远远走来，看她边走边说又跳又笑的样子和初见她时一样，那么她所挽的一定是一个最亲近的人。谁呢？在那老宅里从未见过她，也未听若英谈过她。走近了，那青年女子不但服装华丽入时，而且整个神色和相貌都那么美，眼睛像若英的一样可爱，射着活跃的青春之光。她一言不发地听着若英不停地述说着，眼睛望着对岸，举着一把十分漂亮的油绸伞，斜斜地遮着若英，任雨丝落在她卷曲的黑发上，她似乎不觉得，只是不时地眨眨眼，躲闪着落在眼皮上的雨珠，或微微点点头回答若英的话。一个脚夫担了些零星东西跟在后面。她们似乎是才从车站来的。若英见到我雀跃地笑着，更紧紧地挽着那女人的手臂，十足表示她的愉快。她自然不会给我介绍，也就笑着从我面前走过去，走了五六步她又回过头来，而且又向她挽着的人说了些什么就上船了，划向她的家。

晚上，雨似乎加强了。因为岚已经回来，我那些恐怖的心情已经完全消失，窗子、门都没关闭，听着雨点沙沙地打在大叶子的植物上。因为"听"往往是和"看"相连的，我趁着岚和孩子玩的时候，拿了小伞溜出去……天和地被黑暗联合着，几棵高大的柚子树像巨人似的撑住了沉沉的天宇，"听雨"时的感觉是幽美的，"看雨"的感觉则另有一番悲壮之感。

看哪！在角门外一团黄色的光晕里几个黑影子拥出来，呀，又是一个异象吗？我像一个旋风似的逃到屋门里，关紧门，灭了灯，守着窗子窥探。孩子在里间屋和岚的嬉笑声打消了我恐怖的情绪，我只是好奇地张大了眼睛探着头看。

渐渐地，这神秘的一群人走到我门前的小径上，那个叫什么香的婢女提了一个灯笼在前边引路，一个黄晕的灯光，晃晃地在路旁向前移；白天在江边遇到的青年女人撑着伞，扶着一个中年妇人——也是我未曾见过，她手中捧着一种点着的香，猩红的香火，缭绕的香烟笼罩中我见到她的脸。天哪！这是一个人类的脸吗？

脸是黄白色的，五官很难分清，只是左眼很大很清晰的，而且部位生得那么合宜，右眼却被有疤的皮肉遮掩着，留下一个小小的黑洞；鼻子上半段很直很正常地在脸中，下部却因大疤痕弄混乱了，就是嘴也成了一个歪洞。在这黑沉沉的雨夜，更增加了她的丑。那青年女人那么小心翼翼地扶着她，一步步地，迟缓地走向他们的祖先堂。我今天有了多少奇遇呀。这一切是怎么回事呢？那个奇丑的妇人是谁呢？真使我半夜不能安眠地思索出一个究竟来。

翌日午后天晴了，清朗的初夏日光照在五光十色的花木上，映出一个多么愉快的景色呀！我想，幸亏我们未搬家。我喜滋滋地把窗子换上白地绿花的长帘，当换好时从高凳上才下来，若英却进到我的屋里。

"若英！你又理我了？"我拉着她的双手，快乐地说。

"本来我就没有不理你呀，×太太，我姐姐要来看你。"

"你姐姐？是谁呀？"

"就是我姐姐呀，昨天她从上海回来的，我们在江东岸你不是看见了吗？"

"啊，那美人就是你姐姐？怪不得很像你呢。"

"哪儿美呀。"她笑着说。她的小脸上完全充满着幸福的光彩，我心里虽然有许多疑问也不敢问，怕她又像上次似的不理我了。我想起那捧着香的丑脸，我记起角门里的哭声，我记起她说有一个姐姐死在角门里，可是我不敢问。

221

"我没去看她，她倒先来了，欢迎！若英，你等等，我再收拾一下房间。"我说着匆匆地把书架上的书弄整齐些，把窗帘的皱褶拉匀些，然后才放走若英。

二十分钟以后若英姊妹俩来了，我招待她，像招待一个朋友的姊妹。她已经没有昨日的华丽，一张素脸，一身浅淡的衣服，更显出她天然的美。

"若英在上次的信里就谈到您，她天天打搅您，真是多谢了。"

话说得更准确、更流利，声音那么清脆柔美。

"不要客气，她是我的好朋友呢。"我笑着说，捧给她一杯茶。在近处，我看出她眼里的忧郁，虽然她的嘴在温柔地笑着。我又接着问："你在上海多年了吧？"

"五年了。"她看看若英又说，"我走的时候她还没认字呢。"

她像一个慈母似的抚摸着若英，若英也婴儿似的倚着她，她直爽而坦白地告诉我，她是一个电影演员，而且也是电台上的播音员，这次来故乡是想接母亲到上海去同住。

"您没见过我母亲吧？可惜昨天晚上落雨，不然我倒可以指给您哪一位是我的母亲。平常她永不出房门……昨天我回来了，她高兴得在晚上去到祖先堂烧香，正走过您的后窗子，不过您要见了我母亲也许要怕的，她……唉！"她没往下说。

"姐姐！你说吧，怕什么？×太太人蛮好的。"若英说。

"小姐！我很对不起，昨晚你们去烧香的时候，我看见了，因为我隐在窗里听雨。"

"听雨，很有诗意呢！×太太，那么您看见我可怜的母亲了？害怕了吧？"她忍着一些什么心情说。

"一点也不……"

"不过多少感到奇怪了是吧？"

"啊，也不……"

她又坐了一会儿，问了我一些无关紧要的话就告辞了，我自此深深感到她的可爱，我觉得这院里的秘密不久就会洞悉的了。其实一定要窥探人家的秘密是不道德的，但我想无论如何也许能尽一些力给这些暗幽里不幸的女人吧。

222

以后，只要岚不在家，她就来看我。从她的话语里知道她从先是从家里逃走的，因为她在十七岁时和一个十五岁的男子结婚了。这男人是招赘在她家的，是一个瘦弱的小书生，在他们结婚第三年患肺病死了。她的父亲却叫她守节。她为了自己的幸福总想逃出父亲的专制，只是苦无机会，可巧她的一个远亲在上海组织了一个歌舞团，她听说后，就大胆地拿了些嫁时的妆奁逃走了。她的父亲只对人说她死了，而且故设疑阵地不许人到角门里去，据说把她关在角门里，其实倒是把母亲囚起来了，不许她见人。母亲也不肯再见人，她也认为女儿的逃走是自己的耻辱，母亲有一颗充满了三从四德的心。几年来她从歌舞生活中改业演电影，不上一年她的声誉红遍了整个电影界，生活方面也比较安定了。她大胆地想把母亲和妹妹一起带走，她从同乡处探听到若英已经入×州第二小学，她不时地暗中给妹妹写信。若英呢？对于自己的身世十分模糊，最初她以为姨太太是自己的亲母亲，她也知道姐姐已经死了，终日和那个抱养来的小弟弟——她也以为他就是自己的亲弟弟，还有那两个婢女，在一起玩。等到入学以后她觉得好像到了一个新天地，处处给她以新的、愉快的刺激。去年秋天她接到姐姐的信，姐姐像说故事似的在信里述说着她们家庭中的秘密，她才知道角门里不时从窗里显现的怪脸才是自己的母亲。她的小心灵里生出海样深的懊丧、恐惧、怀疑等思虑，直到姐姐归来才消逝尽净。

若英的姐姐叫若芳，不过在上海却叫林琳，这些自然是若英告诉我的。若芳渐渐和我更熟悉了，她简直拿我当作知己看待，我自然因了感激而更加爱她，而且唯恐她不久要和母亲走了，我该多么寂寞呀，所以我在白昼总是抱着玪儿在她窗前徘徊。

一天下午她从她父亲房里出来，泪痕还没干就到我屋里去，我正在树后和玪儿捉天牛，见她到我屋，就三脚两步地赶去，同时把孩子交给女仆，进屋见她伏在我的书桌上哭，毫无顾忌地呜呜地哭。

"怎么了，若芳？"我拍着她的肩初次呼唤她的名字。

"×太太！我恨……"她又哭了。

我只好任她哭个痛快吧。

"好些吗？若芳！有话说给我听听可以吗？我即或不能替你出

力，多少在精神上能给你些安慰。若芳，我们都是女人，只有女人对女人才会彼此同情的。"

"……"她果然抬起眼泪纷纷的脸来对我凝视着。

"若芳！你太委屈了吧，怎么哭成这样子了？"我说着也不禁落下泪来。

"太对不起了，惹您陪着伤心，其实我很久不哭了，因为我的环境是不允许我流泪的，除非在做戏的时候；我也不想哭，我只需要许多生活的技巧来应付自己光怪陆离的遭遇，到家来却感觉不同了，它唤回我已死的记忆，它唤起了我固有的本能——哭。×太太，自从见到您……更因了您过多的友情使我多愁善感起来，我真愿意在您的温柔中哭干泪泉，然后再拿出最后的勇气来和恶命运拼一下！"

"……"我茫然地听着她愤愤地说。她已经不哭了，她是那么激昂地说着，像演剧，又像内心发出的狂呼。

"×太太！我索性都说了吧！我恨我父亲！我恨他虚伪，他把这所老宅子弄得那么华丽迷人，家道也殷实，并且弄得儿女双全，但是走到我们家的内部呀，都叫人觉得阴森森的、冷冰冰的，像个鬼窟。您知道，他居然不放我母亲走，我恨他！"

"您的母亲身体不好，他不放心吧？"我说着。

只听她急道："不要用一个良善的女人的心去想他吧！他呀，只觉得母亲不配见光明，母亲如果走了，谁来供他虐待？谁来满足他的残虐狂？

"×太太！我母亲原来也不是那么丑得怕人的，完全是他害的。可怜的母亲年轻时也和我们一样年轻美丽，而且出自名门，饱受了古老的家教，那么安娴地在我家服侍我的祖父母。祖父母去世了，父亲掌管家务，那时母亲还很幸福地过活着。在我三岁的时候，母亲第二次生产，不幸又生了一女孩子；父亲是不喜欢女孩子的，在那个小妹妹三朝的时候他和母亲反目了，骂她不生男孩，骂她丧气。她本来身子欠保养，又加上意外的愤怒，于是就病了，患贫血病，瘦得可怜，头发在那时忽然完全脱落了。父亲毫不怜悯地更加倍地摧残起她来，在她才出满月的时候，那个不幸的小妹妹抽风死了，她是多么伤心哪，可是我父亲就在那时娶进现在这位姨太太。妈妈

224

的心哪！碎了……

"姨太太是娶来了，但是一切家务仍由妈妈一人操作，而且我父亲是好吃嘴的，每餐由母亲亲手做菜，她仍然忍耐着，任内心煎熬着，任愤怨在内心沸腾……

"有一次妈妈正在煎着一锅猪油，预备过五月节做菜用，那天最热，妈妈用袖子擦着汗，守着那一锅滚沸的油，却见我父亲和姨太太穿着轻悄的衣服，拿着凉扇从窗前走过，似乎是到哪儿去乘凉。

"可怜我妈妈见了这不平的景象，狂叫了一声晕倒在炉子上，她原是有贫血病的啊！你一定可以想得出发生了什么事吧？×太太！我真不忍心说下去了。"

"若芳！你不要多想了，你看，你的脸色多么苍白呀。"

"不要紧，我再也忍不下去了……那时我和一个老婢女在院里玩，她听见妈妈狂叫，她把我放在沙土上就跑到厨房去，天哪！后来她亲自给我讲过的——妈妈的脸上仍有油烟冒着，妈妈的脸成了一段焦炭，但是她没死，世上还有她没受完的罪。"她的嘴角微微地颤抖，可是并没哭，我不知用什么话来安慰她，她呆呆地陷在沙发里。

"只有两个月，妈妈的脸好啦，但是妈妈的美丽再也没有了，她只剩下一颗苦痛的心和一张丑得怕人的脸。此后父亲对她更加厌恶了，终日打骂、驱使，像一个狠心的主人，使用一头推磨的瞎驴似的。她再也没有好日子过了，自然不难自己死去，但是因了我，又不得不忍受着，保存着自己的气息。是的，她只保存了一口气息，其他什么也没有了，我……我连累了妈妈。"

"若芳，不要太痛苦了！我们看你的父亲不是一个很和善的先生吗？那么文雅，那么安静，从未听他大声呵斥过谁，也不曾听他发怒，怎么会有这么狠毒的心肠呢？"

"可笑的见解！你又哪儿看得出呢？不用说你，就是一般亲友也很少知道内幕的，任姨太太水涨船高起来，任妈妈陷入痛苦的深渊，没人给一点援助，没人说一句公平话。自从我居孀以后，父亲压迫着我守节，他说着多少冠冕堂皇的大道理，多少人赞美他的高洁，但是我却无论如何也理解不了他的好心。我想来想去，他是在剥夺我的幸福，我决心走了，我顾不了可怜的妈妈。"

"你母亲知道你走吗？"

"不，她不能理解我，她心里另有一番古老的见解。我不怪她，因为我们不是一个时代的人，可是我没想到我走后给她留下了更多的痛苦。

"从那时起我父亲就把她囚在那个小角门里，给她许多工作，叫她在那幽暗的屋里为他和姨太太工作，五年了，她未出角门一步。

"有一次若英到那儿去摘金橘，被妈妈看见了，妈伤心地晕过去，若英重重地挨了爸爸一顿打，以后她再也不敢到那儿去了。"

"若英！我真对不起她。"我趁机把上次春月夜的哭声和若英那次对我的躲避情形说给她听。

"你是不是以为那哭声是什么幽灵发的？"

"……"我无言地点点头。

"我这次来，父亲并未忘记他的权威，在当夜人睡后拿鞭子迫我跪下认罪。我没服从他，我大声和他辩理，我要喊叫，他怕邻居听见，才饶了我，只是不许母亲和妹妹走。×太太，我现在只有两个办法：一个是深夜偷着带走母亲和妹妹，一个是请了亲友大家评了理以后再走……不过两个办法都有困难，妈妈自己也不肯走呢。"

"为什么？真是怪。"

"当然，她的思想、她的生活习惯，都不能接受新的改变，只得慢慢解劝她吧。"

有一天早上很早，我的头还没梳好，若芳就跑来了。

"×太太，她肯走了，答应了，而且父亲也无可奈何地答应了，你替我高兴吧。我想请你到她屋去看看，看看她的真面目，她并不是可怕的幽灵，她是一个受难的慈母，你该认识她……"

"可是你父亲知道了不合宜吧？"

"不，他过江去了。"

"姨太太会告诉他的。"

"你看，怎么这么顾虑起来？你也怕他们吗？你还打算在这老屋里住上几十年吗？"

"也说不定永久住下去，为了纪念你。好了，让我梳好头发走。"

我不好意思地说着，匆匆地梳头，我急于要见见这位幽暗里的不幸者。

当我迈过角门门槛时，拉拉若芳的手，我微微地抖着，在江南的初夏，早晨的光辉里兀自感到一阵冷！金橘树上结着碧绿而丰多的果实，树下有数寸长的草。

室内有供桌，垂着黄帘的佛龛，寂寞地依着灰色的墙，若芳一定早向她母亲说好了我来拜访的事。

"×太太来看你家①。"她掀着里间的软帘说，我也就随她进去，她的母亲已经站起来迎接我。

"老太太，您好。"

"好，×太太。"她的脸虽与常人不同，但也能表示她的心情。尤其她的左眼，正和她的女儿一样温柔，她似乎是在微笑，又似乎有些怕生；右眼不住地闪着，看看我，看看她的女儿。

若芳又用土话说了许多话，都是关于我的，于是我和这位幽灵似的女人也消除了隔阂，因为她有着一般母亲的慈爱和温馨呢。

"老太太什么时候起身呢？上海蛮好玩的。"

"随她吧，好玩吗？呵呵！"她搓着手说。

"我可以天天陪妈妈出去，看看这个，买买那个，把若英送到一个好学校里去。"若芳像哄着孩子似的说着，梦幻地看着布满阳光和树影的窗子。

"要不得的，我会吓死人的。"她似乎又在笑着。她转身从一个黑木橱里端出一盒点心，盒上的装潢是那么美，并且有"上海"字样，显然是若芳带来的。

"吃呀，×太太，是芳阿子带来的。"她亲切地叫着女儿的乳名。

"妈妈，不要紧，上海人多，没人理会一个人的脸孔，怕什么？你家随便到哪里去，没有一点妨碍。"

"啊，我也能见人？我也能？"老人的心也幻想着幸福的未来，她自然会感到奇怪，她久居在幽暗里，也有见光明的一天吗？见了光明她又有什么样的感觉呢？不会像一朵暖室里的花拿到春风里一

---

① 当地的尊敬语，意思类似"您"。

吹反倒要零落了吧？不会，我不该这样想，这样想是不祥、不道德的。我抑制住自己的乱思潮，不敢再想下去。

若芳母女三人的行期已定，还有三天就要起行了，我备了一席简单的饯行酒，在一个不幸者的欣喜中我感到安慰；在为一个良友的饯别中，我又感到惆怅。若芳的母亲总是说："我也能……吗？"好像一切的享受只有别人的份儿，她自己却不配。每当她这样说时，我和若芳总尽力地岔开或解劝，她也就安静了。

在她们起程的那天早晨，我很早就起了，心里非常不宁静，而且迟疑着："送她们上站吗？也许会增加别离的痛苦吧？不送呢？又未免于心不安。"我们萍水相逢，本是聚散不定的，但一想到重见无期，内心感到无边的惆怅。

当我心思仍未宁静的时候，忽听到一阵阵的哭声，是若芳的声音，又有什么波折发生了吗？一定又是她父亲作梗。

谁想得到呢？原来若芳的母亲心脏病发作，在早晨死去，那么迅速地死去，没有一句遗言，没有一丝留恋地完结了她的一生。这是多么意想不到的事啊！

七天以后，房东为他的夫人举行着相当豪华的丧仪，在众多的家族与亲友的行列里，送走了那饱载痛苦的躯壳，房东扶杖垂泪地目送着灵柩，若芳狂了似的喊着："妈妈！"

若芳在她母亲葬后三日带着若英走了，我没勇气给她们再饯行，我更没勇气送她们上车站，我们互换了照片以后就沉静地别了。

此后我再也不能住下去，我总觉得那个幽灵仍在角门里的小屋中，甚至于盘踞了整个庭院，任这庭院的花木再葱茏美丽，也不会留住我，我们决定搬走。

当我们搬家那天走到江边回头看去，那阴森森的老屋已经紧紧地闭了黑色的门，关住了多年的秘密和寂寞，昂然蹲踞着。

越岭而去

远远一阵雷声，天还没全阴，西北山顶上有一朵乌云，它魔幻地伸展着，一忽儿黑了半边天。

东柱的唇角往上牵了一下，又收回去，他要笑，但忍住了。阳光从云隙里洒下来，广大的草原上描了一弯小溪，澄清得实在像带子——蓝色的丝带子。锁儿的媳妇也赶着一只顽皮的鸭，叫它归到群里去预备回家，其余的鸭却柔顺地上岸，在浅草岸啄羽毛，有的扇着翅，滚下水珠。远远看去好像几朵大而纯洁的白花朵，错落地开在绿草上。

被赶的那只鸭子又悠悠然地游在溪水里。锁儿媳妇急得咒骂着拭着额上的汗，一缕短发被汗浸湿了卷曲着，像一个黑绒花蕾。东柱的笑再也忍不住了，一声笑掩住了远雷。

"笑什么？跌跟头捡了元宝怎的？"她怒冲冲地瞪了东柱一眼，举着长竿子顺流跑去。鸭子在水里灵活得很，不像在陆地上那么文绉绉的，它顺流浮下去，人和鸭子都趋近了东柱，他卷卷裤腿儿迈入水里，一手捉住鸭翅。

"要活的要死的？"东柱笑着，鸭子嘎嘎地在他手里挣扎。

"你敢弄掉它一根翎毛，我要你的命。"

"你瞧！我拧死它。"

"东柱！你敢，你……"她隔着河焦急地喊。

"我就要看看你要我的命！"他笑着，作势弄死那只鸭子。

"给我送过来没事。你……"她声音已柔和多了。

"说好听的！"

"东柱！你给我吧！要不……我回家挨骂。你还是我的好街坊

229

呢。"她持着竿子半哀求地说。东柱奔驰而来，水花溅在他卷着的裤腿上。锁儿媳妇倒退了几步，她感到他的威严和力量的逼迫。

"还得说好听的！"他站立在她对面，眼光逼得她低下头去，什么也没说。趁他不备，她一下抢过鸭子去，倒持了竿子要跑。没跑开，他捉住她的膀子不放。

"你还要我的命不？"他笑着看她。

"不，要你命做什么？得啦！放开我吧。他们一家子看见了可不得。"她挣扎着像她手里的白鸭。

"晚上出来一会儿行不？就在这儿，我有话对你说。"

"不一定。"

"不行，你来，你不来我跳墙找你去。"他故意要挟着。

"那可怎么好？我来，不过得他……睡了……他还有一点不舒服呢。"她仍然没脱开他的手。

"他……他——少提他！你可答应出来了，不许到时候变卦。你还是起誓吧！"他等着回答。

"我来，不来了，不得好死……你真……"她哀怨地望望阴遍了的天，有雨前风吹着浮在溪面的杨柳。他把捉着她的手松开，似笑非笑地依着一棵树干望着她离去。鸭群缓缓走去，雷声近了。

雨后的晚夕，有夏夜特有的清爽笼罩着大地，锁儿在床上呻吟着，他媳妇在帘下的小凉灶上煎药，看看新月已经钩住墙外的树梢儿，蛛网上的水珠闪烁着银光，时候到了。蛙声似乎在呼唤，而药的气味懊恼着她，良久，良久，药水煎熬好了，端入屋里，婆婆还嫌她熬得太稀，时候短。

"心里想着什么？这么忙？这么一大碗苦水叫他怎么喝？"婆婆瞪着她，她也没说什么，只是咬咬下嘴唇，转过脸去。

"我不吃呀！太多。"锁儿并没看见药量多少，只是顺着妈妈的口吻撒泼不肯吃。他只有十四岁呢，比媳妇儿小了五岁，他在炕上像一只瘦猴儿。

"别着急，好孩子……你再给他熬去！也上一点心！这会儿别再熬煳了。他妈的该犯丧气星！"

她又点上小凉灶，把药壶放在上面。落下滚去的水很难烧沸，

230

新月又升高，荡在白色云缕里，织云浮过去，天色蓝得可爱。她焦灼地偷偷把药倒一半在地下，然后煎了一开，好容易服侍锁儿吃了药，婆婆又骂又嘱咐地走了，锁儿还没睡着，反侧着。

"你也睡，你不睡我害怕，我吃了药嘴苦，你从柜橱里给我拿点冰糖。要不，你从小笼里给我拿一个沙果吧……"

"你还有完没有？吃了药不说好好睡，出出汗，又吃这个，又要那个，你成心扰人……你成心折磨我是怎的？"

"你就会跟我发横，你有本事跟我妈说去。吃点糖准睡呀！"她听了，无可奈何地去拿冰糖，不再说话，怕婆婆听见不甘休，那么更不能出去了。"他等急了真会跳墙进来呢！"她想着，悄悄地把糖放在锁儿的手里。

"你好好睡，你睡了我还得关鸡栅栏，还得把狗关在二门外，完了事就睡，你要不好好睡我就不跟你好了。"她的声音很小，不过心跳得很厉害，好像不该这么瞒哄一个孩子。锁儿的冰糖块太大，在嘴里不便当，唾液都流在嘴边儿。

"你给我咬开，糖块太大。"他把糖从嘴里拿出来。

"得啦！小祖宗，您对付着吃吧！要不自己咬开！我嫌脏！"

他只得又放在嘴里，咬着，嘟囔着，渐渐睡了。她才长长出了一口气，等了一会儿，她悄悄地走出去，几枝秋秸被她踏碎，她一惊，用脚尖走去，幸亏没人问，她从后门走出去。月色和蛙声的世界，有小溪潺潺地奏着夜曲。

"你怎么才来？"

"你嫌晚不会别等着？"她像一只出笼的小鸟，话语又强硬而活泼了。在月下，她的脸上有愉悦的光。

"对了，正要跳墙去找你，看你为什么舍不得你那小猴儿男人，我看你们怎个亲密劲儿！"他妒忌地用力抓紧她的肩头，她热烈地依近他，他们沉醉在雨洗过的青石上，有小草围着青石的边缘，她低声笑着。他仍然妒忌地诅咒着，要从她身上找一些安慰，以解脱他的愤恨。

"说实话，你和那个小猴儿怎个亲密劲儿？说！"

"我们亲，我们舍不得分开，他是我的男人！"她有意挑逗他，

231

她见他微怒的脸孔背着月光另有一种魅力。她恨自己炕上那个猴儿似的傻孩子，可是命运注定了的，自己恨着的反倒要相守一世，自己念念不忘的却成为路人……心绪不宁地起伏着。东柱果然被惹怒了，雄猴似的扑向她，狂了似的，把头脸撞着亲她的全身。

"你再靠近他，就要你的命！"他恨恨地说。

"你……要我的命，我也愿意，东柱！你弄死我吧！"她迷茫地站起来，颤巍巍地走了两步，张着两个手臂，要他抱。

"离我远一点！我不要你挨我！你这心嘴不一的女人！去！躲开我！"他怒斥她，像叱骂一头生癞的狗。她的泪流了满脸，月光怜惜地照着她惨淡的面容。

"你真怪我吗？你不知道事情是父母做的吗？你不知道我心里难过吗？你不知道我出来难吗？你还这么屈人心，你不说可怜我，还生这么大气，我真不如死了好。"她的手仍然张着，但全身没有着落，晃摇着像微风里的花棵。

"你死了倒也干净，省得一想起你们的事就刺我的心，可是你不能一个人死，你留下我做什么？"

"我舍……不得叫你死……你……这么年轻力壮……你还有用……你不能死，你不能死啊！我的……好东柱！"她终于哭倒在他的胸前。他的怒气已经化为乌有，粗大的手指抹去眼角的泪，抚着她的发鬓，默默无言。月下的天地清明而广大，难道没有一个地方使他俩存身吗？可是也没有一件东西足以阻止他们相近哪！是什么使他们这么伤痛，这么毫不怜恤地摧残他们活泼泼的生命？

"你不知道我在他家一天多么苦哪，婆婆那么厉害，事儿又那么多，一天累个死……他又是那么一个尿泡孩子，一点不能帮助我、心疼我，动不动还向婆婆说我的不是。我的脾气自幼咱们一块玩你是知道的，没吃过亏，可是现在只有气受，没有完的苦吃着，你还不明白人家……"

他的愤怒早已变成哀怜，他拥着她默默无言地四处望着，忽然他见到北方和西方的高山，绵延巍峨。在那儿似乎有力量吸引他，呼唤他。

"你和我走吧！"

232

"了不得！我怕人家笑话。"她畏惧地摇着头，好像已经有千万只眼睛在注视她，有千万个轻视的冷笑的脸在她四周闪着，丈夫的小瘦脸上暴露着青色的血络，也冷笑着似的映在她脑海里，婆婆的脸是铁色的……可怕啊。

"怕笑话！不怕受罪？不和我走，做小猴的女人谁能夸奖你？就是有人夸奖你，你又能得到什么？你又有什么快乐？你想想，你就真甘心一辈子忍气吞声活下去受罪吗？你嫁了以后也得了瘦病，黄黄的脸，我见了就心痛！走，无论如何你得走，你要想活着就必须走。在山那边有我的亲戚家，就是没亲戚我也可以养活你。凭我这一身力气到哪儿都能活下去……可是我家房无一间，地无一垄……穷人一个，这是要说明白的。"

"你以为我要享福吗？我把用在他家的力量拿出一半来，在哪儿也不会受饿……还有你，我更不怕……可是爹妈的脸面全完了，说不定他家会跟我爹爹要人呢。"

"你是从他家走的，他敢跟你爹要人？唉！就是跟你爹要人，你也不用挂心吧！谁叫他把你嫁给那么一个毛孩子哪。"

"那也是命！你不要怪我爹！……走了以后，你还生气不？你的怒气……叫我怕，又叫我……喜欢，你要再生气，我真受不了，东柱！你看你哪儿那么大力量？你看你站在人前好像一座山。谁的话我也没甘心听过，只有你的话，不听也得听，你送我几步，叫我回去，拿点用的东西再走。"

"不行，马上就走！你回去就不好出来啦！也许永远走不成呢，马上就走，你走不动我背着你。"他焦急得声音又大了。

"可是我的东西就都便宜他们？"

"比把命给他们好多了吧？你现在回去，一定走不出来了，那么你的命就是马上完不了，零罪再也受不完啦，说不定一会儿他们正起来追你哪！走，不要那么小气，你是东柱的人就得像东柱，东西没有了可以买，命完了可就都完了。我还要活着，你也不能死……"他用右手揽住她的腰，迈着大步往北走去。月已偏西，青蛙还在呱呱不休。

走到山脚下，听见山水吼叫着，她靠紧他，似乎有些恐惧：

"这……是什么叫？"声音那么颤抖着。

"山水，这声音可怕吗？"他柔和多了，保护她，安慰她，像一般最勇敢的丈夫对着爱妻。

"我怕！我觉得比婆婆骂人可怕得多。我觉得像……有神鬼，咱做的事瞒不了他们。"她怕得抬头望着他，想在他脸上找勇气。

"你说我们走开是坏事吗？傻人才那么想呢！神鬼总比人聪明得多，要真有神鬼，他们会保护咱们的！"他说着，自信地仰视着耸立在当前的陡峻山岩。似乎在默祷，似乎在寻思，他见夜色里每一个山石都是伟大的，每一株树都是正直的，在这儿没有虚伪，没有欺骗，没有诡计，没有人造的假道德，山水的吼叫是自然的正义呼声，因之也觉得他们走对了，正义的声音叫他们前进。月光射到多树的山坡上已是微弱了，她疲乏地坐在一块平石上。

他精神更加奋发地前进着，扶着她爬向更高坡，她借了他的力，已经忘却畏惧和疲乏。向上爬，向上，向上！终于到达玉虎岭，翻过岭去是另一个区。他们在那儿可以找到工作，他们可以在自己的意识下活着，共同地活着，没人再来欺负他们。

他们站住了，同时回过头来，见山下的故居都沉睡在夜色里，有夜的黑暗笼罩着无垠的大地。该有多少怯弱和不幸的人同时被黑暗笼罩着啊。她微微叹了一口气。

"累了吗？"

"不，可是咱们暂时坐在这儿歇一会儿行不？山里有……什么吗？"她恋恋地望着山下说，又望望四围的山坡。

"什么也没有呢，不怕有我哪！"他纵身一跳拉住一根横树枝子，"啪"一声折断了。去了小枝叶，成了一个大棍子。又折了一枝给她。木枝还很湿润，很重。

"有了这个，狼狐……都可以打了。你不要怕。"

"那你坐下来，靠着我多坐一会儿。多少日子都不能和你多待一会儿，你坐下！靠近我。"

"这会儿还怕我离开吗？从今以后再也不离开你了，放心吧，小傻瓜！"他愉快得像一头在草原上脱了缰的马，他枕着她的膝盖躺下，仰望从树缝间撒下的星光，月要西沉了，空山新雨后，有超人

234

间的清香弥漫着。

"你要困，就闭上眼睛睡好吗？"她低头对他说。

"不，我不困，我要醒着，看着你，在天亮的时候，咱们必得赶过岭去，等太阳出来，找亲戚、找工作都容易。你怎么总往山下看呢？你怕什么，还是舍不得什么人？"

"不，我只是看看，住了多年的老地方……"

"新地方比老地方好，你怎么有一点难过似的？你要是舍不得老地方，为什么肯跟我走到这儿来？为什么？"他笑了。

"我也不知道为什么，还不是为了你……"她笑着的眼光掠过他仰起的脸。近晓的山风虽在夏日，却凉森森地难耐，他起来偎依着她，她像做着好梦喃喃地叫他的名字，当他的热力偎暖她的时候，山雀子噪了，红光射遍了东方天际，山水吼叫着，淡红色的雾像纱幔，垂罩着各个山谷，树木也似乎换了茜色的晨装。他俩醒了。她半惊疑、半喜悦地望着他，他热烈地拥紧她。他见朝霞树影之下的她，像一个美丽的新妇，他催促着他的新妇起来赶路。

他们毫不迟疑地走去，向上，向上，越过玉虎岭走向一个新的境域。

门　外

虽然在六月天，但阴雨霏霏的黄昏也是凄凄恼人。

小栓子被继母推到街心，然后她把黑色的门关得紧紧的。他不敢去叩门，也不愿意再回家去，继母曾狠狠地说过："你敢回来，我弄死你！有杂合面儿我还留着喂狗呢。"他觉得门外的空气比家里舒适得多，而且绝不会有人弄死他，于是他拖着瘦小的身子向雨地里走去。

他自由得像一只小燕子，从泥泞的小巷里走到宽大的马路上。路灯黄色的光晕在雨丝织就的湿雾里照耀着，行人们如同晴天一样地往返奔走着，有的打着雨伞，有的披着雨衣，似乎他们也是没家的，或者也是被继母推出门外的吧，不然为什么在下雨的夜里还在外边跑呢？

商店的玻璃窗内，摆有奇异的物件，小栓子咬着手指任意地看着，从百货店看到照相馆，再从照相馆看到丝绸缎铺，没人管他，没人突然用鞋底子敲打他的后脑勺……他感到生平第一次轻松愉快，顺着人行便道走下去。走到一个铺子门外，里面有呼喊的声音，不像打架，也不像卖东西的声音，铺子里卖东西是不用呼喊的，他这样想着，一些穿着短大褂白围裙的人穿梭似的跑进跳出……忽然一阵极刺激嗅觉以至于刺激饮食器官的香气，从这铺子里毫不吝啬地跑出来，偏偏送到小栓子的鼻孔里，他马上感到饥饿了。他更记起来继母打他以至于推他到街心的原因，就是他从小弟弟的手里咬了一口杂合面儿的黑窝头。这诱人的香气是从哪儿发出来的呢？一定有东西比这气息更好、更美。什么人能吃这样的东西呢？这是些什么东西呢？他倚着这奇异铺子对面的电线杆子歪着头想……居然被他想起来了：还是几个月之前，他爸爸还好好地活着，给一个什么机关抄写文字，曾经带着小栓子、小柱子——他的小弟弟，到庙会上去吃炒灌肠，吃羊杂碎……那味儿真不错。他忘神地坐在电线杆子旁边一级低低的阶石上，回忆当日在庙会里的幸运。

"两毛钱的灌肠，要焦的!"他记得父亲把两毛钱的钢板儿往那黄色的案子上一拍，真神气。

"多来点蒜!"他似乎真到了那个黄金时代，说出声来。

"他妈的躲开! 好狗不拦路。"忽然有人踢了他一脚，骂着，正踢在肩背上，背上有继母用擀面杖打痛的印痕，他痛得叫了起来，忘了才想了个开头的好梦。

"妈呀! 我不敢了……"他习惯地喊着妈，反手抚着背，站起来倚着墙，见那踢他的人穿着闪亮的皮鞋，跳到一辆有雨篷的三轮车上走了。

肚子并没有因为他挨了一脚而停止饥饿的疼痛，而那馆子里散出的香气更加强了诱惑与压迫，可破了许多洞的线背心连一个小衣袋都没有，更不用说钱了，没钱拿什么买东西。当他看见三五个比他更脏的小孩子在一个西瓜摊旁边守着，见人家狼吞虎咽地吃完瓜瓤，抛下瓜皮来，他们和一群饿狗毫无两样地抢着，彼此诟骂着吃那在泥土上打了一个滚儿的瓜皮。小栓子不由自主地走近了，而这一群小孩子各吃着瓜皮散开。

眼看天色晚了，雨也似乎没有停的意思，街上人渐渐少了，摆摊子的四方篷伞也撤下去，摊子都收净。有几次他很想学着拾几块瓜皮吃，但看来是没有希望了，望着卖瓜人推着车摊子走远，他坐在地下呜呜地哭起来。曾经被摊子遮住的地面倒还不湿，可是不久雨又把这块地方浸成泥泞。

铺子外面都关上各色的铁板，有的是铁条的大门，有的是网状的罩子……形形色色的铁板给坚固的建筑物加强了一层保障，于是小栓子连一个门洞，或一个有遮蔽的台阶都找不到，任冷雨浇在已湿的身上，多日不洗澡的身子冲成无数条泥痕。

另一个奇异的地方，门依然大开着，院里悬着各色电灯，有好听的音乐响着，门外有五七辆汽车，还有三轮车和人力车，原来这是一个停车处，在一个铅铁棚里。小栓子矮着身子爬到一辆黑色的汽车后面，这样倒好，雨不能再浇他，可是饥饿又来侵犯他，饿得胃里好像有一个铁手在掏，那么残酷，那么无尽休。

汽车夫无聊地吸烟，吃着花生米。出乎意料的是，从这辆车的车窗里抛出来一个不整齐的纸包。小栓子非常敏捷地拾起来，他目光灼灼地希冀着纸包里抛出来的恩惠，但除了几粒坏了的花生米和花生皮以外什么也没有。他吃了那仅有的几粒花生米，自然对他的饥饿毫无补益，所以他把花生皮搓碎含了一会儿，一口一口地完全咽下去。口腔和食道工作了一阵子，它们麻痹地休息着，小栓子也疲乏地睡去。

当电车初出厂时，在空洞的大街上急驰着，发出空洞而响亮的脚铃声。小栓子醒来，见自己睡在一个空旷的铅铁棚下，身边有一条很可爱的灰色狗，灰色的毛卷曲着，毛像羊身上的，而以全身来论它的确是一条狗，毫无恶意地伸着前爪伏在他旁边。他如同每天早晨哄小弟弟似的，用手去抚摸那狗的头顶和脊背，它乐得摇着尾巴。小栓子想起小弟弟来，"如果是小柱子，准叫我一声哥哥！"想着，小栓子的热泪忽忽地流了两腮，抽搐着唇，把脸伏在狗身上。

在洋槐树和电线杆子交错的行列里，走来卖菜车子，东方的楼顶际有红色的云，枝叶间的宿雨也闪着绯色的光，天是晴了。"还是回家去吧！看看小弟弟再回来，弄死就弄死吧！"他拉一拉贴在身上的裤子和背心站起来，那灰色狗也站起来，他向大街走去，灰色狗跟在后面。

方向走错了，经过的地方都是昨天没走到的地方，生疏而奇异，所有的情绪和昨天都不一样，人世是这么多变吗？怎么今天和昨天完全是两个世界呢？昨天是雨的黄昏，今天是晴了的早晨，但哪儿是小栓子的家？

他和狗无心地走到一个十分热闹的所在，那是菜市，在那儿除了商人和厨子以外就是乞丐和狗，送冰的车、菜车、菜挑子……很难找到一条通顺的路。在商人们手脚忙乱的时候，有许多乞丐趁人不备抽一条黄瓜，或者一棵葱，蹲在较远的地方去吃。饿狗垂着尾巴缓缓地东闻西闻找它们的食。小栓子靠近一筐未卸的西红柿，圆润红嫩的果实不知多么可口呢，他泥污的小手偷偷地伸过去。

"起来！"一个人在呼喝一条狗，小栓子的手吓得缩回去，回头见那灰色狗仍然没离开他。当人不注意他的时候，小手又偷偷伸过去，下了决心，抓住一个顶大的西红柿要转身走开，但那弱小的腕子却被捏在一个铁硬的大掌里，紧接着背上就挨了几拳，他痛得叫起来。人们好像商议过，专门打小栓子的脊背，当他挣扎着抬起头来的时候，他看见一双比继母还厉害的眼睛，长在一张庞大而肥胖的脸上，盯着他不放。

"天生的他妈的贼骨头，专拣好的偷！"骂着把他甩在地下，平日菜贩子拴布棚用的橛子，刺着他的瘦股，自然又是一声惨叫。他想在这儿是不能停留了，便向前面走去。但是他的家依然没有踪影，他记起家里还有半袋子杂合面儿，他此时多么需要这黑色的窝头啊，胃里闹得痛啊！

一天在饥饿与惊恐中煎熬着，他还没学会乞讨，只有等着，等着意外的幸运，或死亡的来临。"幸运"和"死亡"两个绝对相反的名词啊，小栓子等着。等了一天，只吃了三块西瓜皮。

街头的灯又亮了，幸运终于临到，他依然坐在昨天存身的铅铁棚下，奇异的门里又悬起五光十色的灯来。

"小莉莉！你怎么在这儿，我找了你一天，哦！小莉莉！"从一辆黑色汽车上走下一位年轻的太太，走到小栓子面前，叫着小莉莉，俯下身子。

"我不叫小莉莉，我，叫——小栓子。"小栓子嗫嚅地说。

"哦！小莉莉。"那女人并不理他，去抱他身边那个灰狗，狗摇着尾巴。那女人从手提包里拿出一块纸包的食物，好像是牛肉干，抛给那个狗。狗也饿了一天啦，和小栓子一样不会自己寻食，于是一下子把那块肉吞吃了，依然摇着尾巴，那女人又抛给它一块。小栓子恨自己为什么没有尾巴呢，饥饿地望着那个身上放香的女人。她倒很良善，居然也抛给他一块，他并不羞怯，和那狗没有两样地吃着。"美味！什么肉呢？又香又甜……"他想着。那女人抱着灰色狗走向奇异的门里去，扭动着婀娜的腰肢。狗从女人的左臂旁伸出头来望着他，它伸着舌头，在右边摆着尾巴尖。他恋恋不舍地望着他们。

小栓子感到从未有过的伤感与空洞，他感到整个世界都遗弃了他，昏沉沉地又记起往日的幸福：母亲在他的记忆里已经消逝了，只有爸爸清瘦的脸慈祥地在他的神经里照耀着。

　　"爸爸！我饿！"他不知说出声音没有，反正随着这个意念捧着脸哭起来，"爸爸！我饿！"

　　在他裸露的膝盖上忽然有一个湿润滑腻的东西在轻轻地动，他揉着眼睛呜咽着，对那突然而来的灰色狗诉怨："小莉莉！你还饿吗？你多好啊，饿了有人给吃的！我饿……没人管！小莉莉！你怎么又来了？"

　　小莉莉柔顺地依着他的脚卧下，望望门里的灯，望望远处的电车线上的火花，安逸地吐着舌头。小栓子的泪落在它灰色的卷毛上："我要有这么一身卷毛就好了，我……我什么也没有，小莉莉！……"

　　良久，那个美丽的女人挽着一个中年男子的膀子轻盈地走出来，对着小莉莉笑着："你看，它又去找它的朋友，小莉莉！"

　　那灰色狗像一个撒娇的孩子，不起来。

　　"放它走吧，你这小鬼头！给你这个！"那女人以为小栓子故意留小莉莉，拿出一块钱来赎这灰色狗。他莫名其妙地接过一张绿色的票子。那女人抱走了小莉莉。他想这是一块钱，拿着这样的钱曾经买过一次面。一块钱，一块钱！"我去买窝头，剩下的呢，买点沙果给小柱子吃，妈就不再打我了。一块钱！"他喃喃着。

　　他正兴奋地喊着，一个中年流氓走过他面前。

　　"你要买窝头？我给你买去，前边有卖玉米面窝头的，黄澄澄的，准不是黑的，买的人多，怕你挤不上。"

　　"我跟你去！"他把钱交给那个流氓，忽然站起来说。

　　"不用跟着，我就来！"那个人匆匆走远，小栓子觉得这人不是好人，骗走他的钱，赶紧拖着两条疲乏的小瘦腿跑着追去。"我的钱！一块钱是我的！"但那人已没影了。各商店仍拉起各色的铁门，小栓子跑着，喊叫的声音凄凉地散在夜空里："我的钱，一块钱是我的！我的钱……"

前　　路

冲在山沟里的水发出轰轰的响声，有节奏地冲过浑圆的、众多的山石。马樱花树错落地生在山沟两边断崖的红土上，羽毛似的叶子、粉绒似的花，点缀在苍翠的山谷间，放出清香的气息。天阴沉沉的，高峰上绕着云雾。

三妞儿已经把衣服洗完了，她见四周没人，把鞋袜脱了，卷起裤管来站在一块圆石上，任山水冲着自己的腿脚。水劲很猛，她几次站不稳，而且凉得她一口一口地倒抽冷气，她却偏要站着不躲开，黑布裤子全湿了，红布小褂的大襟也被跃起的水花打湿。她小声骂："缺德的。"她想脱下小褂晾到树枝上去，陡地听岸上一阵笑声，只得把解开的扣子又扣好，大声骂："缺德！"她提起盛衣服的篮子和鞋子，光着脚走开，到水边有草的地方。草扎了她的脚："缺八辈儿德！"她只得穿上鞋，跑到山坡上，找那笑她的人。

"我想没别人，又是你，你笑什么？"

"亲妈还不管人笑哪，你管得着吗？"那个拿着铲子掘野菜的黑牛说。

"缺德的！掘野菜做什么吃呀？"她说。

"喂猪！"

"呸！还喂猪哪，人吃什么？吹牛！"她说。

"怎么，你不给我做老婆了吗？怕吃野菜呀？"

她拾起一个小石头向他投去，他笑着跑开了。但是不往远处跑，搂住一棵白杨树，防备石头再来。她不再砸他了，倒对他点头说："过来，我问你正经的。"

"什么？"他并不动。

241

她正色叫道："真的，有事呢，不过来你不是人！"

他过来，但并不走近她。她往前凑凑说："怕什么？我又不吃你！"说着，趁他不备在他赤裸的胸上打了一拳，然后转身跑开。他追着，一把抓住她，笑着说："凭你这个小身板敢打人？今天有你的……"

他把她拥在一块大山石下，亲着她的脸，她推着，骂着，笑着。山水声还是轰轰地吼，天更阴了，山里到处弥漫着浓雾似的云。

"你说前面那大山石像什么？"他已经放开她，两人坐在山石下的竹叶草里，他没话找话说。

"爱像什么像什么，我可该走了，三件衣服洗了半天，妈准得骂我。都是因为遇见你这丧气鬼。"

"嫌丧气，别对我使那股子劲儿，你不打我，我也不能招惹你。你妈骂你，你把实话告诉她就得了。"

她"呸"了一声走开了。眼看就要下雨了，他还在狮子坡摘野菜。

她到家把半干的衣服晾在篱笆上，抛下篮子到屋里。妈正在纺麻绳。

"我还当你死在外头啦！也知道回来，还不快烧火哪，你爸爸从地里早回来了，要不是和你王五叔在门口说话，早要吃饭啦。"她把干柴煨在土灶里嘟嘟囔囔地说："就知道纺麻绳，谁做饭不一样，必得要我做。"她用力折山柴，用大把的柴烧着。

"你还不往锅里添水？锅就要烧炸了。"妈说。她才把锅里添上水，洗米。饭好了，把外面说着话的爸爸找回来，又把野马似的和人家捉迷藏的弟弟叫来。她真气极了，她想：他野马似的玩倒没人说，我又洗衣服又做饭，妈还骂我。啪！给了弟弟一个耳光子。弟弟本来玩饿了，一打可打起火来了，躺在地上打滚不起来，骂着，手脚乱蹬。爸爸拉不起来他。妈说："都是这个死丫头，做一点饭没好气，拿他撒气。"

"不用管他，咱们吃咱们的，吃完洗碗。"爸爸大声说。这句话很有力量，弟弟顾不得打滚，带着眼泪、鼻涕、污泥……吃饭来了。三姐儿看着弟弟不由得一笑。雨真下起来，很大。

北山上已经看不出山峰来。她想："他也许还在狮子坡上吧！"

经过一场大雨，天已经不那么炎热了。没衣服可洗，妈叫她学着纳鞋底。她没好气，她想出去。

"又是福子的底子，我不管。"

"别找骂，好好做我不骂你。你弟弟的不管管谁的？你爸爸的鞋底大，你做不了。"妈说。

"屋里都把人闷死了，我上山坡上做去。"她说着就要走。

妈把她叫住："你的心里长野草啦？在屋里就坐不住。拿着底子，别只是玩。等一年半载叫人家招走了，看你可怎么好！去吧！看你嘴噘得那么高！躲着人家的果园子走，省了人家瞎害怕。"

"听见了。"她拿着弟弟的鞋底子跑出去。

她坐在一棵大树底下，山水在下面吼着。昨夜的雨水从峰顶上往下流，流成一道道闪光的条子。黑牛还没来。她看那个像大狮子头的石头又像个人脸，怪得可怕。她四处找黑牛，没有影子。她又恼又怕，小声骂着："缺德！"从一块大石头后面走出一个人来，不是黑牛，可是她也认识，是胡大爷的儿子——狗剩儿——也就是她新订婚的未婚夫。她很看不上狗剩儿，可是爸爸种着胡家的地，去年收成不好，还借了胡大爷六十元钱，一直没还上，五月前连本带利已经一百二十元了。爸爸没主意，愁得整天打转，后来要把青苗卖了，弃了自己经营了半年的青苗，得了钱好还账。胡大爷倒有主意，要和爸爸做亲家，把三妞儿给狗剩儿做媳妇。不但不用还钱，还又给出五十元钱、一匹布、两对银镯子。爸爸对这位亲家真有说不出来的感激。只是三妞儿不愿意，她知道狗剩儿天生只有一只耳朵，据说前生死后狗要吃他，可是命大的人狗一尝就知道，不敢吃了，只吃去一只耳朵。名叫狗剩儿，不但纪念着前生的事，连这一世也表示出与众不同来，狗都不敢吃，长命是无疑了。不愿意又怎样呢？爸爸欠人家钱！她一见狗剩儿从石头后面出来，又失望又生气，闷着头纳底子装看不见。

"我知道你今天准来，可是黑牛给我们放牛去了，来不了啦！"他大约昨天在什么地方隐藏着，看见她和黑牛的情形。

"来！来！谁也管不着！"她还纳底子。

243

"你可不能老早地就叫我当王八!"他凑过来说。

"天生要是王八,怎么也不会不当。"她说。他却站在她旁边,俯下少了一只耳朵的头来,要一点丈夫的表示。她却不容情地用鞋底子打在他脸上。他摸着脸,懊丧地说:"开玩笑是怎的?打起男人来了。"可是并没生气,又凑过去。她狂了似的推开跑了,一直跑到回家的路上,见黑牛果然牵着一头牛从对面走来。他见她狂奔着,又往狮子坡上看了看,看见狗剩儿,他鼻子里哼了一声说:"今天真美呀!还没过门就先圆房了。"说着牵着牛走向山坡去。三妞儿又气又委屈,坐在路边一块青石上大骂:"死不了的缺德鬼们,都滚山下去死了才好呢。"骂着往山坡上看看,只见狗剩儿穿过他家的葡萄园子溜开了。黑牛把牛赶在山坡上吃草,他看了她一眼。她扭过头去不理他。黑牛在山上唱起小曲来,声音很大,弄得山里起了回声,和有节奏的山水合成一种动人的调子。

> 六月里的天儿呀,天是热的,
> 谁家的姑娘,坐在那野地里,
> 咿呀,呀呼嘿。
> 野地里青草多呀,草是绿的,
> 谁家的姑娘呀,想那个少女婿,
> 咿呀,呀呼嘿。

她心里噗噗地只是跳,不由得又走上山坡去。他不理会她,还是俚俗地唱着。唱完了又用舌尖打嘟噜儿,看着牛吃草,看都不看她。她生来没受过这个气,这滋味可不是人该受的,比打一顿还难受。她用鞋底子敲着自己哭了起来,边哭边骂:"缺八辈儿德的。死不了的短命鬼儿,瞎了眼的老牛……"她哭着,他咯咯地笑,又唱:

> 六月里的天儿呀,天是热的,
> ……

她觉得哭也哭不出好处来,拾了一块大石头用力投在山沟里,

244

哗啦！溅起几尺高的一丛水花，她的气似乎泄净了。懒懒地回到家去，可是一个鞋底尖也没纳完，塞在炕席底下，没敢给妈看。

事儿总是往一块挤！本来她就睡不好觉，又偏偏从房顶上出来个大圆月亮，不歪不斜地使劲照着三妞儿的窗户。炕又小，容不得她翻几个身就碰在墙上，蚊子又咬她，她真烦了，烦得捶墙，捶了几下墙还是睡不着，用力闭眼睛也觉得亮。她坐起来披上衣服，开开屋门，弄得门轰隆轰隆直响，可是爸妈屋里一点动静都没有。从院里看北山上蓝微微的，比在太阳里还好看。她走到后门外边去，原来哪儿都有月光。毗连的果园里、山谷里、树上、草上都被银光笼住。她想早知道这么好看，天天晚上出来看看。忽然脚底下一个东西一蹦，把她吓得倒退一步。见那东西"咯"的一声又"咚"的一声跳在面前一洼积水里。三妞儿终究是三妞儿，胆怯起来，转回身到门里，关上后门。一闪，一个黑影抱住她，她吓得要叫，那人堵住她的嘴小声说："是我，黑牛。"她也小声问："你怎么进来的？"

"你开门发呆的时候我溜进来的。"

"我怎么没见你？你为什么晚上出来？"

"因为白天没好气，晚上睡不着，出来想在狮子坡遛遛弯。可我也不知怎么，在你门外遛开了。三妞儿！"

"什么？"

"我要你做老婆。"他郑重地说。

"不行，你不知道我们和胡家的事吗？"

"要不，你就跟我跑！我一定要你做老婆！"

"不！黑牛！我离不了家。"她怯怯地说。他紧抱住她，使她比白天温顺多了。他们好像听见有人走路，吓得分开了。他跃过短短的石墙走了，临走说："你等着，我绝不能叫狗剩儿挨着你就是了。"她惊惧地走向前院去。

"是三妞儿吗？"妈果然向窗外张望着，见她远远走来，这样问。

"是，我肚子坏了，走夜了。"她撒着谎，走到自己屋里，不知道妈信了没有。她关好门躺下。说也奇怪，月亮已经移开了，只照着窗子的一角。她忧郁着，回味着就睡去了。她梦见抱着她的是那

245

只有一只耳朵的狗剩儿。她哭骂地醒来，天已经亮了。

夏天里她做了不少针钱，总是到外边去做，每次总有黑牛伴着她。有时遇见狗剩儿，不过狗剩儿常常躲着他们。黑牛已经不给他家放牛了，只是割青草挑出去卖，卖了钱和那瞎眼睛的爸爸过日子，在村里算得上一个赤贫的人家。所以狗剩儿心里纳闷儿："三妞儿为什么看不上我，反去喜欢一个穷小子？"这闷儿总也纳不完，因为他忘记了自己少一只耳朵的事。不然，无论如何也会找出她不喜欢自己的原因来。可是他并不傻，这事从来不对父母说，不但不对父母说，任何人面前他也没说过。他想："当王八总不是体面的事，偷偷地当吧！"

田里的收获很丰富，三妞儿爸爸十分高兴。胡大爷打发人来送信，定在十月底娶亲。妈妈为她忙着做衣服、鞋，催她自己也做，只是她反倒没有夏天工作得勤了。妈妈整天骂着她，她整天和弟弟吵嘴。说不出的烦、怒，总想抓住谁打一顿，没理由出去了。

已经有半月多没上狮子坡，不知道黑牛近来怎样？一天妈正在给她做一件大棉袄，十分专心地铺着棉花，她借机跑出去，到和黑牛常坐着的地方。草已零落了，山沟里的水已没有那么大的声音，只有那么细细的一缕，淙淙地自上流下。许多突露的大石堆满了山沟。马樱花早已落了，枫树的叶子红突突的，一切都改变啦。她想这时黑牛要来了多么好呀，向他诉诉委屈，无论如何也要想法子不做狗剩儿的老婆，但是连黑牛的影子都没有。她心里很像吃多了猪油似的腻汪汪的。

秋风习习地吹着，夜雨打湿了窗纸。在妈屋里的灯下，三妞儿拿着一个鞋帮儿出神。妈还没睡，棉衣是不便在灯下做的。妈在缝扣襻儿条子，炕上一边一个睡着爸爸和弟弟。雨打在窗纸上，也打在三妞儿的心里。妈为自己忙着，她不忍。爸爸把女儿聘了抵账，也觉得可怜。还有常常和自己打架的弟弟也觉得可爱起来。她想哭，又不好在妈面前示弱。

"妈，我头疼，先去睡好吗？你也睡吧，妈！"她特别温顺地说。妈抬起头来在她脸上看着，好像想从她脸上找些什么，结果妈在她脸上找出了痛苦。而且她一向说话总是强横的语气，今天特别的柔和，反倒使妈惊讶了。

"去吧，早睡早起！早起好好洗洗手脸，等到了人家，手太粗了不好看，胡家是大户人家呢，常洗就好了。你并不算黑呀……"

"大户人家也是没用，一只耳朵能用钱买吗？"她终于没温柔到底，撅着嘴走了，到自己的小屋里。雨打在窗上，打在屋顶上，打在她的心里，很久，很久。她看妈屋里灯熄了。又很久，很久，她披了一件旧米袋轻轻走到后院去，雨打在她没有遮盖的脸上。她不敢开门，她怕妈听见。秋雨的夜里是可怕的，到处黑乎乎的，不是月夜那么光明了。她蹬着堆在墙边的旧砖头，越过短墙去，到了伸手不见五指的夜的户外。她扶着墙垣走去，穿过一个黑森森的小枣林，到了一个黑沉沉的小院门外。她知道这是黑牛的家。她的脸已经被冷雨打湿了，鞋子也湿透了。她轻轻地叩着一扇破旧的板门，一下，再一下的，像啄木鸟的声音。

"谁？"一声洪壮的男子声，是他呀，她又敲了几下，听得门里有脚步声，当脚步声走近门口时又一声："谁？"

"我，三妞儿。"他一下打开门。在黑暗里，他俩走到屋里。他点起棉籽油的小灯，屋里昏昏地把两个影子照在墙和屋顶的连接处。

"你叫雨浇湿了。"他把那个破口袋拿下去。

"你爸爸呢？"她问。

"死了。死了七八天啦！以后我一点累赘也没有了。"他凄凉地说，落下泪来。

"我什么都不知道。"她说着，拉住他蒲扇似的大手，再也说不出话来。

"你要做少奶奶了，是吗？真没想到你还上我这儿来。三妞儿，明人不做暗事，你说，你心里乐吧？"

"缺……"她骂不出来，只是伏在他胸前哭。他并不抚慰她，又冷冷地说："说话！是乐？是愁？"

"还用问吗？你这死不了的鬼，专门说灭良心的话。"

"那么是不乐。不乐有不乐的办法。我爸爸也死了，我一点累赘也没有，你跟我走！凭我一身力气，也不会饿死你。说话，马上就走。"她踟蹰着说："可是爸爸欠胡大爷很多钱呢。"

247

"欠债还钱，拿人顶账行吗？"他说着站起来看着她。

"我要走了，他们不会饶爸爸的！你叫我想想，黑哥哥！你不要催我。"她哭着说。

"叫你想想，你想什么？现在只有两条路，一个是跟我走，我会养活你。一个是你去做少奶奶，给你爸爸顶账。你……"他已经握住拳头，那么愤愤的。雨打在窗上，也打在他俩的心里。

"我怕爸爸受罪呀！黑牛！你不要催我！"她哭着扑倒在他怀里。他愤愤地把她推倒在床上，大声说着："去吧！给你爸爸顶账去！没有什么说的。"说着打开房门，风雨吹进屋里。

"去！去！我这穷人窝里不配少奶奶来的。"她忍不住哭求他饶了她。他不听。她只得跑到黑暗里去。外面下着雨，他关了屋门，一见她遮雨的旧米袋还在他床上放着，便拿起米袋追出去，隐隐见她正向山沟的路跑去。山沟尽头那是大深潭哪！他狂了似的追上她。

"你走错路了。"他拉住她。

"不要管我，你这黑了心的。"她挣扎着。他不由分说抱起她来，往她家走去。他扶她上墙她不肯。他只得说："那么我喊醒你爸爸！你要跳山涧吗？你忘了你爸爸的账吗？我不怪你，三妞儿！听我一次话吧！你好好替你爸爸顶账，我也会好好找回我的损失来。"他把她送进墙里，他走了，抛下那条湿了的旧米袋。

她昏昏地走到自己的小屋，不知是梦是真。她点上灯，照照自己，还是原来的样子：白皙的脸，直鼻子，长长的有点吊梢的眼睛，不难看。只是没有如意的事！她想，在雨天里的黑暗中摸索着出去是为什么？他为什么又来追我？她灭了灯，兀自想不清楚。

第二天，她病了。

妈妈着急，爸爸请乡里一个大夫来给她诊病。大夫开了药方子走了，妈到晚上把药给她吃下。第三天她病得更厉害了，脸焦黄，没血色。妈要另请大夫，她哭着不肯："妈妈！不要紧，再养几天会好的。我不要吃苦药。"妈只得依她。她再也不起来了。

胡大奶奶下午亲自来看她，三妞儿装着昏睡，不动。只听见："真好个模样，要有个三长两短，可是该着我们狗剩儿命苦。"她心里暗暗地唾骂着："缺八辈儿大德，上这儿猫哭耗子来了，没有你们那狗剩儿，我也不会这样。"于是她半真半假地大声呼叫着："唉呀！好难受！"喊着泄愤。胡大妈只得到她妈妈屋里去坐。她想欠起身来痛痛快快地唾她两口，可是身子却动不了，只得恨恨地躺下。

还好，半月后她总算能坐起来了。见妈更忙地预备她出嫁的事，她十分烦又不能出去。黑牛如果知道她病了会怎么样呢？她想着想着心里就乱，只得不去想。

院里终日有扫不完的落叶，十月底的天气已经冬意很深，时光的难关终于来到，三妞儿的嫁期近了。她的心像风吹的落叶，飘飘的没个着落。她不想黑牛也不想狗剩儿。不想妈，也不想爸爸。可是她心里的确在想事。

已经是十月十九了，三妞儿明天就要做胡家的人啦！姑姑、舅舅……来了许多亲戚。看三妞儿的嫁妆，打听三妞儿婆婆家有多少亩地，乱成一团。三妞儿的妈简直闹晕了。但是三妞儿心里却打定了主意，没有人能转移它了！因为她的心此时已非常坚强。

夜已深沉，从黑牛的家门里出来两个身影，匆匆地往北山走去。星光照在山里，到处斑斑驳驳的。当他们爬到山顶上时，月亮照着他们的故土，他们回头伫立了片刻，然后毫不留恋地走了。那是黑牛和三妞儿，他们要去开辟、创造一个美丽的小天地。他们所有的是爱和力。

十 六 年

　　稀疏的山桃又开了几束淡淡的花朵，早春悄悄地来了。看！天上又是纸鸢的世界。

　　忆娥仰着头往铁线上晾她才洗过的床单，看见爽蓝的春之晴空，看见大小不一的纸鸢，心神不知被什么引得不安起来。三五只白色鸽子在阳光里扇着翅膀、响着铃，飞过去……这就是春。北京的春天遇见没有风的日子是可爱的，在洗完衣服的疲劳下她是多么需要喝水啊，口渴得很。奇怪，她每次洗完衣服后总是狂了似的喝水，好像衣服是用她身上的水分洗的。

　　茶叶是早就没有了。只是过去的那个新年里买过十包茶叶，以目前的物价，两毛钱一包的茶叶只是泡一点苦涩的水，她原是不喜欢喝茶的啊！但今天口内燥得生烟，如果有一杯苦水也是好的。暖壶很小，早晨仅有的开水已经叫孩子喝光了，她只得到自来水龙头边灌一杯冷水，冷水喝完了，燥渴全消。她很满足地坐在一个小凳子上休息，休息着想起工作来，孩子穿了一冬的破毛衣该完全拆掉。

　　拆毛衣是一件简单而讨厌的工作，只要你找到线头儿，然后拉、拉、缠、缠……有细碎的羊毛和灰尘飞扬，她戴着口罩，想一些轻松的事来调剂这工作的单调。比如想到孩子用不正确的声调读着新学到的功课她就会自己微笑起来，或者想到孩子自己穿套头毛衣的时候，头会装在毛衣里半晌钻不出来，小袖子像两只长耳朵甩着……她自己会想得笑出泪来。

　　但是今天她所想的总不是这些，因为三个大纠纷搅扰着她，她不能安静下来。第一个纠纷是今天的天气，引她记起从先也有过这样的天气，从先，她想从先，但又不能安静地回忆，因为第二个纠纷不断地冲击她的安静。昨天她又收到丈夫一封威迫信，限她半年内把孩子送到他那儿去，否则他会来强行接走。啊！强行接走孩子？就是摘去她的心，孩子！她昨晚一夜没睡好，但又想不出什么好对策来，她只是恨得想毁灭这个世界，她自然知道这是不可能的，而且即或可能她今天又觉得这世界多少还有它的可爱之处，这可爱之处不知是不是像今天这样的天气。或者是第三个纠纷引起她的憧憬，因为近来一连收到五六封信，都是一个人写给她的，这个写信的人，这个一向占有她心灵的人，从信里给了她多么大的纷扰啊，甚至使她的身体都反常起来，她想："这世界该不该毁灭呢？"

离现在整整十六个年头了，那也是一个天上飘着纸鸢的时节，地下正萌生出各式的新绿，绿得沁人心脾。当时的少女大部分都已剪掉她们的辫子，但忆娥却梳了两条长长的辫子。大约因为她在古老的异国图画里看见垂着两个发辫的女郎太可爱了，她自己的头发又丰多而润泽，无论如何她是不肯剪破这个完美天赋的。她的家在远远的青岛，她一个人在北京的一所中学里读书。她的成绩总是不变的，秋冬退步，春夏进步。在春初来的时候，她会像初醒的冬眠昆虫，一切对她而言都是可喜悦的。校中请了一位钢琴教师，一个中年的俄国音乐家——卡芝先生。同学们只有五个学钢琴的，忆娥本没有过高的音乐天才，但她却有着多方面的兴趣，于是她成了卡芝先生第一个门人。邻近的男校和她的学校是属于同一个董事会的，素称"手足学校"，所以卡芝先生又有几个男门人都是那个学校的。这几个少年每星期来学一次，练琴却在他们自己的学校。每次忆娥的钟点将完的时候，就有一个棕色皮肤的少年来接着上，卡芝先生告诉她说：他是一个天才。叫他们认识了。

"他是个天才，上帝给了他一双大手，他学得比你晚，但是上的新练习已经超过你一倍了。"卡芝先生的中国话一点也不高明，夹杂的英文单词也不正确，但这些话仍然有力地增加了忆娥的惭愧和气愤，她红着脸不说话。

"先生过奖了，我只是偏爱音乐而已，这位小姐也是先生的得意门人吧？"棕色少年十分谦逊地说。

"啊！她吗？很聪明的姑娘，不听话，不用功，忆娥！在中国的礼节上讲，你们是师兄妹，他叫王大川，她叫陈忆娥，你们该多熟识，你们该多研究。"卡芝先生很高兴，而且他从来没说过这么多话，忆娥的脸已经不红了，顽皮地笑了一下。

"先生弄错了，不是师兄妹，是师姐弟，您已经说过王先生是后学的了。"

"啊！怎样都好，大川！是你上课的时候了。忆娥，你听一会儿吧！"

王大川坐在琴前，先生坐在他旁边，忆娥略远地站在他们后面，那双棕色的大手像一对山间的小野兽，有节奏地奔驰在黑白相间的键上，卡芝先生为他掀着谱子，他的拍子略错一些，但马上又改正过来，忆娥对他的技巧有点忌妒，但想到自己的节奏感又有些骄傲了。

夏初，初级的钢琴练习已经结束了，但忆娥不肯放弃校中月考，只按规矩学着较深的练习，而王大川却在练习之外又加了许多特殊技巧练习，这在忆娥真有说不出的不平，她想暑假放弃回青岛，一定要追上王大川。她不相信他是天才，总觉得卡芝先生偏爱他，她想："男人是最可恨的，他们总是坚固地团结着。"

暑假前的考试是忆娥最重视的，因为冬季的大考，她永远提不起精神来，如果此时不努力，学年成绩会落后的。一连一星期她总是五点起床，用冷水洗完脸，用梳子沾水梳光了辫子就到院里去念书。因为下午太热，她从来不会下午念书，只喜欢早晨，更喜欢在早晨的院里念书，这正是她冬天不能念书的一大原因。每到黄昏，院内已失去平日的热闹，大多数同学在考试期间是终日忙碌的，连黄昏也不放弃。忆娥在寂寞中只得用此时练琴，除了练先生教的繁杂的练习曲以外，她总偷偷地在谱子内夹带一些名曲曲谱，弹练习曲乏了的时候就弹名曲曲子，她自己总想："先生太笨，为什么不多教些曲子呢？"

有一天卡芝先生请假（大约因为他又闹酒病了），忆娥主要的功课也正好考完。她心里非常轻松，这样一来，不用再练生的练习曲了。她毫不犹豫地拿了《世界著名钢琴曲集》弹着，像哥伦布发现了新大陆。由于自己正确的节奏感与读谱发现了好听的新旋律，不过终于因为技巧不够，往往遇见难点她就跳过去，好在没人管她。正弹得有趣，她觉得有人站在后面，是王大川。北京初夏的黄昏依然很热，他用谱子扇着，汗已浸透了汗衫。

"对不起，打扰了，卡芝先生今天没来？"

"他请假了，您弹吧！"忆娥站起来。

"我听您是弹舒伯特的东西吧？再接着弹吧！"他十分谦逊。

"哪里？随便玩，您来弹吧！"忆娥脸红得像琴室里飘荡在黄昏中的桃红窗帘。

"我不会，技巧太差。"王大川的脸色很郑重。

"那您把音乐看得太严肃了，我只是想从里面找一些乐趣，您一定要做一个演奏家！我想。"

"也没那么想过，只是很想多学些日子。"他十分诚恳地坐下了。

一个暂时的沉默，忆娥最怕沉默，她想从他身上找一点兴趣。她见他有一个广阔的前额和一对深黑的眼睛，肩和胸膛都像经过锻炼显示着健康的雄伟，手很宽，谱子放在膝上，米黄色的长裤，白色短袖绸汗衫，一双有力的膀子半露着。

"假如你在我们的球队里多好啊，一定永远得胜的！"忆娥说了又后悔着自己的冒失。

"那真不可能。嘿，您也喜欢运动吗？"

"不，只是关心校队，而且你的健康如果分给我们的校队就好了。"现在她已经忘了冒昧之类的念头，和他熟识起来，他们又谈了一些他们认为有趣的孩子话。

暑假开始了，两个念头在她心里交织着，半年没回家了，父母、弟弟和妹妹，都时时在梦里见到。就是那绿色的海、惠泉浴场、冷落处的小岛，都在呼唤她回去，但是王大川的琴却赶不上了。结果还是归思战胜，在一个闷热的早晨坐了津浦车，先到济南，再转胶济路。

为了免除在济南过夜，她乘了胶济路的夜车前进了。

夏之旷野被上弦月照成一幅电影上常见的风景图，许多匆匆后退的浓郁树木，似乎隐了许多奇异的世界。她的眼睛始终不肯离开窗外，突然听到在车机声中有口哨声飘过来，而且是邻座的客人吹的，渐渐地，口哨改为男中音的唱歌，歌词听不清，调子却是熟的，谁呢？忆娥是个怕寂寞而好奇的姑娘，为了找寻这唱歌的人她站起来，装作到洗脸间去，可一直没见到那唱歌的人。

"陈小姐！到哪儿去？"这人正是王大川。

"王先生！也到青岛去吗？"

"啊！在济南怎么没见你？"

"在北京站上也没见哪。"

他们在寂寞的旅途中遇见了，真有超出意外的喜悦。唱着谈着，后来玩着扑克牌游戏，忆娥玩得很高兴，简直忘了疲倦，本来卧铺就没买到，只好在椅子上过夜了。忆娥性急，玩的时候很容易叫对方知道她手里的秘密，所以她总是输。

"改一个玩法，这个太狡猾。"每次她输了就这样喊。

"好吧！"他总是很容让地说。

晨曦终于从海上透出消息，东方天际红得那么可爱。他们醒来的时候，车已经到了大港，在红色的曙光中可以见到停泊的小火轮和渔舟的帆影。

各无叮嘱地回到各人的家去，连住址都忘了问。在忆娥根本没想到这个，在王大川却是在口里转了几个圈又咽下去，他是含着遗憾离开她的。她到家和父母、弟弟妹妹们十足欢乐地说了许多话，然后就在母亲床上睡熟了，因为她太疲乏了，像一个玩累的婴儿安睡在摇篮里。

"她没上前面书房去吗？"她才醒，但仍装睡的时候，听见父亲对母亲这样说，声音很高兴。

"没有，她回来就困得坐不住了。"是母亲的声音。

"文郁住在书房不方便吧？叫他们见面不呢？"又是父亲的声音。

"随你吧，我看见见也好。你不是后悔当初自己思想太旧吗？他们见了面就变成新式的了。"母亲笑着说。

文郁，她知道这是父亲朋友的儿子冯文郁，是父亲在她降生了一百天就定下的夫婿，本来她对于婚姻从没想过，什么新的旧的，她脑子里从未有过影子，但今天听父亲说冯文郁就在前面书房住，心里倒好奇起来。王大川的言谈举止告诉她男孩子并不是讨厌的人，假如冯文郁也像王大川那样，这个暑假一定不会寂寞了，她很高兴，假作初醒的样子坐起来。

"妈！几点了？"她说着揉着眼睛。

"五点了，睡透了吧？午饭也没吃，洗洗脸吃晚饭吧！"母亲真慈祥，弟弟、妹妹也把许多玩具和儿童读物搬在她面前。

晚饭相当丰富，冯文郁就坐在父亲旁边。他还很幼小，脸色白皙，唇红齿白，好红脸，说话声音很小，对他的批评很难说，反正不像男子，像一个好羞的小姑娘。假如忆娥是男子倒是很适当的一对呢！自从这次晚饭，忆娥对"婚姻"这两个字的确想过不少次，而且往往把冯文郁和王大川在脑子里相比较。比较的结果，对冯文郁感到怜悯和厌恶，再也不肯见他。在父亲上班去的时候，她就悄悄溜到海边去玩。

在海边的一个午后遇到王大川，她对他不知为什么特别爱恋起来，而且在爱恋中含了辛酸的成分。他们约定每日午后在水族馆畔的海岸相见，星期日除外。

有一天很热，虽然这样的天气在北京初夏已经常有了，但在青岛却使人人喊起热来，阳光把大海照成浓绿色，而岩石却特别鲜红可爱。忆娥在遮阳伞下等着王大川急促的脚步声，良久良久，才听到有人走近了，她故意把身子全躲在伞下，因为这是有趣的。但这声音相当的生疏，不是他吗？

不是王大川，却是一个同学的哥哥，也是在北京读书，但绝对没想到他会到青岛来，怪讨厌的。忆娥在学校收到他一打以上的信，她至今不明白他所写的信是什么，反正再三地说爱她，希望做她的奴隶等肉麻的话。为这个，忆娥和他的妹妹很久不交谈了，他今天来海边自然是偶然相遇的。

"陈女士！今天怎么一个人在这儿？"他说着毫不客气地坐在沙滩上，离她很近。她站起来，拉紧浴衣外的白外衣，望着远处，半晌没说话，但这究竟不是人与人之间应有的态度。

"嗯！我在等朋友，吴先生家也在青岛吗？"忆娥淡淡地说。

"是，在青岛，从这儿往北走再转两个弯就到。我家门前有两棵法国梧桐，楼是暗红色的……"他没完没了地说起来。

"啊！法国梧桐在青岛是到处有的……大川！"忆娥见大川匆匆走来如见救星，大声喊着。

"陈女士能告诉我住址吗？"吴宏山像一个逃避猎人的小兽，急于要走，又急于要知道忆娥的住址。

"住址？真对不起……你能原谅我才好。父亲很严，不许我们随便和人交往的。"忆娥说着见大川已经走近身边。

"那么陈女士再见吧！"吴宏山说着并没走开，贪婪地望着忆娥。王大川无言地站着，望着海上浮沉的穿着各色浴衣的游泳者。

"大川！我给你们介绍一下吧！这位是我同学吴小姐的哥哥——吴宏山……这位是我的师弟王大川。"她说着笑起来。

"王先生……也在北京？"

"是！吴先生在青岛？"

……双方就这样寒暄着，直到吴宏山告辞走去而止。大川有些不高兴，经过忆娥解释才好了。这样闷热的天气，西方天际已经布满了乌云，渐渐地，有凉风吹过，暴雨就要来了。他们准备跑回家去，大川一定要送她，她也没有推辞。他们沿着海岸走向她家去，软薄的外衣飘扬在风里，像两个生了翅的人。大而稀疏的雨点已经落下来，离着有房子的马路还有一大段距离，两人衣服都浇湿了。一个车子也没有，遮阳伞对于这样的雨是没用的。忆娥欢乐地笑着、跑着，大川追在后面，有水从他们的头发上流下来。

在她家门外，大川再三告辞说要回去了，但忆娥不忍心再叫他为自己两度淋雨。虽然这样把他让到家里太不方便，她却顾不了许多，固执地让他进去。

"进来擦干再走。"

"不，太失礼了。"说着他又跳入暴雨中，招着手跑了。她望着他，直到他的身影完全被雨的暴流遮隐了以后才转身进去。门房里却坐着冯文郁，奇怪，他为什么不在书房里？他一定见到王大川了！"活该，他管不着我。"忆娥想着跑到后院去。父亲不知什么时候已经回来了。

"忆娥，天天跑海边吗？"晚饭前父亲对她说。

"在青岛不上海边简直是辜负好机会，天天去。"忆娥坦然地说。

256

"忆娥，可是有人说总有男人陪着你。"

"是的，他是我师弟，我们都和卡芝先生学琴。他很有天赋，我比不上他……"她一提王大川就有说不完的话语。

"可是以咱的家庭和你自己的处境，以后不要再和男子来往吧！"

"为什么？"

"没有别的，你总该知道冯文郁和咱家的关系吧？他知道了多不方便呢，而且一个女孩子总要安静些。"

"冯文郁也不过是您朋友的儿子。因为他，我有什么理由不上海边去呢？宁可叫他走，我也得过一个痛快的夏天。要不然他住下去，我走。"

"忆娥！跟爸爸说话怎么那么大声？"母亲也来干涉她。

"我并没跟爸爸急，只是冯文郁该走开，要不然我走……"忆娥说着哭了，回自己的卧室去了。

第二日她病了，一星期过去，冯文郁也没走，似乎在看守她。她终于在开学前一个月到北京去了。父亲一向对她是疼爱的，虽然心里对她不满，但并没阻止她。宿舍中只她一个人，好在夏天，不用生炉火。吃饭问题在临近一个小铺子里解决了。她到北京才写信告诉王大川。而他因了母亲病情的关系要等开学才回京。她因之感到寂寞，后悔不该任性离家那么早。但因为冯文郁，早走又是必要的。在寂寞中，她开始想到自身未来的纠纷，她烦闷得终日在琴室里弹些感伤的小曲子。她知道这对音乐的演奏只是阻止进步，但又有什么法子呢？她无论如何练不了正式的练习曲。

突然在一天的上午，蝉鸣噪耳的时候，校役说有人找她。她以为一定是大川来了，所以只问了一句："是男的是女的？"校役说是男的，她更相信一定是大川出其不意追来了。她快乐得像一只小鸟，连来人的姓名都没问就飞驰向会客室去。

第一个给她失望的是那人矮矮的身影。不是大川，却是吴……吴宏山！她退回去已经不可能了，他已经笑脸相迎过来。

"啊！吴先生有事吗？"她失望后的气愤使声音颤抖起来。

"来看看你，你知道没有一天我不注意你的行踪。后来知道你回校了，我也早来了。学校还没有伙食，可是我甘心天天下小馆，陈小姐，呃……"他没说完。

"吴先生居然做起侦探来了，今天来没事吗？我很不舒服，只好少陪了。"她要走。

"等一等！陈小姐我只再说一句话。"他站在门口拦住她。

"说吧，只一句。"

"我爱你，出于至诚的。"

"先生！我幼稚得很，还不懂这话的意义。请你说给别人听去吧！"她说着从他身边掠过，走了。

一个月内她受着数重打击：吴宏山几乎一天一封求爱信；父亲的信也责备着她的倔强；王大川的信很少，而且信里含有隐衷似的缺乏快乐。她真有说不出的悲愤，这究竟是什么遭遇呢？假如真有神的话，一定是神发怒了吧？她常这样想。

开学的日子终于迫近了，但大川仍没来，忆娥把一切失望、愤恨都集中在冯文郁身上。自然吴宏山是不值她一气的。在开学前两天，她写了一封十分坚决的信给冯文郁，因为她听说他已经离开青岛回到他的家里去了，这信就寄到他家去。

信寄走了，她如释重负，而大川却在寄信的第二天回来了。见面时，他脸上沉默而悲痛，没有一丝快乐，笑是勉强装出来的，话很少，临走却交给她一封很厚的信。

宿舍里已经充满了热闹的气氛，许多远方同学都负笈而来，她的信是躲在一间小琴室里看的，把门从内关好。

她看着信，有大颗泪珠落下来，然后伏在琴上哀痛地哭起来。他结婚了，那么无声无息的。本来她对他从没想到两个人结婚一类的事，但自从见了冯文郁以后，她十分需要王大川来完成她未来的愿望。自从吴宏山说爱她以后，更无时不需要王大川的保护。现在一切都失望了，他已经做了另一个女人的丈夫。那女人毫无理由地，靠了旧式婚姻制度的保障，幸福地占有了整个他。完全是不公道的，不合人道！她狂了似的哭，直到精疲力竭为止。

他事前一点不知道吗？还是知道不肯先告诉她呢？而且为什么告诉她呢？她是他的什么人呢？她失眠了，一夜想不出此中奥妙。后来她想到对冯文郁的拒绝太坚决，假如那封信没寄，自己一定马

258

上和他通信，年假就和他结婚，叫王大川看看世界上男子也有比他可爱的，那该是个很好的报复！但现在晚了，不行了……不过，还有吴宏山，对！就是吴宏山吧！她想着才沉沉睡去。一星期在一种反常的心情下过去了，已经上了三天课，卡芝先生也上课来了。男校学生只有三个同学来学琴，王大川仍然来，但和忆娥的钟点错开了，她加倍努力地学，卡芝先生时时夸奖她。在这时候，父亲来信说冯家的婚事已经解除，并且问她和那位同到海边去的男友常见面不，又说自己并不是顽固的老人，冯文郁的事只是一时情感作用……全信充满慈爱，并没有一丝责备她的意思。自然这又可以引得她哭一气，由这一哭，她的心理更反常地改变起来，果然给吴宏山写了一封信。

当落叶哀痛地纷纷下落的时候，吴宏山的信也纷纷地投向忆娥的手里，她像饮着鸩酒的狂人，明知道有毒，但这苦杯是不能放下了。吴宏山出乎意料地受宠若惊，举凡小说、戏剧、电影里讲恋爱的方式及词句都用在这次幸福的追求中，但这给忆娥的只是一些麻醉的刺激，心灵的健康是完全被破坏了。体质的健康也受了亏损，在秋末冬初她病了，住在学校附近的一个医院里。卡芝先生把这消息告诉王大川，他忍不住牵挂的煎熬，勇敢地去看她。

可巧她父亲和吴宏山也在那儿，王大川像战败的武士，而吴宏山却威风飒飒，挺直了他短小的身躯站在她病床内侧。忆娥见大川进来的时候，像囚徒初见普照广原的阳光，感到失而复得的辛酸和快乐。她本想转过头去，但有泪充满在眼帘里，稍一转动泪就会落下来的。

"啊！王先生！"

"忆娥！好一点吗？"

"没什么，见过吗？这一位。"忆娥指指吴宏山。

"见过，吴先生。"

"这是我父亲，这是王先生。"

"王先生请这边坐。"父亲对他好像很喜欢，因之又加增了她的辛酸，她的泪再也忍不住地落下来。她的父亲详细地和他谈着，吴宏山却低声向她琐碎地问讯，唯恐别人不知道他和她的关系。二十

259

分钟之后王大川拿起帽子来。

"再见吧！忆娥该休息了。"

"王先生……"她这样叫了一声又闭上眼睛，他停住步子等她的话，但见她再也没有声音，他只得告辞了。然后父亲也要暂时回旅馆去，希望她多休息一会儿，并且也给吴宏山暗示叫他走。老人很明白女儿对他并没有深切的情感。

"陈老伯先请，我随后就走，我还有几句话对她说。"

"她已经很累了，希望您能劝她多休息一会儿。"说着他才看看女儿推开门走出去。

"你怎么还不走？我要静一会儿。"

"我知道你又在试探我，我怎能把你一个人留在这儿。"他过度亲切地去握她的手。

"我是在养病，不是来谈情说爱的。"说完她闭上眼睛，不再出声。

她出院的日子已经是很冷的冬天了，初雪遮白了古城。消瘦的脸庞似乎增了她几岁年纪。素日关心她的卡芝先生也常常问她，问她有什么改变，有一次她被问得哭起来。

"我明白你，孩子！你心里受了伤是吗？王大川也和你一样的，我想是我的错，我叫你们认识的。忆娥！不要哭！你们会有幸福的，唉！你们……"

"先生！不要说了，在我们的社会里，青年人是没有幸福的。"

"假如你们能把幸福再看得抽象一些才好，你们在音乐上是可以携手的。"这话并没有劝住忆娥。结果这位好心的异国先生只有狂吸着纸烟，轻轻地抚着琴键忍受着这可怜孩子的哭声，后来只上了一个很短的练习就下课了。

报复终于完成了，忆娥和吴宏山结婚的仪式相当隆重，为多请些同学起见，婚礼是在北京举行的。忆娥的同学、卡芝先生、王大川……客人非常多，王大川只给忆娥的父亲陈先生贺了喜就走开了。卡芝先生约他到自己寓所去，因为卡芝先生见他从礼堂出来，走得风似的快，身子晃晃的，不放心追上他，把他扶走。他无言地随着卡芝先生走了，忆娥的花车才到。强烈的结婚进行曲却偏偏传送入他的耳鼓里，他走得更快了，卡芝先生几乎跟不上他。

忆娥婚后的生活并不是快乐的，但吴宏山还能用甜言蜜语麻醉她，她也用物质的享受来增加麻醉。不幸婚后一年，她的父亲失业了。对她的供给已没从先那样充足，后来几乎一点也没有了。吴家又是家徒四壁，吴宏山虽然毕业了也没有职业。在精神苦难以外又加上了经济窘迫，忆娥又比一年前憔悴多了。吴宏山的性格也暴躁起来，忆娥才真个感到自己做错了，不该贪图虚伪的麻醉，更不该对王大川报复……在黑夜失眠的时候，她就用力捶自己的胸。

苦难是结伴而来的，婚后二十个月她生了初胎的孩子——一个很可爱的小女孩，她叫这孩子小娥。小娥四五个月时，因生活过于贫苦就随了妈妈到外祖父家去住。陈老先生失业后又开始恢复着自己独力经营的事业，对小娥母女的负担是乐意接受的。对那脱了面具的女婿却没有欢迎，不过他仍不免去找她们。一两个月，还要接走她们。

小娥咿呀学语的时候，吴宏山就到远方去做事，并且要携眷同去。忆娥这时虽然没有什么幸福的梦，没有什么可留恋的，但马上要随一个毫不相爱的人走向一个人地两生的千里之外去，总是一件充满哀痛的事。一切往事绞痛了她的心，两年半没有见到王大川，听说他已经在大学卒业，而且开过第一次个人钢琴演奏会了，大报纸上都有这一段记载。她已经跟钢琴生疏很久了，演奏会的事也只好在梦里想想。在收拾行李的时候，她和着泪把所有的琴谱都投在火里燃烧着。她坐在火炉对面的方桌上，看着熊熊的火焰出神，然后两只手在桌边上弹奏着，那节拍是初见王大川那天学的练习曲。虽然桌子没有声音，但声音在她心灵上大响，她自己也惊恐起来。

和吴宏山只同住了十个月她又回到青岛，借口回青岛养病。实际上她的确忍受不了他特殊自私的性格。小娥回来时更可爱了，外祖父家没人不爱她。吴家只有一个老太太住在女儿家，忆娥和孩子只得住在陈家，陈家却在此时搬到北京。

忆娥在北京的家里比任何时候都快乐。父亲的事业仍不顺利，但她愉快地在家里工作着，安静的心田再也没有什么妄想。吴宏山乐得不管她们，从来不寄一文钱给她和孩子。信倒写得很甜蜜，一年、二年、三年……这样过去整整七个年头。小娥已经入了小学二年级，突然听到吴宏山又结婚的消息，而且重婚后他们新生的孩子已经三岁了。这消息传来她并不难过，反倒觉得轻松。但另一方面又引起她的反感，她恨他自私、欺骗、不负责，寄了一封快信去要求无条件离异。那狡猾的男子却捉住把柄偏不肯放松她，不但不痛痛快快地寄给她离婚字据，最近反倒要起孩子来，说法律上小娥已到了归父亲的年纪。忆娥愤恨地询问了几个熟识的律师，结果总是千篇一律地说："孩子是该归父亲的，法律上是这么规定的。"她恨着男性中心社会的法律，她时时狂了似的抱紧孩子，不放开，直到孩子说："妈，放开我，我还有课业要做呢。"

山桃花淡淡地描出早春来，早春给她另一个消息：王大川的太太难产已死去一年，一年中王大川悲哀地守着三个孩子。后来他听说忆娥很早就和吴宏山分开的消息，他的旧爱不再冬眠了，他找到归依。他手抖着寄信给他十六年前一度狂恋过的忆娥。第一次的信她没回，第二次又没回，第三次她才拭干泪回他，叫他忘记她，但他的信却因此更多了，他又怎能知道忆娥仍在别人的铁掌之中呢？

一件小毛衣完全拆成曲屈的细线，她又饥渴地到厨房去提水，天上的纸鸢更多了，山桃花的瓣轻轻地落了一些在她的头发上，她不知道。只是头发也显得衰老了，那一对丰美的发辫已变成一个潦草的发髻，不经意地掩住她的领子，她垂着头，贪婪地喝着大碗里的凉水，肩背上有毛线的碎末和灰尘，头发上那些山桃花瓣又悄悄地离开她，落到水龙头下的泥泞里。

白马的骑者

　　不用看日历，只要看小白鹿鬓畔斜插着的那朵白木槿花，就可以知道又到了三伏天，酷热的或者连雨的季节，农人们也都歇了锄，除了清晨灌溉菜园以外，没有出力的工作。庙台上，树底下，小河边，草场上……到处有嘹亮的笑语声，孩子们上树捉知了，下水捉青蛙，妇女们三五成群地看着孩子话家常或者纳鞋底——六月纳出的鞋底最结实。男子们却多数集中在一个地方，守候着小白鹿出来乘凉。他们有如古希腊的竞技者，在那辽阔的草场上任意地翻跟斗、打把式、摔跤、奔驰，又像那一班廊下讲学派的古学者，争着说话，说好听的俏皮话，也有的默默不语地望着那虚掩的神秘的栅栏门出神。门里是小白鹿的家。这些人彼此洞悉心中的秘密，他们有一个共同的目的——守候小白鹿，但谁也不说出口来。

　　小白鹿虽然已经脱了重孝——她的丈夫死去整整三年了，但仍然穿得那么素，只是把白鞋换成蓝鞋而已。此外仍是一身白衫裤，发髻上又喜欢插一朵白色的花。春天的梨花、丁香花、白海棠，初夏的栀子、白山竹都有机会闻她的发香。到暑天她只喜欢戴白木槿——那大而淡雅的花朵、那朝开暮落的花朵，似坠不坠地斜插在黑而丰多的发上，只这一点，已经够美的，不是吗？

　　她白天很少出来，偶尔日落时到后门外站一会儿，又往往被这些守候者所烦扰，所以一会儿又退隐到栅栏里，是那么轻盈、那么飘忽、那么素，像什么呢？像打柴的人在月下见到的小白鹿。

　　她的丈夫叫王文祥，在三年前的暮春带着她——小白鹿，这异地的丽人回到故乡来。他在外经商多年，很想守着她过半世的快活日子，谁又知道在他们返里三月后，王文祥得时令病死去。村里人对着这归来不久的邻居之死倒没有什么感觉，但对这异地丽人总不免有恶意的猜忌和窥探的意思。有人说她是外方女伶，有人说她是从良妓，也有人说她是什么人的下堂妾……无论怎么样，完全是由猜测得来的结论，不过没有人说她是良家女子，虽然她并没有不良的现象。大家既说她不良，更说她不祥，甚至有人拿她当作妖、当作巫。老人、妇女、孩子，几乎没人搭理她，就是她家后门外的石磨也没人借用了——那多年供半村人家磨谷用的。现在人们都宁可跑到村边村长家去推磨，没人敢借用小白鹿家的，好像有谁被她吞进去过那么可怕。只有一些大胆的青年，还好奇地租了她的地去种。和她同住的是一个聋老太太——王文祥的远房婶母。和小白鹿来往的，除了青年男子以外再没别人，"小白鹿不是良家妇女"无形中又多了一个证据。

又是一个黄昏，微雨初晴的夏之黄昏哪！小白鹿不能再枯坐在这死寂的老屋子里了，她悄悄地走出去，推开栅栏门，门外寂静无声，她欢喜得倒吸一口气，那群守候者居然没来！遥望远山近树，遥望天际多变的云，都被落日照得瑰丽无比。她想着云山之外有她怀念的地方，那地方有她爱着的人，但相隔如此之远也只能想想而已。她想自己原是有父母的，但十六岁时被卖到马家做丫鬟以后就再也没有重逢。父母的样子在她心里渐渐淡薄了，她心中愤恨着父母的无情，所以她只怀念一个人，就是马家的园丁——他是那么健壮、直耿，那么冷，冷得不体会人与人间的感情！她曾似火地恋着他，但又不好表示，一直等太太把她嫁给王文祥的时候，他依然冷冷地毫不关心地修剪庭院中的花木，她记得向宅里所有人告别的时候，大家总有几句温慰的话语，只有他平淡地说："回头见。"以后仍然修剪着花木不再说什么。她含着满眶的酸泪离开他，跟着王文祥——一个常到马家送货的商人，过了些日子。王文祥突然起了还乡之念，带她到这冷僻的地方。啊！已经三年了，三年的孤独生活倒对她很相宜呢，于是他那健壮直耿的影子仍然清晰地印在她的脑海里，每当她听到后门外守候者的笑语声，她便更想念他。她想：这些年轻人之中可有他？

天色由瑰丽变得暗淡，树间笼上一层烟雾，她坐在石磨盘上听

264

着小溪潺潺地响，一两声青蛙呱呱地唤起她无限的惆怅。远远有人在呼喝牲口，在两行烟树间走来一个骑着白马的青年，她的心为之一动，是他吗？他怎么会来到这里？走近了，那人看她一眼，从她身边掠过去，嘚嘚地走远，走向村边的大高门里——村长的家。这人是谁呢？太像他了，但不是他啊，他一向不肯看人。可方才那骑马的人不是看了我一下吗？而且目光是那么温暖……

夜色已经很深了，她不能再留在外边，远望东山上，一颗亮星在闪，有如那青年掠过的目光。小白鹿不知为什么落下泪来，泪水晶莹地闪烁在睫毛边，白色木槿花也疲倦地从她的鬓上溜下来，轻轻地、无声地坠在草地里，她回视那颗和泪珠争辉的大星，无言地闩上栅栏门。

整整一个月没人再见小白鹿在后门外眺望，据那聋老太太说她病了，在病中她时时呓语，老太太本来耳聋偏偏说听得很清，老太太说："她那天回来得可真太晚了，我明明白白地听见她和人说话，就悄悄过去，一看，没人！就她一个！这不是撞客了吗？"老太太眨着眼睛坐在草地上，活灵活现地说着，四周坐满了邻近的妇女。

"也许有老仙附体啦！吴三奶奶死了，没人接续给人看香。也许吴三奶奶的仙找了她去。"一个村妇将自己的猜测当真话说。

"对了，她是有老仙。那天又说又笑的，准是老仙教她看病呢，一定！"聋老太太说。

"我看还不如出马跳神看香呢！越是她这样邪门歪道的人，看香越灵，您说呢？"另一个村妇说。

风声传开，大家都知道王文祥的媳妇——小白鹿会看香。一向对这关在老屋里的异地丽人生着窥探心理的人们，喧嚷着，居然有人造谣，说她在外省看香有名，怕累才躲到乡下来，好在王文祥早已死了，谁来替她证明诬罔呢？渐渐地，有人派来大车接她去看香治病，最初都被她拒绝了，因此更增加了索求者的迫切。

一天村长家派车来接她，说无论如何叫她开恩，去诊治村长母亲的病，她惊慌地哭起来。

"都是你这老太婆造谣说我会看香，村长家来接了，你看怎么办？"她大声呵斥聋老太太。

"什么？"

"你去吧！我不会看香！"她声音更大了。

"哟！你怎么还想不开？谁会看？就是吴三奶奶活着，也是那么回子事，还不是点上香瞎说一气，多要钱要米，临完了，叫病人吃一点吃不死的随便什么东西。运气好的，病人真好了，你就红起来。东家请，西家接，什么好吃什么，什么地方热闹上什么地方去，不比死闷在家里强？"

"红起来又怎么呢？我看你去倒很合适呢。"

"什么？"

"你去吧！"

"嘿，嘿，我的好侄媳妇！我倒想去呢，我去了不用给人家治病，先把人家吓死，就凭我这丑八怪？"聋老太太笑得很开心。

"原来看香是卖脸子？家里也不缺我吃喝我犯不上，卖脸子我更不去了。"末一句声音特别大。

"不是那么说，你一到，人家见你像观世音似的，心先痛快一半，病也就容易好了。事情既弄到这一步，你就去试试吧！"聋老太太的眼睛很锐利，她觉得对方心已经活了。

"我可不会唱，也不会打嗝，多难为情呀。"她笑了。

小白鹿飘飘地下了布篷车，一身素白衣裤，一朵白木槿花，一把白翎扇……被等在门口的妇女拥进去。到院里，她忽然觉得眼前一亮，抬头看见那天黄昏遇见的骑马青年，恭敬地站在石榴树旁，她又赶紧低下头去，想着不知今天的病人和他是什么关系。

屋子很敞朗，大炕上铺着凉席，在左头的褥子上躺着一个六十几岁的人，看来病得并不沉重。

"王大奶奶，您多辛苦了。家母的病很奇怪，昨天还好好的，今天就病了，不吃饭，也不说话。唉！"村长在八仙桌边危坐着说。

"是！可是……我这看香的和别人不一样……您能叫我一人先……屋里只留我和老太太……烧上香……大仙把病人仔细看好了……别人再进来，行吗？"她吃吃地说，额角露着汗珠，脸色涨得绯红，好像这话不是她说的，像另一种无形的什么精灵叫她说的，因为那么不自然。

"一位神仙一个治法，走，咱先出去。那谁，东柱，给大仙上香。"村长吩咐着，闲人陆续走开。那个叫东柱的进来点香，是他！那白马的骑者。这时村长也出去了。

　　"您，很面熟，在哪儿见过吧？"东柱说。

　　"也许，有一天晚上，你从北大道上骑马回家，我正在外面凉快……这位老太太是你什么人？"

　　"是我奶奶，村长是我爹。"说着，香已点好了，他准备退出去。

　　"……你等一等……"她闭上眼，似乎是在作法，其实谁又知道她内心的忐忑呢？她初次做这毫无把握的事，正如同一个初次出行的探险家一样，用强大的毅力抑制自己的惊恐。在这生疏的地方自己要做神做鬼，多么可怕呀！他是唯一比较熟识的人，所以想叫他守着自己壮壮胆子。但是已经和村长说好了，只留老太太和自己在屋，怎能不放他去呢？她闭紧眼睛良久无言。

　　"有什么事吗？"他恭敬地站直了身子问。

　　"哦！没什么，我对老仙说话呢，你去告诉他们，都不要在窗外听……你是她的长孙吗？"

　　"嗯！"

　　"那么你在窗外听信儿吧，有事了叫你。"小白鹿毕竟是聪明的，终究被她想出办法。那青年退出去，高大的房屋只有依着北墙的红漆立柜发着光。正在此时老太太张开眼睛，看着她。

　　"老太太，我是北山的白鹿大仙，不随便给人治病，看您慈眉善目的该有这一段机缘。您的病是由气得的，还是饮食不调？"她记起在外省的时候，马太太背着老爷请看的情形，试着说。

　　"唉！不……瞒……大仙爷您说……呀！我……全……由气上得的病，我的儿子，顶天……立地的……可没气着我……可是他耳朵软，听老婆的话……"说着老太太咬牙切齿的。

　　"您觉得什么地方不舒服吗？"

　　"就是心口胀，不瞒大仙说，全是气的……那老婆死了就好了……"老太太没敢大声说。

　　"气是祸根，您的媳妇没您福气大，您福寿双全。自己先压住气，我慢慢给您治……"以下又是良久不语，闭上眼睛，大约在想

267

主意，老太太脸上果见喜欢的颜色。

"窗外的人进来！"

东柱进来，依然站在桌边听候她吩咐。

"大家进来吧。不，你等一等……方才大仙的话你听见了吗？不要对你母亲说，一家人要大事化小……你叫他们进来吧！"她说着见那青年似乎在微笑。啊，他一定把自己的把戏看穿了。本来就没有什么仙，看穿也不怕，这样想她才心安。

"我的母亲是后妈，奶奶是亲的，您放心了吗？进来吧！"他仍在笑着，他完全看穿了。本来嘛，年轻人谁信看香的话。"进来吧"才说出口，妇人、孩子进来一大群，屋内马上热闹起来，她见许多双眼光都向她脸上射来，她脸红红的，又闭上眼睛。

"闭上眼更像菩萨了。"一个妇人小声说。

"也不说也不唱，也不打嗝，也不打呵欠……是什么仙呢？"另一个说。

"白鹿大仙！"老太太在炕上忍不住了说。

"大仙真灵，老太太语声都精神了。"大家奉承着。

结果白鹿大仙随便吩咐了一些偏方子，然后在村长家吃了丰盛的晚饭，入夜以后才乘车归去。

村里谁不喜欢模仿村长？于是小白鹿忙起来，在家的日子很少，偶尔遇见风雨天才停在那老屋里。不过她的脸色并不见佳，时时有一缕愁思笼罩着她的双瞳，为什么呢？她从未对人说过。她待那聋老太太很好，两人永是吃一样的饭食，所以聋老太太满足地吃完饭总是很早就睡去。

中秋后一日，月亮仍那么圆，银光一碧万顷地照在人间每一个角落，小白鹿穿了一件淡蓝色的夹衣，坐在天井里看着一丛花影斑驳的墙垣发呆，好像在那花影里可以出现异象。突然从墙外轻轻地投进一点东西来。

"什么人？"她似乎并不惊讶。

"我！"这声音却不是她所希冀的，沙哑而衰老。

"谁？"她已经听出来者的声音，故意这么问。

"我，你一人在这儿吗？给我开开后门吧，我绕进来。"

"有事明天说好吗？"

"不，是要紧的事。快开门，等邻居的狗一叫就不好办了。"

"狗咬了才好，下次你就不敢来了。"

"好王大奶奶，不要开玩笑，快开门……"外边的声音急得发抖了，她才慢慢地走到后院去开栅栏门。

月光下的村长那么惊恐，白日固有的尊严一点也没有了，呆呆地看她闩上栅栏门，才匆匆地往里走，好像是个找避难所的难民。

"往哪儿走？站住！前面是我睡觉的屋子，村长有什么事随便进寡妇的屋子？"她目光灼灼凛若寒霜地说。

"你何苦着急？不进去在外面说话一样，真是何苦着急？"村长拭起汗来，随即坐在院里的凳子上。

"有话说吧！我要早睡，明天一早要到十五里以外去治病。"她仍然站着说。

"也……没什么事……顺便带点东西给你。这是城里新到的麻纺，浅灰的，你留着做夹袍吧……昨天，我那泼妇老婆来，没气着你？"他十分不安地说。

"我倒有心收你的礼物，可是你这回是来为她说情的，我倒不稀罕你这城里的新货了。"她坐在一个小蒲团上不再说话了。

"是不是？气还没消？是不是？"他急得身子团团转。

"……"她不语。

"我回去非找碴儿揍她不可，她太胡闹了，咱们并没有什么呀，我呢，总是忘不了你给我妈治病的一点恩情，常来看你，她就胡闹起来。唉！这是从哪儿说起!!"他急得坐下又站起来，烦躁地徘徊着，好像水旱灾祸降临到人间时，一个为村民焦虑的长者那么心焦。

"哈！急什么？我早忘了，那算什么，随她找来胡闹吧！只要对你村长的面子没妨碍，我怕什么？你如果肯为我想，请先回去，我明天一早有事。如果有意为难我，我只好马上到别处借宿去。"

"我走，我走。你不许生气。"他临走把那衣料交给她，她绝情地闩好后门。夜仍归于沉静，早秋的蟋蟀叫了一声。随了虫声倏忽一个人影从那印着花影的墙垣上掠下来。

"唉！"她痛苦地握住他的手。

"你还不睡?"那人影是东柱。

"月亮照得我睡不着,聋老太太睡了,院里空得可怕。我还以为你不来了呢……你遇见他了没有?"

"谁?"

"你爹!"她愤恨地忍不住说了。

"唉!我知道他一直缠磨你!咱们的事也是纸里包不住火的。咱们走开吧?"

"到哪儿去呢?你舍得离开你的家和你的房产地业吗?"

"比起你来房产地业算什么?就怕你不走。"

"我为什么不走!世上再没有我可挂心的,除了你……"她不能再说下去了,昔日马宅园丁的影子在她记忆中一闪。她借着月光看东柱,的确和他一样;但那一个远不可及仿佛更珍贵了似的,而东柱却温暖地在她面前。她不知为什么流下两颗大而亮的泪珠,闭上眼睛,又好似白鹿大仙来临时一样。这闭目的女神!

"那么你放心,咱们走!什么房产地业在我心里一个子儿也不值……"他拥着她,觉得她在抖,不知是喜是悲。

菊花已经开遍了庭院,这是重阳的下午,小白鹿和东柱定好了在今夜起程,奔向他们幸福的前程。为了遮掩村人的耳目,她在白天仍到前村一家去给人家看香。聋老太太把门虚掩上,又吃了一点零食就躺在自己炕上午睡。

大门"吱"的一声开了,一个二十几岁的妇人毫不客气地推门走到庭院,忠厚的脸上摆足了怒气,全身充满了雄赳赳之感,大有见人就打、见东西就摔的气概。但是她并没敢那么做,因为她是老实人,她是东柱的发妻、村长的儿媳妇,一向老老实实在家里牛马似的工作着。反正她只知道东柱是她的男人,至于男人有了外遇时,自己该怎样应付做梦也没有想过;但是婆婆叫她来,公公也叫她来,教她怎样到小白鹿的家撒泼、摔东西、搅散了小白鹿和东柱的这一段"良缘"。最初她不肯来,觉得怪不好意思的,为了争男人大呼小叫的,还不如一条狗,但是经不住婆婆的逼迫和公公大仁大义地一讲、一激,结果她终于鼓足勇气出发了。在中途不住地回头,好像一个懦战士临上战场,对故居不胜留恋。

270

院里静悄悄的，一个人影也没有，各色的菊花在秋阳下照耀着，一只画眉在屋檐下的笼子里洗刷自己的羽毛，花猫睡在窗台上。一切都那么温和、安静、有次序、可爱。她想：难怪东柱天天来呢，自己对此处也不忍走开，在这儿绝对听不见婆婆的诟骂和公公的呵斥啊。在这儿先摔什么呢？院里一个破瓦盆都没有，把菊花都折下来撕下花瓣来？怪可惜的。还是把正睡着的小花猫弄死？可是小花猫也是一条命啊！进院就骂，但是骂谁呢？一个人也没有……她茫然地向上房走去，默默地，好像自己犯了罪。忽然她感到太寂静了，也许自己的男人和小白鹿在一起睡午觉？一定的，这么一想，她不免怒火中烧，狂了似的冲进屋去，她满想：这回我和她拼命了！但是一想，东柱在这儿非揍我不可。想着想着，两腿发软，抖在一起，颓丧地坐在堂屋椅子上，想起公公的话来："你呀，也太贤惠得过当，整天随他便，叫他老和这个娘们儿在一块，弄得倾家败产，说不定闹上病还绝后哪。"公公说得对，公公是明理的人，对！此时不打还等什么？于是她重拾起勇气来，又进一步向里间冲去。

"我把你这死不要脸的活娼妇，把我男人放出来，敢说一个'不'字？敢说，我就……我就……"她实在说不下去了，一则从来没打过架，二则公公教的话都忘了，三则屋里依然没人。咦？没人为什么不闩上大门？也许他们藏起来了，到底是邪不压正，她也知道怕我，本来她理亏嘛！越想越胆子大，勇气加倍地来得猛，又没有对手来施展这份勇气，真是英雄无用武之地了。感到十分扫兴，而且一点成绩不留，回去怎么交代呢？她倒为难了，屋里的东西又都完美整洁，如此叫她亲手摔，打死她也不行，正在没主意时，她一眼见小柜子上的煤油灯，把煤油倒在枕上、被上、窗格扇上……又用洋火把窗纸点着，看见有小火焰突突地跳跃着，她才放心地走开。她自慰道：还是这个法子好，省了自己亲手摔东西怪罪过的，可是公公为什么不教她呢？

一会儿，庙上的钟铛铛地响起来，是村中报火警声响，小白鹿也被邻人叫回来，只见自己住了三年的家已经被火烧遍，不过尚未倒塌。她想到屋内预备好夜奔时带走的东西此时一定化为灰烬了，张大了黑湛湛的眼睛向火里凝视，像一个见了异象的女巫。

271

"我的聋大婶？大婶！"她突然凄切地呼叫着，因她素日治病除灾的人缘好，大家都忙着汲水为她家救火，但没人见到聋老太太。她想起聋老太太每天都在厢房睡午觉，便狂了似的奔向火势正猛的厢房里去，不住地狂叫"大婶"。

东柱赶来了，到火堆里去拖她。良久，东柱才喘着气把她拖出来，她紧抱着聋老太太，三个人同时倒在外面，都不成人形了。老太太在火中最久，似乎已经没希望，小白鹿全身都是焦煳的伤痕，衣服也不再整齐了。谁见过小白鹿这么狼狈呢？有的人为她掉下泪来。

在没被火烧着的邻家后院里，大家把小白鹿和东柱抬过来灌醒，她醒后仍不停地喊着"大婶"。可惜那老太太已经完全听不见了，完结了她那耳聋听不见的生涯，在沉睡中死在火焰里。

入夜，火熄了。但小白鹿的家只剩了一片焦烂的瓦砾，几小时以前那精致完美、温馨的小家宅，再也没有了。小白鹿躺在邻人的炕上，东柱已回到家去，也受了一点伤。晚饭后，村长上这家来，一则托他们关照受难的小白鹿，二则来探望她的伤势。他脸上很有惭愧之色，因为东柱媳妇回家报告成绩的时候，使他不胜惊讶和失望，自恨媳妇无用，自己所选非人，怎么对得起小白鹿？但目前又不得不打着官腔问："好好的，怎么着起火来？大白天还小心不到吗？"

"那么村长还要传我到乡公所去问话吗？我能自己点房子吗？谁干的谁知道，越是有钱有势的越欺负无依无靠的人，您有话问吧！我的伤重得很，你问晚了，也许等不到您追问了。村长！假如一村人都遇见我这样的事，只问话也要忙坏了您呢！别的就难说啦……"

"王大奶奶，谁愿意您受惊呀。"村长不知所措地说。

"那么您把点火的正犯给我查出来。"

"……"村长没回答。

"村长外边坐，我看王大奶奶该歇息歇息了，什么事都好办，慢慢来……"本家主人莫名其妙中略看出一点他的神色，唯恐小白鹿在神志不健全的时候说出不小心的话来对大家不好，赶紧把村长让到堂屋里。

272

小白鹿一夜发烧、说胡话，大家以为她和白鹿大仙说话呢，谁又知道她完全在昏迷中。早晨，小白鹿略清醒一些，挣扎着起来洗脸梳头，她照照镜子叹了一口气，这家的姑娘给她拿来一朵白菊，她也没戴。叫她换上她们的衣服，她只是摇摇头又躺下了。

　　听人说村长打发东柱来看她，她见了他哭起来。屋里没有第三个人，她想这也许是唯一的末次聚首了。她痛苦得只有哭泣说不出话来。

　　"不用哭，晚上咱们还是走。"他小声坚决地说。

　　"到哪儿去呢？我……已经……完了！你摸，我身上烧得多么厉害！"她流着泪说，脸红得像胭脂点遍了的，声音沙沙的。

　　"爹叫我接你，住在我家里。晚上咱们到北大道小路上见。从我家走，省得人家担不是，应用的东西我放在马槽底下了，我和长工说好，晚上我用马出门，后门不上锁，只要你别怕……咱们走开吧。"

　　"可惜我那些东西，都……"

　　"那算什么，只要我活着，你不用愁！"

　　村长真是可人儿，居然把老婆打发到她娘家去，小白鹿到她家时，东柱媳妇自动藏起来，她怕白鹿大仙不依她，在她点火时失神忘了小白鹿不是凡人，如果当时她脑子里有一点大仙的影子，天借给她胆子也不敢点火呀！她躲在后院的屋内不敢出来。

　　小白鹿并不说什么，只是不时地眨着那黑湛湛的眼睛看着村长，好像要从他脸上搜寻什么秘密，弄得村长不安地在屋中徘徊。

　　"你这会儿觉得怎么样？"他不知说什么好，随便问。

　　"……"她又看了他一下，并且嘴上似乎有一丝冷笑，这一丝冷笑好像一条小小的尖尾蛇，从村长的领口钻到脊背里，马上全身起了许多鸡皮疙瘩。

　　"怎么？不理我。"他喃喃地说。

　　"我只问你一句，村长！谁放的火？"她坐直了身子，突如其来地说，目光并不放过他的脸。

　　"那……那，我哪儿知道，真是，你真会问。"一下子敲在村长的心病上，他急切地分辩，急得在这九月天里额上直出汗。

"可是你急什么？嘿！胆小的……我是有家的人，绝不在别人家久住，我在这儿歇一会儿就回去。在柴棚里住怕什么？难道点火烧我不解恨，还派人杀我去吗？"

村长实在没有话来应付这带伤的小白鹿，只得任她去留。在夕阳下，她站在一片瓦砾的破院中，望着自己住过三年的房子遗迹，唱叹着。在这儿打发走了三年的寂寞时光，就要告别了，心中有说不出的悲愁和留恋。

当满天星斗时，一个窈窕的人影，缓缓地向大道上走去，她似乎走起来很吃力，但并不放弃前进。不停地走，在星光下，在秋天的溪水边。

北大道的歧路到了，她并没见到那白马的骑者，她盘桓在路边，听着秋风吹芦苇的声音萧条得可怕，而且她觉得冷，抱着肩，依着一棵杨树。杨树的叶子响得可怕，好像在坟墓里一样，于是她记起聋老太太烧伤的尸身，更记起王文祥临死时的呻吟，哎呀！沙、沙、沙……风吹芦苇，风吹杨树叶子……溪水也在鸣咽，她颓萎地坐在树下。耳内嗡嗡的、沙沙的声音加大，几乎像大的雷声，天上的繁星似乎往下掉，群星在她眼前飞舞。渐渐地，星和声响乱成一片。她觉得全身一阵异常的烧，又一阵奇特的凉，她没有知觉了，躺在苇丛里。

小风仍微微地吹着，沙沙的声音奏成极和谐、极哀婉的声调。嘚格的清脆的马蹄声，送入这凄凉的所在，东柱伟壮的身影在马上，在星光下，他来践约。他见并无人影，狐疑起来，她为什么不来呢？在那破屋内不肯出来，还是有什么意外呢？本来已经不早了。

"咦？这……是什么？"他看见她的腿脚，跳下马来，把她扶起。她是那么安静，闭着眼睛，像初次见她看香时一样。他恐怖得心跳着。

"喂！醒醒！"他摇着她。

"……"她仍无声，也不动。

"我来了，醒醒！咱们好走！走！"他的声音急躁而哀痛。

渐渐地，她睁开眼睛，看是东柱扶着她，她悲喜交加地伏在他怀里。

274

"抱紧了我，我冷，我害怕，你⋯⋯怎么才来呀？"

"他们睡得晚，我等他们都睡了才来的，你心里难受吗？"

"唉！我走不了啦！！我就死在这儿吧，方才我不是死过去了？你来的时候我在哪儿？"

"你只是晕倒了，现在心里难受不？"

"好一点了，可是完了，一点力气也没有。"

"只要心里不难受就好办，走，不早了。"他一下把她抱在马上，轻捷地前进着，蹄声嚼嚼的，传遍了寂静的夜。

"这么黑，上哪儿去呢？"她在他的怀里小声问。

"不黑，天上有星星，你我有眼睛，怕什么？走！"他抱紧小白鹿，拉紧缰绳，在繁星下向大道上奔驰，奔驰，把凄凉、孤独、恐怖、不平留在后面，前面的大道伸展在辽阔的平原上。他们的影子远了，小了，蹄声响向遥远的前方。

人

　　据说人类的远祖曾经度过三个时代才到今日，最初的叫作"黄金时代"，那时候四时皆春，溪水和湖泊里充满白乳或各色的美酒，五谷不种而熟。他们愉快的生活使天神都生了忌妒，而把"黄金"改为"白银"。这时代一年分了四季，白乳、美酒也变成潺潺的流水，人类要种植垦壤，劳累和忙碌追随着他们，因之轻微的怨恨生在他们的心里以致引起造物者的恼怒，第三个时代——"青铜时代"便来到了。人类开始受到各种灾害：疾病、仇恨、残杀、争战……万有的丑情野火似的烧遍了大地。当造物主见到他们用武器和狠毒的心机残忍地伤害着他们同类的时候，真不胜其懊悔与哀痛了，为什么要多事造这些两条腿的怪物啊！他们又那么强烈地繁殖着，想逐个地毁灭实在太麻烦，于是大兴洪水，想刷洗这个世界，洗净一切罪恶。天与地昏暗了，有无边无际的水，从空中、地里、谷间、海洋、河流，以及一切空间里涌出，有雷声助威。

　　可造物主依然有一丝姑息，留下了一对善良夫妇乘着神人合力造就的大船躲避这次灭亡，等洪水低落以后，由他们生一些善良的儿孙，自然不难再成一个花花世界，神们这样想着，计划着。

　　看哪！第四个时代又来了，为了和前三个时代对称起见，姑且给它起个带着颜色的名字："黑铁时代"。"黑铁时代"的人民也许是善良的——假如造物者的计划没弄错的话，这该不是个苛求吧？

　　想当初，造物者把他所有的宝藏都已经分赐给他亲手创造的万物，比如那迅速而美丽的羽翅给了鸟雀，暖毛、利爪、锐齿给了走兽……最末造的人类却是赤裸裸的一无所有。他——我说的是造物主，慌愧地把自己的智慧给了人类一些。幸亏只是一些，如果再多呀，那更不堪设想了，因为智慧是个危险的种子，一个运用不当就会惹出许多不欢呢。给了智慧还不算，又使人类站直了身子，并且把人类的大拇指拉长一些，以便掌握一切他们所能掌握的。我想造物者这些动作是很迅速的，趁着泥还柔软，他可以任意创造人类的形体——古经传上似乎说过，人类是以清泉和泥土相合而捏弄成的。假如当时创造的人类是四肢着地而行，或者像蛇一样地以腹抵地而行恐怕就太不方便了，至少不能在必要的时候清脆地打敌人几下耳光子。

一切凭了神的恩惠，一切凭了智慧，直立的躯体和自由伸张的大拇指。人类在"黑铁时代"闹得乌烟瘴气，尤其在都会里来得更甚、更糟、更使创造者伤心，如果不幸再有一次洪水，仅仅一对善良的夫妇都难选出，那么第五个时代就永无希望再有了。

北风怒吼着的傍晚，有轻松的爵士乐飘散在一条贵族的长街上，各色的车辆、各样的行人勇敢地穿过音乐，顺风的加快了步子，逆风的弓着身子拉起衣领来，但没人停留着，走了，来了，消耗着成串的时光。

从百货公司到丽妮番菜馆不过四五丈的路，一个穿着白狐外衣的女人依着一个矮胖男人的肩走出来又走进去，三个乞女伸着手追也没追上，又瑟缩地藏在小胡同里避风，头却探在外边，在霓虹灯光下寻找施主。

番菜馆里有调和的灯光和动人的音乐，几个落魄的白俄人穿着用挥发油擦得很干净的礼服，坐着奏乐，技巧纯熟而动作懒懒的手在弦上或键上动着，声音依然动人，起码叫人听了发懒，吃了不想动。

略蒙风尘的从百货公司里出来的那一对，坐在极里边的一段小木阁子里。女人的白狐外衣已经不在身上，绯色绸衣合宜地笼住她纤巧的肢体——真是"黑铁时代"一个精心的杰作，一切人类应有的都很匀称地布置在她的外表上，这自然就是我们常说的美丽。她的确太美，没有别的，只是一切合宜罢了。她的同伴却很难使人称赞他，至少他的外表是有着无数缺欠的，好像他是远古时代创造人类时剩下的泥块捏就的，深肤色、多脂，胖得头后有过多的肉堆在硬领上，贪婪的眼望着对方时都是很努力地从肥重的眼帘下投出视线去。他善笑，笑声往往驾音乐而上之。

"陆小姐很考究啊！白狐外衣！哈哈！"他一口东西没咽完，哇啦哇啦地说，自命相当的潇洒，起码因了白狐外衣对这位新结识不久的陆小姐表示着更多的欣赏。

"哪儿？不入时了。"她微笑着，内里隐着轻微的厌恶，但又无可奈何地忍住。

"如果是新做的，三千是打不下来的。"

"那么就请张经理估估价吧，上月做的。"

"三千，一定的。"

"不，再估估看。"

"五千？我说三千打不下来的。"

"不，再估估吧。"

"如果六七千就是下一个月的价钱了，我想也许是四千，对不？"

"五千二百四十五。"

"怎么这么零碎？"他不经心地说着，又吃了一块咖喱土豆嚼着。

"卖东西能多赚一点是一点，买主却是少花一点是一点，两下子一迁就，就弄零碎了，这么一大串数目不是更显得威风了吗？"

他又纵声大笑着，她装笑而转过脸去。白狐大衣才过了出风头的时候，两个人又沉默地吃着，在弦乐中想着各人心里的事。那颈后有着肥肉的男子想付很少的代价得到这个女人，因为他三个不同年纪的太太在年前的开销非十万不可，何况还有许多其他的开销呢，钱来得纵然容易，但钱究竟是钱哪，消耗在一个关系很小的人身上总是太冤枉了。所以任凭有多少乞求的手伸向他，他从未投过一分钱的施舍，自然他的衣袋里根本没有分钱。坐在他对面的陆小姐年纪很轻，脸上总是那么甜丝丝地笑着。他想假如她肯……他宁可在三个太太的花销以外再加上一笔，不然呢，吃几次饭就算了，至多再进一次百货公司也未为不可。他吃得已经相当饱了，吸起烟斗来，有计划的缅想融化在烟雾纷纷中。

她呢？想着今天的收获：一双丝袜和一盒 Coty 牌的粉。但是带回家去的是什么呢？白狐大衣的主人，那洋服师又怎样去报答他呢？

278

借了两次，下次他无论如何必须交给主顾……再借的时候——如果今天什么都带不回去，恐怕就很难了。而且妈在病着，还得等着给她开门……她的心狠狠地跳动了几下，但马上又镇静下来，摆出原有的微笑，而且有情致地向音乐台上的乐师看了一下，又回过头来。

"到底是音乐家的风度，那么清秀。"她似乎不经心地说着，胳膊肘抵住桌缘，纤丽的手指夹着袅袅喷着白烟的纸烟。

"啊！清秀？饿的，哈哈！"他多少有些轻微的忌妒。他想着一切能代替清秀的长处，比如豪放的笑声、华贵的服装，还有忍着心痛地花钱，挥金如土总比清秀来得引人。

"饿的？他们精神上却是十分充实的，我想。"她在他忌妒的心情上又刺了一针，他没说什么，决心要显出自己的长处。

当他们又冲入寒风里的时候，有一辆汽车把他们吞进去。真正的汽油车，黑的，比夜色还黑。在柔软的坐垫上，震荡着两颗异样的心，扁小的。海滨蚌壳似的灯把车内点亮了，形成一个小的、奢华的世界。他似乎怕她冷，紧紧地把她挤在车角里，浅咖啡色的车帘衬着她卷曲的黑发，越发显得美而动人。他迷茫地忘了原来的计划，忘了三个不同年纪的太太，只记住那清秀的乐师的脸和身旁这个女人是很匹配的，他想及时挽回这个危机，像在经济市场上挽回要操纵的物价一样。他需要胜利，胜利就在他眼前，他从内衣袋里掏取着什么，她已经预感到一些什么，而故意装作不觉。

"这一点，送你买巧克力吃吧！陆小姐，因为天晚了，不方便买了送你。"他的口齿是那么巧。

"那可对不起，张经理，我还不至于借人钱花呢。你留着吧，我不能收。"

"官还不打送礼的呢！太少？买巧克力吧！哈哈！陆小姐，明天还能出来吗？"他更贪婪地说着。街头石膏塑的人正握住一个蛇头预备杀，黑影子掠过车窗，街也渐渐暗淡了。过了北海大桥，她忽然想起什么来，拉着他的衣袖："就停在这儿吧，我忘了一个朋友的约会，她就住在这小胡同里。然后她会送我回家的，再见哪，张经理。"

"那真抱歉，不能送你回家了。"

279

她轻巧地跳下车子，回头向他笑着招招手，然后车和人走向相反的路子，夜风吹得更严寒了。少顷，她又从那小胡同里转出来，衣领拉高，缩着颈子张望着，看车子走远了，才放心地走向另一个小胡同里。一个黑长的人影拦住她的路。

　　"今天可不能空放你过去了。"跳出来的拦路人恶意地笑着说，伸着一只手对着她的皮手笼子（暖手用的），另一只却叉在腰里，他似乎是冷风里的骄子，短短的衣装并没有瑟缩的样子，帽檐低低地压住他左边的眉际，无耻的贪欲之火闪在帽檐下的眼里。她略退后一步，并不十分惊慌地轻蔑地看了他一眼。

　　"你要什么？"她冷冷地说。

　　"自然是钱！"他比她更冷酷。

　　"我还当是要什么呢，钱吗？没有。"

　　"不用说那么绝，眼看你是坐着汽车回家的，又穿了这么一身行头，会没钱？这不比你看球台子的时候了。"

　　"有钱就该给你吗？我们早就一刀两断了，还比从先吗？"

　　"你真不给吗？等着动蛮？"他已经有动蛮的准备，伸着手探入自己的腰里掏什么。她像一个看着魔术师变戏法的孩子，究竟要看他掏出什么来，除了好奇以外没有别的情绪。

　　"算了吧，何必伤了和气！动了蛮只能和你要一次，和气一点也许这个主顾就拉长了。你知道我也是迫于不得已，我无论如何是个男子汉，按说不该向一个离散的老婆要钱。我身上如果有一毛钱还来麻烦你，叫我不得好死，马上就叫随便什么车轧死在马路上。你看怎样？"

　　"得啦！好恶心的话。拿去，不许再说。"她抛给他一小团蓝色的钱票，然后转身走开。

　　"喂！好意思吗？才三十？回回手！"他追上去说。

　　"你不要？还是叫我喊警察？"她怒不可遏地喊叫着，像一头被惹恼的母狮，他也就笑笑走开了。她的心如坠着铅球，腿软软地走向一个小黑门里，在外面无力地叩着门，良久，良久，门内几声衰弱的咳嗽，门缓缓地开了，她拥了一身黑暗和冷风走进去。

　　在一盏暗淡的五烛灯头下，她疲乏地坐在一个破旧的木椅上，煤炉里恶臭的气息一阵阵地使她作呕，手仍在借来的皮手笼里，暗中抚摸着一天用苦笑换来的代价。她缓慢地先把粉盒和丝袜的纸袋拿出来放在堆满了东西的方桌上，汽车里的赠物，一卷纸，不，一卷钞票也拿出来数着。那病着的母亲又躺到被里去温暖她被风吹冷了的衰弱身体，眼睛眨着望着女儿手上数着的钱。钱，她知道活着是需要钱的，钱是好的，女儿也是好的。

钱，在她的掌握中，是用苦笑和愤恨、憎恶、挂虑、机警、小的欺骗换来的，仅仅一百二十元，加上那流氓劫去的三十元，一共一百五十元。假如再找这么一个机会得一百五十元恐怕很难了。这剩下的一百二十元要付房租、领配给面粉，还要交还妈妈的医药费……还得送给借衣服的洋服师几十元，至少二十元。她扶住昏晕的头，站起来，摘下墙上满了油渍的青色布棉袍，风吹着窗纸沙沙地响，像幽灵要进入她的卧室，她不禁打了一个寒战，换着衣服寻思明日的出路。疲乏渐渐压着她的眼帘。已经是半夜时分。

狂欢了整夜的多脂人，在正午十二时才留恋地从第三个妻子身边起来，披上绣着团龙的法兰绒古铜色睡衣。不经心地把短而肥的脚伸入柔软的拖鞋里，没穿袜子，屋内太暖了，只有赤足才舒适。女人也起来，睡衣是茜色的绸，肤色更显嫩白了，妖冶地伸着懒腰，穿好肉色、比肉更光洁的薄丝袜子，伸脚等男人穿鞋。他蹲下去像一个卑下的老侍者，或者像一个肉球，女人尖锐地笑着。

直到下午三点，他吃了香美的食物，交给那女人几百块钱才被释放乘车出去，到洋行里绕个弯。副理是一个精明的中年人，岁数不在他之下，但因为是副理，面上比他谦逊得多，而且精明也不次于他，该存的存、该收的收、该甩的甩，安排得很得人心。只说棉线一项吧，一倒手足赚了十三万，还有市布、颜料……又可以赚一个心花怒放。

等略看了一些账目，看了几份请帖，签了几个字，接了几次电话，饮了一次牛乳……就到了上灯时候。他的车一直开向东盛楼。××公司的总经理是张经理的掌运人，气派比他又高了一筹，身材很高，有一架金丝边的眼镜发着光，这两道光似乎是两道财源，每一闪就引起张经理一阵内心的喜悦，但那戴着眼镜的财神不十分高兴，对着几百元一桌的菜表示着厌烦。

"东盛楼比起从先来差远了，只说汤吧，哪有一两个清淡的。"××公司总经理说。

"真是，太不成敬意了，咱们换一处怎样？"张经理诚惶诚恐地说，诚心诚意地要换一个地方去吃，他心里已经看清，千块钱算什么，只要××公司有买卖做，就都赚过来了。

"算啦！哪儿都一样，东盛楼比从先是不行了，但是比别处还好得多，吃完饭找一个好地方玩玩才痛快。"他说着，眼睛发着光。

"跳舞？还是上别的地方？"自然又是张经理抢着说，唯恐别人占先出了主意。

"舞女太瘦，都像吃不饱似的，惹人烦；听戏又太吵得慌……"

"叫几个前门的怎样？"

"算了，土货太多，还不如舞女呢，什么时候也找一个新女人谈谈恋爱，一定很开心。"

"那也不难，我倒可给您介绍一位，不过今天恐怕不容易见到了，人家是良家小姐，很腼腆，说话又不能随便，同时她们这种小姐脾气的女人也很难应付，不过我想彭总经理是能胜任而有余的。哈哈！"张经理笑得很得意，陪客们自然也陪着笑起来，宾主之间融融洽洽的。

"说起应付女人来，不能说是拿手好戏，反正不能栽给她们。喂！就请你费心介绍一下吧！"

"好好！先吃。菜凉啦，请，请，先干一杯，祝彭翁恋爱万岁。"张经理满面红光地站起来说，举着杯子，很像上海电影里的胖明星一类的人物，可爱的时候可爱，可厌的时候可厌，是富有变化性的。

"该说恋爱胜利！好！干一杯。"彭总经理很高兴，和初入东盛楼的时候完全两副神姿。

"希望早些实现，君子成人之美是不能延迟的。"说话的是一个青年，他的言行往往是模仿着彭、张二位，比如他也有一副金丝镜，说完一句话两声"哈哈"，答应上司的时候用几声"是"，对茶房却又冷若冰霜神圣不可侵犯了。

夜，街头的爵士乐又响起来，一个穿着紫羔外衣的女人又从百货公司出来，有浅绿色的衣襟露在皮衣下，风依然吹着她。事情总是那么凑巧，从东盛楼出来的一群步行者，寻猎似的顺着人行便道散步到贵族之街，他们的车却缓缓地追随在后面。

依然是在丽妮番菜馆，穿紫羔外衣的女人成了众人的中心点，她就是昨天穿着白狐外衣，称作陆小姐的。她很聪明，今天是不能再用微笑换钱了，要想得到更多的纸钞，必须另换一种神情，她要高傲，装作真正小姐的模样。果然赢得了那戴金边眼镜人的心，他开始做着恋爱的美梦，他给她更多的赠予，并且慷慨地约定了明日第二次的会见。

当夜张经理讨得了护送她归去的差使。她很快乐地坐在他身边，默无一言地思索着彭的一切举止。"起码比胖子惹人喜欢。"她想。而张经理却想到："她是我和彭相接近的阶石呢。"

"陆小姐，对彭总经理印象怎样？"

"还好，他是和张经理一样可敬爱的先生。"

"我？我只是比他更忠厚些罢了。陆小姐，您如果满意倒可以进行一下的，等将来……不要忘了我才好，咱们是先认识的，不是吗？"

"您说得倒很长远，大家不过萍水相逢罢了。"

"陆小姐，我是直爽人，咱们索性打开窗子说亮话吧，我担保你们能很快乐地来往，可是您可不许忘了我，饮水思泉，大家都有好处的，哈哈！"车又停住了，自然她又巧妙而且有礼貌地自己走开，不叫他见到自己的家。他是人生经验很丰富的人，其实也明白她的生活是比舞女更寒酸的女人，但是现在更不便道破了。他要利用这个机会。

旧历腊尽是中国社会上至纷乱的时节，千百种不同平日的事情在到处发生着，万花筒似的社会现象，酵母菌似的人世变迁，在腊尽是应有尽有地发生了，明处暗处都有，那说不尽的纷乱实在欠一次洪水的冲洗。

张宅的仆人很多，他们都兴高采烈地等着新年赏，谁也不在主人面前表现一丝丝的不快乐。只是一个老园丁时时地叹着气，不止一天了，叹息得伙伴们怪烦的，恨不得告诉主人打发他走开；可是

283

也有几个是同情他的，知道他的独生子在病中，拉车是不可能的了，一家人张着口等吃饭，必须在这瘦老头子身上压榨些油水以装满他们的空虚而要工作的胃，免得饿得疼痛，因之老人的心没有一天是安静的。老伴又三天两日哭丧着脸来找他，诉说着家里的贫苦，睡里梦里，老人是郁结填胸。

那天大约是腊月二十六，老人和一个年轻的听差预备把一对蜡梅抬进客厅，年轻的有意又无意地在前面放开脚步走，匆匆地，老人在后面喘息地追随着他，木担有千钧重压着他的肩，他忍着，他也不服气，想当年他的力气是别人比不上的，现在只是衰老了些，他不肯示弱。他也放开步子走，从花园的暖室穿过后天井，绕过垂花门到客厅前院，他的额前滴下大颗的汗珠，脸上纵横的皱纹成了小沟渠，他时而咬着牙，又被喘着的气冲开口；但是他英雄气概地并没求那年轻人停一停，或求他放慢步子，他要胜利了，距客厅没有几步了，他一鼓作气蹬上白色的阶石，不幸第一脚就蹬空了，人和花盆一同摔在砖地上，发出巨大的声响。年轻的那个却已经安然上了阶石，只不过是木担从他的肩上滑下去，一切都压在老人身上而已。老人怪声地喘叫呼痛，别的仆人赶来收拾花盆，也有的拉老园丁起来，但是他摔折了腰腿，再也起不来了。

张经理也好风雅地爱着鲜花，客厅里的山茶花开了几朵，假如再摆上那两盆蜡梅，在北方的客厅里已经很可观了，他在柔软的地毯上徘徊地等着，等着蜡梅摆好了，好向客人夸耀自己养花的本领。自然不会提到老园丁，因为富人养花养鸟，或者养热带鱼什么的都是为了显着风雅、减俗，不失身份的。谁又想到这样的结局呢？幸亏两个江西瓷的大花盆在客厅里没套在瓦的花盆下，不然一定毁得可惜呢，花枝折了，花朵有的零落了，老园丁还没起来。

"吃货！天生的吃货！叫他趁早给我滚蛋，省了大过年的打东西丧气。"他震怒地在窗里咆哮，似乎并没听见老人的喘息。

"老爷！我不是成心的，他年轻，走得太快，我赶不上，老爷！您别生气，花枝……我能接好……我起来。哥儿们！扶起我来……"他努力挣扎着要起来，几次又被疼痛打倒了，双重哀痛和恐惧压住他的心，他终于像被杀的老雄鸡似的扑扑手，蹬蹬腿，呼吸着他末一口气，在主人的盛怒之下，在华贵的客厅前，死去了。

老园丁的尸停在暖室里，由他培养的花木哀悼地陪伴着。他的儿子病仍没轻，不久父子就可以走向同样的路。他的老伴哀痛地昏迷着，没人来收殓这老骨头。等着上灯时候，门外有一个穿着青布棉袍子的女人来，说是老园丁的侄女，很年轻、很美、很和气，里外的男女仆人都来看这穷家姑娘，怀着不同的心情；不外好奇、同情、窥探、讥笑等情绪，连那个和园丁一同抬花盆的年轻人也追随着看。她的衣服虽很旧，头发却是精巧地电烫过的，比宅里三太太的头发还别致，再加上脸孔的俏丽似乎很难和青布棉袍以及老园丁连在一起；但她确实是来收殓她老伯父的尸的，有泪光含在她的眼里。等她见那一向和善的老人躺得挺直的时候，她哀哀地哭了，她想起堂兄的重病、伯母的昏迷，以及她母亲的病，她觉得这世界太凄凉了，而自己又不能不活在这世上，她哭的声音很大，忘了顾忌。

"喂！姑娘！人死不能复活，小点声吧！我们上边听见可忌讳，大年根儿底下的，咱们是瞒上不瞒下，他的东西都拿去。还有我们大家凑了三十元钱，您想法抬他去吧！"

"诸位多辛苦了，回老爷一声，就说我们全家给老爷、太太请安。看他老年惨死，看他在宅里老老实实地做了多少年活儿，赏他一点买棺材的钱吧！"她苦苦地哀求着，拭着泪。

"我去问问，你等会儿，可不准成，我们老爷忌讳这个。"号房比较好事而热心，同时又愿意在这俏皮姑娘面前显功。大约有十分钟他回来了，而且真没空手回来，老爷赏了四十元钱交给她。她一向不会争，但是心里很难过，把前后七十块钱交给号房，自己又添了带来的二十元，结果托那号房买了一个黑色的薄棺材，哀痛地雇人从车门里抬出老人去。她的泪流满了青色衣襟。在门外，一辆很熟悉的黑汽车停着，马达突突地直响，司机却是张经理的车夫。她回头见车门西边的朱色大门正开着，朱色大球灯辉煌照耀着，张经理从容地走出来，他的脸很坦然，似乎阶前的死亡并没波及他的心。转瞬汽车开走，尘土滚滚地掩住她和棺材。夜色沉沉，越走路灯越少，黑暗重重袭来，她记起丽妮番菜馆的约会，又是张经理请客。

丽妮番菜馆换了新陈设，许多仿古的纱灯垂着美丽的穗子，音乐又动人地奏响了，胖的、戴金边眼镜的……都焦灼地等着。等着的终于来了，她穿了彭总经理送她的全套服装：貂龙眼的外衣、织锦的夹袍，另有一番华贵风采。她先对张经理注视了片时，她想起死在他家的伯父仍有着深切的痛恨。她觉得他的冷酷、残忍、自私、虚伪……使得他更加丑恶了。然后她笑着向彭总经理打招呼。

恋爱的结局不外两种，一是悲剧的，一是喜剧的，前者多是生离死别地弄得大家不愉快，后者就是以婚嫁来结束散漫的恋爱生活。彭总经理和陆小姐走的是第二条路。今天他们请了几个知己来，预备订婚。其实一个大富翁的订婚礼的确该更奢华风光些，今天并没有那么风光，自然在彭宅里已经有了主妇，也许不止一个，陆小姐自然是另一个。反正是恋爱成功的表现吧，真是恋爱胜利，今天就要签订婚约。啊！婚约，在陆小姐自己的心里只是感到就要签订卖身的契约了。她很难过，恨不得马上一人给他们几个耳光子，然后再疯了似的跑出去，跑到妈的怀里哭一顿。但是想到母亲的病仍没好，想到家里没有米粮的缸，想到……她决心忍痛地等着签订卖身契。在大家的欢笑声里，他把钻戒戴在她左手的无名指上。终于恋爱胜利了。

他们的新居离原来的家很近，她的母亲仍和那个洋服师住同院，为的是有一点照应。对她的新丈夫只说父母在远方，自己在北京读书，原是住在亲戚家。他还好，并不追究。因为谁也不肯追究一个玩具的出身哪，只要好玩、可爱就够了，不是吗？

现在她把灵魂和身体完全浸在物质的享乐里，除了怕遇见那个无耻的流氓以外就是挂念母亲的病。偏偏她母亲就在她享乐的日子里逝世了，她的心不知是苦是甜，母亲的罪总算结束了，使她不再牵挂，但此后天地间再没有一个人是她的亲近。彭只是她的主人或者是一个主顾，她以灵魂、身体换他几个钱用，没有爱，没有超物质的关系，她空洞而感伤，又找不到一个知己诉说自己的苦衷。

是幸运，又是不幸，她婚后一年生了一个小女孩，很美、很可爱。同时这个小生命使得彭总经理对她加深了情爱，因为他家里只有妻而没有孩子，他现在要大宴宾客庆祝小生命的诞生。小生命的母亲再也不去想过往的悲哀和未来的恐惧，只是死心塌地地爱着孩子，孩子的一哭一动都足以安慰她，她想到造物者的恩惠，失去了母亲却得到一个孩子，该是一件天大的喜事。满月那天她穿好了衣服，抱着孩子向丈夫请来的客人微笑着，这微笑是发自内心，有着怡悦的芬芳的。

但是在人群里，来往分送茶水的人是谁啊？就在外客厅男客群里服侍人的，青白的脸有着鹰喙似的鼻子。是他！那父母自幼给定下的丈夫，后来因为贫穷和他的无耻行为而分离了的，那一向深夜里在胡同口等她，劫取她用至大代价换来的钱的人，怎么又混入了她的新环境？她像深夜梦见恶鬼呼叫了一声，把孩子紧紧地抱回卧室再也不出来。有的客人听见她的声音，甚至有人背后谈论，猜疑她呼叫的理由，多半说她是个"半疯儿"。不过彭总经理并没听见，只见她脸色不好，以为是累的，请大夫诊治了，说她身体太弱，又受劳累所致，也没甚理会，只是叫她吃最有营养的东西，孩子也好吃充足的奶水。因为他们都怕乡间来的奶妈有病，不洁净，所以宁可吃自己的奶。经过这次惊吓，她的体质受到不小的影响，孩子的排泄物也变为蓝绿色的。她很果决地叫丈夫辞退那鹰鼻子用人，丈夫照办了，那人恨恨地走开。

有一夜正是春天号风的时候，彭到上海去赴总公司的会议，家里只剩下几个仆人、她和孩子。每到夜里她的心就跳动不安，门窗都关得严严的不容一丝风吹进来，只任狂风把窗户拍得响个不停。在这不停的响声里，突然有一个人破窗而入，又是他，那鹰鼻人！她又怕又恨，知道他的来意是恶劣的，她又要叫，他一步跳到她前面堵住她的嘴，不许动，不许说话。然后他跑向小床去。

"做什么？"她掏开嘴里的东西，更快地拉住他要去抱孩子的手。这双手是要制造罪恶了。

"借孩子抵押一下，给我五万块钱，不然我会想法子抱走你的孩子。"

"放手！你这流氓！五万数目太多，上千的都没有，不用说上万了。"她愤愤地说。

"那么孩子是必得抱走的！"他一手推开她，然后到小床里去抓孩子。因为他真像老鹰从上空冲下，攫取着弱小的动物一样，她焦

287

灼万分，忘记利害，拿起一个铜桌灯，向他头部打去。他很奇怪地倒在她的足下，再也没有声息，大约是死了。一定是脑部震伤了。她打完人就去抱孩子，并没注意到自身的危险。

她在法庭受审的时候，一切都承认了。那人虽然不会再活了来危害她，但法律却为那死了的恶人伸冤，她被判了无期徒刑，永远被关在一个有铁栅栏的黑狱里，像一个困在笼里的兽。最初她挣扎着向外望，似乎希冀着见什么人，但是她不能如愿。最初她丈夫很想营救她，但她丈夫另外的妻室知道了这件事，认为她是一个不可救药的危险人物，说不定她会用铜灯台敲死他，像敲死她第一个丈夫一样。果然后来没有一个人去探望她，任她忽哭忽笑地陷在疯狂里。她的孩子在她被囚后的第二个月就得肠胃病夭折了。还好，不幸的小种子也灭绝了，只剩下幸运的人们享乐着，等着第二次洪水的冲袭。说不定洪水就会来的，那么"黑铁时代"的末日又来到了。多预备船舶吧！也许造物主会拣选更多的善良男女繁生第五代呢！不过这个手握着铁栅栏而摇撼着的狂人恐怕不会被拣选了吧？听，她又狂笑了，她见到什么可异的景象了呢？也说不定她会被拣选，因为神的看法和人不一样啊！听，她又哭了，哭她没罪而被囚，哭她所见到的人间可笑的现象。啊！不肖的人类！！

林　　珊

　　湖底的冰已经失去原有的团结，悄悄地，在暗中互相分离，互相击碰，清脆得如环佩的音响，那么有节奏地按照着春的吩咐逐渐融化了。那正是我们寒假后初开学的日子，有许多远来的学子，载着新年未了的怡悦来注册。

　　我们的宿舍原是在西楼七号，现在却要换到东楼十二号。同屋也换了，我的新伙伴是一个可爱的洋娃娃似的女郎，就是林珊——那一向被人称作希腊美人的林珊，她和我不但同屋而且同班同系，因之她也很高兴地移居到十二号来。

　　林珊是一个留恋夜色不爱早起的懒姑娘，相处不久，我们就为了起床的问题吵过几次嘴，以至于一两天不交谈的事已经发生了好几次，不过总是她先来迁就我，然后我们也就遗忘得干干净净又重新做起好姊妹来。

　　下次绝不再晚起了，免得你操心，好黄芹！借我《维多利亚时代诗人》的笔记抄抄行吗？她抛下一本没写字的笔记本，拖着有小高跟的拖鞋走向我，恳切地说，脸上做出懊悔到十二分的样子。

　　“自己拿吧！在左边抽屉里。真奇怪，上课为什么不抄笔记呢？”我的脸上并没有笑容，矜持得十分够味儿。

　　“唉！你知道我的座位靠着窗户啊！春来了，在窗外的植物上有许多新发现，柳条真像金线在春风里披拂着，像古典美人的金丝发……”

　　“那么一点也没听讲？维多利亚时代在西方文学上占多么重要的位置啊。”我不等她说完就抢着说。

　　“不，不！别冤枉人，我听了。听我告诉你啊：当我看着柳条的

289

时候，我听杜教授正拉着腔调读《莎绿特夫人》里的一段，对不对？我说莎绿特夫人真傻，好好的世界，不说出来玩个痛快，反倒把自己关到古塔里。你呀……早晚就会像她似的把自己关在……图书馆里。"说着，拖着有小高跟的拖鞋回到自己的桌边坐下。

我正在看书，所以只看了她一下，没接着和她争论。不过她把我比成莎绿特——那中古的、牺牲在旧信仰下的女人，我真不服气。书里的线索已经纷乱了，我合起书本，看着她，找机会反驳，机会是这么难找，她的确很专心地抄笔记，像一个用功的孩子。窗帘外射入金色的斜阳，金色光笼罩在她的头上，她的手像顺了风的小帆船，飞似的握着笔在纸上航行。她对于潦草的字往往认不清，尤其是夹杂着法文，那么她就抬起头来，做一个怀疑的鬼脸，看看我，我也就自然地走过去告诉她，她再一声不响地抄下去。有着一颗黑痣的柔腮，静穆如一幅远古的画像，我对这用功的小妹妹加深了喜爱，再也不想和她争论什么。

"啊！完了！"她突地抛下笔，同时把笔记掷给我，随即把她的笔记关到抽屉里，快得像一阵旋风，紧接着换了一双半高跟的皮鞋，披上短外衣，摘下墙上的弦琴，又匆匆地照一下镜子，要走。

"快吃晚饭啦，还上哪儿去？"

"学琴去！""去"字的尾音没逝尽，她的足音已经走远了。室内空洞而寂寞，如果不是饭铃响，我真不知道做什么好了。

暖洋洋的三月，简直会让人融化在自然里。在我的寝室里很少见到林珊的影子，除非在早晨，我起床的时候，她依然拥衾高卧。想到"春眠不觉晓"的句子真不忍心呼唤她，但是想到她每次迟到，在课室门外徘徊的那可怜相，我只得不再姑息。

"起来吧！珊珊！"我呼叫着大家送她的雅号。

"啊！不冷！在草地上，滑音滑不好……断了，弦断……"她说了许多呓语，才惋惜地张开眼睛。

"起来！又要迟到，晚上总不肯早睡！"

她看窗外的天色，知道不早，倒没撒赖地跳下床，白色的睡衣垂在脚边，她的头发蓬乱得像一个小疯子，就这样跑向洗脸房去。一张男子的半身相片掉在地上，自然她近来终日沉醉在外边的引力就是这相片上的人了。他也是我们的同班，平日像电影上的武侠明星，身材很高大，喜欢穿有格子的上衣，有一对炯炯的眸子，不过在课堂上对答教授的问题时却完全如一个可厌的愚人，至少是一个没有文学修养的人。不知道为什么他会引动林珊的心，也许那句"恋爱是神秘的"话，在人间是有着真实性的。

暮春的月夜是迷人的，校园的湖畔山石中往往飘送出热带椰林里的弦乐声。留恋风景的人们谁也不肯很早地回宿舍，我在这样的日子也不忍心捻亮灯，只是打开窗子对着月下朦胧迷惑的远近景物呆想。校舍的楼窗，多半闪着灯光，莹莹地形成一个神话世界，那些没有灯光的窗却像一座座小山丘，把夜世界点缀得更加复杂而有神韵了。我安心地欣赏着自然界赐给的幽静美——是孤独者特有的欣赏权利，没有怨艾，没有更多的希冀。

"把我拉起来！"声音自然是很熟悉的，那么清脆、那么爽快，但是来得太突然，我微抖了一下，从寂静的梦幻里挽回我的神志。天哪，是林珊，她从第一层楼窗的爬墙虎的枝叶及凸出的花砖石上登援而来，右手向上，对我笑着。

"你呀！好好的怎么不走楼梯？"

"楼梯走厌了！"她一腾身已经坐在窗台上。我担心地拥住她，她倔强地坐在窗台上，双足垂在外边打秋千，月光正足，她凝视着天际但随即转向我，微笑着。

"以后不许再爬墙了，那是男孩子干的事啊。真的，珊珊！你怎么今天晚上回来早了？"

"和朋友吵嘴了。"

"可是你脸上并没有生气的样子啊！"

"爬墙爬乐了，谁有工夫再生气。"

"你的朋友就是杜吗？"

"是他，你对他印象怎样？"

"很难说，我们还是不要背后批评人好吗？我真想知道他怎么会取得你的心。"

"我的心？我的心吗？不是还好好地在这儿吗？你说的是那班浪漫主义者说的形而上的心吧？好！我不妨都告诉你。你知道一件事

291

关在心里太久了，就会陈腐的，趁新鲜我告诉你……希望你有所收获，把自己也解放一下好吗？在这迷人的夜里你为什么不溜下楼去找个朋友玩个痛快，只是一个人坐在窗台上发呆……"

"像你这么活泼的小鸟今夜都回到笼里来了，我这在古塔里关惯了的人，也就不便再出去啦！"

"我呀！是例外，而且沉醉久了，清醒一下也未为不好。听我告诉你啊，你可不许笑，我们第一次通信息还是在课堂的桌子底下。"

"桌子底下？"

"嗯，桌子底下。那次是马博士的文学批评，我最讨厌马博士的教学法，那么严肃的一张脸，又喜欢叫人在堂上口答，批评、感想、印象……胡问一气。那一次大约是批评易卜生吧，我记不十分清楚了。我知道他总要问到我，只好临时求救。当时大家的脸色都那么郑重有趣，好像他们真是要开庭审判易卜生为什么解放了娜拉似的坐得直直的。你也那么严肃。我右边是窗子，后边是墙，左边是你，前边就是杜桓。我观察了他一下，他的情绪相当安适，没有恐惧，没有挂虑，自然也不严肃，所以当时他是我求救的唯一对象。我悄悄地写着：'杜先生，易卜生的作风略评怎么说？请赐教，多谢。下课到合作社吃冰激凌。'然后从右边的桌下递给他……"

"他就解了你的围，是吧？"

"哪儿？他很快地回了一个条儿：'林小姐！不行啊，我也不会，所以下课的冰激凌由我请。'"

"于是下了课你们就去吃冰激凌，于是就成了朋友……"

"自然你猜得很对。我喜欢他的豪爽，比如他不会什么就直截了当地说出来，不做作。去年也是在文学批评堂上向那个王什么求救，可巧他也不高明，却掩饰地写了好几句错误的批判交给我，我照方一说，叫马博士瞪了一眼，叫我立刻坐下细想。杜桓是个可人的青年，他的外表很有中世纪的骑士之风呢。"

"所以我说你也该学一学幽静，中世纪骑士的对象绝不像你这么自由活泼，至少要在修道院或古塔里关上一年半载的才够味儿。"

"就要闷死我啦。其实他也不一定完全像骑士。有一天才吃过晚饭，我洗完澡，想到外边散散步，在湖边的山坡上，有男子低柔的歌声，间歇的琴弦伴奏着。我伫立在小松树的后边，倾听着，歌词虽然浅显，但声调是动人的，当时我不知怎样走到他的身边，原来是杜桓自己又唱又弹的，脸上充溢着沉郁。我好奇地看着他，我们那时候已经一同到西山去玩过一次，相当熟悉，而且我们都不会做作，自然地熟悉而亲近起来。'这么诗意啊！'我说着，坐在草地上。他笑笑把琴放在草坡上说：'不配！不过是自己对自己发发牢骚而已。'后来我终于探问出他烦郁的原因，原来是钱花光了，家里还没寄来，他说给我一切真实……"

钟声沉重而苍劲地传来，我催促她快说下去，不然又要晏起了，她却兴尽了不肯再说下去，捻亮灯，唱起《蓝色多瑙河》来。一片幽静粉碎在灯光和歌声里，我也看看功课表躺下去寻梦。

暑假来临以前，林珊出人意料地忙起来，琴寂寞地悬在墙上，换拖鞋的工夫都没有地忙着看参考书、作文评、写大意……我冷眼留心她每一样功课，只要是可以拿在堂下做的，她都是做两份，自然有一份是为杜桓。临时抱佛脚本是一件不十分愉快的事，林珊却毫无怨色地做着双重的繁难工作，我很替她担心，唯恐她做不好，影响了他们两个人的学期成绩。不过她的性情又很难插入意见，因为她如果需要人帮助就毫不顾忌地来找我，甚至于求我都可以，如果她自己认为可以胜任，却绝对不容人过问，所以我只有暗中替她着急，丝毫没露出来。

夏夜已经被玫瑰的气息充满了，只要你开着窗子，就会有阵阵的芬芳毫不吝惜地吹送进来，窗纱徐徐地摇曳在晚风里，一切都是舒适的。可爱的林珊正好完成了双份诗评，对我笑笑就入睡了，安然沉睡，呼吸得那么匀，淡红的夹被有一半拖拖在床畔，灯光柔媚地照着她，令人想到儿时读到的《林中睡美人》的故事。

我一半好奇一半挂虑，无论如何不能入睡，后来鼓足了勇气到桌上拿起她的作品来，手抖着，秀丽的字像她的微笑映入视线，我第一次对她敬服着，她的文字表现了她不愿显露的天才，我想假如我们的教授对她没有偏见的话，她的成绩是惊人地进步了。我的心因喜悦而跳动着，并且含了轻微的忌妒，不过瞬息就消逝了，忌妒是抵不过崇敬的啊，我相信此后林珊是个用功的学生，在课堂上马博士不会再给她难堪了。

季终考试完毕以后，我因为赶一点法文仍住在校里，林珊也因为不肯离开杜桓并没回家，他们在快乐里沉醉着，不知道哀痛是什么。杜桓是一个世家子弟，生活奢侈十足，林珊也是一向在华美的世界里任性享受惯了的，为了她的浪费，我们又有几次口角，我骂她是洋货的消耗者，她骂我是关在古塔里的莎绿特。不过我们的友谊反倒与口角的次数俱进了，她从来不因为我烦琐的干预有过隐瞒我的事，我也从未怕她隐瞒而不去干预，各不相扰地发挥着各人的性情和意志。

"黄芹！我订婚了。"有一天我们在屋里静静地读书时，她打破寂寞地对我说。

"和谁呢？"我心里知道一定是杜桓，可是像林珊这样活跃的人说不定会出人意料之外地做了爱人以外的男子的未婚妻，那样一来才有趣。

"还用问吗？自然是和杜桓啦！你看，他给我的戒指是从远方买来的红宝石镶就的，红得像东方的朝阳。"

"你们贵族的婚姻不是要用钻石戒指下定吗？"

"下定？你说得多么粗俗啊！我们因为钻石成了一般俗人虚荣心的目的物，白惨惨的一点也不美，我们用这红宝石象征着我们未来的幸福和喜悦……杜桓今天太快乐了，狂了似的拖着我在女生会客室跳起旋律舞来。"她说的时候眼睛看着窗外，幸福的微笑隐在她顽皮而俊俏的嘴角。

"他一定还送了你一些更珍贵的东西吧？你也太快乐了，珊珊，我听见你微微颤抖的声音，就知道你们太幸福了。"

"他……给了我更可珍贵的东西……"她憧憬着，望着窗外，脸色红润如春日初放的海棠。我从未见林珊羞涩过，今天我看见了，她不敢正看我，躲避着我的视线。

"拿来给我看看吧！"

"哦！不能。"

"为什么呢？我又看不坏。"

"你不笑我们吗？唉！黄芹！我们必须在开学前结婚了，他待我

294

太好了，他给我……"

"什么啊？再不说，我就不问了，人们都有守着自己秘密的权利，不是吗？"我半躺在自己床上，向窗外望着晴空的白云，不去看她，也不再问她。

"好黄芹，别生气啊！我内心是不能存一丝秘密的，不过……黄芹！你还跟我好吗？"她的确可怜得像一个孩子，跑来坐在我的身边。

"什么力量也不会破坏我们的友谊啊，除非你们结婚以后忘了我。"我说着，有些伤感地略变了些腔调。

"是不是？你难过了，黄芹！只怪我，今天他狂喜地拥住我跳舞，他的内在热力电般地威迫着我，他……吻了我……我没拒绝他。黄芹！你会看不起我吧？可是我心里存不住丝毫的秘密，宁可叫你看不起吧。我并不怪他，只怪我自己不拒绝他，你知道在当时我晕沉沉的又轻飘飘的，忘记世界上一切事物，只觉得天宇、房屋、树木、我和他都被一种神妙的力编织成一个，再也分不开。好黄芹！……你不许告诉人，你不许笑，你马上忘记这件事。"她投在我身上哭起来，又笑着，不知她此时心情究竟是什么样的。

她太天真了，太可爱了，纯洁的心灵又怎能容下秘密呢？在小说上记载着的情侣们不是在初见就会有着亲吻一类的把戏吗？他们是可原谅的，至少我会原谅她的，纵然对杜桓没过好印象，但我相信他们是幸福的。我想在她结婚的那天，我要穿一件华丽的衣服表示我的喜悦，这笔费用我马上就该写信向父亲索要，免得临时来不及。我们当时各自沉浸在自己的幻境里沉默着没有说话，只是蝉声悠悠地诉说着"热啊，热啊"的。

已经到了开学的日子，林珊的婚期依然没有消息，而且她的神色也变得和往昔迥然不同，寡言笑，望着远方，上下楼梯也是一步一步地像一个初下飞机的公使夫人，对这世界是生疏的，因而自己的姿态是那么神秘、空幻。这一切对我是一个不小的打击，我感到孤独和哀怨。我想到林珊一定被什么非常的变故所围袭，把我俩的友谊全忘了，但是她又不常出去，往往脸向墙在床上读小说，或者缝缀一些不必要的针线，比如从先高兴时绣着的枕头袋，她重新拾起来一针一针地绣着。自然她不会用这些东西来做嫁妆，我是知道的，但她突然的改变我是丝毫也想不清，最奇怪的是她不接受任何人的拜访。

"珊珊！我不知道该说不，你怎么变得这么厉害呀？我看了真难过。"有一夜黑沉沉的要有雨来，我们熄灯后各自在床上反侧，我再也忍不住地这样问。

"我吗？你也觉出我改变来了吗？唉！我还以为你再也不肯多管我的事了呢。原来你仍然关心我，我不能不改啊，命运使我改变……"

"告诉我，你是不能担当过多的痛苦的，我该替你分担哪。"她听了我的话并不回答，良久，我听见她哭出声来。

"啊！好珊珊不许哭，你说，谁欺负你啦？杜桓吗？"我忍不住义愤填膺地捻亮了灯，跳下床去，光着袜底跑到她面前。她的枕头已经被泪水洇湿一大片。

"请你不要冤枉他，他一向是和从先一样好，他也和你一样的莫名其妙啊……黄芹，你暂时不要理我，也不要离开我，叫我哭一个痛快，以后我就不再哭了。"她说完了果然放声哭起来，像一个受了委屈的孩子。我也不便阻止她，直到她哭得疲乏为止。

夜已经深沉了，她哭完了，爽快地拭着泪，又恢复了从先的样子，脸上郁悒之色也减少到毫无踪影。

"从此以后我和杜桓再也不是一条道上的人了，我父亲破产啦！我必须设法节省，甚至于应当自食其力。杜桓仍是有产阶级的骄子，我该叫他忘记我！哎呀！黄芹！我真差一点要自杀，投到清澄的湖心里，极有诗意地死去；可是不知道为什么，我又想到死后浮尸的可憎模样，我立志不那么傻气，不但要活下去，而且要活得很好，然后给父亲增加勇气。我的全家仍有一个好前途，是吧？咦？你怎么落起泪来？何必难过呢？我哭完了马上松快多了。"

"那么你和杜桓就这样悲剧似的分离了吗？"我自己也听出我的语声有些呜咽。

"悲剧总比喜剧够味儿，说不定也许是一个问题剧呢。你还有点心吗？我哭得饿起来，运动的确帮助消化。”

“奇怪，你似乎又活跃了，近日来那寡言笑的神气又做得那么像。”我把一盒苏打饼干递给她，她吃得很有滋味。

“你还以为我的难过是假装的吗？我真难过，倒不是怕受穷，实在是因为事情来得太突然了，命运太不客气了，一点也不容人准备，现在讲给你听了，我感到无债一身轻呢。我本想回家去看看从经济场所失败下来的父亲，但是父亲来信不许我回去，他说等着把小范围的家整理好再通知我。父亲是个好强的人，自然他不愿意叫我看到家里的狼狈情形。父亲一定消瘦了，我想。”

“不要想得太糟吧，伯父是有经验的人，处理生活总不会像你说的那么难。杜桓那方面也不要太决绝，无论如何你们的性格是相同的，其他的家庭状况岂不是微枝末节？”

“你不要劝我，我的心又乱了，乱成一团，我还不如死了好，咱们不要提他，不要提他……”

果然我们有一个礼拜没提到杜桓的事。注册手续办理好以后我们对斋务主任要求仍然同住在原来的宿舍。虽在初秋，炎夏的余威仍没全消，午饭后我们各洗了一次澡，因为还没正式上课，很想睡一次痛快的午觉，当我梳着水湿的头发时，却有校役喊我的名字。

“谁找我呢？”我疑惑地说。

“也许是他，杜桓。”林珊像受了惊似的握着我的手。

“他找我做什么？”

“一定为我的事，他自然知道咱们是最要好的。你去吗？”

“为了你，我是要去的。”我匆匆又梳了一下头发就跑下楼去，因为校役喊的声音很大很急，我是经不住谁喊的。我觉得杜桓是个待救的人物，再也不容我迟缓下去。当我走出甬道，林珊也追来。

“你不要把我的家务事告诉他啊！”她说着眨着忽闪急烁的黑瞳子。

“知道！”我一溜烟抛下她，奔向会客室去。

在那儿已经有几对宾主小声地谈着话，或者低声地笑着，也有的翻阅着茶几上的画报焦急地等待着。杜桓在棕色的地毯上徘徊着，

297

见我来，扬着帽子，拨开烦忧笑着，那伟梧的形体衬着室内古雅的陈设很相称。我让他坐在一张红色的沙发里。

"不忙吗？黄小姐。"他的声音很诚恳而简练。

"没上课，不忙。您的功课定好了没有？"

"定好了，马博士的《论理》我没选。林珊……怎样？好像许多日子没见她了……不客气地说，我今天来是打听她的。她总不肯见人，黄小姐！一切不怕你见怪，我和她在一块的时候没有一次不提到你，我知道在同学里她最和你要好，我们的事你也知道一些吧？我们……已经订婚了，我认为这是一件值得告诉朋友的事，自然她也没隐瞒你，谁想到订了婚倒疏远了呢。"他说着捏着帽子的边缘，摇着，轻轻地唔叹了两三声。

"的确，她变得是太快了。"

"你没听她说为什么不满意我吗？自然我不是没有缺欠的，但是她原来最能原谅我啊。黄小姐！我们都是同班，求你帮助我，告诉我她为什么厌弃我。"他的直爽并不次于她，被爱情惹苦了，脸上再也找不出欢乐来。

"你放心好啦！她是另有苦衷，绝不是对你不满意。"

"她的苦衷是什么？你替她说了吧，我求你，我该替她分担哪。只要她还理我，什么苦我都不怕，不，只要她不痛苦，不理我我也不怨，她不肯对我直说却叫人伤心。"

"杜先生，你们都够忠诚的了，我自然要尽全力使你们减少痛苦，为你们从侧面尽我应尽的力。至于她最近心情的转变还是叫我守着秘密吧，我已经答应她了。"

"她不再见我了吗？"

"不至于吧，她还要上课呢。"我安慰着他。

"在课堂上能说什么呢？在路上等着她又怕她不理我……"

"我见你平素颇有勇士的风度，怎么对她就前怕后怕起来。"我笑他那被情爱弄愚蠢了的神情。

"啊！也好，也好，我在上课经过的路上等她吧！谢谢你提醒我，谢谢！"他话没说完就告别而去，似乎马上就去等待林珊，在上课必经的小路上。

林珊问了一切我们会见的情形，她却不肯出宿舍一步，我真后悔不该说杜桓等她，但是她这么做又太可恼。为什么一定叫一个好好的青年陷在哀痛里呢？而且对她自己并没有好处。

"那么你永远不见他了吗？"我微愠地责问着。

"至少是会见的方式不同吧。"她说完了就紧紧闭着眼睛，闭着嘴，像一个美丽的石像。

上了一礼拜课，林珊总托我为她请病假，不出东楼一步。自然我们又有过几度口角，但她绝不动摇地请着假，借我的笔记。有几次见她有些消瘦，不由得想起她骂我的话来，她却成了关在古塔里的莎绿特。我自然不忍看着她有莎绿特的结果郁闷而终，所以总希望她能从怪诞的见解里解脱出来。

照例在秋季开学不久的时候，有一次迎新会，为了欢迎各地远近而来的新同学而贡献着精美的游艺。白天的游园会举行完了，晚上接着在大礼堂有游艺会，布告贴满各处，用不同的文字和不同的字体写着色调不同的标语，一草一木都呈现着亲切与喜悦。开会的秩序表也张挂在礼堂外的布告牌上，音乐、舞蹈、话剧……一共十几项，但那最引人注意的是红笔的字迹："歌剧《谦屈拉》，泰戈尔原作，林珊主演。"

"我今天可要看见她啦！今天！"看完布告，杜桓突然跳到我的面前，有如久别的弟兄，握住我的手说。

"她近来一步也不出宿舍，什么时候排的歌剧呢？她演得好吗？也许她根本不知道这回事吧？"

"这倒不用担心，我相信她会有惊人的成绩！"他那么坚定不移地说完，匆匆走开，连一句再见都没说。

今天新同学是很幸运的，除了几个装束、态度特别的，别人都那么喜滋滋地坐在礼堂的前几排座位里。因为没找到林珊，我只好自己赴会，杜桓却预先给我占好一个座位，热诚地和我说着他今天的快乐。不过他的话多少有一点欠伦次，忽天忽地的。我只是笑笑，点点头，或者回答着"是""不"一类的单字。

开会的项目流水似的过去，在我们有成见的心里，却焦灼地等着《谦屈拉》上场。看哪！第一场是印度山林的野景，大叶的植物和纸做的浓艳的花朵，十足地表现着异国情调，一个戎装的少女上场了，这就是古印度公主谦屈拉，她有着刚毅的性格，自幼男装，好打猎，英姿奕奕很惹人爱。

"林珊！"杜桓似乎都忘了这儿是会场，好像他也正在剧里的山林里奔驰，甩着帽子站起来叫。我急拉他坐下，幸好观众没人注意他。台上的林珊果然转过身来，用她特有的女中音唱着颂赞山景，我们才知道是异国文的剧词。当电光里的春神、花神出现的时候，她又唱着祈求美貌的祷词，渐渐地，她脱下戎装，穿上公主的华服，垂着又长又大的缀着珠宝的两条辫发。

"她的头发长得太快啊！"杜桓喃喃地说。

"假的，先生！"我的声音比他还小，因为会场太静，谁也不忍心少听一个音符，不肯少看她一个动作。

第二场谦屈拉已做了一个王子的妻，她是美如明月地歌唱着谦屈拉的幸福，背景是华贵的古王宫。

"那个王子是谁扮的？"杜桓问。

"大约是社会系的一个姓……楚的吧？"我仍专心看着台上。

"林珊在什么时候和他排戏呢？我一切都不知道。"杜桓说。

"静一点吧！先生！"我十分焦急地说。

他以至大的忍耐看完歌剧就走出礼堂去，我也莫名其妙地追随他出去，我们无言地走在秋夜的清凉里。

"《谦屈拉》似乎和原作有点出入呢。"我不经心地说。

"原作？啊！我恨林珊！黄小姐，我不陪你走了，找她去！"他狂癫地走向礼堂的北门。

礼堂的后台并不十分乱，林珊剧装还没换下去，假辫发垂在腰际，她见到杜桓略略惊悸一下，但又镇静下去，微笑着。

"你做得太好了！珊珊。真怪！你并没排练呀。"我抢着说。

"在中学演过，只这两天念念词，自己唱唱就可以了，他们要排我就不演了。"她已经把假发摘下去，原来的卷发又美丽地衬托着她爱娇的脸庞。

"珊!"杜桓很感动地握住她的手,叫了一个字,再也说不出什么来。

我约他们到外边去散步,林珊并不拒绝,我不胜惊讶。我留下他们,自己先回去,林珊也没拒绝。我更加奇异而疑惑地归去,不安地等着她,想着她终归是要演一幕喜剧的,不由得我又幻想起在她的吉期我的穿着计划。大褂子是过时了,必须要一件好夹袍。我想着,终于抗不过一天的疲乏沉沉入睡了。

翌晨我醒来已经八点了。林珊的床空着,有一封信用粉丝带系在我的灯伞上,信是她写的,信封上写着:"黄芹,黄芹!"亲切地、重复地写着我的名字,此外没有别的称呼。什么时候留给我的呢?我一点也不觉得呀!我真没用!我匆匆打开信纸,呀!林珊走了……

黄芹:

　　再见!我先祝你好,因为我的话不知从何说起呢,不过我想什么也没有比祝你好还要紧的,不是吗?我决心离开这座梦幻的艺术宫,走到现实生活里去,自己也知道这不是一件容易的事,但是不容易的事才够味儿啊!"才够味儿"四个字是我俩的口头语,你明白我。你说我走得够味儿吗?本来该在暑假之末悄悄走开,但是那太平凡,不够味儿,而且对于这里多少又有一些留恋,至少我还想和杜桓痛痛快快地玩一次。在我出走前,他一点也不知道,和你一样。临走没有什么送给你,只是那双有高跟的拖鞋送你吧,你曾几次赞美它着地的声音,其他的东西随你用,或者标卖了,冬天捐给穷人。我不再要它们,一则它们过于华丽,日后的生活要它们没有用;二则我要在生活转变的时候豪爽一次,你一定会替我办的。我只拿走我的琴,那一度安慰着我心灵的好伴侣,另一样我拿走我的钢笔——它是有用的。

301

朋友！没有感伤，没有过多的告别词，我走了，我穿着平底鞋走的，路途尽管坎坷，我自己先要站得稳，对吧？啊！再见！

林珊

我茫然地张望着校园的石子路上有穿着黑色长衫的歌咏队走向礼拜堂去，钟声又远远传来。林珊哪！走得已经很远了吧？啊！林珊！

无愁天子

夜已深，朗月照彻楼台。

冯淑妃在寝宫里预备换舞衣，雪堆雪簇的白伫舞巾已经委曳在雕镂绝精的椅背上，垂下来像月下的瀑布，妆镜台边的铜凤嘴衔着宫灯兀自发着懊恼的光，流苏摇动着，照润了冯淑妃脸上的胭脂。终日盛装使她厌恶了，只是对着圆圆的金镜发呆。宫女拿着梳子等候着，不敢造次，于是主婢都成了美丽的蜡像，一动也不动。

"熄灯。"妃子从绣幕缝隙中见到一丝月光，而下令止息了人工的灯烛光，她要的是清新，她要的是幽静。她忘记了主公在舞殿里等候着，她忘记了自己是谁。

"不要动，我自己来拉开它。"她的纤纤玉手抖着，用力拉开多重的绣幕——一下子仿佛拉开漫天的乌云——月光倏忽而入，天空是这么爽朗啊！舞殿里琵琶的声音错杂传来，该是主公等得不耐烦了吧？那享乐不倦的君王似乎又对她贪婪地微笑着——清白而脆弱的笑脸引起她无边的厌恶。她长声喟叹着。月光引领她进入另一个幻境。

去年深秋，各国使臣来通好，御花园里设备铺陈得五光十色，她隐在墙隅一个高台上的盆景后面，窥视着。那么多的王公大臣都没能逃开她的视线。

"原来天下大名鼎鼎的人也不过如此啊！说不定有多少女人为他们而抱恨终身呢！没有半点英俊……"她忘情地喃喃着，侍立在侧的只有她的心腹银蝶儿。

"不尽然哪！娘娘再往左看！"银蝶儿是个精敏的小鬼头，她微指着白玉阶上伫立着的一个青年，那青年穿着君王服色。

303

"那是谁？今日通好来的也有君主吗？"淑妃的声音微抖着，她的膝盖也抖着，无力地坐在绣垫上，盆景里的菊影映在她眉宇间，那么忧郁、那么暗淡。看！白玉阶上伫立的君王的神采吸引了淑妃的全部心灵，她无由地幻想着这青年君王的后妃，她一定是"人间至美丽的女子"吧！有忌妒的火焰燃烧着她的心。

　　"等婢子去探听探听。"银蝶儿翩翩地跑下去，喜滋滋的，留给淑妃的是一派无边的寂静，秋阳爱抚地照耀着渐渐走远的王公大人们。他们走向习射场去，消逝了的青年君王的身影更深地印在她的意念里，再也不能忘掉——银色的绣袍得体地罩在魁梧的体魄上，那么轩昂、那么不凡！当他仰视秋空的时候，在诸大人中正是鸡群之鹤！那自号无愁天子的北齐王显得更脆弱可厌了——而他却终日不离己身！她记起北齐王善弹琵琶的苍白瘦削的手指，她记起那错杂而轰响的声音，更记起自己玩具似的按着烦琐的节拍跳舞。那可厌的白伫巾沉醉疯狂地翻飞着，像无数只狂乱飞翔的白鹄，曾舞掉多少珍贵的年华啊。往日也曾自满过：当同侪们嫉妒地看她时，她总是报以冷冷的微笑，自己是君王的宠爱对象——是超乎千万个妇女之上的，即使北齐王再可厌些，他终归是伟大的君王！而且上天给人永不会十全的，既给他以国主之尊权，又怎能更给他轩昂的外貌呢？但是今天，居然见到人间至完美之男子，他也是个君主啊！她不敢再想下去。远远地有管弦声响起时，她毅然地按声而吟了，她恨自己被册封为妃子，不然是一个寻常舞姬该多好，那样就可以在"那人"面前献艺了，或者有机会给他把盏呢……现在机会是没有了，永远做了一个男人的私有物，永远，永远地。

　　"娘娘……"银蝶儿喘息不定地登上高台来，小声回报着，小得只有她们两人听得见，"北周王驾呢，听说主公并不真心和他结交，是他巴结着来的……"

　　"那么一个气宇轩昂的人也会巴结？你不定听谁胡说的。"

　　"娘娘不喜欢听吗？那婢子不说也好。"

　　"说呀！小鬼头，你还想要挟我吗？"淑妃笑了，笑得那么美，编贝的牙齿闪闪的。

　　"他们还说……娘娘恕婢子直言，不然实在不敢说下去。"

"哎呀！好讨厌的礼法，你怎么还这样麻烦？"

"他们说北周王驾这次来通好是为着娘娘。"

"狂奴！你说什么？"淑妃故作恼怒地说。

"早知道这样，婢子原不肯多嘴。"

"既说开头，不说我也不饶你！你自己酌量吧！"

"北周王驾听说娘娘能歌善舞、秀美文雅，又会田猎，他把娘娘想作天神。这次来……说不定要见娘娘尊驾呢。"

"他也真够狂妄的了，周、齐本是兄弟国，难道他还要……"她没说下去，嘴角上一丝神秘的笑意，稍带渺茫的凝神里，望着秋空。

已经黄昏了，主公尚未回宫，淑妃孤寂地在没有灯光的幽暗里徘徊，远远又有音乐的声音传来。

"娘娘！"银蝶儿从外面飘然而入，看来像个小精灵。

"有事吗？"淑妃边说边指了指烛台，宫奴立即点亮了烛火。淑妃的影子婉约地照在织锦的壁衣上。

"听说北周王果然要求见娘娘，被主公推辞了，主公说娘娘病了……"银蝶儿笑着。

"见鬼！我没病，我永远没病……他咒起我来。"

"现在要传后宫歌姬侑酒去呢。"

"银蝶儿！你帮助我！你去拿橱里那件群星舞衫来，是主公没见过的那件，还要那个白云纱。快！"飞一样的智慧在淑妃心里翕动，她不安于拘谨了！虽然她知道自己要冒险，但她忘了怕，忘了顾忌。银蝶儿明白主人的心，按着淑妃的吩咐，迅速地拿来所有的东西。

美丽如月殿仙子的冯淑妃，穿了云样的衣裳，那闪着星星之光的舞衣，在她肢体微动时已经翩翩起舞了。

"这样不会被主公看穿吧?！"淑妃用珠抹额压住重重的面纱说。

"婢子终究觉得不妥呢，娘娘想装歌姬和他们开个玩笑倒没什么，可是主公一定会看穿的。"

"你以为我怕主公吗？看穿了也不过我费费唇舌，而且我会相机行事的。好银蝶儿放心吧！还要你在宴罢回寝宫时帮我遮掩遮掩呢。"妃子始而微惬，继而安慰着唯一知道她秘密的银蝶儿。

"只要娘娘万安，婢子没有不尽力的。"

辉煌的舞殿，有烛光照亮王公大人的衣裳，齐王已经微醉，依着矮榻闭目养神，其他的人也都纷纷离席，传报："歌舞姬到！"淑妃蒙面随了八个后宫歌姬姗姗地走到红毡上。北周王驾神采焕发地坐在一张高背椅上，庆贺的随从在他的椅子后面，来客里他是唯一的君王。

在笙瑟声中，淑妃领群姬而歌舞，白色舞巾上下四方地翻飞着，淑妃美丽的面庞在重重白纱里多了神秘的色彩，她从面纱里却见那青年君主被她的舞姿惊呆了，齐王是看惯了自己宫里的舞蹈，所以依然闭目假寐，说不定他是真入睡了呢。歌舞息止的时候，有众多的赏赐纷纷赐下。歌姬的欢笑声轻溢着，淑妃却只接北周王授予的一对明珠环子，她柔嫩如月下睡莲的手抖着伸了过去，接到的那对明珠环子，真如白莲里的朝露啊。她半晌抽不回手去。

"谢陛下！"她鸣泉声地说着，屈身拜下去。

"美人平身……"北周王降座去扶她，她抖颤的衫袖里有芬芳散发着，在她转身时抛给他一方白绢帕，然后随队离开舞殿。帕上分明写着："今宵月下，露台西畔。"八个字秀媚地篆绘在绢帕角上，像一朵黑花。于是他再也坐不安稳了，无愁的齐王已病酒告退，众人也纷纷到外宾馆休息。

深秋月色爽朗地照遍了北齐王宫，虽只是半圆却已足增情致。淑妃匆匆地在舞衣外披了一件绣云肩衣，吩咐银蝶儿今夜的重责，服侍醉了的主公安睡。她如约到御花园去，用一个小的面幕罩着脸。

"美人！不要受夜寒哪！"他已经徘徊地等候着她。

"陛下也该珍重，请到假山坡去，有小轩。"淑妃引领着这迷了路的君王，走到爱的门里。

小轩没有灯光，也没有人，月亮从纱窗射入淡淡的幽辉。

"求你拿下面幕去吧，美人！你要闷人到几时呢？"他像个饥渴的孩子要求着。她的面幕除去，在淡光里看着她更加神妙纤丽了。

"还有你的芳名？"

"那却需要陛下宣誓不对人说才能如命呢。"

"好！明月为证，北周王对美人如有不忠，人神共弃，不得善终。"他向前走了一步。

"冯小怜。"她低低地、清晰地说出这芳香远布的名字。

"啊！天呀！恕寡人罪，你是齐王的爱妃吗？"他惊惧地退后几步，倚着柱子再也说不出话来。

"陛下，请镇静，齐王已经安寝了。"她笑着，注视着他，人声已消沉，小轩里有爱情的光焰燃烧着两颗心。无愁天子已沉睡在寝宫，银蝶儿未负淑妃的嘱托。

整整一年了，宫门深如海，再也没有他的信息。她已被深深的愁烦包围着，眉头往往展不开来。同样的月夜，同样的深秋，但是有了去年的秋月夜，今年的秋月夜就是个罪过，就是个大哀愁，没有灯光的寝宫，有海样深的怅恼浸透了美丽妃子的心。

"娘娘，到舞殿去吧。主公已经等得不耐烦了。"银蝶儿跑来，在窗外催促着。宫女们奉命点亮了灯烛，替她上装。她望着鸾镜里自己的影子，太孤寂、太可怜，自己浪费着宝贵的年华该是多么痛心的事啊，她的泪珠纷纷坠落，静悄有如天边的星。

"娘娘！"上装的宫女还以为自己弄烦了妃子而惶恐地跪下。

"傻东西，你怕什么？一个女人的眼泪怕什么！当你的如意郎惹恼了你的时候，你也要落眼泪呢。"妃子弹着泪珠又笑了，自己轻轻地拿粉扑匀脸。

"娘娘！婢子不敢有什么如意郎，愿永远服侍娘娘。"宫女脸羞得绯红，好像妃子窥见她什么隐私不安着。

"那么等我给你做媒吧，好孩子，把我的珠花摘下去，我嫌重。攒一朵小菊花吧，不，什么也不要……省得衬坏了我的明珠环子。"妃子完装时脱给那宫女一个小戒指做赏赐。

"谢娘娘洪恩！"宫女说着跪下去。

"起来吧，反正也不是我的……"说着被簇拥着走出寝宫，她一路低着头，而月亮偏偏狠狠地照着她。

"爱妃！上装太累了吧，才来？"无愁天子脸上充满笑意地欢迎他心爱的妃子。

"婢子冯氏见驾，愿陛下欢乐。"

"爱妃一来，寡人更没有忧愁了，哈哈……"他笑着，有青筋暴露在上额及鬓边。

"陛下恕妃子罪，今夜偶得小病，不能歌舞了。"

"尽管休息，早知如此，倒是回寝宫的好。"

在皇恩浩浩的深夜里，淑妃的心仍是辛酸的，想哭，也想狂笑，但这两种冲动在她都不可行。她恨着自己的命运，她恨着主公过度的恩情，她恨劫夺她魂魄的北周王，她恨全人类。当她想到，此时的北周王伴着别人享乐的时候，她的心几乎爆炸，她内心怒焰万丈，恨不得撕裂了自己恨着的一切，撕裂了，毁灭了，连自己也在内。她在无愁天子的怀里煎熬着心，杀戮着灵魂，终于推病独睡在软榻上，任那无愁天子呼唤她只装睡，直到黎明。

黎明驱除了宫里的黑暗，无愁天子一夜担心妃子的不适，曾数次秉烛到软榻边去看她，但她总是静静地躺着。

"我到宫外边去……我出去……"她从梦里喊着。

"爱妃！醒醒吧！做噩梦了吗？"他匆匆披衣走到软榻边去，淑妃也张开眼睛，方才她大约是真入睡而梦呓着了。

"我梦见要打猎去，有陛下，有将帅，婢子却领着头奔驰，正见宫门外有一带绿茂的森林，陛下就把婢子叫醒了。"

"深秋了，如果你喜欢，今天起来就去打猎好吗？"他哄着她，有如哄着一个要哭的孩子。

"谢陛下！"她居然展开眉头。

白骢马上载着戎装的妃子，紫金色的合体短衣装，衬出她婀娜的身姿，妃子笑着遥望无边的森林，清新的气息解除了内心的积闷。一对飘摇的雉尾分垂在肩后，当白骢马奔驰而前的时候，无愁天子在马上担心地追逐过去，他的青龙驹毫不退让地跑起滚滚的尘烟。有将帅在后边尾随，是一个不小的队伍呢！已经有黄叶下落，林深处一片秋色。

"看婢子的箭法，陛下，往上看。"她的腰肢有力而柔美，略一变身，羽箭流星似的驰去，随即一只黄鹄跌落在妃子的马前，众人叫起来时妃子笑了。当这愉快的田猎终结时，马蹄声响遍林野，妃子的笑语声夹杂在其中。

告急的烽火在城外高台上点起了，据探子报说北周军队已迫近安阳，齐王感到惊惧、意外和疑虑，他以为是噩梦，淑妃的戎装还没换下来的时候，齐王已发令守城。全安阳变颜色了，恐怖笼罩着宫室。淑妃的心惊得慌痛，她说不出自己此时的心情，不是怕，不是恨，不是欢欣，只是一味地震动、不安。

无愁天子焦急得像一头失了路途的瘦马，在宫里狂了似的徘徊、徘徊、徘徊，探子的信息一次比一次紧急、险恶。那双会弹琵琶的瘦削苍白的手相互搓弄着，却没有拿起长枪身先士卒去冲锋的勇气，只是不时地抚着前额问自己："为什么呢？北周为什么要攻打我呢？"淑妃的脸渐渐失去红润，苍白得有如承露台上的汉白玉美人，因为她疑心北周王此举是未忘情于她而发的。那英武神俊的情郎，她该用什么态度去欢迎他呢？不该，不该这样想，齐王的可怜相引起她无尽的哀怜和同情。

"陛下请勿过急，将帅都是忠于陛下的。"她实在找不出更多的话来安慰他。当她说"都是忠于陛下的"时候，她的声音抖得微小起来。

"爱妃！寡人无能，连累了你。"他落下泪来，淑妃也哀哀地哭倒在无愁天子的足下。

月亮仍照着安阳城，北齐王宫里人声仍未停歇，冯淑妃推开厚重的窗帘，见月亮不知为什么被红光蒙蔽着，而远处则火光灼灼，有殷红的颜色，天际也惨红了！她想到在四面楚歌响起时，霸王帐下的虞美人，是那样潇洒地舞剑后效忠自刎！不过楚霸王是英雄啊！她又想到吴王宫里的西施，她是投江殉了吴王的，不过吴王也是一代勇夫啊！她简直想不出自己该怎样做才对，她张大了眼睛望着红色的火焰、红色的天际和红色的月亮，她良久无声了。

末后报来将帅投降的信息，无愁天子晕倒了，淑妃才从冥想中清醒过来。

"传冯淑妃……传冯淑妃！"从大殿里传来的呼喊声是粗暴的武夫之声，是淑妃从未听到过的声音。无愁天子已经被迫亲自去见北周王驾而跪拜称臣了。这就是他最终的出路吗？

冯淑妃还未改戎装，只是那对雉尾随金压发脱了下去，乌鸾鬓上再没有一丝装缀，那一对明珠环子在黑发下放光，她不安的心已经平静下去，觉得目前的一切都平淡得不值她念及。北周王攻城是

309

平淡的，无愁天子投降也是平淡的，火焰也熄灭了，月也苍白了，人间只是平淡。她已经站在北周王驾面前——那一向使她寝寐不忘的人，她该怎样见他呢？他是得胜的君王，而她却是败君之妇。荣辱的悬殊拉长了他和她之间"爱的距离"。她平淡地望着北周王身边的护卫——一些虎似的士卒，在他们宽大的胸膛里泊有怎样一颗心呢？

"冯淑妃！请抬头！"这明明是小轩里那人的声音，今天也是明月夜呢！她平淡地抬起头来，见那全身甲胄的北周王满面是胜利的微笑。眼里对她虽有丰富的爱怜之光，但没有胜利之感来得强烈！这微笑引起她的反感，她觉得他已经不是那双手赠珠环的多情又英俊的青年，乃是一个有强烈占有欲的人。她冷冷地笑着，没有爱，也没有恐惧。

"任凭陛下处理吧！"说着她昂然地转过头去，无愁天子失神地望着她。她见他那阶下囚的神气，又想到他以往对自己无微不至的恩情而心酸了，泪珠在眼里闪着，但她强忍下去。在胜利者面前示弱是可耻的。她终于没哭出来，心神复归于平淡、高傲。

"冯淑妃是无罪的。传令加意好好待她，寡人有重赏，冯淑妃请不要怒目相对啊，你忍心……"

"杀戮听便吧！陛下，对一个得胜的君王怎敢怒目相对？"她不等他说完抢着说。

"只要投降的，自免杀戮。无愁天子尚且保全了生命，何况你……"

"生来不知如何投降。陛下杀戮听便吧。"她已经失去平静，狂了似的喊叫，像一个丧失了婴儿的母亲。

"那么你忘记了……"北周王不胜惊讶了。

"杀吧！平淡地活，不如痛快地死去。"她又在喊叫。

无愁天子见她这么刚烈，不胜羞愧地低下头去，听了她的喊叫声，如利刃刺痛他的心，他很想死，但此时他连求死的自由都失去，不住后悔往日对国政的疏神。

"可怜的妃子，受到什么刺激呀？照拂她回去，不得疏神！"胜利的君王几次想亲自去扶她，但尊严限制了他，连一句安慰的话都不能说。胜利的笑容已经收敛了，他不住地喟叹着。

寝宫已不再为齐王所有，他已经被押解到北周城里去，连向妃子说句告别话的机会都没有，而无限江山已被他人所占。想到即将被霸占的爱妃，更加痛不欲生了。他又想到妃子的刚烈，也许会在抗拒的时候而丧命呢！可恨自己什么也保全不了！途中他不敢多看安阳城角的月亮，昏昏沉沉地前进着，乘着内宫用的小辇走着崎岖的路，漫长无尽头。

　　"爱妃！你真狠心！我嫉妒那懦夫！你的心仍然爱他！"胜利的君王终于拥住他的爱人，在齐王的寝宫里。

　　"你为什么不说话呢？恨我吗？"他焦急地亲吻着她。

　　"你忘了月下小轩里的情形吗？爱的、美的妃！我为你轻抛性命地来攻打他！我为完成梦幻……到底成功了！只求你高兴！"他用力地拥抱着无言的妃子。

　　"只要你快乐，我可以放弃一切荣华。到田间去，过农夫的生活也甘心！你说，你忘了他！"

　　"放下婢子吧！陛下是得胜的君主……"她推着他。

　　"我求你不要再说陛下好吗？这样我们似乎疏远了。你只说'你''我'，你说！"

　　"你得胜了，我是败君的妃子，一切任你……"

　　他实在没有方法叫她快乐。他更没法子知道她的心。不知道他在这美人的心里占有什么样的地位。他感伤，他后悔此次攻齐的鲁莽。

　　子夜已到，妃子仍是戎装，周王疲乏地睡在龙床上。在灯光下，妃子心里又不安地望着睡在身边的周王——一度渴念的英主，就在她的身边！爱的自由还有超过此时的吗？而未了的反感始终没能解脱。王身上的佩剑柄上，有珠宝的光。她想到，佩剑一抽，就会得到一把锋利雪亮的宝剑！了却自己的生命，不算难事！甚至于了却对方的性命，也是一个愉快的举动。"那么他不会再胜利地笑了吧？那么他更不会想我是他的掌中物了吧？"她想着，手伸过去。窄袖的扎金戎装中遮掩下的素手，又抖得和那次接明珠环子时一样了，比那次抖得更甚。她是要做多么可怕的事呀！"这完整的男子的美，就要由我的手去破坏吗？我为谁来杀我最爱的人呢？"她想着不免伏在

311

他身上痛哭起来。

"爱……爱妃！为什么？我不该沉默叫你伤心吗？"他爱怜地抚摸着她颤抖的肩。

"不，我难过。你我的遭遇……"她仍然伏着没起来。

"从此以后，我们永远相守！我早就知道，你终究会到我手里的。"他又得意忘形地自满着。她又没有声音了。

一度狂爱，周王又睡去。连日的跋涉、征战、厮杀，使他疲困如泥了。

天已黎明，淑妃并不梳妆，戎衣没卸地走下床去，草拟一诏，轻轻印了周王御印，一物不带地匆匆走出寝宫。有查问的，都用王诏喝退了，从厩下找到白骢马，骑上。马厩里还有好多马，是周人的战马，立卧不一地挤满厩内外。除了守卫以外，人们都在睡梦里。她想到齐宫宫人们的遭遇，更想到银蝶儿从昨天失去，至今毫无消息。伤痛使她不能再在这儿停留。

当她冲出宫门去的时候，朝霞已红遍东方天际，深秋的冷露兀自从低拂的树梢上擦湿她的脸额，并且和她的泪水融合了。她骑在白马上奔驰着，直驰向昨日田猎的森林里去。林尽头有一带山峦，她驰去并不回顾。

清冷的秋晨使她逡巡不前驻马在山坡上，回顾齐宫依然巍峨地在朝霞下耸立着。她不胜唏嘘。

"刚强的你到底要上哪儿去呢？"出其意外地，北周王从右山口追来。他的高头朱色马拦住白骢的去路。

"自有我的去路。"她并不惊讶地说。

"你胜利了，爱妃！可是我不能离你左右。"他热情地说，唯恐她再脱羁跑开。

"那么我还是在你手里，没逃出来吗？"

"自然不是。乃是我，逃不开你的掌握！爱妃！你还要苦我到多久？"朱色马更靠近了白骢。

"陛下命令婢子返回齐宫吗？"

"是我的心愿。但是假如你想山居，我就立刻放下一切荣华、威权，来永久陪伴你。"

"那么，还是回去吧！做隐逸的诗人，婢子还不够修养。"她脸上有胜利的微笑。周王追随着这难以捉摸的妃子驰去。她的乌发下有一对明珠环和她的黑瞳子互映着，灼灼的。

　　秋晨里的森林、披了落叶的山坡，都被抛在后面，远远被他们忘记，如同忘记他们的足迹一样，他们倏忽驰去，在朗朗的天宇下像流星。

人勤地不懒

两河庄东头有两个苇子坑，从先是地主阎家浇菜园子用的。土改以后菜园子被分给两家翻身户，南边那个分给王家，北边的分给杨家。

单说王家，住在庄边上一处新分的小庄窝里，人口简单，老两口和一个闺女。老头王老富今年五十一，老伴马氏五十三。原来生过五个孩子，从先年头不好，跑荒跑乱的不好过，都死了，就剩下一个闺女双妞子，今年才十九。

春天苇子才抽尖儿，没下雨，坑里水少。水里的泥鳅乱钻窝，小鱼子也才甩子儿，密密麻麻的都等着水。王老富带着闺女双妞子天天早上来挖坑泥。捎带着捞些隔年的大黑鱼，还有泥鳅。吃了好几顿熬鱼就熟米饭，又送了许多给街坊吃。坑泥都平平地摊在坑边的柳树底下，晒个半干不湿的就送到菜园子里去，撒在畦里。

双妞子高高的个子赤红脸儿，爱说爱笑，不痛快了也爱哭，可是哭的时候没有笑的时候多。干起活儿来顶一个好庄稼小伙子。从今年春天挖坑泥起，天天总是鸡一打鸣就起来，在灶里点上一把秫秸，贴上一圈饼子，趁热吃了就走。这两天坑泥挖完了，坑里水也多了，又下了一场雨。苇子放了绿生生的尖叶子，鱼们乐得在水里跳跶，小声地咚咚咚地响着！水皮上尽是小泡泡。老头显得自在了，没事的时候捡捡粪，帮老婆搓搓麻绳，到时候浇浇园子。可是双妞子还是照旧，天才亮就走。她妈问她上哪儿，她只是笑笑，要不就说："反正总有活儿干。"

王老婆爱唠叨，坑泥挖完了，满想闺女帮着她在家里拆拆洗洗，缝缝补补的。没想到她还是老早出去，一去大半天，就不乐起来。

有一天，闺女才走，老婆就唠叨上啦："坑泥都挖完了还出去干吗？园子里有什么事？左不过浇浇水，堵堵畦，咱俩都干了。她不说在家做点针线活儿，老是天一亮就跑。等锄蒜的时候再叫她下园子不是一样？这会儿出去干吗？你也不管，等她跟人家'对了象''自了由'就好了。"

王老头就怕她叨唠，她愈是上年纪愈爱碎嘴子。从先，她年轻的时候也爱唠叨，可是她一唠叨他就拍桌子骂人，再唠叨急了，他抡起拳头就给她两下子。现在日子也好过了，女儿也大了，老头没什么大不了的事，就压着火让她三分，给她一个不言语。这么一来二去的，老婆说惯了就更唠叨起来个没完。唠叨老头子，唠叨街坊，唠叨鸡，唠叨狗……唠叨不下雨的天气，老头都能忍住不言语，可是一唠叨女儿，他就不愿意。压了半天火才说："得啦，得啦！对了象、自了由还不应当是怎么的！谁家闺女守着爹妈过一辈子？你跟我唠叨，我还能拴上她呀？"

"对喽，对喽！一说她你就横拨拉竖挡地不叫我说，我又不是她后妈，说她不是为她好？还用得着你拴她？她前脚走，你不会后脚就背上个粪箕子，远里远吊儿地跟着她？"

老头子还想争巴两句，可是一眨巴眼，咽了口吐沫把话都憋了回去。从腰里解下烟袋来，蹲在灶火坑跟前，对着了火，吧嗒吧嗒地了抽几口烟，转个身，抄起粪箕子叨叨着："整天像倒了胡桃车似的，嘀哩吧啦地瞎唠叨。"把粪箕子往左肩上一背就踢踏踢踏地走了。

三月底的天气，柳条又长又绿。早起雾腾腾的，老远看不清人，模糊的树行在雾里显得十分茂盛，家雀、山喜鹊叽喳一声，从这棵树蹿到那棵树里。大道上几团牛粪，烟雾里轰隆轰隆地有一辆火车驶过去。

北庄老杨家的二小子也拾粪哪。王老富向来不跟小孩子抢着拾粪。他站住了，把烟袋锅在一棵响杨树干上笃笃地敲着。小孩子看了他一眼，他跟小孩子点点头说："我说小锁头，你看见我们双妞子了吗？"

"双妞子姐呀？好像跟我大柱子哥哥在坑边上栽老玉米哪……我

315

天天看见他们。"小锁头一边拾粪一边说。

王老富"哦"了一声,心一动,想:"老婆猜得真对,她真的对了象啦,像杨大柱这样的小伙子倒也不错。"他往前走了几十步,果真看见影影绰绰的两个人影,一个是他闺女,另一个像杨大柱。看他们俩好像在苇子坑边上弓着腰种东西,他有点纳闷,在坑边上栽什么呢?想走到跟前去看个仔细,又怕年轻人不好意思。他就站着又点上一袋烟。

天黑了,双妞子扫完院子就回屋睡觉去了,大概她明天还是起早。老头照旧规矩,到前后院子看了一圈,把狗都赶在后院里,盖好了鸡笼,就虚掩上后栅栏门溜出去,一溜溜到苇子坑边上。

王老头从小生长在这个庄子上,天虽是黑了,可是因为地方熟,什么都看得很清楚:大响杨树、大柳树行、歇凉坐的大石块、密密的苇子……他坐在一块大石头上,打着了火绒点着烟。仔细一看,哟!坑边上都耪得一垄一垄的,蹲下,又打亮火石一看,真是种好了的老玉米垄。他想这准是双妞子和杨大柱子种的。他想:"真是'父是英雄儿好汉',自己年轻的时候才是一个地道的庄稼人呢,庄里谁不争着雇自己当长工。那时候自己没有地,贱价租人家地头上、坟边上那些坑坑洼洼的不要的地,自己就栽种些合适的东西,到秋收的时候卖点零用钱花。现在孩子长大了也是这么肯干活,她妈还不愿意哪!可惜我们双妞子是个闺女,要不……"又一想,"闺女不是一样吗?地里活儿她什么不干?"又想,"她要真嫁给大柱子那才是天生的一对哪!可是她嫁出去就是人家的人啦……"他在坑边上想来想去,心里乐一阵愁一阵。想回去跟老伴都说了,又怕引得她唠叨;不说吧,憋得慌!后来觉得晚上水边上风吹得怪凉的,才慢腾腾地一边寻思一边走回去。到家倒在炕上,任什么也不说就睡着了。

第二天照旧,闺女老早出去了,老婆唠唠叨叨的。老头才一五一十地把他看见的都说了,可是没提杨大柱子跟闺女在一块儿的事。老婆儿听完白瞪了老头一眼说:"我看你还挺乐的,坑边上种老玉米?白费事,还不长个抽抽像儿。"老头也没接茬儿就背上粪箕子出去了。

316

王家苇子坑边上没有人，他就往北走下去，走不远看见闺女和大柱子在杨家坑边上又忙活上啦。双妞子看见她爸爸来了，短头发往后一扒拉就笑了说："您这么早出来干吗？"她爸爸说："看看你们种的什么，是老玉米吧？"大柱子两手是土，右手攥了一大把小秧子，一见王老头就站直了身子迎过来说："您起得可早。我这坑边上没种老玉米，是从大地里间下来的稗子。从先听我爸爸跟别人说过，坑边上种老玉米跟稗子最合适。反正地也是边边拉拉地闲着，间下来的秧子也没用。跟双妞子一说，她也乐意。就先在您的坑边上种上老玉米，在这个坑边上栽稗子。秋后看看哪个长得好，以后就知道了。您看怎样？"

　　"都好！稗子比老玉米还要长得好，稗子矮，不窝风。老玉米也长不坏，吃鲜的更好，又甜又黏。磨玉米面可没有在大地里长得好。"王老头笑吟吟地说。

　　双妞子一边耪稗子垄的土一边仰起脸来说："我妈就爱吃鲜老玉米，人家出来干活儿她还不愿意哪！等把老玉米往家里一拉，又该乐了。爸爸，这两天我妈唠叨我了吧？"

　　"没有，她唠叨你干吗？"

　　"爸爸，咱们把老玉米卖了跟大柱子他们家合着买头牛吧！庄上都合着伙喂牲口呢。哼！就怕我妈不愿意……"说着，她故意噘着嘴长叹了口气，"唉——！"

　　"不愿意？左不过叫她唠叨上一半个月，还是不痛不痒的。"王老富听闺女一叹气就更疼她了，像哄孩子似的说着。

　　坑边上忙了几天，菜园子的蒜也锄完了，又栽上架芸豆，又栽上茄子，双妞子就不再老早出门了，纺线、拆洗棉衣服，在家里一天忙个头不抬眼不睁的。她妈妈乐得一天想着法跟她没话找话地说家常，这会儿唠叨老头，叨唠他不帮闺女扫院子、不喂猪……又唠叨鸡下的蛋少，要是多下两个蛋，天天给闺女煮几个吃。

　　五月节过去了，麦秋过去了。屋里挂了好些个麦秸编的小扇子、小筐。苇子也长得比人高了，蒲棒长得有烟袋锅子粗，坑边上老玉米吐了缨子。长了乌米的撅下来嚼甜秆节儿。杨家坑边的稗子也长得绿生生地秀了穗子。

317

先收老玉米，结的棒子粒又匀又大。后收稗子，煮稗子做粥，也是甜丝丝的好吃。

两家秋收都多收了三四石粮。农会上特地提出来表扬他们。可是有些个老脑筋的就多了些个说闲话的材料："双妞子也有十八九了吧，老话说得好，女大不可留，留来留去留成仇。好好个闺女家，好模好样地跟一个二十啷当岁的小伙子一块做地里活儿。王老富样样好，就是管不了老婆跟闺女……"

杨大柱子的妈守寡多少年就守着大柱子和小二，大柱子好容易长大了，年头也好了，该娶房媳妇啦。可没有人给提，自己又脸皮软，不好意思见人就提这个。今年大柱子都二十一啦，还是光棍儿。

秋收的时候，多打了几石稗子，杨老婆心里高兴，心想："这孩子可没白疼他，我寡妇失业，从小就疼他，穷人家没别的，反正轻易没打过他一巴掌，没恶狠狠地骂过他。人都说棒打出孝子，我这一巴掌没拍过的孩子也是要成家立业了。可是什么样的闺女才配给我这好儿子呢？"

杨大柱子把稗子卖了，要跟王家合买一头牛，他妈妈说："买牛？那敢情好，你可省些力气，多干点别的。可是王家就是个老头种地，没有年轻人，他们怎么能跟咱合伙？到时候有重活儿，又得让你帮工！街里街坊的，谁帮谁还不是应当的，可是天长日久的，你也累呀，咱的活儿也荒啦！"

她儿子听着听着就笑了，说："妈！您可真爱操心，人家哪用得着我帮工。种稗子的时候还是人家帮了咱们几个工呢。您忘了？他家怎么没有青年人哪？双妞子才十九，还不年轻啊？"

他妈一听就呆了，心想：是不是？不说早早给儿子娶媳妇，这会儿儿子跟人家的闺女混熟了，白帮了人家的工不算数，还说人家帮了自家。想着想着就不服气地说："双妞子再好，也不过是个闺女家，能干什么？"

"净说没用！等哪天人家在园子地里干活儿你瞅瞅去就知道了。"

过了秋收就该出菜了。杨老婆要看看双妞子到底是怎么个人，就天天在园子里帮助出菜，小二在家做饭喂猪。本来两家的菜园子是一家的，离得不远，大声说话都听得清楚，远远地都看得清眉眼和脸神。

大棵的白菜，又肥又嫩，一垛一垛地堆在畦边上。杨老婆一边打扫落下的菜帮，预备回去晒黄菜吃，一边看着双妞子站在一辆借的车上装菜。看她扒拉着短头发，上车下车，仰着身子往车上白菜垛上扔大撒绳。看她弓身蹲在高高的白菜垛上哧棱哧棱地拉着绳子前后捆好了菜车，一会儿，"哺儿！嘚儿！驾！"一声没了就甩着鞭子把大车轰隆轰隆地赶走了。

把杨老婆看了一个眼花缭乱，回头看看自己的儿子也正装菜车，也不过就像双妞子那样。她心可活了，七上八下地想着心思，小声叨念着："就怕我没那么大福气！头年一定把媳妇托人说妥！"

晚上，把菜都窖在院里的土窖里。吃饭的时候，杨老婆跟儿子说："什么时候跟老王家合计一下，把牛买了吧！"

儿子"嗯"了一声没说什么。

老婆又说："真是人勤地不懒，谁想到坑边上，边边拉拉的还能打那么些粮食。这么一来，牲口也买上啦，媳妇也……"杨老婆觉得话说得太早就咽回去了。

儿子话可没咽回去："妈！人家有人要给我提双妞子，我没说什么，叫他们来找您！"

不用说，他妈一听就乐得合不上嘴了。年十月双妞子跟大柱子结了婚。别看王老婆对这事也唠叨了不少日子，可是一见大柱子她就什么也不唠叨了，乐呵呵地给女婿做这吃做那吃的。年底下两家合买了一头牛，预备春天开套耕地用。她也不唠叨这头牛，总是用心地喂着它。

就是从这年起，两河庄上没有一块荒着的地方，除了大道小道以外，边边拉拉、坑坑洼洼的地方都种着东西。道边上也都栽上树。谁家要是有闲地方不种东西，庄里人就该笑话啦："天上哪有掉馅儿饼的？不劳动就甭想过好日子。"年轻人也常常说："看人家双妞子和大柱子，那才是一对模范夫妻呢，咱可该跟人学吧！"

我是幸福的

——一个中学生的笔记

一

我叫徐敏，十八岁了——是中国的习惯算法，那就是还不足十七周岁。在我填入学证、保证书的时候总是写："一九三四年七月一日生于北京。"可是母亲在旁边总要给我补充一句："那年七月一日是阴历的五月二十日，石榴花都开啦，天气闷热闷热的……"我每次听她这么说，心里就想："妈妈记得真清楚，这与我又有什么关系呢?"可是有的时候她也会沉痛地说："那正是'九一八'后的第三年。北京街上有许多东北难民，我正在大学读书，因为要生你就休学了。可是我总和同学们在一起做募捐工作，然后送给在街头流浪的东北同胞。有一次在吉林会馆慰问受难同胞，两大群警察把我们包围了，把一个姓钟的同学逮走，我被人挤倒在台阶上，当天晚上你就出世了。可是姓钟的同学一直没回来。听说她是真正的共产党员，反对'不抵抗主义'，她是被他们——蒋介石的特务给害死了……"我一听这个话就难过，妈妈的脸也特别阴沉苍白。

真的，那时候的年轻人多么不幸啊! 我的父亲就是在"一二·九"学生运动的时候叫自来水龙头浇了一身水，在小胡同里困了半宿，已经冻成冰人啦，又在警察局拘留了五天，回家以后，就得了严重的肺炎，一直躺着不能起床。一九三六年年底他已经有些起色了，又因为夜里查户口和一个警察争辩了一次，当时他就又吐起血来。一九三七年初春的一个晚上，他就死去了。从此，我成了没有

320

父亲的孤儿。

父亲死后两个月，妹妹出世了。那正是一九三七年的三月十六日。又过了三个月就是七七事变，日本鬼子侵入了北京城。

我们母女三人一直生活在外祖母家，外祖父母都是最慈祥和善的。还有一个白头发的太姥姥——曾外祖母、一个舅舅、两个姨。在我乍记事的时候就赶上七七事变，外祖父、舅舅和两个姨就都走了，离开北京。妈妈说他们不走不行。家里只剩下老的老、小的小，生活可成了问题。本来外祖父是个文教工作者，从来没有积蓄，舅舅和姨们走的时候还都是中学生，生活的担子就紧紧地压在母亲肩上。

一个冬天的晚上，大门叫人砸开，进来许多人：有鬼子，也有地痞流氓。有的喊着"查户口"，有的喊着找"不良分子"，却把屋里生活用的东西都抢走了：衣服、被褥、书籍、水壶、锅、碗……全没有了！眼看天气一天冷似一天，就要挨冻啦！可是妈妈总是劝外祖母说："怕什么？等打走了鬼子，咱家人都回到北京以后，要什么没有呢？"妈妈在姥姥面前总是乐观的。可是她把夏天的衣服包起来跑到当铺里去当，拿很少的钱回来日用，有时候当不了什么钱她就不当，空手回来找点东西卖给打小鼓的，我看她的脸色就没有劝姥姥的时候那么高兴，甚至特别苍白，叫我害怕。

冬天勉强过去了，我们都挤在一个小屋里睡，天还没黑就把大门锁上，自从家里的小狗小黄叫日本鬼子打死以后，院里更空落落得可怕。大约是旧历的正月，天仍然很冷，不到六点天就黑了，我们在床上玩手影，妈妈在刷碗的时候，忽然大门被擂得山响。我们互相望着像大祸临头一样，我和小妹妹都哭了，两人一起往外祖母怀里钻。曾外祖母已经是八十岁的人了，耳朵虽然聋看我们这样子也急得不行。妈妈一边安慰我们说："别怕！"一边强自镇静地擦着手，颤声说："谁呀？"外边是浑浊的鬼子的声音："开门！大大的，要紧的……"妈又问："你找谁？"外边不回答，使劲擂大门，电表的保险丝震坏了，屋里一片黑暗。我在外祖母怀里感到外祖母也在发抖。妈妈忽然大声说："不说找谁，不给开门！"曾外祖母小声叫着妈妈的小名说："青儿！你别出声了，叫人听出咱们家连一个男人

321

都没有……"叫不开门，外面的人走了。第二天街坊告诉我们："昨天晚上是鬼子卖仁丹、臭虫药，捎带着调查……不开门他们还会来的。"我们的门户更紧了。但是曾外祖母吓得病了一场，一个月才好。

为生活所迫，妈妈用自己早年存的花布做小孩衣服，到中原公司和百货公司去寄卖。但是人家不要，人家要日本货。妈妈又到国货售品所去，过去外祖母家买什么都是去王府井国货售品所，所以有熟人。他们答应给寄卖。但是东西放了半个多月才卖出五件。妈妈本来答应卖了东西给我买糖，现在只好用这点钱买杂合面儿，我看见妈妈背着灯掉眼泪，我也在被窝里哭了。之后国货售品所被日本鬼子硬逼着改成百货售品所，熟人也换掉了，妈妈做的东西更卖不掉了。

春天来了，东西更贵了！妈妈上当铺去得更多了。一次妈妈带我去当外祖父的皮袍子，妈妈叫他们写五十块钱，他们只写了八块。高高的柜台看不见人，只听见一个难听的声音说："就八块，多一个子儿也不要！"妈妈低声和气地说："这么好的皮袍子，您多写两块吧，十块，行不？"里面的声音说："甭想！八块，你当不当？"妈妈叹口气说："八块就八块吧，我当了！"那声音又说："二分五的利息，三个月死当！"妈妈大为吃惊地说："仨月？不是一年半吗？"那声音说："东洋规矩！"妈妈说："什么时候改的东洋规矩？""什么时候？你当不当吧？"妈妈的声音像是要哭："当啊！"一阵算盘声，从柜台里伸出一只手来，递给妈妈一张画着字的纸和几张破票子，就把外祖父一件好看的蓝绸子面、花毛毛的灰鼠皮袍子抓走了。我抬头一看妈妈的脸像纸一样白，用她冰凉的手紧紧地抓住我的手，走回家去。

家里再没有东西可以当了，已经当了的东西根本赎不起。妈妈再三托人，总算得知胡同里的一家人要一个家馆先生，妈妈去了。但这家人孩子非常多，什么程度的都有，国文、数学、英文，都要教，外带给他们家记账、写信、给少奶奶织毛衣、陪老太太聊天……不到两个月，妈妈病倒了。

在妈妈生病的一个五月的晚上，又有人叫门，外祖母问："是谁？""查户口！"不一会儿，进来一大屋子人，有鬼子，有便衣——后来我知道那是特务和伪警察。他们一边看户口单子一边问："户主上哪儿去了？"妈妈说："回原籍了。""户主的儿子呢？""也回原籍了。""你是什么人？""我是户主的长女！""徐青？出阁的人啦。你的男人呢？""死了。"他们停了一会儿没言语。我当时心里真难过，要是父亲不死，也许日子好过些。这时一个便衣又问："男人都回原籍啦？哦？女的可留在北京，真邪门儿！"妈妈镇静地说："男人都有病，在外头没法子过。""女的倒有法子过？你们指着什么过日子？有钱，对不对？"妈妈看了他一眼说："哪里有钱？教家馆！"便衣把脸一拉说："问你话是客气。不实说，可有地方叫你说。""确实没钱。"便衣把眼睛四下一扫说："没钱还住独门独院？""我们是给一个同乡看房子。""同乡也走了？又回原籍了对不对？甭理她，给我搜！"日本鬼子跟这个特务叽里呱啦说一阵子，就搜起来。一个熟识的老警察走过来，悄悄对妈妈说："一样话十样说，你可不能动气呀！"

他们把衣柜打开，里面什么也没有，又打开箱子、抽屉，也没有他们想要的东西，倒是在相片本里发现一张舅舅穿着学生制服的四寸半身像。鬼子对特务说："八路的……"特务恶狠狠地对妈妈说："这是谁？""我弟弟。""不像有病的！他回原籍了，还是去什么地方了？""我已经告诉你们了。"那个老警察说："我想她也不敢撒谎。咱们今儿个可还要查好几家哪！要没搜着什么可该走啦，别把别处耽误了！"特务瞪了老警察一眼说："你忙什么？"老警察连忙笑着说："我哪儿敢忙啊？我是户籍警，只是各尽各心。您要准说不忙，咱就在这儿泡！"特务哼了一声跟另一个便衣又搜了半天，才说："这房子够好，算你们二等户！二等户要给皇军献七十斤铜！明天送到保长家！"妈妈说："七十斤？连七两铜也没有啊……"但是他们都已经走到门外去了。特务又回头大声说："没有？！到宪兵队去说！"妈妈关上门回来望着屋子被搜得七零八落的样子，呆呆地站了好半天才抱起我来说："孩子，不用怕！国家被人家占了就是这个样！以后这种事少不了！要学得勇敢起来！"外祖母紧张地说："七十斤铜可上哪儿弄去呀？"妈妈像是横了心似的说："上哪儿弄？就是没有！到时候再说吧！我头都疼了，咱们快睡吧，都十二点了！"

第二天是个好天气，院里的江西蜡梅开得美极了。妈妈正预备给家馆去上课，保长来了，问要献的铜准备好了没有。妈妈说："没有！"保长是个老滑头，见妈妈态度很强硬倒和气起来说："咱们街里街坊的，瞒上不瞒下，谁也不是他妈日本人的亲爸爸，左不过是没办法的事儿。您先紧着家里的铜器拿出点来送去，也省得找麻烦！好鞋还不踩臭狗屎呢！"妈妈想了一下说："折现钱行不行？"保长装模作样地摇着他的胖脑袋说："哟！那得合多少钱呢?"妈说："多了也没有！我昨天领了薪水一共十八块钱，给我们留点过日子，您看着拿吧。"保长不痛快地说："这么点钱！您自己到段上去说吧！"妈妈生气地说："行！我自己去！"保长一看有点后悔自己刚才把话说绝了，又往回找补着说："瞧您！还是先到我那儿办个手续吧！"妈妈只好跟他走了。外祖母不放心地追出来说："青儿！办完手续先回趟家，再去上课！"

但是都到下午了，妈妈还没回来。家馆那边还打发听差来找妈妈。外祖母急坏了，把我和小妹妹交给曾外祖母，准备出去找妈妈。偏巧妈妈这时满身是土、疲劳不堪地回来了。原来保长带她去办手续、交钱，又去献铜处办手续、交钱。每一处都等好长时间。好多人因为没有铜可献，都被带到宪兵队去，有的当场就被鬼子打了。

当时许多人家都不肯送子女上日本人管理的学校，有点条件的请家庭教师的风气很盛。妈妈在一九四二年冬天有了两个家馆的工作，她更忙了。往往天都黑了，西北风吹得电线发出野兽般的吼声时，妈妈还不回家，家里冷清得怕人。白面已经没有卖的了。买小米面、棒子面，买盐，买煤，甚至于买杂合面儿都要排队。杂合面儿里掺很多沙子，做窝头时先要把沙子用水澄出去。到年根底下连杂合面儿都没有了，配给各户一种混合面，是由花生皮、豆渣、荞麦皮、糠、谷皮等碾碎混合而成，自然沙子更多。曾外祖母是八十多岁的人，就这样把肠胃吃坏了，泻肚二十八天去世了。临死她用手比成一个圆圈，费力地说："……团圆……"妈妈哭着说："弟弟、妹妹就是为了将来大家团圆才走的！用不了多久他们就会回来！"曾外祖母去世后，妈妈向两个家馆预支了钱买的棺木。入殓的时候，妈妈用手顶着棺材盖板，不断地向曾外祖母说："姥姥，他们会回来的！"虽然入殓了，却不能下葬。原来妈妈忘记给段上那些头头脑脑"车马钱"。妈妈在段上蹲了大半宿把买棺材剩下的钱给段上的人交上，才领下来"抬埋证"。

曾外祖母去世后，外祖母常常一个人偷偷地掉眼泪，看她那么伤心，我就领着小妹妹躲到石榴树下一起哭。我问妹妹："你知道谁叫咱们家一家人不在一块的？"妹妹仰着挂满泪水的小脸说："日本鬼子！""对！你长大干什么？""打日本！"我就抱住她，给她擦眼泪。

一九四三年，我插班上了小学三年级。有一次，妈妈送我上学，路边上躺着两个饿倒的人。妈说："你看，有一个还在动哪！"她拉我赶快跑过去。一看，是一个才三十多的年轻人，瘦得皮包骨，我把手里的窝头递给他，他看了看，没有动。妈问他："你是渴吧？"他用力地闭了闭眼睛。可是我们并没有带水呀！妈妈用身上仅有的几百元破票子（这时已经改用"联合准备银行"的伪币了），跟旁边一个卖酸枣汤的好说歹说地买了一碗酸枣汤，又要了几块冰，给这个"路倒"送去。但是妈妈叫他喝水他不动。妈妈把冰放在他手里，他睁开通红的眼睛，把冰块往嘴里塞。他是在发高烧！妈妈赶紧又喂了他酸枣汤，他喝了以后好像松了口气，用眼睛看看我们，像在表示感谢。但等我放学回来时，这个人往前爬了几个大门，却直挺挺躺在那儿，死了。

小学校里有很多小朋友，老师也和蔼，我真喜欢上学，但是有一个日本教官非常厉害，每天早上他都要对我们"训话"。他那凶恶的态度，吓得每个小朋友都把脸绷得紧紧的，老师的脸更难看。不久日本统治下的伪政府搞什么"强化治安运动"，并强迫我们背"强化治安条例"。那么长的"强化治安条例"我们都背不下来。一次，日本教官来我们班检查背"条例"的情况，见我们都背得不好，当场就把老师带走了。之后老师一直没回来，听同学们偷偷地说：老师是被带到宪兵队去了。我们想老师，她对我们那么好，但是她却不知下落了。我难过地把这件事告诉了妈妈，妈妈下决心不叫我上学了，她自己下了家馆课再教我和妹妹读书。

可怜的妈妈，她太累了！白天她教家馆，回来还要洗我们的脏衣服、打扫房间、帮外祖母买菜、做杂务，所以我从七八岁开始就帮妈妈做家务。而妈妈呢，从不叫苦！晚上做完这些杂事她就在菜油灯下给我们读《爱的教育》《稻草人》……有时外祖母也来听。但是，我和妹妹一睡下，妈妈和外祖母就说另外的话了："日本打得可不好！快完蛋了！""日本最近在战场上死的人可多了！""日本女人为了不让她们的男人去打仗，有的开始卧轨啦！""弟弟妹妹们不久就快回来啦！"妈妈担心我们会到外面说，从来都是背着我们和外祖母说，她不知道我其实也恨日本侵略者！我也不会跟什么人都瞎说的。看看！日本鬼子的日子果然越来越不好过了。现在，地面上说怕美国飞机来炸，叫家家挂黑窗帘。我们因为没有钱，买不起窗帘，就用报纸刷上锅烟子挡在窗户上，结果保长说我们违抗命令，怎么辩也不行，还是罚了十块钱。

日子一天比一天难熬，外祖父、舅舅、两个姨也都没有消息。一九四四年的端午节，外祖母突然病了，发高烧，说胡话，不断地叫着舅舅和两个姨的名字。妈妈急坏了，第二天早上神秘地把一封信交给我，说："敏儿，你到大门外去，然后拿着这封信往院里跑，你要边跑边说：'妈妈！给您一封信！'这是给姥姥治病的药！懂吗？你姥姥的病完全是因为想舅舅他们想的。"我使劲地点点头，想让妈妈知道，我是大孩子了，懂妈妈的心。外祖母是不识字的，这样做也许她的病会好呢！我按妈妈教的从院门往里跑，一边大声喊着："妈妈！您的信！"妈妈说："拿进来吧！"外祖母从床上抬起头来说："谁来的？"妈妈假装高兴的样子，笑着大声说："弟弟来的！小敏给姥姥念念！"我看了妈妈一下，大声念道："母亲老大人：我及两个妹妹在外都好，我们的买卖也很顺利，和父亲大人也有书信来往，请大人勿念……"

我念完以后，外祖母对妈妈说："呃！他们好像知道你姥姥死了似的，怎么一个字也没提哪？"妈妈的眼睛里满是眼泪，可是她却笑着说："您可真不知足，好容易来一封信，哪能问得那么全呢？他这封信不定走得多么慢呢！"外祖母问："这信走了多少日子？"妈妈想了一下说："也许日子不太多吧。"外祖母说："可不是吗！信皮还那么新哪！"说也奇怪，外祖母的病第二天就好了。善良的外祖母啊，她不知道那是一封假信啊！

外面很乱，我们在一九四四年和一九四五年上半年就很少出门了，待在家很寂寞，但也没有法子。以前妈妈带我们去北海公园时，见到日本浪人在那里喝酒、乱唱，军官则带着女人在那里吃、闹，做着让人看不下去的动作，妈妈总是带我们绕开。现在，就不只如此了，出门连安全都没有保障，我和妹妹索性不出去了，一切都等着打走鬼子再说、再玩、再欣赏。我们一定在家好好学习，等着外祖父和舅舅回来，用我们的学习成绩叫他们高兴！虽然我不出去，但以前的同学有时还来看我，听他们说，我们的班主任老师真叫鬼子给害死了，有人在东城一个宪兵队的后墙外面，发现了老师的尸首全身肿烂，已经不成人形了。老师的妈妈天天去那儿哭，后来家里的人怕鬼子把她打死，只好把她关在家里。我们的好老师！我总忘不掉她教我们写字的样子：穿着短袖的麻布大褂，抬着手指着黑板上大个儿的"馬"字，有腔有调地说："一横、一横又一横，一竖再一竖，一个大拐弯，一点、一点、一点又一点。"然后用她那红苹果一般滋润的脸笑着看我们，风吹着她的短发，她笑眯眯地问："会了吗？再说一遍：一横、一横又一横……"有一次，我在操场上摔倒了，她连忙把我抱起来说："不怕，老师帮你掸掸身上的土。"她看我要哭就又说，"好孩子咱们都大了，摔一下不要紧。"老师这样安慰我，我也就不哭了，反觉得不好意思起来，从她身上跳下来，赶紧就跑。老师把我叫住，和气地说："徐敏，老师刚才扶你，是帮助你，你应当谢谢老师。"我赶紧给她鞠了一个躬，不好意思地跑开了，她在后面紧着说："你刚才摔了跤，不要再跑啦！"这么好的老师，今后再也看不见了，让万恶的日本侵略者给杀死了！！

这时候的北京人，都饿得皮包骨，每天妈妈下班回来，老远就能看见她那深陷的眼眶子和消瘦的脸颊，她那曾像黑缎子一般的乌黑头发，现在像一蓬乱草顶在头顶上。中国自己的军队快回来吧！

327

二

一九四五年一个早上，妈妈还不到下班的时间，忽然紧急地敲着大门回来了。她手上拿着一份报纸，进了门也顾不得去关，拉着我抱起小妹妹，就往屋里跑，她一边笑一边流眼泪，我真不知道她是怎么回事了！只见妈妈对着屋里大喊："妈！日本鬼子投降了！"外祖母张大深陷的眼睛从屋里擦着手出来说："你说什么？"

"日本鬼子投降啦！！！"

"真的？"

母亲放下我们和外祖母抱着哭起来。

我的心里像打秋千上高儿的感觉，只是高兴，并不想哭，摇着妈妈的膀子说："那么姥爷、舅舅、二姨、三姨都要回来了？"妈妈擦着眼泪笑着说："可不是嘛！"

那时街上的日本鬼子都解除了武装，再也没有原来的威风样子，有的老百姓就说："真是上天有眼，他们也有今天！"

一九四五年十月十日，这天秋高气爽，妈妈领着我和妹妹像许多北京人一样来到天安门前，因为原来的日本占领军头子——根本博，要在今天签降。街上的人很多，都想看看日本鬼子投降的样子。许多小贩兴奋地贱价卖东西。在阴历的九月天，他们头上冒着汗珠大声地喊着："不怕贱的来买呀！"他们单纯地以为，日本鬼子被打跑了，中国人自己的政府要回来了，东西肯定会落价，手里的货要甩出去。

但是没想到，一个多月过去了，日本鬼子也签降了，米价反而涨起来。天天报上登着××接收大员从重庆飞来的消息，美国兵一天比一天多起来，乞丐也多起来。许多小贩自杀了，米铺扣笸箩，物价飞涨，有东西不肯卖的现象也开始了……

请家馆人家的子弟开始入学了，妈妈在这时候失了业。可是妈妈并不灰心，把我也送入附近一个小学插班读六年级，妹妹读三年级。一家人都全心地等着外祖父、舅舅和两个姨回来。

一天一天，一个月一个月地过去了，我们一家人总是悬着心，等待有人敲门，希望亲人们会突然回来。可是，除了外祖父从昆明有时有信来，舅舅和姨的消息则一点也没有。妈妈失业已经一年了，家里的东西已当卖一空。外祖父知道以后，托人从昆明带来一笔钱，这可能就是他攒的回程路费，在他来说当时拿得很吃力，但是等到带回北京已经所剩无几了。同时外祖父还写了一首诗，其中有两句是："……娇儿勇抱长风志，弱女独撑逆水舟。"妈妈看完掉了眼泪。我问妈妈这是什么意思，妈妈说："这是指你舅舅和我！"她虽然眼里含着泪水，却仿佛很安慰的样子，笑着对我说："你舅舅可是一个有眼光、有志气的人！"我不太明白妈妈的意思，又问："那说你什么？"妈妈说："我就应该把这个家支撑下去！"

不久，妈妈经人介绍到一个学校教书，全家的生活总算有了一点着落。

一九四六年我考入一所私立中学，因为学校以学费为经费，所以设备不太好。而且除了校长，教师的生活都清苦极了。但是听说校长家还是很富的，不但有房产，还有金条。在学校这些老师中，我们最尊敬的是一位国文先生——吴瑛老师。她是三个孩子的母亲，听说她丈夫是七七事变的时候参加抗日走的，开始还有消息，后来就不知下落了，现在都胜利了，也没有回来，所以她的生活负担特别重，平时走路都像直不起腰来，可是一进课堂，她就拿出最好的状态，神采奕奕地给我们讲课。不但课文讲得好，而且告诉我们很多做人的道理：做人要讲正义，在年轻的时候应该努力，要有志向，要追求真理……但听说她在学校老师里薪水最少，因为校长不喜欢她；而学校教师的薪水完全由校长一个人决定。有一次吴先生（那时在中学里尊称老师为先生）给一位生小孩的老师代课，到发薪的时候只发了薪水的钞票部分，应得的实物——一袋面粉——却没给她。开始，她还以为把面粉给了生孩子的老师，所以还很高兴。但当她得知那位老师一无所得时，便去问校长。校长的脸色很不好看地说："这是我的公事，由我说了算！你无权过问！"吴先生很生气地和他辩论起来。过去学校也出过类似的事，质问校长的人就被解雇了。这次大家都为吴先生捏一把汗，谁知到冬季期末吴先生并没有被解雇。

日子跟沦陷时期一样难过，妈妈和吴先生一样过着艰苦的教师生活。有一次上童子军课，规定我们必须穿黑袜子，我和妈妈一说，妈妈说："咳，吃饭还成问题……"一看我焦急的样子妈妈赶紧又说："我来想办法！"后来妈妈用煮青给我染了一双，下课一脱袜子两条腿都染黑了。我和妈妈对着笑起来。可后来，体检中发现了我有肺门淋巴结核，妈妈就再也笑不起来。我不知道肺结核在那时还是一种要命的病，妈妈的一个好朋友就死于结核病，所以当妈妈知道我的病后，她脸色苍白，立刻带我去医院检查，然后问医生该怎样治疗，医生说："静养，多吃有营养的东西！"妈妈眼里含着泪，带我默默地往外走。在医院门口，我们见到一个中年妇女带着一个骨瘦如柴的男孩子，也在垂头丧气地往外走。妈妈走过去问："这是您的孩子吗？"那女人点点头。妈妈又问："他是什么病啊？"女人叹口气说："肺病！"妈妈说："我的孩子是肺门淋巴结核……"女人反露出一种羡慕的神情说："那比我们这个容易好！你给她好好治吧！多买点营养品！"妈妈叹口气说："哦……"我知道妈妈在为营养品发愁。我们同路往外走，又同时进入一个米铺，只见米铺的筐箩都扣着，妈妈问："有什么粮食吗？"米铺的人耷拉着脸说："什么也没有了！"妈妈和那个瘦孩子的妈妈对看了一眼，都低下了头。粮食都没得买了，还谈什么营养?! 我们走出米铺，在西北风中，两个母亲各自搂着自己孩子的肩膀，顶风走了。

　　学校里的同学们，也在谈论市场上没有粮食卖的问题，并且在一些同学中开始流传"反饥饿、反迫害"的小册子。可偏偏我们校长（他是一个四十岁左右的胖男子，说话声音很大）在一次朝会上说："现在社会上有人提出'反饥饿'！什么'反饥饿'？反正咱们不饿，大米白面天天吃着还饿？可真没良心！"学生中忽然有人说："你不饿，我们饿！"是高年级那边发出来的声音。校长马上就气冲冲地训道："是谁这么不懂规矩?! 站到前边来！"没有人动，也没有人言语。他像一头发怒的野兽一样，又喊着说："本来说了灭良心的话，当然不敢承认喽！"他的话还没说完，高二甲班好几十人就一起走到主席台前边说："是我们大伙儿说的！"他当时也没想到会有几十个人一起到前边来，于是马上做出和蔼的样子，皮笑肉不笑地说：

330

"哎呀，你们简直是一群意气用事的小孩子，干吗这么多人为一个人担过失呢？"可是同学们都争着说："是我们大家说的！"礼堂的秩序乱起来，都交头接耳地议论着社会上"反饥饿"的事。校长一看控制不了场面，怒冲冲地说："你们这些人留下！别人散会！"说完他径自转身出了礼堂。

训育主任是个大高个子的中年女人，姓鲁。她站在台上对这些同学大加训斥，最后说："违抗师长，罪有应得。都回教室去，等候处分！"别的同学都围着高二同学不肯散开，有人劝他们去给校长赔不是，也有人出主意让他们想办法躲过处分。直到上课钟都响了，才纷纷散去上课。听说校长要找出那个喊"饥饿"的同学来开除他，但是这班同学的团结精神很强，没有一个人说出是谁说的。所以最后布告板上公布的是："××全班记大过一次。"我们都觉得不平，可是谁也没办法，有法子的也不敢说。教师们大多不敢面对这件事，但也有一些有正义感的先生却在谈这件事，其中就有吴瑛先生。她主张请校长收回成命。可是孤掌难鸣，没有人敢和她一同去碰钉子。最后她自己对这事容忍不下去，便自己找了校长谈。谁也不知谈的情形怎样，只是第二天就没见她来上课。同学们都悄悄地议论这件事，直到下午才听一个住校的同学说，昨天晚上学校来了不少的便衣和二零八师的宪兵，逮捕了"反饥饿"那班两个同学和吴瑛先生。大家听后心里都好像坠上了一个铅球，沉重得连呼吸都不畅快了。

风声一天比一天紧，师大、北大都常常有学生失踪，晚上又开始了户口检查。妈妈这些日子好像苍老了许多，不爱说话，吃饭也少了……她一天比一天消瘦，我的病也没有转机。吴先生和那两个同学也没有一点消息。街上常常有抓壮丁的卡车，被抓的都是些年轻而朴实的老百姓……和日本鬼子占领时期抓劳工时的办法一样：每四个人用一根绳子绑在一起。

一天下午下课回家，从先面飞驰过来一辆美国十轮大卡车，突然，一个像行李卷一样的东西从车上掉下来，仔细一看原来是个人！大卡车立刻停下来，车前方驾驶座里的人说："打！打！别让他妈的跑了！"等他们拿着枪和马鞭下来时，那个人并没有跑而是满脸泥血地躺在地上喘气，从车上跳下来的人不由分说地连踢带打，被打的人只哼了两下就没声息了，这群人才说："真他妈不禁摔！"然后向站在路旁的警察招招手说："找人给埋了！"警察点头哈腰地答应着，走到那年轻人的尸首旁边时，卡车已经走远了……我永远忘不了这血淋淋的一幕：那一张苍白的脸、一双死不瞑目睁大的眼睛和身边那摊鲜红的血。

三

近来妈妈的脸色不知道为什么好起来，而且时时有笑容。虽然日子还那么不好过，我的病也没见好转，可是妈妈的高兴使我的心情十分好！有一天我问妈妈："咱们的日子还有好的希望吗？"妈妈说："当然！你就记住吧！人人都恨的政府，不会长存的！"她又小声说："林彪的军队离天津不远了……到那时候，咱们就快解放了！你舅舅和两个姨就会回来啦，咱们的日子也就好起来啦。"

不久，我们小时候总在那里玩耍的"东大地"（东单到崇文门的广场）被国民党政府修成了飞机场，有些同学退了学跟着家长走了。那些高层人士家庭的同学总是愁眉苦脸，可是一些贫苦出身的同学，和周围贫穷的邻居们却在悄悄传着北平快要解放的消息。我们一家人心里总是暖洋洋的，等待着即将解放的喜讯。

果然，一九四九年一月三十一日，北平解放了。解放的前两天吴瑛先生被释放出来，可是她的腿已经瘸了，我们后来才知道是受刑的结果。二月三日我和妈妈都各自随了学校到前门外的广场上去欢迎人民解放军，吴瑛先生也去了。风很大，她随着同学的队伍步行去的，我们都担心她累着，可是她却神采焕发，瘦削的脸上充满了光辉。

我们人民的军队真是威风啊！我们爬到徐徐前进的坦克车上，向戴着皮帽子的解放军战士撒着我们亲手做的五色纸花，他们和蔼可亲地向我们点头致意，手里握着方向盘，眼睛看着前方。我们跳下车，站在路边大声唱着《你是灯塔》和《团结就是力量》。我们面前走过了机械化部队、坦克部队、马队……我们高兴地在大风里欢呼着，拍打着同学的肩头。

我们真的解放了！我们那个外号叫"老专制"的校长和"法西斯"的训育主任不知道什么时候没影儿啦，听说和伪国大代表们坐着飞机，带着金子跑啦！

　　春季开学的时候我又去检查身体，由于心情特好，我的肺部竟然已经大有好转！我真的好开心！在"人教联"（人民教师联合会）里妈妈和吴瑛先生也认识了！这些事都让我觉得高兴，黑暗的日子不会再来了！

　　快乐的日子过得真快，一九四九年暑假后开学时我被批准为正式团员！在我们宣誓的那一天，吴瑛先生也来了，她的腿还没好，上台讲话时一瘸一瘸的，但是脸色红润，带着愉快的微笑大声说："同学们！我真恨我不能晚生十几年，像你们一样生在毛泽东时代。我从有记忆以来，只记得人家欺负我、压迫我、残害我，小的时候军阀混战，总是要逃难，接着我们的大好河山被日本鬼子占领了，弄得我们连饭也吃不上，然后又是国民党的接收大员……就这样不记得有一天是自由呼吸过的。可是你们多幸福啊！你们这么多人集会不但没有军警来干涉你们、逮捕你们，反倒有人来祝贺你们、指导你们……我请你们一定要好好学习，准备将来为人民服务……"她又很幽默地说了一些她们青年时代不合理的生活，太阳光从窗外照进来，把她的影子映在鲜红的国旗上，是那么高昂，她笑着走下台去，腿似乎也好了不少。

　　散会后，我兴奋地回家去，路上经过北海大桥，那正是夏末秋初的黄昏，落日把湖水照成金色，在金色的涟漪中映着白塔的倒影，绿琉璃瓦的北平图书馆静穆地站在湖水的西岸，忽然一只水鸟展开白色的翅膀向中南海飞去："呀！它是飞到毛主席办公的地方去了！它多么幸福啊！毛主席一定还在忙哪！他老人家为了中国人民多么操劳啊！我要给毛主席写封信，向他汇报我的学习成绩，并且告诉他老人家：'作为一个新中国的青年，我是幸福的！'"

　　我怀着一种从未有过的幸福感回到家中，大门并没有关（解放后家里常常是不关大门的），院里竟然一个人也没有，一种异样的感觉升上心头。突然妹妹从屋里跳出来，一下子跑到我的跟前拦住我，睁着两只滴溜转的圆眼睛说："你猜，家里来了什么人？""什么人？""一个你想不到的人！哈哈！"她绕着我身边又蹦又跳，一副偏不告诉我的样子，弄得我好生气，推开她往屋里走。她还是忍不住了，又忙着跳到我前面，说："哈，告诉你吧！是舅舅，舅舅回来了！""舅舅？！"我推开她跑进屋里，只见妈妈和姥姥都在擦眼睛，好像才哭过。地上放着几件简单的行李，一个高大瘦削的中年男子站在那里。这一定是舅舅了！可是和我想象中很不一样，我印象中是一个穿着学生制服的人，而我面前这个人是一个历经艰难、思想成熟、精神矍铄的人。我恭敬地向他行了一个鞠躬礼，舅舅笑了，两个外眼角上全是皱纹，他应该只有三十二三岁，可看上去像四十多岁。舅舅弯下腰来拉着我说："小敏都这么大了，我走的时候，她才三四岁，每天唱我教她的《义勇军进行曲》，那次我们地下党小组开会时，还把她叫来给我们唱了一次！"他这么一说，我感到特别亲切。是啊，那时他不但教我唱《义勇军进行曲》，还教我好多别的歌曲呢！他还喜欢木刻，有一次一个夏天的晚上，他在院子里雕木刻，把我叫过来指着他的雕刻说："这是鲁迅先生！是中国伟大的作家啊！"那时候我不懂，只是望着他傻笑，可是等他走了，这个画面却深深地印在我脑子里。我说："你现在还雕木刻吗？"他笑了说："哪有这个工夫啊！"于是他给我们讲开了他在边区的各种生活，怎样和鬼子打遭遇仗，怎样骑马，怎样和老百姓一起种庄稼……讲得我和妹妹都听得入迷了。他最后告诉姥姥他已经结婚了，还有两个孩子，只是因为工作的关系，舅妈暂时还没回北平。我又急着问二姨和三姨为什么不回来，舅舅笑着说："这事要听组织安排的！她们两个跟着四野南下了！""什么是南下？""小敏，你觉得解放了好不好呢？"我急忙点头。舅舅说："是啊，全国的老百姓都在盼解放，你二姨和三姨正是去完成这个大任务啊！"姥姥端来了热腾腾的白菜熬粉条，说："小敏，别缠着你舅舅，快来吃饭吧！"

　　舅舅吃得很快，大概是战争给他养成的习惯吧！他吃完并不离桌，笑着看我们吃。他那一身灰色的制服、一双庞大的厚底布鞋，更显得他待人憨厚而亲切，他虽然是妈妈的弟弟，但成熟得倒像是妈妈的哥哥。姥姥叹息说："倒是她姥爷，胜利这么多年了还没凑上从云南回来的路费！"舅舅安慰地说："别着急！全国都解放了，咱

334

们家一定会团圆的！"

临睡前我问舅舅在北平待多久，舅舅说："我是调到北平工作的，暂时不会离开。"我和妹妹乐得跳起来。舅舅说："听说你入团了？"我点点头，小妹妹插嘴说："舅舅，舅舅，我是少先队员！"舅舅笑了，说："好，好。"我大着胆子说："舅舅你是什么时候入党的？"舅舅回忆着，问我："你今年多大？""十七岁！""比你大两岁时入的党！"我心中更升起了对舅舅的敬佩。

舅舅回到他原来住的屋子去，我和妹妹都不自觉地跟过去，舍不得离开他。但看他疲劳的样子，我们只好把妈妈交给我的报纸放在他床边的桌子上才走开。

第二天是七月一日，天刚亮我就醒了，院子里的牵牛花大朵大朵地开着，晶莹的露珠镶在上面，肥大的绿叶子托着红蓝两色的花朵，美极了。我悄悄地走到舅舅的窗外，心想他一定还在睡着……谁知舅舅窗子大开着，他已经在窗下的写字台上写什么东西了，他看见我说："小敏也起来了？"我想起小时候，姥爷、舅舅和两个姨都走了以后，想他们的时候我就在纸上乱写点什么，然后扔进舅舅现在这个窗子里说，"舅舅，给你的信"，就笑着说："舅舅，你们走了以后，我老在这儿给你寄信！那时候个子小，连这么一个窗子还得跷着脚往里扔！"舅舅笑了说："现在你可是够高了，你是新中国的青年啊！"说完他又忙着低头写东西了。我知道他忙，赶紧走开。可是，我心里很高兴，因为我知道沦陷时期和国民党时期那种受压迫、受迫害的屈辱日子再也不会回来了。我拿起喷壶浇着姥姥精心种的一院子的花，心里想着，等太阳出来以后，我和妹妹都到学校去，今天是伟大的中国共产党建党纪念日，学校请人来做报告，我一定好好听报告，认真学习！

放学回来，见妈妈和姥姥一边忙着擀面条一边聊天，姥姥说："你弟弟太瘦了！可怎么好？"妈妈说："他们生活太艰苦，工作又忙，睡得又少，怎么能不瘦呢？"我进屋抢着说："毛主席领导的革命战士，是为解放全中国工作的，他们为我们的幸福吃尽了苦，我们一定得好好学习，长大也参加革命工作，一起建设新中国！"姥姥笑了说："瞧瞧小敏，在学校里真学了不少新玩意儿！"妈妈也笑了，

335

拼命甩着面条，把面条抻得又细又长。桌子上还摆了不少的凉菜和酱肉，我馋得咽咽口水说："姥姥，咱们是给共产党过生日吧?"姥姥说："没想到我有三个孩子都当了共产党，当然第一个是给共产党过生日；第二，也给你舅舅改善改善；第三个……"妈妈抢着说："第三，今天也是你的生日啊!"我跳过去搂着妈妈说："谢谢妈妈在今天生了我! 多么光荣的日子啊!!"

院里的石榴花在阳光下闪着火红的光，像红旗的颜色一样，姥姥给石榴花换了大盆，旁边还有白的、黄的、紫红的西番莲，夕阳照着那些肥大的花朵和绿叶，绚丽夺目。我的心情也好极了，在等吃晚饭的时候，我回到自己的小房间写日记，我写道："最敬爱的毛主席：我是幸福的!!! 我一定在您的旗帜下，为更多人的幸福而奋斗!!!"

图书在版编目（CIP）数据

白马的骑者／雷妍著. — 北京：中国文史出版社，
2020.1

ISBN 978 - 7 - 5205 - 1374 - 6

Ⅰ．①白… Ⅱ．①雷… Ⅲ．①中篇小说 - 小说集 - 中
国 - 现代②短篇小说 - 小说集 - 中国 - 现代 Ⅳ.
①I246.7

中国版本图书馆 CIP 数据核字（2019）第 218096 号

责任编辑：薛媛媛

出版发行：**中国文史出版社**

社　　址：北京市海淀区西八里庄 69 号院　　邮编：100142

电　　话：010 - 81136606　81136602　81136603（发行部）

传　　真：010 - 81136655

印　　装：北京东君印刷有限公司

经　　销：全国新华书店

开　　本：720 × 1020　1/16

印　　张：21.5　　　字数：303 千字

版　　次：2020 年 1 月第 1 版

印　　次：2020 年 1 月第 1 次印刷

定　　价：65.80 元